Graz im Dunkeln

Robert Preis wurde 1972 in Graz geboren und ist dort aufgewachsen. Nach dem Studium in Wien und einem längeren
Auslandsaufenthalt in Kroatien lebt er heute mit seiner Familie
wieder in der Nähe seiner Heimatstadt. Er arbeitet als Journalist
bei einer Tageszeitung und schrieb zahlreiche Sachbücher und
Romane.
www.robertpreis.com

ROBERT PREIS

Graz im Dunkeln

KRIMINALROMAN

emons:

Bibliografische Information der Deutschen Bibliothek
Die Deutsche Bibliothek verzeichnet diese Publikation
in der Deutschen Nationalbibliografie; detaillierte bibliografische
Daten sind im Internet über http://dnb.d-nb.de abrufbar.

© Emons Verlag GmbH
Cäcilienstraße 48, 50667 Köln
info@emons-verlag.de
Alle Rechte vorbehalten
Umschlagmotiv: © Marija Kanizaj
Umschlaggestaltung: Tobias Doetsch
Gestaltung Innenteil: César Satz & Grafik GmbH, Köln
Druck und Bindung: Books on Demand GmbH, Norderstedt
Printed in Germany
Erstausgabe 2013
ISBN 978-3-95451-180-0
Aktualisierte Neuauflage März 2016
Mit Unterstützung durch das Land Steiermark

Unser Newsletter informiert Sie
regelmäßig über Neues von emons:
Kostenlos bestellen unter
www.emons-verlag.de

Die automatisierte Analyse des Werkes, um daraus Informationen
insbesondere über Muster, Trends und Korrelationen gemäß
§ 44b UrhG (»Text und Data Mining«) zu gewinnen, ist untersagt.

Dieses Buch ist meinen Großeltern gewidmet.
Für ihre Erzählungen aus unsagbaren Tagen, die für alle Zeit
meine Phantasie genährt haben.

»It was not a fantasy. It was a real experience.«
Betty Hill im Jahr 1961.
Sie und ihr Mann Barney galten als
die ersten Entführungsopfer durch »die Grauen«.

Teil 1

1

1486 v. Chr.–1425 v. Chr.
In den Annalen des Pharao Thutmosis III. wird von »Kreisen aus Feuer«
berichtet. Die Kreise wurden mehrere Tage lang am Himmel beobachtet.

Der Himmel über Graz ist hoch und wolkenlos. Wie eine künstliche Kuppel liegt er über der Welt. Unter ihm breitet sich ein riesiges verschachteltes Gebäude mit Leuchtschriften aus, das von Menschen umschwirrt wird wie ein Ameisenhaufen. Weitere, kleinere Gebäudeschachteln sind über das Gelände verstreut, das vor allem aus gewaltigen Asphaltflächen besteht.

Von der Autobahn kriecht der Verkehr in Kolonnen erwartungsvoll auf das krakenhafte Gebilde zu, das zweitgrößte Einkaufszentrum Österreichs. Man nennt es Shoppingcity, was ein bisschen nach Hollywood und Vergnügungsviertel klingt, tatsächlich aber befindet sich das Einkaufszentrum im Süden von Graz, einer kleinen, dickluftigen Stadt, die von Weinhügeln, Maisäckern und unzähligen Einfamilienhäusern umgeben wird. Es liegt gleich an der A 9, der Autobahn, die in den Süden führt. Richtung Meer. Richtung Urlaub. Richtung – weit weg.

Das Kind sieht den Mann im Spiegelbild einer Spielzeug-Auslage. Es dreht sich abrupt um und zerrt an der Hand der Mutter, die daraufhin mit der Zunge schnalzt, als hätte sie zum wiederholten Male erfolglos versucht einen Gedanken zu fassen.

»Ich will dahin, Mama, bitte!«

Widerwillig lässt sich die Frau von ihrem quengelnden Sohn quer über die zweite Ebene des Einkaufszentrums zerren. In der anderen Hand trägt sie einen Plastiksack, gefüllt mit Lebensmitteln.

Die Last der Einkaufstasche quetscht das Blut ihrer Finger ab. Sie löst sich von der schwitzigen kleinen Hand ihres Sohnes und stellt die Einkaufstasche zwischen ihre Beine. Als sie aufschaut, steht sie einem Streifenpolizisten gegenüber. Er hat sich gerade noch mit einem anderen Mann unterhalten, bevor er sich nun umdreht und sie mit stahlblauen Augen einschüchternd direkt anblickt.

Es scheint, als falle es ihm schwer, sich von ihr zu lösen, und so wirft er nun einen fast tadelnden Blick auf den Buben, der immer noch aufgeregt an der Seite der Mutter zappelt. Der Beamte zwingt sich zu einem Lächeln. »Na, will der Herr auch zur Polizei?«, brummt er durch seinen Schnauzbart. »Na, da muss er aber noch eine Weile zur Schule. Na, und die Frau Mama? Na, die kann derweil ja ein paar Broschüren mitnehmen. Darf ich Ihnen unsere …?«

Der Mann riecht nach Leder und Rasierwasser. Seine Fingernägel sind kurz geschnitten, seine Haut hat den gleichmäßigen Farbton dezenter Solariumbräune. Der Duft des Rasierwassers steigt ihr durch die Nase direkt ins Gehirn und löst dort eine chemische Reaktion aus.

Sie lächelt verlegen, seltsam berührt. Wie damals in der Schule, als der hübscheste Junge aus der Nachbarklasse sie zum ersten Mal ansprach. »Du-u«, sagte er, nachdem er ihr mit dem Zeigfinger auf die Schulter getippt hatte. »Sind wir Freunde?« Sie hatte mit der Schulter gezuckt und »Okay« gesagt, woraufhin der Junge ihr mit hochrotem Kopf feierlich sein Freundschaftsbuch überreichte.

Sie kommt sich tatsächlich vor wie ein kleines Mädchen. Der Polizist lächelt zurück und blickt sie wieder an.

»Na«, sagt er erneut, diesmal nach einem Räuspern, als müsse er die Worte aus dem Inneren seines Körpers pressen, »vielleicht will der Bub ja ein bisschen in die Kinderbetreuung, während die Mama sich informiert?«

Armin Trost kann das nicht mehr hören. Diese ständig gebrummten »Nas«. Der Kollege hat doch einen Tick, einen Sprachdefekt, so viel steht mal fest. Und mit diesem Defekt macht er sogar wildfremde Mütter an.

Er ist nur zufällig vorbeigekommen, weil er sich nach einem geeigneten Buch für Charlotte umsehen will, die bald Geburtstag hat – und einen Faible für skandinavische Krimis mit mehr als fünfhundert Seiten. Auf dem Weg in den Buchladen hat er den Kollegen der Inspektion Seiersberg getroffen. Er kennt ihn noch aus der Zeit vor der Umstrukturierung der Dienststellen, als er noch Gendarm am Posten war.

Graz ist klein. Man läuft sich immer wieder über den Weg. So oft jedenfalls, dass man nicht einfach aneinander vorübergehen kann, wenn man sich in einem Einkaufszentrum begegnet.

Seit ein paar Minuten sucht Trost bereits nach einem geeigneten Moment, um sich wieder zu verabschieden, doch stets hebt der Kollege an, ihm eine Geschichte zu erzählen, deren Faden er längst verloren hat. »… und dann habe ich gesagt …« Er verteilt eine Polizei-Broschüre, wechselt ein paar Worte mit einer Sandalen tragenden dürren Frau, die dünn lächelt. »… auf jeden Fall sagen die Wiener immer …« Eine Gruppe kichernder Burschen fragt, ob es noch Politessen gibt. »… und Kroatien ist sowieso viel besser als Italien …« Und dann taucht auch noch diese Frau mit dem Buben auf.

»Na, jeder braucht doch einen Freund und Helfer. Sie sicher auch«, säuselt der Polizist gerade. Die hellen Augen unter der Schirmmütze blitzen so blau wie die von Terrence Hill. Seine Mundwinkel zucken.

Trost bildet sich ein, sogar Bläschen auf seinen Lippen auszumachen und zu sehen, wie ein gelber Mitesser unter dem Nasenflügel zum Vorschein kommt. Ihm fällt auch auf, dass die Frau einen Schritt näher tritt und nervös lächelt, wobei sie eine Reihe kleiner dunkelgelber Zähne entblößt. Er glaubt, die elende Mundgeruchmischung aus kaltem Kaffee, Zigaretten und Extrawurst zu erkennen.

Der Bub mustert ihn missbilligend. Wahrscheinlich weil Trost keine Uniform trägt und stört, während seine Mutter hier gerade mit einem richtigen Polizisten anbandelt. Der Junge hat schwarze Augen wie Knöpfe und fixiert ihn wie ein Insekt. Als Trost sich entschuldigt und zwischen die Menschenmenge hindurch in Richtung Toilette schiebt, verabschiedet sich niemand von ihm.

Chefinspektor Armin Trost ist seit dem frühen Vormittag auf den Beinen. Er hat angenommen, im Einkaufszentrum am schnellsten ein geeignetes Geburtstagsgeschenk für Charlotte zu finden. Zuerst hat er in Modeboutiquen, danach in Drogerien gesucht, es aber schließlich aufgegeben und ist dann auf die Buchhandlung zugesteuert. Er ist wieder einmal dem Trugschluss zum Opfer gefallen, dass, wenn man nicht genau weiß, was man schenken soll, die Vielfalt eines Einkaufszentrums hilfreich ist. In Wahrheit ist natürlich das Gegenteil der Fall. Mehr als zweihundert Geschäfte, fünfundachtzigtausend Quadratmeter Verkaufsfläche, eine eigene Welt, die mit einem schier erdrückendenden Angebot für den Unentschlossenen aufwartet.

Irgendwann einmal hat er einen Bericht in der Zeitung gelesen über Leute, die hier ihre Freizeit verbringen. Manche Menschen spazieren durch Parks oder joggen oder sitzen in den Kaffeehäusern der Innenstadt, andere kommen hierher ins überdachte Shopping-Paradies, um den ganzen Tag auf und ab zu schlendern. Vielleicht da und dort ein Bier, eine Pizza, aber im Grunde wollen sie nur in der künstlichen Welt ohne Tageslicht und Wetter Zeit verbringen. Sie regelrecht totschlagen. Und wenn sich zigtausende Menschen durch eine klimatisierte, künstliche und auf einschläfernde Art entrückte Auslagenwelt schieben, kennt man hier immer jemanden.

Wenn Trost zu lange auf hartem Untergrund steht, breitet sich der Schmerz vom Knöchel über die Wade und das Knie bis zu den Lendenwirbeln aus. Ihm tut das Kreuz weh. Und der Kopf. Das ständige Kaufhausgedudel macht ihn wahnsinnig. Er ärgert sich jetzt, noch nicht in der Buchhandlung gewesen zu sein, der einzige Ort im gesamten Center, der nicht mit Musik berieselt wird. Sogar hier auf dem Klo gibt es Musik. Als könne man den Leuten die an einem solchen Ort unvermeidlichen Geräusche nicht zumuten. Er fühlt sich wie in einem Steven-Spielberg-Film: Jede Bewegung, jeder Dialog, einfach alles wird von Musik untermalt. Als hätte es Bedeutung. Aber – was hat in der Realität schon Bedeutung? Trost hat das Bild der zitternden Wasserlache von »Jurassic Park« vor seinem inneren Auge. Automatisch überkommt ihn das Gefühl, eine unbekannte Macht nähere sich mit schweren Schritten. Er stellt sich die Musik von »Der Weiße Hai« vor – tam tam tam tam.

Er fuchtelt so lange vor der Waschbeckenarmatur herum, bis endlich Wasser aus dem Hahn schießt. Mehrere Tropfen treffen seine Hose, weil der vom Sensor ausgelöste Strahl zu stark ist. Er flucht und wischt mit einem Papierhandtuch so lange an dem Hosenbein seiner blauen Jeans herum, bis die Hose an der Stelle kleine Fältchen schlägt. Um auch seinen Ärger wegzuschwemmen, wäscht er sich danach das Gesicht. Während die Tropfen über die langen Barthaare an seinem Kinn rinnen, betrachtet er sich im Spiegel. Sein Vollbart, dessen Farbe an den Rost alter Autos erinnert, ist länger geworden und lässt sein Gesicht rundlicher wirken. Charlotte nennt ihn oft liebevoll »mein Pirat«, seine Tochter Elsa schimpft, er schaue aus wie ein alter Mann, wie ein Opapapa. Jonas, sein Ältester, ignoriert ihn meistens, egal ob mit oder ohne Bart. Die ebenfalls rostig anmutenden Haare kräuseln sich über den Ohren, und die Augen laufen in feine Fältchen aus, sodass er wie jemand wirkt, der viel zu lachen hat. Das kostet ihn nun wirklich einen Lacher. Trost ist kein Mensch, der häufig lacht. Er ist nie so einer gewesen.

Er starrt sein Spiegelbild so lange an, bis er zu schielen beginnt. Die Farben verschwinden. Die Konturen verschwimmen. Einen Sekundenbruchteil lang kommt es ihm so vor, als würde er auf sein Skelett, seinen Totenschädel blicken. Als verfüge er über einen Röntgenblick. Er reißt sich los und reibt sich mit zusammengepressten Augen die Nasenwurzel.

Als er die Augen öffnet, hat sich etwas verändert. Er betrachtet noch einmal sein Spiegelbild, sieht seinen breiten, bulligen Körper, den man auch mit etwas weniger Wohlwollen als untersetzt bezeichnen könnte. Er trägt ein weißes, an den Ärmeln aufgekrempeltes Hemd, das weit genug geschnitten ist, um die Konturen seines Körpers nicht allzu sehr zu betonen. Es hängt lässig über den ausgewaschenen blassblauen Jeans, die Rissstellen aufweisen, was ihn, noch dazu in Kombination mit den jeansfarbenen Stoffturnschuhen, jugendlicher, ja, in einer naiven Hoffnung sogar geradezu verwegen aussehen lassen soll.

Er dreht den Kopf und schaut sich um. Er befindet sich in einem sterilen Nassbereich mit Fliesenboden, auf dem die Reste von Papierhandtüchern und Klopapier kleben. An der Wand hängt eine Tafel, auf der mit krakeliger Schrift die Putzdienste eingetragen sind. Der nächste Rundgang scheint in wenigen Minuten anzustehen und ist, wie Trost findet, auch dringend notwendig. Ein Seifenspender tropft und hinterlässt auf dem Waschbecken ein zähflüssiges gelbes Rinnsal. Auf einer Fliese

steht in roter Farbe und in Großbuchstaben: FUCK THE CHUR-
CHES.

Irgendetwas ist anders. Vor wenigen Sekunden noch war das
eine ganz gewöhnliche Herrentoilette, also ein nicht wirklich
appetitlicher Ort. Doch jetzt hat sich etwas verändert. Oder
vielmehr: Etwas fehlt.

Dann fällt es ihm auf. Die Kaufhausmusik ist verstummt. Zum
ersten Mal an diesem Tag ist es vollkommen still um ihn herum.

Er macht einen Schritt auf die Schiebetür zu, die sich mit
einem Seufzen automatisch öffnet, und tritt auf den Gang hinaus.
Auch hier keine Musik, wenngleich es keineswegs still ist. Eine
Frau mit Einkaufswagen läuft ihm hysterisch schreiend entgegen.

»FORT! LAUFEN SIE!«, plärrt sie mit sich überschlagender
Stimme. In ihrem Einkaufswagen hockt ein weinendes Kind.
Die Frau hetzt an Trost vorüber, reißt ihr heulendes Bündel so
heftig aus dem Wagen, dass zu befürchten ist, dass es sich dabei
verletzt, und stemmt sich gegen die Notausgangstür. Sekunden
später sind beide verschwunden.

Trost rührt sich keinen Millimeter. Weitere bleiche Gesichter kommen ihm entgegen. Alle kreischen, rufen und stottern
durcheinander. Auch von weiter weg dringen jetzt Schreie und
das Weinen von Kindern zu ihm.

Endlich reagiert er und läuft zum Info-Stand, doch vom ner-
venden Kollegen und seiner jüngsten Eroberung fehlt jede Spur.
Ein paar Polizei-Broschüren flattern herum. Wahrscheinlich hat
er die Frau mit einem »Na ...?« gepackt und ist mit ihr wohin
auch immer gerannt. Ob er den Buben mit den Knopfaugen
auch mitgenommen hat?

Überall rennen Menschen, einige stürzen, andere stolpern
über sie. Manche schauen verwirrt um sich, grinsen verstört,
weil sie sich vielleicht in einem Flashmob wähnen, jenem lus-
tigen und gerade sehr modernen Gesellschaftsspiel, das immer
auch ein wenig verstören will, bei dem eine Gruppe etwas völlig
Unerwartetes tut.

Schreie und Rufe überlagern sich im Echo, das sie selbst verur-
sachen, während Trost noch immer atemlos vor dem Info-Stand
steht. Er hält eine Broschüre in der Hand, obwohl er sich nicht

erinnern kann, sie aufgehoben zu haben, und ist außerstande, sich zu bewegen. Er versucht zu verstehen, was hier vor sich geht. Und scheitert. Als er sich im Kreis dreht, spürt er, dass sich die Haare seiner Arme aufgerichtet haben. Etwas nähert sich.

Weitere wertvolle Sekunden vergehen, und er weiß, dass sie einer Ewigkeit entsprechen und die Möglichkeiten verringern, was oder wem auch immer zu entkommen. Doch er kann nicht reagieren, fixiert stattdessen nur die Rolltreppe, als folge er einer Intuition. Stufen, die lautlos vom Obergeschoss herabrinnen.

Erst sieht er Sandalen, dann taucht eine dunkelblaue Latzhose auf, gefolgt von einem weißen T-Shirt, unter dem sich der Oberkörper eines jungen, kräftigen, sportlichen Mannes abzeichnet. Ein blasses, kantiges Gesicht mit dem grauen Schatten eines sprießenden Bartes. Kurz geschorenes Haar. Augen, die in tiefen Höhlen nervös hin und her zucken. Rissige Lippen. Eine vor Schweiß glänzende Stirn. Und in der Hand ein Jagdgewehr.

2

11 v. Chr., Rom
Julius Obsequens behauptet in seinem Buch Prodigorium Liber (dt. »Buch der Vorzeichen«), fliegende »Dinge wie Schiffe« und »runde Schilde« am Himmel gesehen zu haben.

Der Dienst in der Einsatzzentrale Seiersberg verläuft bislang wie an fast jedem Tag. Die Anrufe kommen im Minutentakt.

Fritz Gstrein ist schon seit dreißig Jahren Polizist, seit fünf Jahren hier in der Notfallzentrale, mehr oder weniger mit einer Ausnahmegenehmigung. Denn während die Kollegen sich mit Innen- und Außendiensten abwechseln, hat er sich darauf spezialisiert, nur noch Anrufe entgegenzunehmen. Seine Dienste kosten ihn eine Menge Lebenszeit, sind zwölf, manchmal vierundzwanzig Stunden lang. Kein einziger Anruf im Plauderton, alles ist dringlich, die Nerven immer angespannt.

Natürlich gibt es auch Anrufe von Leuten, die sich einen Spaß daraus machen, Notrufe abzusetzen, doch die bekommen es entweder mit einer saftigen Rechnung zu tun oder Gstrein würgt sie einfach ab. Die überwiegende Mehrzahl aber leiten richtige Einsätze ein. Während Gstrein noch mit den Anrufern spricht, sie zu dem Vorfall befragt und persönliche Daten dokumentiert, läuft im Hintergrund bereits der Einsatz an. Ein eingespieltes Prozedere eines eingespielten Teams. Denn so wie die meisten seiner Kollegen hat auch Gstrein eine für diesen Job entscheidende Eigenschaft verinnerlicht: absolute Ruhe. Absolute Gelassenheit. So als wäre die Welt am anderen Ende des Telefons nicht real. Als spiele sie in seinem wirklichen Leben keine Rolle. Diese Welt kann ihn nicht aus der Fassung bringen. Und Gstrein hat es schon mit vielen Szenarien zu tun gehabt. Eigentlich mit allen, die möglich sind.

Manchmal, wenn er in seine Zwei-Zimmer-Wohnung in Eggenberg heimkommt, begegnet er der Haushälterin. Sie ist eine der wenigen Menschen, die es schafft, ihm etwas aus seinem Berufsleben zu entlocken. Dann berichtet Gstrein ihr von Verkehrsunfällen, Diebstählen oder Lärmbelästigungen im Studentenviertel. Natürlich nennt er dabei niemals Namen. Niemals verrät er Interna. Eher berichtet er wie eine Zeitungsüberschrift. Wie ein Korrespondent aus einem anderen Land. Und genießt das erstaunte Gesicht der Haushälterin, die ihn für sein abenteuerliches Leben bewundert.

In Wahrheit ist sein Leben natürlich gar nicht abenteuerlich. Schon lange nicht mehr. Seit seine Frau vor mehr als zwanzig Jahren mit den Kindern und einem jungen Musiker fortgelaufen ist. Und seit er in der Notrufzentrale sitzt, ohnehin nicht mehr. Nichts, was ihn noch erschüttern könnte. Alles ist geradlinig. Eben. Ein Tag gleicht dem anderen, eine Minute der anderen. Notruf hin oder her.

»Seiersberg von Seiersberg eins, kommen«, knackt es im Kopfhörer, und dann hört Gstrein etwas, das ihn doch überrascht. Zwar nur für den Bruchteil einer Sekunde, aber doch gerade so lange, dass er geräuschvoll die Luft zwischen den Zähnen einsaugt. Die Kollegen, die über ein sensibles Sensorium für Abweichungen von der Norm verfügen, wenden sich ihm sofort in ihren Drehsesseln zu und wechseln einen Blick. Gstrein stellt den Lautsprecher des Telefons an und legt die Stirn in Falten.

»… ich wiederhole, Amoklauf in der Shoppingcity … Verstärkung angefordert …«

Doch nach einer Sekunde, einer seltenen Schrecksekunde, ist die Überraschung auch schon wieder vorüber, und die Routine übernimmt die Oberhand. Während Gstrein mehr in Erfahrung bringt, leitet ein Kollege bereits den Einsatz ein.

Ein Einsatzwagen ist bereits vor Ort, verständigt soeben die Zentrale und wartet auf Unterstützung. In weniger als zwei Minuten trifft die erste Sektorstreife mit eingeschaltetem Martinshorn vor dem Einkaufszentrum ein. Die Kollegen stimmen sich ab, debattieren kurz, während motorisierte Einheiten zu ihnen stoßen. Weitere Streifenwägen sichern mit quietschenden Reifen die Straßen ab, die Autobahnabfahrt wird gesperrt, die Straßen durch den lediglich aus Einfamilienhäusern und Geschwindigkeitsbeschränkungen bestehenden Vorort werden blockiert.

Über die Karlauerstraße stadtauswärts Richtung Süden rasen

bereits zwei Busse mit den besten Polizisten des Landes heran. Die Cobra-Süd-Einheiten ziehen sich schwarze Strumpfmasken über, schließen ihre Overalls, überprüfen ihre Sturmgewehre, die Scharfschützen checken die Zielfernrohre. Über den Dächern von Graz rattern die Rotorblätter des soeben gestarteten Polizeihubschraubers, dessen Insassen beobachten, wie schnell sich rund um das Einkaufszentrum ein Stau bildet. Es ist Freitagnachmittag kurz vor den Sommerferien, die halbe Stadt ist schon auf dem Weg ins Wochenende.

Keine zehn Minuten nach dem Eingehen des Notrufs wimmelt es in den Rettungsgassen von Einsatzfahrzeugen. Aus allen Himmelsrichtungen rasen Streifen in Richtung Einkaufszentrum, Rettungswägen sind angefordert, die Verhandlungsgruppe Süd, ein psychologisch geschultes Team, trifft bereits am Parkplatz ein und verschafft sich einen Überblick über die Lage. Kartenmaterial wird auf Kühlerhauben aufgebreitet, Funkgeräte knacken, hastig fummeln nervöse Hände an Uniformen herum.

Aus den Bussen, die gerade mit quietschenden Reifen eingetroffen sind, schwärmen jetzt die Cobra-Einheiten aus und zwängen sich durch die ihnen aus dem Inneren des Gebäudes entgegenströmenden Massen. Die Leute rennen weiter, obwohl sie längst in Sicherheit sind. Auch ein Polizist ist unter ihnen, an einer Hand hält er eine Frau, an der anderen zieht er einen Buben mit sich. Der Bub schaut ihn mit großen dunklen und bewundernden Augen an. Der Polizist riecht nach Leder und Rasierwasser und trägt immer noch seine Schirmmütze. »Na, das ist einmal ein Abenteuer, was?«, ruft er.

Die Cobra-Truppe dringt so zielstrebig ins Einkaufszentrum ein, als wüsste sie längst, wo genau sich der Amokläufer aufhält. Im selben Moment setzt die Kaufhausmusik wieder zögerlich ein, langsam, als kurble jemand dafür an einem Leierkasten. *»It's not unusual …«* Einige Sekunden später verstummt Tom Jones wieder, um danach neuerlich einzusetzen: »*… to be loved by anyone …*«, und hört schließlich abermals auf.

Statt der Musik tönt nun eine Stimme aus den Lautsprechern. Sie klingt wie eine Bahnhofsdurchsage, und Armin Trost kann sie wegen des vielmaligen Echos, das sie hinter sich herzieht, kaum verstehen. »Achtung, A-A-A-ch-ch-tu-ng-ng. Die Not-ot-ot-aus-ot-gäng-aus-not-gäng-verfü-gä-bar …« Dann hört er zum ersten Mal Schüsse. Ein kurzes, knappes Geräusch. Ein Geräusch, das an zuschlagende Türen erinnert und ihn aus seiner lähmenden Haltung reißt.

Trost rennt in Richtung Rolltreppe, biegt zuvor jedoch scharf links ab und taucht in den schmalen Gängen eines Lebensmittelmarkts unter.

»Raus hier, alles raus hier!«, ruft er, doch seine Stimme verliert sich im allgemeinen Chaos. Wieder hört er Kinder schreien, und sein Herz hämmert so laut in seinem Schädel, dass er kaum einen klaren Gedanken fassen kann.

Gerade als er eine Frau mit einem Baby im Arm sieht, taucht keine dreißig Meter hinter ihr wieder der Mann mit dem Jagdgewehr auf. Er fuchtelt mit der Waffe herum, zielt in ihre Richtung, schießt und verfehlt sie nur knapp. Das Geschoss trifft ein Regal voller Bio-Lebensmittel. Flüssigkeiten spritzen durch den Raum, Scherben, Splitter und undefinierbare Verpackungsinhalte fliegen umher.

Trost stolpert über einen Korb mit Aktions-Schokolade und schlägt ein beinah lupenreines Rad. Benommen rappelt er sich auf, während unter ihm die Rippen der Schokoladentafeln knacken. Den Amokläufer sieht er nicht, doch seine Schüsse sind zu hören. Und seine Schreie. »AAAH, SCHLEICHTS EUCH!«

Als kurz Stille einsetzt, rekapituliert Trost. Vier Schüsse. Der Mann muss alle vier Schüsse nachladen.

Er packt die Frau mit dem Baby bei der Hand und zerrt sie mit sich. Mit ihr hechtet er über umgestoßene Einkaufswägen, reißt am Arm eines gestürzten Jugendlichen und nimmt auch ihn an der Hand. Hinter sich vernimmt er abermals zwei Schüsse, die nicht ihnen gelten. Das Baby schreit nicht, gibt überhaupt keinen Ton von sich. Es spürt instinktiv, dass seine Mutter Angst hat. Plötzlich geht der Jugendliche an Trosts Seite zu Boden und greift sich ans Bein. Es blutet, seine Jeans hängen in roten Lappen über sein Knie. Eine Kugel muss ihn getroffen haben. Stumm starrt er Trost aus großen Augen an. Er zittert. Trost reißt ihn unsanft hoch und zerrt ihn wieder hinter sich her. Als ein dritter

Schuss fällt, spürt Trost einen Ruck an seiner Schulter. Der Bub an seiner Seite wird schwerer, entgleitet ihm, geht zu Boden und blutet aus dem Hals. Er lebt nicht mehr.

Vor dem Notausgang hat sich eine Traube gebildet. Panisch schiebt Trost die Leute vor sich her. Ein vierter Schuss fällt, und als er über seine Schulter blickt, nähert sich ihnen der Mann, während er im Gehen nachlädt. Einen Moment denkt Trost, er könnte ihn überwältigen, einfach hinrennen und mit bloßen Fäusten ums Überleben kämpfen, aber der Mann reagiert schnell. Schon wieder hebt er den Lauf. Ein freudloses Lächeln hat sich auf seine Lippen gelegt. Das Gewehr mit beiden Händen in Hüfthöhe haltend, geht er auf ein Kind zu, das weinend am Boden sitzt. Verwirrt und ängstlich starrt es den Mann an. Es versteht nicht, was vor sich geht. Was der Fremde von ihm will. Als sich die Mündung des Gewehrs in Richtung des Kindes bewegt, löst Trost sich aus der Menschentraube vor dem Notausgang und steuert auf den Fremden zu.

Der Mann schaut auf und hebt seine Waffe, sodass nun Trost seinerseits in die Mündung blickt und nur noch flach atmet.

»Ich kann Sie von hier wegbringen«, sagt er. »Fahren wir mit dem Auto davon. Einfach fort. Aus dem Gebäude kommen Sie auf eigene Faust nie mehr raus.«

Die Mündung des Gewehrs, bei dem es sich um eine schwarze Repetierbüchse mit Zielfernrohr handelt, senkt sich. Der Blick des Amokläufers wandert wieder zu dem Kind.

»Schauen Sie mich an!«, ruft Trost. Seine Stimme überschlägt sich. Er macht einen weiteren Schritt auf den Bewaffneten zu, will dessen Aufmerksamkeit wieder auf sich lenken.

Der Mann ist groß wie ein Schrank. In seinen klobigen Händen wirkt das Jagdgewehr wie eine Wasserspritzpistole. Das T-Shirt, das an der Schulter Blutspritzer zieren, spannt sich um seinen Brustkorb. Seine Jeans hängt ihm tief in der Hüfte, die Zehen, die aus seinen Sandalen ragen, sind schmutzig. Der Nagel des linken großen Zehs ist blau, die Sandalen wirken ausgetreten.

Jetzt sieht der Mann Trost tatsächlich wieder an. Sein Gesichtsausdruck ist unendlich traurig, er atmet schwer, sieht aus, als würde er jeden Augenblick heulend zusammenbrechen.

»Lassen Sie das Kind gehen«, versucht es Trost mit weicherer, zitternder Stimme. »Sie haben ja jetzt mich.«

Schaufensterpuppen starren sie an. Ein Buchstabe einer Leuchtschrift hängt herab, für Trost ein Anzeichen dafür, dass der Verrückte nicht nur auf Menschen zielt oder aber kein sehr geübter Schütze ist. Von irgendwoher ertönt plötzlich das Geräusch einer Sirene, und Trost überlegt kurz, ob in dieser Situation tatsächlich jemand den Nerv gehabt haben könnte, Waren aus Geschäften mitgehen zu lassen. »Ver-ver-lassen-n-n-das-Gebäude …«, hebt die Stimme aus den Lautsprechern des Einkaufszentrums wieder an. Irgendjemand muss noch in diesem Moment vor einem Mikrofon sitzen und unnötige Kommandos durch die großteils längst leeren Gänge des Einkaufszentrums brüllen.

Der Amokläufer betrachtet Trost genauer. Amokläufer, schießt es Trost plötzlich durch den Kopf. Er liefert sich soeben einem Amokläufer aus. Einem Verrückten, der wer weiß wie viele Menschen aus welchem Grund auch immer bereits auf dem Gewissen hat. Vielleicht weil er an einen anderen Gott glaubt und davon überzeugt ist, dass nur sein Glaube der richtige ist. Möglicherweise ist er ein Extremist, der sich entschlossen hat, vor nichts zurückzuschrecken, der mit nichts zu stoppen ist, am allerwenigsten mit Argumenten. Oder aber er will sich einfach nur Gehör verschaffen. Weil sein Chef ihn vor die Tür gesetzt hat oder ihm seine Frau davongelaufen ist. Weil er seine Tabletten nicht genommen hat. Weil, weil, weil … Fest steht jedenfalls: Der Mann hat eine Waffe und er nicht.

Trost muss daran denken, dass er sich in Graz befindet. In keiner Großstadt, keinem Film, nein, nur in Graz, einem Ort, in dem solche Dinge normalerweise nicht passieren. In Kaffs wie diesem gibt es nur Zeitungen zu kaufen, die andauernd von solchen Dingen aus aller Welt berichten, weil die Leute diese Nachrichten des Grauens brauchen. Sie brauchen sie, um sich glücklich zu schätzen, nicht draußen in der großen, weiten Welt zu sein, wo alles viel schlechter ist.

Er hat einen Bleigeschmack im Mund und fürchtet plötzlich, seine Blase nicht mehr kontrollieren zu können. Wirre Dinge gehen ihm durch den Kopf, zum Beispiel, dass es ein Glück ist, eben noch auf der Toilette gewesen zu sein.

Aus dem Gesicht des Amokläufers ist auf einmal jede Verunsicherung, jeder Anflug von Panik verschwunden. Zurück bleiben die geweiteten Pupillen eines Wahnsinnigen, die an die theatralischen Nahaufnahmen aus alten Schwarz-Weiß-Filmen erinnern. Aufgerissene Augen, hochgezogene Oberlippe, geblähte Nasenflügel. Doch Trost weiß, dass das hier kein inszeniertes Theater ist.

Das Kind läuft davon, während die Menschentraube weiterhin schreiend, stoßend und fluchend durch den Notausgang ins Freie drängt. Draußen auf dem Parkplatz, außerhalb von Trosts Blickfeld, stürzen die Leute davon. Sie springen über Motorhauben, reißen einander gegenseitig um und kreischen, als habe soeben ein unbekanntes Flugobjekt auf dem Dach des Einkaufszentrums einen Zwischenstopp eingelegt. Oder als schieße ein Amokläufer wie von Sinnen auf Menschen.

Die beiden Männer starren sich noch immer an, dann öffnet der Mann den Mund, und Trost hört zum ersten Mal die Stimme seines Gegenübers. Nicht sein Schreien und Toben, sondern den Klang seiner Stimme. Die Miene des Fremden zeigt verwirrte Überraschung. So als wecke Trost in ihm eine Erinnerung. »Die Toten kehren auf die Erde zurück«, sagt er, und es klingt, als wolle er sich rechtfertigen. Dabei wendet er seinen Blick nicht von Trost, so als suche er in dessen Gesicht nach einem Funken Verständnis. Nach ein bisschen Zustimmung. Doch Trost ist zu keiner Reaktion fähig. »Die Toten, die kehren auf die Erde zurück«, wiederholt der Fremde leise.

Trost hat keine Ahnung, was er erwidern könnte, das Sinn machen würde. Dann ist der Amokläufer mit zwei Schritten bei ihm, schlingt einen Arm um seinen Körper und drückt mit dem anderen den Lauf der Waffe gegen Trosts Kopf. Im selben Moment tauchen neben ihnen maskierte Schatten auf. Ein paar knien sich hin, ein paar stehen, ein paar schreien, ein paar blinzeln, ein paar haben einen Pulsschlag von über zweihundert, andere fast keinen. Doch alle zielen auf den Amokläufer.

In diesem Moment findet auch Trost seine Stimme wieder.

»ICH BIN ARMIN TROST, MORDGRUPPE! NICHT SCHIES
SEN! ES IST ALLES IN ORDNUNG!«

Und niemand schießt. Aber nichts ist in Ordnung. Es ist fast
unmöglich, unter Stress einen klaren Gedanken zu fassen. Sosehr
man sich auch bemüht, das Gehirn schafft es nicht einmal, das
Zittern der Hände abzustellen, wie also soll es da einen Ausweg
aus einer so komplexen Situation wie einer Entführung finden?

Aber genau genommen handelt es sich ja auch um keine
Entführung. Trost hat sich selbst ausgeliefert. Er hat sich angeboten, mit einem völlig Irren eine Spritztour zu machen, um
das Kind und die anderen Leute in Sicherheit zu bringen. Jetzt
muss er Zeit gewinnen, den Wahnsinnigen von dieser Menschenansammlung fortschaffen, die vor den Schüssen aus dem
Jagdgewehr flieht.

Ob ihm das eines Tages als Beihilfe angelastet wird? Oder
wird er als großer Retter dastehen? Werden sie seine Kopfform
kopieren und in Stein meißeln, um ihn in irgendeinem Park
aufzustellen, der in der Nacht von Junkies und Vergewaltigern
und tagsüber von Tauben bevölkert wird? Vielleicht wird er ja
bald im Volkspark mit Blick auf jenes Haus stehen, in dem jahrelang eine Peepshow florierte, bis das Geschäft mit den nackten
Damenkörpern nicht mehr genug Geld abwarf. Vielleicht wird
seine Büste aber auch im Innenhof irgendeines Genossenschafts-
Wohnprojekts von ausgesiedelten Obersteirern stehen. Oder
aber eine Gasse im Speckgürtel wird nach ihm benannt. Oder
eine Süßspeise. Oder … Trost hat seine Gedanken nicht mehr
unter Kontrolle. Genauso wenig wie seine Unterlippe, die zittert.

In Trosts VW-Bus, einem T4, Siebensitzer, Baujahr 98, brettern
sie über die A 9 Richtung Norden. Die Armaturen vibrieren bei
der Geschwindigkeit, die lahme Lüftungsanlage heult und bläst zu
warme Luft in den ohnehin schon heißen Innenraum. Draußen
hat es an die dreißig Grad, hier drinnen müssen es an die vierzig
sein. Hätte Trost Zeit dafür gehabt, er hätte sich Sorgen um den
Wagen gemacht, aber stattdessen schweift sein Blick hastig über
die Straße, über die links und rechts vorbeifliegenden Autos, die

sie hinter sich lassen, und über die wie ein zu schnell geschnittenes Video übers Autodach hinwegrasenden Überkopfwegweiser. Die Tachonadel pendelt sich bei über einhundertfünfzig Sachen ein.

Trost hat den alten Polizeibus erst kürzlich umlackieren lassen und sich damit einen Traum erfüllt. Im Sommer wollen er und Charlotte mit den Kindern quer durch Europa fahren. Sogar Jonas will mitkommen, weil Trost ihm versprochen hat, französische Wehrburgen und das Schlachtfeld von Waterloo zu besichtigen. Für Elsa steht Disneyland auf dem Programm, für Charlotte Paris. Er selbst will eigentlich nur Auto fahren, aber ob es jemals zu der Reise kommen wird, ist noch nie so unsicher gewesen wie in diesem Augenblick.

Der Wagen quält sich. Das Gaspedal ruckelt, die Bodenplatte bebt. Sie sind viel zu schnell, und das Schreien seines Beifahrers macht die Situation auch nicht gerade besser.

»SCHNELLER, FAHR SCHNELLER, OIDA!«, brüllt er ihn an. »IHR HUNDE!« oder »IHR BLINDEN!«, schreit er anschließend aus dem Fenster.

Trost weiß nicht, was ihm mehr Stress bereitet: der in seine Richtung weisende Gewehrlauf oder die wüsten Beschimpfungen des offenbar Verwirrten. Das Schimpfwort »Hunde« kennt er eigentlich nur aus synchronisierten alten John-Wayne-Filmen.

»SACKRATTEN!«, plärrt der Mann jetzt, »WICHSSCHÄDEL!«

Trost erinnert sich, dass es eine Krankheit gibt, die Menschen zu solchen Schimpftiraden zwingt, doch der Name fällt ihm nicht ein. Er muss deeskalierend auf den Mann einwirken. Sein Kopf schwirrt ihm schon von dem Geschrei.

»Versuchen Sie sich zu beruhigen! Bitte!«, ruft er über das brüllende Motorengeräusch hinweg und fängt dafür einen Blick auf. Es ist der Blick eines gehetzten Tieres, das sich plötzlich entscheidet zuzubeißen. Trost erschrickt, als sich die Pupillen des Amokläufers weiten.

»AH, DER MORDGRUPPEN-MANN WILL, DASS ALLES WIEDER GUT WIRD? DAS KANN ER HABEN, DER TROT-TEL!«

Dann folgt ein Schlag auf seinen Kopf, der für einen Sekundenbruchteil Trosts Sichtfeld verschiebt. Seine Augen flattern, Schmerzblitze zucken durch seine Stirn. Er verreißt den Wagen, steuert plötzlich auf die linke Leitschiene zu, zerrt noch einmal am Steuer wie ein Fallender an einem rettenden Seil und fegt dann mit quietschenden Reifen quer über die Fahrbahn nach rechts. Er spürt, wie sich die rechte Flanke des Fahrzeugs hebt, der Schwerpunkt sich ändert und der Bus zu kippen droht. Im letzten Moment fängt sich der Wagen wieder, schlingert bedenklich. Die Achsen krachen, ehe sie sich in der Abbiegespur Richtung Salzburg wiederfinden. Hier, kurz vor dem Verteilerkreis Webling, der den Verkehr im Süden der Stadt in Bahnen lenkt, teilt sich die Autobahn. Zwei Spuren führen geradewegs in den Kreisverkehr, die anderen beiden gehen rechts ab, fügen sich in eine sanfte, leicht abfallende Linkskurve, die in der Einfahrt zum Plabutschtunnel mündet, einer Röhre, die den Berg der Länge nach durchbohrt und die Stadt von Süden nach Norden umfährt. Zehn Kilometer weit, doppelspurig.

Mit mittlerweile mehr als einhundertsiebzig Stundenkilometern brettern sie in den Tunnel. Trost blickt unwillkürlich auf die Kamera der Section Control an der Einfahrt, die dort zur Geschwindigkeitskontrolle angebracht ist. Er fragt sich, wie lange es wohl dauern wird, bis die Kollegen eine Straßensperre errichten. Im Kopf überschlägt er das Alarmszenario, als die Ampel des Tunnels auf Rot schaltet.

Normalerweise brauchen sie keine fünf Minuten, um den Tunnel abzuriegeln. Auf beiden Seiten. Einsatzfahrzeuge errichten Straßensperren. Alles, was verfügbar ist, wird an den Ausfahrten platziert. Bis er mit dem Amokläufer das andere Ende des Tunnels erreicht hat, sollte sich die halbe Stadt versammelt haben. Autos aus Gratkorn, Gratwein, die Sektorstreifen, eine Verhandlungsgruppe, vielleicht ist sogar der Landespolizeikommandant dabei.

Im Tunnel wirkt das Brüllen des Busses noch lauter. Trost hasst den Tunnel. Wann immer es möglich ist, meidet er ihn, fährt lieber durch den Stau der Stadt, als sich durch den Berg zu wagen. Er findet es widersinnig, sich in einem Loch fortzubewegen. Je länger eine Fahrt durch einen Tunnel dauert, desto unbehaglicher wird das Gefühl, das nackte Gestein werde ihn im nächsten

Augenblick erdrücken, auf ihn einstürzen und ihn zerquetschen. In Momenten wie diesen lenkt er sich ab, versucht zu ergründen, warum ein Tunnel tatsächlich dem Gesteinsmassiv eines ganzen Berges widerstehen kann, ist dabei aber nie wirklich erfolgreich. Bisher ist ihm die Natur des Tunnels ein Rätsel geblieben. Und die Ablenkung durch die Frage funktioniert auch nie lange. Doch jetzt, während dieser Tunnelfahrt, plagen ihn andere Sorgen.

Der Wahnsinnige auf dem Beifahrersitz scheint sich im Tunnel ebenfalls unwohl zu fühlen und droht nun, vollends die Beherrschung zu verlieren. Er schaut aus dem Wagenfenster wie ein Tier aus einem Käfig, starrt mit offenem Mund und Augen auf die vorüberfliegenden Leuchtröhren. Hinter jeder Haltebucht vermutet er einen Einsatzwagen mit Polizisten, die auf ihn schießen könnten. Vereinzelt überholen sie Autos, auf die er zielt wie ein Großwildjäger auf Elefantenjagd. Dann beginnt er unvermittelt zu heulen, zu toben und mit den Füßen zu trampeln, als zwinge ihn ein innerer Schmerz dazu. Trost spürt, wie er ihn fixiert, als erkenne er jetzt erst, wo er sich befindet. Als realisiere er in diesem Moment, wer Trost wirklich ist. Der Mann verzieht seine Unterlippe, presst ein Geräusch hervor, das mehr tierisch als menschlich klingt – und schießt.

Später stolpert Armin Trost auf der anderen Seite der Tunnelröhre aus dem Inneren des Berges. Wie viel Zeit vergangen ist, kann er unmöglich abschätzen. Es können zehn Minuten, es kann aber auch eine ganze Stunde sein. Zeit spielt keine Rolle mehr, nur so viel weiß er: Allein die Zeit, die es dauert, das Wort »Zeit« zu sagen, kann über Leben und Tod entscheiden.

In Sekundenbruchteilen brechen die Eindrücke über ihn herein. Das Licht der Nachmittagssonne fällt auf seine Füße, wandert über seinen Körper. Ehe es seinen Kopf erreicht, bleibt er stehen und schaut zurück. Hinter ihm erstreckt sich die undurchdringliche Finsternis des Plabutschtunnels wie ein dunkles Geheimnis.

Er schaut wieder nach vorn, wo er ein Szenario erblickt, das es in dieser Form in dieser Stadt noch nie gegeben hat. Dutzende Polizeiwägen versperren die Straße wie in einem Burt-

Reynolds-Streifen aus den Siebzigern. Signallichter flackern unruhig, Funkgeräte knacken, irgendwo plärrt eine Stimme in ein Megafon. Hinter den Polizisten stehen Menschen in Zivil. Zuschauer, Gaffer. Sie haben Kameras und Fotoapparate dabei. Auch ein ORF-Übertragungswagen parkt am Seitenstreifen. Wie schnell das alles geht, denkt sich Trost und stolpert weiter.

Jemand kommt auf ihn zu, stützt ihn, bevor er fällt. Er erkennt den Mann, es ist Johannes Schulmeister, ausgerechnet der Kollege in seiner Abteilung, in dessen Armen er sich am wenigsten gern wiederfindet. Weiche, speckige Hände packen ihn unter den Achseln.

Schulmeister atmet schwer. Er kommt Trost vor wie ein Riese, dabei weiß er doch, dass dieser Eindruck nur von Schulmeisters Körperfülle herrührt. Der Kollege hat einen roten Kopf, als wäre Trosts Gewicht zu viel für ihn. Über seinen Augen treten blaue Adern hervor, die hohe Stirn glänzt vor Schweiß. Seine stahlblauen Augen irritieren Trost. Sie sind keinesfalls so selbstgefällig, wie er sie in Erinnerung hat. Und dabei gibt es kaum einen Moment, in dem Schulmeister nicht anderen das Gefühl gibt, etwas falsch gemacht zu haben. Ganz alltägliche Handgriffe wie etwa das Einschenken von Kaffee reichen schon aus, um mit seinem tadelnden Blick bedacht zu werden. Nicht dass es oft vorkommen würde, aber erst gestern oder zumindest vor Kurzem hat Trost das Gefühl gehabt, netter in seiner Abteilung sein zu müssen. Er hat also Kaffee gemacht und zur allgemeinen Pause aufgerufen. Verwunderte Beamte erhoben sich hinter den Bildschirmen und kamen dankbar für die unerwartete Unterbrechung näher. Lächelnd schenkte Trost ihnen Kaffee ein, einem nach dem anderen. Als Schulmeister an der Reihe war, ging beim Einschenken etwas Kaffee daneben und tropfte auf den Tisch. Trost wusste sofort, was jetzt passieren würde. Er schaute auf und sah Schulmeisters vernichtenden Blick. So wie der eines Vaters, der seinem Sohn wortlos mitteilt, dass er enttäuscht sei, weil der die einfachsten Dinge nicht auf die Reihe kriegt.

Aber nein, jetzt ist Schulmeisters Blick anders. Sein Kollege wirkt ehrlich besorgt, geradezu beunruhigt. Und trotzdem: Was hätte Trost jetzt für einen von diesen Schulmeister-Tadel-Blicken gegeben. Trost schüttelt den Kopf. »Schau nicht so scheinheilig, mir geht's eh gut.«

Aber Schulmeister lässt ihn nicht los, schafft es, ihn so lange auf den Beinen zu halten, bis ein zweiter Arm unter seine Schulter greift. Die Berührung fühlt sich gleich viel besser an. Trost dreht den Kopf und wird sich im selben Moment bewusst, Annette Lemberg noch nie so nah gewesen zu sein.

Sie trägt das Haar wie immer streng zurückgekämmt. Wie hat sie das nur geschafft? Es war sicher nicht Zeit genug, um sich für diesen Auftritt herzurichten, und dennoch sieht sie aus, als hätte sie sich in aller Ruhe vor einen Schminktisch gesetzt, sich aus Tuben und Dosen bedient und, ein Lied summend, so lange gekämmt, bis das Haar elektrisch knistert. Vielleicht aber rennt die Lemberg, seine deutsche Kollegin, die er wegen ihrer Intelligenz und der direkten, unverblümten Art, auf die Dinge zuzugehen, gern seinen »Glückstreffer« nennt, auch ständig mit Spiegel und Kamm in ihrer Handtasche herum. Jedenfalls sieht sie aus wie ein Fotomodell. Was macht so eine wie sie nur bei der Polizei? Trost hat das nie begriffen. Mit dem Gesicht wie aus einem Frauenmagazin, der Figur wie aus einem Kinofilm, mit der Stimme wie aus einem Hörspiel und mit diesem Duft wie frisch geduscht.

Er fühlt sich gar nicht mehr so schwach. Nur müde. Jemand zieht ihm eine schwarze Mütze über den Kopf, in der für Augen, Nase und Mund Löcher sind. Der Chefermittler der Mordgruppe soll nicht erkannt werden, wenn die Kameras ihn erfassen. Er kennt den Grund für die Maßnahme, kommt sich mit der Maske dennoch seltsam vor, als wäre er einer von der falschen Seite. Wie er so liebevoll in Sicherheit gebracht wird, hätte ein Außenstehender ihn auch für einen Bankräuber halten können, den die Beamten geschnappt haben und nun mit sich zerren.

Wie nah alles beisammenliegt: Trost und Häme, Fürsorge und Gewalt, Gut und Böse. Armin Trost muss lächeln und ist froh, dass niemand es sehen kann. Verrückt, wenn die Gaffer sähen, dass sie einen Lachenden fortschleppten!

Spezialeinheiten mit Helm und Schild rennen an ihm vorbei ins Dunkel des Tunnels. Trost dreht den Kopf, blickt ihnen nach, will rufen, da sei nichts mehr, was ihnen Angst machen könnte. Denn alles ist vorbei. Nur mehr das Gestein droht einen noch zu erdrücken. Eine unübersehbare Masse an gewaltigem, boshaftem Gestein.

Doch er kann nicht mehr rufen. Die Bilder beginnen zu verschwimmen. Schulmeister wird immer roter und breiter und schweißiger, und seine Bartstoppeln scheinen mit jeder Sekunde grauer zu werden. Er sieht aus, als hätte ihn jemand am Computer nicht eben wohlwollend bearbeitet. Dagegen wird die Lemberg immer hübscher und zurechtgemachter und an den richtigen Stellen üppiger. Sie ist das ganze Gegenteil zu Schulmeister.

Trosts Müdigkeit ist groß. So groß.

Dann kippt seine Welt.

Teil 2

3

24. September 1235 n. Chr., Japan
Während des Nachtlagers mit seiner Armee beobachtet der Shōgun Kujō
Yoritsune Lichter am Himmel. Yoritsune ordnet eine Untersuchung
an – mit dem Ergebnis: Der Wind müsse die Sterne hin und her
bewegt haben.

Er dreht das Autoradio ab, und Tom Jones, der zum Standardrepertoire des Regionalsenders gehört, verstummt. Den Wagen hat er von seiner Werkstatt geliehen, einen grauen Alfa Giulietta mit Sportlenkrad, Schalthebel mit Silberknauf und knurrendem Motorengeräusch. Er sitzt tief im Ledersessel und lässt ganz automatisch einen Ellbogen aus dem offenen Fenster hängen. Der Wagen liegt perfekt in der Kurve, und wenn er aufs Gas steigt, drückt die Geschwindigkeit sein Gesäß in den Sitz. Insgeheim wünscht er sich, dass seine Werkstatt den alten VW-Bus nicht so schnell wieder straßentauglich kriegt.

Immer wieder schaut er in den Rückspiegel, als wolle er prüfen, ob sein Gesicht auch wirklich in das Auto passt. Aber es passt perfekt, findet er jedenfalls. Seiner Meinung nach weckt der Wagen in ihm sogar die Illusion, jünger zu sein. Um mindestens zehn Jahre. Trost spürt förmlich, wie er auf seine Ausstrahlung abfärbt. Wie er plötzlich Blicke auf sich zieht, die ohne den Wagen interesselos an ihm vorübergeglitten wären. Er sieht gut in ihm aus. Richtig gut. Als Armin Trost anhält und aussteigt, tritt er in eine Wasserlacke. »MAAH!«

Der Effekt des Autos ist schnell verflogen. Beim Gehen wechselt sich das schmatzende Geräusch des vom Pfützenwasser durchtränkten Schuhs mit dem Knirschen von Kies ab. Schlff, kss, schlff, kss …

In einer Hand trägt er eine lederne Sporttasche im Stil der siebziger Jahre. Ohne Seitentaschen und Schulterriemen ist sie überaus unpraktisch, sieht dafür aber »saucool« aus, wie Jonas sagen würde. Über ihm ist der Himmel von weißen Schlieren durchzogen. Sie lassen ihn so plastisch wirken, als habe er eine feste Form.

Zuvor haben sie im Radio davon gesprochen, dass sich eine neuerliche Gewitterfront nähert. Sie wälzt sich aus dem Süden des Kontinents auf die Steiermark zu, ein Adria-Tief, das für ein paar Tage mit dem Sonnenschein und dem Sommer-im-Juni-Getue in Graz aufräumen wird. Eine Eigenheit des Landes: Während sich in der Hauptstadt die Schanigärten mit lässigen Sonnenbrillenträgern füllen, die über den ewigen Stress und die schlechten Zeiten lamentieren, regnet es im Umland. Dann ist es so wie jetzt: Die Luft ist noch ein wenig feucht und schwül vom vergangenen Regen, während sie im Radio schon den nächsten Schauer ankündigen.

Doch noch ist davon nichts zu merken. Der Tag ist viel zu hell. Die Sonnenbrille, die einen jeden Tag gelbstichig im Gute-Laune-Teint erscheinen lässt, hat er im Handschuhfach vergessen, aber er ist zu faul, um die paar Schritte zurückzugehen und sie zu holen. Der blendend weiße Ball am Himmel spiegelt sich in glatten Oberflächen und schmerzt in den Augen, sodass er die Landschaft, die ihn umgibt, nicht wirklich erkennen kann. Wald, Wiesen, Obstbäume. Eine Landschaft, so simpel wunderschön, wie sie Kinder zeichnen würden.

Schlff, kss, schlff, kss …

Auf dem Parkplatz, den er gerade überquert, parken kaum andere Fahrzeuge. Kein gutes Zeichen für ein Hotel. Es scheint nicht viele Gäste zu haben. Auch die Fensterfront des Hauses spiegelt das Licht der Sonne, das Gefühl, ungesehen beobachtet zu werden, löst den unbequemen Impuls in Trost aus, schneller zu gehen. Bevor er sich dem Haus so weit nähert, dass er den automatischen Auslöser für die Schiebetür aktiviert, fällt ihm ein auf die Türscheibe geklebtes Plakat auf: »PLATZWAHL 2013. Unterschreiben Sie für Pöllauberg, das schönste Fleckerl der Steiermark!«.

Erst im Schatten der Eingangshalle kann er wieder klar sehen und denken. Und stellt sogleich fest, dass das Wort »Eingangshalle« übertrieben ist. Viel eher handelt es sich dabei um einen Raum mit hellen Möbeln, Kleiderständer, einem plätschernden Brunnen mit Lichtspielen, wie man ihn in den Feng-Shui-Ecken der Baumärkte bekommt, und bewusst platzierten Blumenarrangements. Die Eingangshalle sieht aus wie ein geräumiges Vorzimmer.

Der Teppich verschluckt das Geräusch seiner Schritte, sogar das Schmatzen seines Schuhs ist nicht mehr zu hören, und so taucht Trost nahezu lautlos vor der Dame an der Rezeption auf, die sich dennoch nicht von ihm überraschen lässt und ihn breit und erwartungsvoll anlächelt.

Sofort fällt ihm auf, dass es sich bei ihr um den Typ Mensch mit Wackelkopf handelt. Solchen Menschen sitzt der Kopf so lose auf dem Genick, dass er bei jeder Bewegung nachzuwippen scheint, sie erwecken den Anschein, als wären sie schüchtern, unsicher oder kränklich.

Trost stellt sich vor und sagt, er würde gern ein paar Tage bleiben. Sie blickt auf den Monitor eines Laptops, Wackelkopf, lächelt breit, Wackelkopf, fragt ihn, ob er über dieses Haus informiert sei, und noch ehe er die Frage beantworten kann, fährt sie fort: »Ich muss mich entschuldigen. Übermorgen ist Vollmond, da ist unser Haus traditionell spärlich besetzt. Wissen Sie, der Vollmond beeinflusst die Menschen, sie schlafen schlecht, sind schlecht gelaunt und weniger aufnahmefähig. Alles, was ihnen widerfährt, schieben sie auf die kosmischen Veränderungen. Deshalb haben wir beschlossen, unsere Therapieeinheiten rund um den Vollmond stark runterzufahren. Wir bitten Sie um Nachsicht, wenn nicht alles angeboten wird. Nur noch drei Tage, dann ist der Spuk wieder vorbei.«

»Na, hoffentlich spukt es nicht wirklich.«

Ihre Holzohrringe klacken aneinander, als sie die Augen so weit aufreißt, dass das Weiß darin hervorquillt wie eine bewegliche Masse. Sie macht ein Geistergeräusch – »Uaah« –, bevor sie kichert: »Ich glaube schon.«

Die Konversation lässt Trost unwillkürlich um sich blicken, doch es sieht ihnen niemand zu, sodass ihm die Situation nicht weiter unangenehm sein muss. Die Rezeptionistin fährt währenddessen unbeirrt fort, ihn aufzuklären. »In unserem Haus geht es in erster Linie darum, dass sich unsere Gäste entschleunigen. Wir achten darauf, dass wir das Lebenstempo drosseln und legen Wert auf Entspannung und Erholung. Das alles kommt auch dem

Selbstvertrauen zugute. Sie können bei den einzelnen Programmen mitmachen, die wir anbieten, aber es besteht kein Zwang. Wir verlangen von Ihnen nur, dass Sie sämtliche Dinge, die Sie ablenken könnten, hier an der Rezeption abgeben.«

Breites Lächeln, Wackelkopf, Trost lächelt zurück, sie wird unter dem Haaransatz rot, Wackelkopf, sie müsse ihn jetzt bitten, ihr sein Handy und dergleichen auszuhändigen, Wackelkopf.

Trost stöhnt innerlich auf. Die ständige Bewegung ihres Kopfes wird ihm bald Kopfschmerzen bereiten. Eine Sekunde vergeht, bis er spürt, dass sie seinen genervten Gesichtsausdruck bemerkt hat.

Dass das hier üblich sei und zum Programm gehöre, wisse er doch sicher? Jaja, natürlich, gibt er schnell, zu schnell, zurück. Ohne sie anzusehen, zieht er sein Mobiltelefon aus der Jackentasche, als ihn ein plötzliches Geräusch herumfahren lässt. Neben ihm steht ein dürrer Kerl mit Hakennase und mustert ihn. Der Teppich hat wohl auch seine Schritte verschluckt.

»Dürfen wir auch einen Blick in Ihre Tasche werfen?«, vernimmt er wieder die Stimme der Rezeptionistin.

»Bitte?«

»Sie haben schon richtig verstanden. Wir möchten nur sichergehen, dass wirklich alle Vereinbarungen eingehalten werden. Und eine davon ist eben, dass Sie sich nicht ablenken können. Oft wissen die Menschen gar nicht, was sie ablenkt. Wir möchten ihnen behilflich sein, es herauszufinden. Sie sollen ganz bei sich sein, ganz im Hier und Jetzt. Sollte Ihnen das nicht gelingen, so gefährdet das den Erfolg unseres gesamten Programms. Und das wollen Sie doch nicht riskieren, oder? Ich möchte Sie noch einmal darauf hinweisen, dass Sie vollkommen freiwillig bei uns sind.«

Einen Moment lang treffen sich ihre Blicke. Trost geht noch einmal alle Möglichkeiten durch, bis ihm am Ende nur diese eine übrig bleibt. Er gehört hierher, kein Zweifel.

Er nickt und macht einen Schritt zurück, woraufhin sich der Hakennasen-Mann bückt, die mitgebrachte Tasche öffnet und die Sachen darin mit Spinnenfingern abtastet, als stecke in seiner Gewissenhaftigkeit ein Hauch von Ironie. Lange, dünne rote Finger drücken und schieben und fühlen sich durch Trosts Gewand. Der Mann ist größer als er, sieht blass und ungesund aus, ganz das Gegenteil von einem kernigen Oststeirer, eher ein Junkie aus dem Grazer Stadtpark. Er hat den Ansatz einer Flachkopf-Glatze und eine hässliche Warze im Nacken.

Was immer man finde, bekomme er natürlich am Ende seines Aufenthalts zurück, sagt die Wackelkopf-Rezeptionistin. In der Zwischenzeit werde alles sicher in einem Safe verwahrt. Dies sei schließlich nicht irgendein Hotel. Man solle hier ausspannen. Sich erholen.

Trost beobachtet die Hakennase. Sie hat Schuppen auf den Schultern, ihr Pullover, den sie trotz der frühsommerlichen Temperaturen trägt, sieht aus, als hätte sie ihn am Straßenrand gefunden, die braune, am Oberschenkel ausgebleichte Schnürlsamthose wirkt zerschlissen.

»Wir nennen uns gern ›Zentrum für geistige Bewusstseinsschaffung‹«, fährt die Empfangsdame nun fort, als hätte sie soeben das Prospekt studiert und müsse sich durch lautes Wiederholen auf die alltägliche, mündliche Prüfung im Chefzimmer vorbereiten. Dass es sich bei dem Hotel um eine Art Burnout-Werkstatt für reparaturbedürftige Mitglieder der Wohlstandsgesellschaft handelt, spricht sie nicht aus.

Die Hakennase hat etwas gefunden, zieht ein Buch zwischen den Kleidungsstücken heraus und hält es fragend hoch.

»»Das Gerücht vom Tod««, liest die Rezeptionistin laut vor. »Klingt nicht besonders lebensfroh.«

Trost seufzt. »Ist Lesen hier etwa auch verboten?«

Sie lächelt, als hätte er einen anzüglichen Scherz gemacht, erwidert aber nichts.

Mit Spinnenfingerspitzen steckt die Hakennase das Buch zurück in den Koffer.

Trost mustert die Frau noch einmal genauer. Sie trägt eine Holzkugelkette und ein Kleid, das einem Jutesack ähnelt, in dem normalerweise Erdäpfel aufbewahrt werden. Orangefarbene Lippen. Kleine Augen, die tief in den Höhlen liegen und hinter halb geöffneten Lidern schlummern. Sie macht einen geradezu aufdringlich entspannten, nahezu verträumten Eindruck.

»Sie werden sehen, nach dem Aufenthalt bei uns wird es Ihnen besser gehen. Alles wird Ihnen wieder leichter fallen. Sie werden Lösungen für Probleme gefunden haben und sich selbst wieder intensiver wahrnehmen.«

Trost erwidert nichts, folgt nur ihrem ebenfalls orange lackierten Zeigefinger, der über ein Blatt Papier streicht, wohl das Anmeldeformular.

»Sie sind Beamter?«

Trost nickt.

Sie versucht Anteilnahme zu zeigen. »Wir haben immer wieder Beamte bei uns. Sie sind kein Einzelfall. Viele in Ihrer Branche sind überarbeitet, werden gemobbt und stehen unter enormem Druck.« Wackelkopf. »Haben Sie etwas dagegen, wenn wir Sie untersuchen?«

Trost runzelt die Stirn, kommt aber nicht dazu, etwas zu erwidern.

Die Hakennase macht einen Schritt auf ihn zu und fixiert seine Jacke, als wisse sie genau, wo sie als Erstes zu suchen hat.

Auf Trost macht der Typ den Eindruck eines verstörten Wesens, das nur noch seinen Instinkten folgt und jegliche Konventionen abgelegt hat. Wahrscheinlich würde er ihm am liebsten die Lederjacke vom Leib reißen, sie selbst anziehen und davonrennen.

Trost macht einen Schritt zurück und hebt die Hände. »Ich denke, das muss jetzt wirklich nicht sein.«

Es vergeht eine Sekunde, bis wieder die Stimme der Rezeptionistin erklingt. »Und Sie haben bestimmt keine Computerspiele bei sich?«

Er verneint.

»Keinen Laptop, kein iPad, keine Spielekonsolen?«

»Nein, nein, nein.« Er lacht.

Das Gesicht der Rezeptionistin bleibt dennoch ernst. Ihr Blick erscheint etwas weniger entrückt, wenngleich sie die Augen noch immer kaum offen halten kann. »Sie lachen, aber Sie glauben ja nicht, womit die Leute hier versuchen einzuchecken. Würden wir sie gewähren lassen, hätte das alles keinen Sinn. Sie zahlen viel Geld, wollen geheilt werden, einen klaren Kopf bekommen, betrügen sich aber selbst. Denn letztendlich ist es ja so: Sie betrügen nicht uns, weil sie unsere Regeln brechen, sondern sich selbst, weil sie sich ablenken. Unsere Regeln dienen nicht dazu, die Leute zu schikanieren, sondern dem schnelleren Erfolg. Ihr Misserfolg würde zudem schlecht in unser Portfolio passen. Wir haben eine hohe Erfolgsquote, und die wollen wir nicht riskieren. Herr Stern und seine Frau, die Besitzer dieses Hotels, haben viel in ihre Idee investiert, haben sich eine Menge Gedanken gemacht. Ich bin überzeugt, dass Sie verstehen, was ich meine, wenn Sie sie kennenlernen. Er ist ein großartiger Mensch. – Seine Frau natürlich auch.«

Sie räuspert sich, und es hat den Anschein, als hole sie zum ersten Mal seit Langem Luft. »Ich sage das nur, damit Sie verstehen, warum wir so sehr darauf achten, dass unsere Gäste nicht abgelenkt werden.«

In der darauffolgenden Stille ist nur das Plätschern des Brunnens zu hören. Während der letzten Sätze hat sie kein einziges Mal mit dem Kopf gewackelt. Auch schüchtern wirkt sie nicht mehr, dafür hat ein erregter Hauch von Rot ihre Wangen überzogen. In einem strengen Hosenanzug würde sie jetzt als Großkundenbetreuerin einer Bank durchgehen.

Trost wechselt das Standbein, und sofort ertönt das Schmatzen des nassen Schuhs. Schlfff. »Sagen Sie«, versucht er die Situation etwas zu entspannen, »kann man hier irgendwo seine Stimme für Pöllauberg abgeben?«

Ihr Blick folgt seinem Daumen, der in Richtung Plakat am Eingang weist, dann legt sich ein Ausdruck von Verständnis auf ihre Züge. »Ah, das Fleckerl. Nein, die Wahl ist längst vorbei, ich vergesse nur immer, das Plakat herunterzunehmen. Wir haben übrigens gewonnen. Sehen Sie, das ist auch eine Art, sich zu entspannen. Morgen wird der Sieg oben bei der Wallfahrtskirche gefeiert.«

Als Armin Trost wenig später mit seinem Zimmerschlüssel in der Hand durch den Korridor geht, hat er eher das Gefühl, eine Gefängniszelle zu beziehen als das Zimmer eines Erholungshotels. Aber selbst wenn es eine Gefängniszelle wäre, es wäre ihm egal.

Hauptsache hier. Er wird das Ding durchziehen und vielleicht
danach tatsächlich ein anderer Mensch sein. Ungläubig schüttelt er den Kopf. Die zwei Verrückten wollten ihn gerade allen
Ernstes perlustrieren.

4

4. April 1561, Nürnberg, Deutschland
Laut einem Nürnberger Flugblatt wurden »von vielen Männern und Frauen« Objekte am Himmel wahrgenommen: Diese hätten miteinander »angefangen zu streiten«. Das Schauspiel soll eine Stunde gedauert haben, dann seien sie herabgefallen und »mit viel Dampf allmählich vergangen«.

Als er die Augen wieder öffnet, sieht er den Umriss einer Lampe über sich an der Decke. Eine längliche Neonröhre, die Assoziationen zu einem Krankenhausgang wachruft. Er liegt auf einer schwarzen Ledercouch und spürt, wie sein Blut durch seine Schläfen pulst. Als er sich aufrichten will, hört er eine sanfte, aber bestimmte Stimme und erinnert sich wieder.

Nachdem er sein Zimmer bezogen hatte – ein Raum mit Spannteppich, Doppelbett, Schreibtisch, Fernsehapparat und einem Fenster, das den Blick auf den Wald dahinter freigibt –, meldete er sich zum Willkommensgespräch bei Mag. Dr. Helene J. Stern. Seelen-Massage, so stand es auf der Tür ihres Büros. Er wollte die Sache schnell angehen, keine unnötige Zeit mit Herumspazieren und Warten verbringen. Auf dem Türschild stand kein Wort davon, dass die Dame gleichzeitig Besitzerin des gesamten Anwesens ist.

Die Tür ging im selben Moment auf, in dem er klopfen wollte. Mit gehobener Faust, aus der ein angewinkelter Mittelfinger ragte, stand er da und blickte überrascht auf eine Hand, die sich ihm entgegenstreckte. Doch die groteske Situation war vorüber, und was großartig zwischen diesem Moment und jenem, in dem er jetzt aufwachte, passiert war, konnte er nicht wirklich sagen.

Sie hatten sich wohl eine Weile zwanglos unterhalten, und Trost hatte sich wohl dabei gefühlt. Etwas unbeholfen kam er ihrer Aufforderung nach, es sich auf der Couch bequem zu machen. Er sagte noch so etwas wie, er sei aber kein Psychofall, was die Therapeutin mit einem stillen Lächeln quittierte – was danach gekommen war, daran kann sich Trost nur noch bruchstückhaft erinnern. Da war ein Willkommenscocktail, irgendwas mit Holunderblüten, und … Nein, jetzt fiel es ihm wieder ein: Er hatte sich behaglich gefühlt, hatte über Dinge gesprochen, die ihm sonst selten über die Lippen kamen. Über sich, darüber, was in ihm vorging und wie schwer es ihm fiel, sich zu motivieren. Wie niedergeschlagen er sich manchmal fühle. Grundlose Melancholie, ganz unabhängig vom Wetter, die auch mit Johanniskrauttee, Joggen im Wald und Schokoriegeln nicht verflog. Er konzentrierte sich, wollte keine seiner Antworten unüberlegt geben, und nach und nach lullte ihn die sonore, kumpelhafte Stimme der Frau ein, die er erst vor ein paar Minuten kennengelernt hatte.

Trost greift sich an die Stirn und wischt mit seinem Unterarm einen dünnen Schweißfilm fort. Was hat er ihr alles erzählt? Zu viel?

Im Laufe des Gesprächs muss er ins tiefe dunkle Leder der Couch zurückgesunken und eingeschlafen sein. Es ist ein wunderbarer Schlaf gewesen, in der angenehmen, wohligen Atmosphäre in der Nähe dieser Frau, so wunderbar, dass er über diesen Gedanken beinah neuerlich einzuschlafen droht.

»Ganz langsam«, sagt sie, »wir haben Zeit. Kommen Sie wieder zu sich, lassen Sie die Gegenwart auf sich wirken. Es gibt keinen Grund zur Eile.«

Er spürt den sanften Druck einer Hand an seiner Schulter. Eine Wolke aus Haarspray und frisch gewaschener Wäsche liegt in der Luft. »Hat es funktioniert?«, fragt er.

»Sozusagen«, erwidert die Frau zurückhaltend.

Ihre Blicke treffen sich. Obwohl sie gut zehn Jahre jünger sein muss als er, strahlt Helene Stern etwas Großmütterliches aus. In ihrem grauen Rock mit dem seitlichen Reißverschluss, der weißen Bluse, die sich um ihren Körper spannt, als wäre sie eine Nummer zu klein. Ihre Finger sind nicht von der schlanken Sorte und münden in kurz gefeilte Nägel. Dezente grünstichige Ohrringe in Ohrläppchen gespießt. Grüne Augen. Ein Muttermal an ihrem Kinn, das bei anderem Lichteinfall auch als Warze durchgehen kann. Blutleere Lippen, gebürstetes braunes Haar, das etwas glanzlos über ihre Schultern hängt. Und über ihrer ganzen Person hängt dieser Duft nach Waschsalon. Helene Stern ist nicht unattraktiv, aber insgesamt eine eher biedere, strenge Erscheinung.

Trost richtet sich auf, findet in diesem Augenblick vieles komisch. Auch die Tatsache, dass er hier auf einer Couch liegt, amüsiert ihn. Ich bin einfach eingenickt, Wahnsinn. Dann wird ihm plötzlich heiß. »Wie lange bin ich schon hier?«

»Wie bitte?«

»Wie lange habe ich geschlafen?« Er blickt sich um. Immer noch fällt Sonnenlicht durch das Panoramafenster. Er betrachtet die Teletubby-Landschaft dahinter. Sanft geschwungene Hügel in dem einheitlichen Grün von Modelleisenbahnwiesen. Dazwischen schlängeln sich Straßen, die an einen Gute-Laune-Film aus den Fünfzigern erinnern. Steine in der Art, wie sie Obelix durch die Gegend schleppt, stehen wie arrangierte Kunstwerke in der Gegend herum, die Bäume scheinen von einem Maler bewusst an diese oder jene Stelle gesetzt worden zu sein.

Doch das hier ist kein Gemälde, sondern der Blick über das oststeirische Hügelland. Pöllauberg. Der Masenberg. Eine Gegend, in der sich Fuchs und Hase Gute Nacht sagen. Most und Verhackertbrot. Weitab vom Schuss und doch nur etwas mehr als eine Stunde von Graz entfernt. Weit genug jedenfalls, um unterzutauchen.

»Eine halbe Stunde.«

»Bitte?«

»Sie wollten doch wissen, wie lange Sie hier sind. Insgesamt eine halbe Stunde, von der Sie fünf Minuten geschlummert haben.«

Er fühlt sich ausgelaugt, streicht über seine Hände, als hätte er sie soeben eingecremt. »Habe ich im Schlaf geredet?«, fragt er so beiläufig wie möglich.

Helene Stern sieht ihn einen Tick zu lange mit einem dünnen Lächeln an. Jedenfalls vermutet Trost, dass es sich dabei um ein Lächeln handelt. »Interessanterweise ist das die Sorge der meisten Menschen. Sie zeigt einmal mehr deutlich, dass jeder seine Geheimnisse hat. Aber machen Sie sich keine Sorgen, Sie haben bestenfalls unverständlich vor sich hin gemurmelt.«

Ihr Blick ruht so lange auf seinem, bis auch er ein Lächeln zustande bringt. »Na, sehen Sie«, sagt er dann. »Erst eine halbe Stunde hier und schon wache ich auf einer Couch auf, neben der eine hübsche junge Frau sitzt.« Unter dem Bart ist nicht zu erkennen, dass er rot wird. Das hofft er jedenfalls. Warum hat er das jetzt gesagt? Und die Art, in der er es gesagt hat! Das Kompliment war dermaßen plump, dass er am liebsten davongerannt wäre, ganz abgesehen davon, dass es eine Lüge ist. Er findet Helene Stern nicht hübsch. Nicht richtig jedenfalls. Vielleicht in einer plakativen Art und Weise attraktiv, aber nicht so hübsch, dass sie sein Typ wäre. Keineswegs. Ihm ist noch nicht einmal klar, ob sie aussieht wie eine junge Frau, die sich älter macht, oder wie eine ältere, die ihr Gesicht jung erscheinen lassen will.

Ihre Blicke treffen sich wieder, während er sich umständlich von der Couch erhebt. Seine Schulter schmerzt noch immer von dem Trip mit dem Amokläufer. Auch nach Tagen spürt er die Nachwirkungen der Fahrt durch den Tunnel noch am ganzen Körper. Helene Stern lächelt jetzt nicht mehr.

Eine weitere großmütterliche Eigenschaft fällt Trost nun an der Ärztin auf. Sie hat einen harten Blick. Einen Seher-Blick. Sie schaut ihn an wie einen kleinen Jungen, den man beim Schokoladeklauen ertappt hat. Unfassbar, dass er sich dieser Frau gerade ausgeliefert hat und eingenickt ist. Noch dazu, wo er sie gar nicht kennt. Trost räuspert sich. Und angemacht hat er sie auch. Jetzt lächelt sie wieder. Ein seltsames Hin und Her ist das in ihrem Gesicht. Hat sie etwa seine Gedanken erraten? Immerhin ist sie Psychotherapeutin.

»Das Hypnotisieren, die Suche im Unterbewusstsein, ist nichts Neues und Unerforschtes. Ähnliche Techniken wurden bereits im alten Indien angewandt. Dort gab es dafür sogar eigene Schlaftempel. Wenn die Leute in diesen Anlagen einschliefen, traten Priester zu ihnen und flüsterten ihnen Botschaften zu. Sie heilten sie sozusagen im Schlaf. Und genauso verhält es sich bei Ihnen. Sie reden nicht im Schlaf, erzählen mir keine Dinge, denn ich frage nicht danach. Aber ich kann Ihnen Suggestionen vermitteln. Ihnen gut zureden, wenn Sie es so formulieren wollen.«

»Oh. Und was zum Beispiel? Ich meine, was haben Sie mir eingeredet?«

»Noch gar nichts.« Ihre Mundwinkel sind so gerade wie mit einem Lineal gezogen. »Aber später, wenn wir einander besser kennen, werde ich ganz langsam und behutsam versuchen Ihr Programm umzuschreiben. Sie leiden unter mangelndem Selbstwertgefühl, so viel steht fest. Das tun die meisten, die hierherkommen, aber ich werde Ihnen bald vermitteln, dass Sie sich niemandem beweisen müssen. Und anschließend werden Sie gelöster sein. Entspannter. Die Codes werden Ihr Denken auch im Wachzustand positiv beeinflussen. Es ist also alles in Ordnung.«

Sie hat die sanfte, aber teilnahmslose Stimme der telefonischen Uhrzeitansagerin, denkt Trost.

»Die paar Tage bei uns werden Ihnen guttun. Sie werden ausspannen und ausschlafen und danach hoffentlich ein neuer Mensch sein. Sie werden sich selbst kennenlernen und ganz neue Seiten an sich entdecken. Und Sie werden sehen, dass auch die Welt für Sie danach eine andere sein wird. Bei unseren regelmäßigen Treffen werde ich mir Ihre Psyche von allen Seiten ansehen und vielleicht die eine oder andere verborgene Tür zu Ihrer Vergangenheit öffnen. Sie kennen das ja sicher von Freud. Er sagt, dass die meisten Probleme der Gegenwart eigentlich in der Vergangenheit begründet liegen. Damals haben sich Knoten gebildet. Wenn man diese nun löst, beseitigt man auch die aktuellen Probleme.«

»Ich bin mir ehrlich gesagt nicht so sicher, ob ich mich von allen Seiten betrachten lassen will«, erwidert Trost. »Und Sie sind wirklich der Meinung, dass alles so simpel ist?«

»So habe ich das nicht gesagt. Simpel ist ganz sicher der falsche Ausdruck, um zu beschreiben, was ich mit Ihnen tun werde. Vielmehr würde ich es so formulieren, dass wir uns hier in Bereiche vorwagen, die recht heikel sind …«

»Genau das wollte ich −«

»Schon gut, ich weiß, wie Sie es meinten. Und nein, ich tue nichts Ungehöriges, ich schaue mir nur an, was Sie beschäftigt. Damit meine ich, was Sie wirklich beschäftigt. Ich habe das Gefühl, dass es bei Ihnen einige Dinge gibt, die Sie für sich behalten und mit niemandem teilen. Vielleicht hat das ja mit Ihrem Beruf zu tun? Ich habe gelesen, Sie sind Beamter. Wo denn, wenn ich fragen darf?«

»Beim Land«, sagt er, aber sie scheint ihm nicht richtig zuzuhören.

»Im Grunde ist es auch egal wo, denn wir behandeln hier alle Patienten gleich. Sie könnten schließlich ein bekannter Pianist sein oder ein Politiker oder ein Heiliger oder ein Hudriwudri, aber nichts von dem würde ich wissen wollen ...« Sie kichert.

Trost blickt sie aus schmalen Augen an, um zu erkennen, ob sie scherzt. Das Wort »Hudriwudri«, ein Ausdruck für einen schlampigen Tunichtgut, hat er schon lange nicht mehr gehört. Doch nichts deutet auf Humor hin, als sie mit ernsthaftem Gesichtsausdruck weiterspricht.

»Der Punkt ist, hier ist es egal, wer Sie sind. Sie sind aus demselben Grund hier wie die meisten anderen. Sie sind überfordert, haben sich selbst überfordert. Wenn Sie Dinge anpacken, misslingen sie Ihnen, das heißt, wenn Sie überhaupt noch fähig sind, Dinge anzupacken. Sie fühlen sich übergangen, überrollt und überfahren. Ist es nicht so? Und genau hier wollen wir ansetzen. Genau hier. Es ist wie bei Kopfweh. Man massiert einen Punkt im Nacken so lange, bis der Schmerz nachlässt. Immer und immer wieder.« Sie bohrt mit dem Daumen ihrer rechten Hand in die Handfläche der linken. »Fest und unaufhörlich, verstehen Sie? Wir geben so lange nicht nach, bis das Problem beseitigt ist. Wir sehen uns dann morgen um dieselbe Zeit wieder.«

Trost betrachtet abwesend Helene Sterns Handfläche, die vom Druck gerötet ist.

»Wissen Sie«, setzt sie fort, während sie die Uhrzeit ihres nächsten Treffens auf einen Zettel schreibt, den sie Trost reicht, »mein Mann und ich haben diese Einrichtung eröffnet, weil wir davon überzeugt sind, dass es den Menschen mit unserem Programm schon nach ein paar Tagen besser gehen wird. Wir sind überzeugt davon, dass das, was man gemeinhin als Leben oder Alltag oder was weiß ich bezeichnet, eigentlich eine Lüge ist. Ein Betrug. Wir betrügen uns selbst. Die Wahrheit ist, dass wir irgendwann zwischen dem ersten bewussten Gedanken und der letzten Erinnerung aufgehört haben, unser Leben zu steuern, und uns nur mehr steuern lassen. Von Ängsten, den Vorlieben anderer, Gewohnheiten, Medien, Nachbarn, Partnern. Wir gehen konform, sind keine Individuen mehr. Haben nicht mehr die Kontrolle darüber, was wir wirklich tun oder sein wollen. Aber das können wir ändern. Wir können selbst über unser Handeln entscheiden, unser Leben wieder in die Hand nehmen. Das ist eine Floskel, ich weiß«, sie lacht auf, »aber es ist jedes Mal ein Genuss mitzuerleben, wie die Leute nach einigen Tagen bei uns plötzlich die Augen öffnen und zu sehen beginnen. Zu sehen, was wirklich ist. Die Wahrheit über sich. Wenn dieser Prozess beginnt, ist alles anders. Einfacher, verstehen Sie?« Wieder lacht sie, als hätte sie gerade einen Scherz gemacht. »Aber Sie können das noch gar nicht verstehen. Sie sind ja gerade erst angekommen, und ich mülle Sie schon mit Informationen zu. Sie müssen mir verzeihen, aber ich freue mich jetzt schon auf Ihr Gesicht, wenn Sie es selbst sehen. Das wird ein großer Moment für Sie sein.«

Trost nimmt den Zettel entgegen. Er hat das Gefühl, seit Stunden nichts mehr getrunken zu haben. »Was werde ich selbst sehen?«

»Die Wahrheit. Die Wahrheit natürlich, was sonst?«, lacht Helene Stern und wirft sich mit einer Handbewegung das Haar aus dem Nacken. Als es ihr nicht ganz gelingt, erkennt Trost, dass einige ihrer Haare dunkler sind als andere und an ihrer Haut kleben. Sie schwitzt.

»Aber machen Sie sich keine Gedanken darüber«, sagt sie. »Genießen Sie erst einmal den Aufenthalt bei uns, und seien Sie sicher, vielen Menschen geht es ähnlich wie Ihnen. Sie sind nichts Besonderes. Es ist ganz wichtig, dass Sie sich das verinnerlichen.« Sie betont jedes Wort, als sie wiederholt: »SIE – SIND – NICHTS – BESONDERES. Und das ist nicht als Beleidigung gemeint, sondern lediglich eine Feststellung. Wenn wir uns weniger wichtig nehmen, uns nicht so ins Zentrum setzen, dann fällt uns alles leichter. Auch das Erkennen der Wahrheit.«

Das bezweifelt er.

»Also, machen Sie sich ein paar schöne Tage. Gehen Sie in die Bibliothek, machen Sie im Wald einen Spaziergang. Essen Sie gut. Lachen Sie und tanzen Sie. Tun Sie Dinge, für die Sie sich sonst nie Zeit nehmen. Sie haben eine schwierige Zeit hinter sich, eine Zeit, die Sie fast ruiniert hat, sonst wären Sie nicht hier. Aber damit ist von heute an Schluss. Sie fangen neu an, und ich werde Ihnen dabei helfen. Wir alle werden Ihnen helfen. Geben Sie sich nur Zeit. Nur ein bisschen Zeit, dann werden Sie schon bald Veränderungen feststellen können.« Sie kichert wieder. »Jetzt aber genug, sonst verrate ich Ihnen noch alles. Husch, husch, hinaus mit Ihnen.«

Als die Tür zum Therapieraum hinter ihm ins Schloss fällt, hallt ihre kichernde Stimme in ihm nach. Sie hat tatsächlich »Husch, husch, hinaus« gesagt. Und dass er nichts Besonderes ist.

5

7. August 1566, Basel, Schweiz
Samuel Coccius berichtet in einem Baseler Flugblatt, dass »viele schwarze
Kugeln« am Himmel gesehen wurden. Diese bewegten sich schnell und
begannen schließlich rot zu glühen, ehe sie erloschen.

Wenig später sitzt Trost in seinem Zimmer auf der Bettkante. Aus
der Stereoanlage ist ein Mix aus Vogelgezwitscher und Wartezim-
mermusik zu hören. Der Raum ist schlicht und in Gelbtöne getunkt – gelber Vorhang, gelbes Bettzeug, gelbe Bilderrahmen. Die
Bilder zeigen Stillleben, denen man die Massenware ansieht. Blumenarrangements auf Holztischen, Almen und ein Obstgarten,
allesamt lasierend gemalt, Drucke seelenloser Aquarellgemälde.
Wenn man ganz genau hinsieht, erkennt man am Rand sogar die
Worte: »Printed in China«. Wahrscheinlich wurden sie alle am
selben Nachmittag in einem Möbelgeschäft gekauft, gemeinsam
mit den fünfzig Klobürsten aus Plastik, den vierhundert weißen
Handtüchern und einer Schachtel voller Putzlappen. Trost stellt
sich vor, wie irgendwo in einer stickigen, tristen Millionenstadt
in China in einer gewaltigen Halle Tausende kleine, gleich ausse-
hende Menschen in exakt denselben Bewegungen funktionieren.
In der einen Ecke sind die Bildermaler versammelt, die zeitgleich
am selben Motiv arbeiten, in der anderen Ecke werden die Klobürsten, die Putzlappen und die Handtücher hergestellt. Jeder
kommt nacheinander mit jedem Produkt an die Reihe. Eine
Woche Bilder, eine Woche Putzlappen, eine Woche Handtücher
und zum Schluss die Klobürsten. So herrscht Abwechslung, und
keinem der Arbeiter wird langweilig. Die Menschen sind grau,
sehen niemals Tageslicht, aber wenn sie einmal im Monat eine
Alm oder einen Obstgarten malen, dann sind sie in Gedanken
ganz weit weg. So wie Trost in diesem Augenblick.

So stellt er es sich jedenfalls vor: Helene Stern und ihr Mann
haben das Hotel durch einen Großeinkauf im Möbelhaus ausgestattet, um den Zimmern die Illusion von Individualität und
Gemütlichkeit zu verleihen. In Gedanken sieht Trost, wie sie
durch die Gänge gehuscht ist, Vasen zurechtgerückt, an Tisch-

decken gezupft und dabei immer wieder die Hände an ihrer großmütterlichen Schürze abgewischt hat.

Trotz all ihrer Anstrengung ist das Werk nicht gelungen. Alles hier in diesem Gebäude ist blutleer. So blutleer wie Helene Sterns Lippen.

Freilich hätte es in Trosts Augen kein Hotelier wirklich je geschafft, in seinem Haus ein angenehmes Klima zu schaffen, denn ihm widerstrebt jede Bettenburg auf diesem Planeten. Er hasst die sich überall ähnelnde Sauberkeit, die gleichgeschaltete Reinlichkeit. Stets glatt gestrichene Bettlaken, die Waschbecken, auf denen die Seifen und Duschgels und Handtücher geschlichtet und gerichtet sind. Niemals ist irgendetwas natürlich, außerhalb der Norm. Alles ist immer picobello.

Immerhin gibt es eine Stereoanlage. Er schaut sich die Musik-Auswahl an. Die CDs tragen Titel wie »Sounds of Nature«, »Wasserfall«, »Gewitterromantik« oder »Bergromantik«, keine Interpreten, nur Studiomischkulanzen.

Das Vogelgezwitscher macht ihn so nervös, dass er die Anlage ausschaltet. Ein Begrüßungsapfel liegt auf dem Tisch, doch er rührt ihn nicht an. Ein erster Impuls hätte ihn fast hineinbeißen lassen, denn die Gegend ist schließlich berühmt für ihre Äpfel. Der Werbeslogan »frisch-saftig-steirisch« kommt ihm in den Sinn und das knackende Geräusch der Apfelbeißer in den Zahnpasta-Werbespots, doch der Schneewittchen-Effekt ist stärker, und er wendet sich ab. Irgendwie hat er bei Äpfeln stets das Gefühl, sie seien vergiftet.

Sein Blick fällt auf die mit Dinkelkörnern befüllten Kissen, die Tasche mit Bademantel, Handtuch und weißen Schlapfen. Alles in diesem Haus fordert ihn geradezu aggressiv auf, sich zu erholen. Endlich runterzukommen. Sofort.

Er legt die Hände auf die Knie und atmet aus. Er hasst das Hotelzimmer schon jetzt. So wie alle anderen, die er davor gesehen hat, egal wo. Ob mit seiner Familie in einem Ferienort an der oberen Adria, ob allein mit seiner Frau Charlotte in Wien, ob … Er muss es irgendwie schaffen, diese Unruhe aus seinem Hirn zu verbannen. Sie abzutöten. Er kommt vom Hundertsten ins Tausendste. Ständig.

Sein Blick fällt auf die Ablage zwischen Fernsehapparat und Fensterbrett, auf der sich ein Stapel Papier türmt. Prospekte, die die Vorzüge der Gegend preisen, mit Bildern der Pöllauberger Kirche, die atemberaubend herrlich auf dem Kogel thront. Die Texte erzählen vom geheimnisvollen Masenberg, dem Schloss in Pöllau, dem Stift in Vorau. Trost kennt das alles. Er ist aus Graz, kaum eine Autostunde von hier entfernt, und er findet ohnehin, dass dies die schönste Gegend der Welt ist. Wirklich. Allerdings lässt sich dieses Prädikat fast auf jede Gegend der Steiermark anwenden: die schönste Gegend der Welt. Das ist auch der Grund, warum er Auslandsreisen nicht ausstehen kann.

Die Prospekte beschreiben den Service der Hotelanlage. Als er daneben einen Burnout-Test erblickt, seufzt er laut auf. Nichts lässt einen hier in Ruhe seine Ruhe haben. Er greift sich das Blatt und setzt sich an den Tisch.

Ich fühle mich niedergeschlagen und angespannt. – häufig, manchmal, nie
Ich habe Angst zu versagen. – häufig, manchmal, nie
Ich versuche mehrere Dinge gleichzeitig zu erledigen. – häufig, manchmal, nie

Trost nimmt den Kugelschreiber, der auf dem Tisch liegt, und beginnt automatisch den Test auszufüllen.

Niedergeschlagen – häufig.
Versagensangst – häufig.
Alles gleichzeitig machen wollen – häufig.

Er schaut über seine Schulter, als erwarte er, beobachtet zu werden. Das Sitzen mit dem Rücken zur Zimmertür behagt ihm nicht, also legt er sich mit dem Fragebogen aufs Bett.

Ich habe Ängste, die ich früher nicht kannte. – häufig
Ich reagiere empfindlich auf Geräusche. – häufig
Ich bin mit meinem Leben nicht mehr zufrieden …

Er legt den Stift weg, steht auf und geht ans Fenster. Von hier aus gesehen wirkt die Landschaft weniger idyllisch als vom Fenster der Therapeutin aus gesehen. Er blickt direkt ins Unterholz eines Mischwaldes, erkennt Buchen, Fichten und einen Stapel morsches Holz sowie einen rostigen Traktor, der nicht mehr den Anschein eines funktionstüchtigen Fahrzeugs macht. Die Äste eines erbärmlich dürren Nadelbaums bewegen sich im Wind, und Trost schließt die Augen.

Als er am frühen Nachmittag hier ankam, war er überrascht davon, wie still Stille sein kann. Nicht still im Sinne von geräuschlos, sondern eher im Sinne von Wir-bemühen-uns-leise-zu-sein. Überall weiche Fauteuils, Leute, die sich im Flüsterton unterhalten, im Foyer der Esoterik-Brunnen, der leise plätschert, im Lift keine Fahrstuhlmusik wie sonst in Hotels.

Ein Bild taucht vor seinem inneren Auge auf. Die Erinnerung an Musik. Musik eines Einkaufszentrums. Eine Gestalt auf einer Rolltreppe. Trost wollte wie alle anderen die Flucht ergreifen, aber es war längst zu spät gewesen. Unmöglich, sich noch zu bewegen. Er war zur handlungsunfähigen Statue erstarrt, konnte nur noch darauf warten, dass sich die Kreatur nähert.

Trost reibt sich die Augen. Eine Gewohnheit, die ihm, davon war er überzeugt, eines Tages große, schlaffe und tiefrote Tränensäcke einbringen wird. Er sieht jetzt schon älter aus, als er tatsächlich ist, und wartet eigentlich nur noch auf den unsäglichen Moment, an dem er mit seiner Tochter an der Hand von Fremden als deren Opa angesprochen wird. Vielleicht sollte er sich doch seinen Bart abrasieren. Er schließt die Augen und stöhnt auf. Vom Hundertsten ins Tausendste.

Als er die Augen öffnet, findet er sich noch immer am Fenster stehend. Etwas an dem Traktor stört ihn, aber er kann nicht sagen, was.

Eine halbe Stunde später sitzt er wieder auf der Bettkante, sinniert über seine bemerkenswerte Müdigkeit und starrt auf den Test, den er in seiner Hand hält. Er hat ihn inzwischen ausgewertet. Das Ergebnis war deutlich: »Sie sollten dringend einen Arzt oder Therapeuten aufsuchen.«

Er steht auf, schaut wieder aus dem Fenster und hat das starke Gefühl eines Déjà-vus. Nicht nur der Ausblick, auch er selbst, was er in diesem Augenblick denkt, das alles ist schon einmal passiert, bereits einmal da gewesen. Die Wirklichkeiten scheinen sich zu überlappen, und einen Moment lang fühlt Trost sich wie eine Kopie seiner selbst.

Aber als er es schafft, diesen Gedanken in seinen Gedanken zu artikulieren, ist das Déjà-vu-Gefühl auch schon wieder verschwunden.

Seine Hand fährt in seine Sporttasche, ertastet das kalte Metall und die lederne Hülle, in der es steckt. Als er sein Zimmer bezog, hat er zuerst seine Brusttasche vom Körper gezogen und sie mitsamt der Pistole im Halfter in die Tasche gesteckt. Der Zimmerservice wird bestimmt nicht mehr in seiner Tasche wühlen. Er atmet tief ein und aus. Ein paar Tage in einem Wellness-Hotel werden ihm guttun. Nein, sie müssen ihm guttun. Auch wenn er nicht ganz zufällig hier ist. Und nicht ganz privat.

6

1590, Assencour, Frankreich
Ein Kornkreis wird als Beweis in einem Hexenprozess angeführt.

Die orangefarbenen Lippen bewegen sich, aber er hört nicht hin. Er folgt der Rezeptionistin in dem Jutesack-Kleid durch eine schmale Tür, die von Regalen mit Akten umrahmt wird. Dahinter befindet sich ein winziges Büro. Durch ein kleines Fenster dringt nur spärliches Licht, sodass auch die Schreibtischlampe angeschaltet ist. Sein Blick fällt auf noch mehr Regale mit Ordnern in unterschiedlichen Farben. Kalter Rauch hängt im Zimmer. Ein Saftglas mit angetrockneter gelber Flüssigkeit am Boden. Offensichtlich Orangensaft. Eine Mücke hat darin ihren Tod gefunden. Trost unterzieht den Raum einer Betrachtung, die nur ein, zwei Sekunden dauert, aber er weiß, dass er nun imstande sein wird, auch noch Stunden später die Einzelheiten abzurufen. Namen kann er sich keine merken, weshalb er nur ungern auf größere Veranstaltungen, Partys und dergleichen geht, weil er niemanden mit seiner Vergesslichkeit kränken will. Details eines fremden Zimmers merkt er sich dafür umso besser.

Die Rezeptionistin zeigt auf das Festnetztelefon und lächelt. Trost versteht nicht, warum sie ihm nicht einfach sein Mobiltelefon gibt, entschließt sich aber, nicht zu fragen, und greift nach dem Hörer. Er wartet. Als er aufschaut, treffen sich ihre Blicke.

»Oh, ich warte natürlich draußen!«, ruft sie so laut, dass es indiskret wirkt. Theatralisch, als trüge sie statt eines Kartoffelsacks ein Ballkleid, dreht sie eine halbe Pirouette und verschwindet aus der schmalen Tür, ohne sie jedoch ganz zu schließen.

Trost atmet kurz durch und wählt dann die Nummer. »Hallo, Schatz«, sagt er so leise wie möglich. »Ja, alles in Ordnung.« Während er spricht, reibt er sich die Nasenwurzel, um sich besser konzentrieren zu können.

Plötzlich steht die Rezeptionistin wieder im Raum, zuckt entschuldigend mit den Schultern, lächelt und zieht einen Ordner aus einem der Regale. Demonstrativ auf Zehenspitzen geht sie wieder hinaus. Lächerlich, denkt Trost. Das wirkt so lächerlich vertraut, als würden sie einander besser kennen. Trost schreckt in seinen Gedanken auf, hat ganz das Telefonat vergessen. »Nein, sonst gibt es hier noch nichts zu berichten, ich bin ja gerade erst angekommen. Und bei euch?«

Unbeholfen steht er vor dem Schreibtisch, während er der Stimme am anderen Ende der Leitung lauscht. Der Bildschirmschoner des Computermonitors zeigt einen Südseestrand. Trost bewegt die Maus, und das Bild verändert sich. Eine Tabelle ist zu erkennen. Ein Kalender. Kurze Bemerkungen wie »Zonenüberschreitung« und Kürzel wie »ZA« die er als Abkürzung für »Zeitausgleich« interpretiert, es handelt sich im Eintragungen zu den Arbeitszeiten.

»Wie? Ja, die Fahrt war in Ordnung, und das Zimmer ist auch nett.«

Er wirft einen Blick auf den Schreibtisch, hebt da und dort Zettelstapel hoch, kann aber nichts erkennen, was nicht an jeden anderen Büroschreibtisch erinnern würde. Berge von Papier, irgendwelche Belege, Briefkuverts, Stifte, Taschenrechner und Büroklammern.

»Okay, bis dann. Ich melde mich.« Er zögert. Als er ein »Tschüss« in den Hörer murmelt, klingt es wie aus einer deutschen Endlosfernsehserie.

Er blickt auf und in ein Gesicht, das ihm bekannt vorkommt. Der Typ ist jünger als er, größer und kräftiger, und steht so bewegungslos wie ein Gemälde im Türrahmen. Ein kantiges Gesicht, spitzes Kinn, lange Nase, Augen, die wie in einem Malen-nach-Zahlen-Buch exakt positioniert sind. Der Fremde betrachtet ihn mit schmalen, geschlossenen Lippen, als würde er schon länger da stehen. Er wirkt wie eine in Stein gehauene Figur. Sein Gesicht zeigt keine Regung, außerdem ist da noch der Lichteinfall der Tischlampe, sodass das halbe Gesicht in dunklem Schatten liegt. Das Antlitz wirkt diabolisch und geradezu unmenschlich perfekt. Die blonden, fast gelben Haare kurz geschnitten, exakt gelegt wie für ein Fotoshooting, stahlblaue Augen, kleines Grübchen im Kinn, sorgfältig gezupfte Augenbrauen.

Trost bemerkt, dass ihm noch immer der Mund offen steht, und fühlt sich ertappt. Der Mann grinst ihn mit geschlossenen

Lippen an, an seinen Mundwinkeln bilden sich noch mehr Grübchen.

Woher kennt Trost ihn nur? Aus einem Magazin vielleicht? Das muss es sein. Ein Typ, der so aussieht, hat bestimmt schon einmal von dem Cover einer Zeitschrift oder zumindest eines Versandhauskatalogs gelächelt. Ein Arm leicht angewinkelt an die Hüfte gelegt, eine Schulter nach vorn, Wangen eingesaugt, ernster Blick aufgesetzt und Action.

»Sie müssen Herr Trost sein.«

»Ja, aber woher …?« Er zieht die Hand, die immer noch auf dem Hörer liegt, zurück, als hätte er sich verbrannt.

»Sie haben heute Nachmittag eingecheckt, waren schon bei meiner Frau auf der Couch und befinden sich somit mitten in unserem Programm.« Er lächelte noch immer. »Wir kennen unsere Gäste.«

»Und leider haben Sie mich auch schon am Telefon erwischt.«

Eine kräftige Hand mit knochigen Fingern umfasst die seine zum Gruß, dann schwebt eine Duftwolke aus frischem Shampoo durchs muffige Büro. Trost drückt fester zu als beabsichtigt, obwohl er viel lieber sofort losgelassen hätte. Eine überraschende Kälte geht von dem Mann aus, der Walter Stern sein muss, seines Zeichens Miteigentümer des Hotels. Mit der Berührung scheint er am gewinnenden ersten Eindruck einzubüßen. Das fahle Licht, das durch das Fenster fällt, wird in diesem Augenblick noch fahler, wahrscheinlich ziehen draußen Wolken vorüber.

»Sie haben sich bereits umgesehen?« Stern macht eine kurze Geste, die den Schreibtisch umfasst.

»Ja«, erwidert Trost, »eine dumme Angewohnheit von mir. Ich lasse den Blick immer durch fremde Räume schweifen und sauge alles auf. Ich habe ein fotografisches Gedächtnis.«

Eine Sekunde später kehrt das Lächeln in das Gesicht des Mannes zurück. Die Kälte, die er soeben noch ausgestrahlt hat, ist verschwunden, das Eis gebrochen. Für Trost ist er zum Katalogmenschen geworden.

»Ich nehme an, Sie haben brav zu Hause angerufen, das gefällt mir. Ich darf mich vorstellen: Mein Name ist Stern, Walter Stern. Meine Frau haben Sie ja bereits kennengelernt, mit ihr gemeinsam leite ich das Hotel. Wegen der Arbeit haben wir kaum Zeit, einmal allein wegzufahren, deshalb bleiben mir solche Anrufe erspart.«

Trost erwidert nichts, hätte ihm oder sich selbst aber am liebsten eine reingehauen. Brav.

»Haben Sie Lust auf eine kleine Führung«, Stern wirft noch einmal einen Blick auf den Schreibtisch, »oder vielleicht doch lieber auf eine kleine Hausdurchsuchung?« Aber bevor Trost einen neuerlichen Versuch machen kann, die Situation zu entschärfen, fährt der Hausherr auch schon fort: »Unser Hotel ist nicht groß, und doch machen wir immer wieder die Erfahrung, dass die Leute es bereuen, während ihres Aufenthaltes dies oder jenes über unser Angebot nicht gewusst zu haben. Wir streben danach, das zu vermeiden. Sie sollen sich wohlfühlen und unser Haus bis ins Detail kennenlernen, denn wir sind von unserer Einzigartigkeit überzeugt.« Als sie das Büro verlassen, blickt er über seine Schulter zurück und zwinkert Trost tatsächlich zu. »Und natürlich wollen wir, dass Sie wiederkommen.«

Seite an Seite gehen sie durch die mit Teppich ausgelegten Gänge. Trost kann sich nicht helfen, aber das Etablissement macht auf ihn nicht den Eindruck, sich großartig von anderen zu unterscheiden. Massageräume, Fitnessstudio, ein kleiner Wellnessbereich, dazu ein winziger Turnsaal, mehrere Solarien und Ruhezonen. Insgesamt nett, aber nichts, was er nicht schon gesehen hat. Das Haus macht insgesamt einen rustikalen Eindruck: Holzleisten an den Wänden, schmale Gänge, die sich vor den Seminarräumen verbreitern, um Platz für Tische zu lassen, auf denen mit Sicherheit nach einer Veranstaltung Ratgeber, Holundersäfte, Quellwasser und Schalen voll mit Kürbiskernen dargeboten werden. Die Lampen in den Fluren spenden warmes gelbes Licht, in Vitrinen sind Lederhosen und Wanderstöcke ausgestellt, und in Nischen laden Fauteuils neben Brunnen, in denen das Wasser beruhigend plätschert, zum Ausruhen ein.

Er muss zugeben, in der Regel eher in einfacheren Hotels abzusteigen. Seine Frau Charlotte und er bevorzugen Unterkünfte, die nur Essen und Zimmer anbieten. Was hat er von einer Sauna, die er nicht benutzt? Und aus Vitrinen hat er auch noch nie etwas gekauft.

Zunehmend gelangweilt folgt Trost dem Hotelbesitzer, der seit einigen Minuten ohne Unterbrechung vor sich hin plaudert. Sogar technische Einzelheiten wie die Probleme, die sie unlängst mit einem Wasserschaden im Erdgeschoss hatten, erklärt er ihm. Trost hört zu und bemüht sich, ein Gähnen zu unterdrücken, was ihm zunehmend Kieferschmerzen bereitet.

Mittlerweile ist Stern dazu übergegangen, über Stress und die allgemein verbreitete Uneinsichtigkeit der Gesellschaft, sich ab und zu Auszeiten zu gönnen, zu dozieren. Er spricht von der Verantwortungslosigkeit großer Firmen, der Kälte in den Städten und der Hast und dem Druck, unter dem die heutige Gesellschaft seiner Meinung nach leide.

»Ich finde«, sagt er, »man sollte eine verpflichtende Auszeit einführen. Mitarbeiter sollten alle paar Jahre einige Monate gezwungen werden, etwas anderes zu tun. Die Leute könnten die Zeit nutzen, um durch die Welt zu reisen, sich fortzubilden oder sich endlich mal mit ihren Kindern zu beschäftigen. Natürlich rede ich da auch ein bisschen gegen mein Geschäft, denn ich bin überzeugt davon, dass es dann kaum noch ausgebrannte Menschen geben würde. Jeder hätte, sagen wir drei Mal während seines Berufslebens, die Möglichkeit einer längeren Auszeit. Das müsste reichen, um einen kontinuierliche Vorfreude ins Leben zu bringen, oder?«

Trost weiß nicht, ob es an seiner Stimme oder seiner eigenen wachsenden Müdigkeit liegt, aber er fühlt sich, als würde er in einem Wartezimmer aus Mangel an Alternativen ein langweiliges Magazin durchblättern. Als müsste er sich durch einen Stapel Akten mit Zahlenreihen wühlen. Als säße er einer senilen Tante dritten Grades beim Kaffeeklatsch im nach Mundgeruch miefenden Altersheim gegenüber. Es ist ihm kaum noch möglich, dem Monolog so weit zu folgen, dass er wenigstens ab und zu ein bestätigendes Wort oder auch nur Geräusch von sich geben kann. Seine Müdigkeit ist inzwischen so stark, dass er nahezu ununterbrochen gähnen muss. Seine Augen tränen von dem hartnäckigen Versuch, es weiterhin zu unterdrücken, und er wünscht sich nichts sehnlicher, als die Koffer zu packen und wieder abreisen zu können. Aber dafür ist es noch entschieden zu früh.

Als eine breite Flügeltür aufschwingt, ein in den niedrigen und verwinkelten Gängen unpassendes Ungetüm aus dunklem Holz, das deutlich älter aussieht als der Rest des Hauses, will Trost sich soeben entschuldigen und die Führung abbrechen, als Stern sich mit stolzem Gesichtsausdruck umdreht.

»Darauf bilden wir uns etwas ein«, sagt er strahlend, »andere Hotels haben vielleicht ein paar zerlesene Bücher in einem Regal in der hintersten Ecke, aber wir haben eine richtige Bibliothek!« Mit einem Schritt zur Seite gibt er den Blick frei. Die vollgestellten Bücherregale an den Wänden sind raumhoch, ein grüner Teppich dämpft die Schritte der Besucher, der Parkettboden darunter gibt bei jeder Bewegung nach wie in alten Berghütten. Eine Bücherwand, die Trost überragt, teilt den Raum, und während sie durch den ersten der beiden Gänge schlendern, erfährt Trost, dass dies der ältere Teil eines in der Vergangenheit immer wieder umgebauten Hauses ist.

»Hier, genau an dieser Stelle, war früher ein Stall.« Stern senkt seine Stimme, obwohl niemand sonst zu sehen ist. Manche Leute haben diese Attitüde und werden in Gegenwart von Büchern geradezu ehrfürchtig, und auch wenn Trost das nachvollziehen kann, muss er darüber lächeln. Das alles sind doch nur zwischen Buchdeckel gepresste geschriebene Worte, nicht mehr. Für Trost haben sie keine Seele, keine Persönlichkeit. Und trotzdem ist Trost plötzlich wieder wach.

Durch die kleinen Fenster strömt Licht wie aus einer anderen Welt. Die Reihen aus Bücherrücken machen den Raum bunt, tunken ihn in ein Meer aus Geschichten. Schon nach wenigen Sekunden, in denen Trost ein paar Buchtitel im Vorübergehen aufschnappt, ragen vor seinem inneren Auge die Klippen Irlands auf, die betörende Schönheit in Weichzeichner getauchter englischer Grafschaften, Helden aus Legenden, die gegen die Verrücktheiten der Vergangenheit kämpfen, oder einfach nur ein Drama um eine unerwiderte Liebe, ein grauenhafter Mord oder die Erinnerung an einen längst vergangenen Krieg. Ich hatte unrecht, lächelt Trost in sich hinein, das hier ist mehr als nur ein Haufen Altpapier.

In einer freien Ecke steht eine mannshohe Palme, daneben

wieder ein für dieses Haus offenbar obligatorischer künstlicher Brunnen und ein durchgesessener Ohrensessel.

»Für manche Menschen«, hört er die Stimme Sterns, »sind Bücher die perfekte Methode, sich zu erholen. Hier zu sitzen und in andere Welten abzutauchen, das reicht manchmal schon aus. Eigentlich seltsam, nicht wahr? Jeder kann in ein Geschäft gehen und sich ein Buch kaufen. Ach, was sag ich, es bestellen und sich nach Hause liefern lassen. Aber wissen Sie, wie viele Leute heutzutage noch lesen?« Er wartet keine Antwort ab. »Nur noch jeder Vierte liest ab und zu ein Buch. Nur drei Prozent der Bevölkerung lesen täglich, hochgerechnet sind das in Österreich knapp zweihundertfünfzigtausend Menschen, die pro Jahr in etwa jeder fünfzig Bücher lesen. Und das, wo jedes Jahr allein in Frankfurt auf der Buchmesse mehr als einhundertzwanzigtausend Neuerscheinungen vorgestellt werden. Die meisten Leute führen ein Leben ohne Bücher, aber wenn sie so etwas wie das hier sehen, sind die meisten von ihnen verblüfft und beginnen schließlich zu lesen. Eigentlich machen wir es uns damit ziemlich leicht: Wir reden von Therapie und stellen den Gästen einfach Bücher hin.«

Mit einer übertriebenen, fast schon ironischen Geste bittet Stern Trost, ihm zu folgen. Als er die nächste Tür öffnet, offenbart er einen Ruheraum, der es an Größe mit einem der öffentlichen glitschigen Thermen der Südoststeiermark nahe der slowenischen Grenze aufnehmen kann. Zwischen Palmen und abermals plätschernden Springbrunnen sind Rattanmöbel, bequeme Liegen und eine kleine Saftbar gruppiert, auf der Krüge mit allerlei bunten Flüssigkeiten stehen. Auf Trost machen sie den Eindruck eines farbenfrohen Chemielabors.

»Und auch darauf sind wir stolz«, erklingt wieder Sterns Stimme. »Das alles sind Obstsäfte von Bauern aus der Umgebung: Traube, Holunder, Apfel, Stachelbeere, Brombeere. Für jeden Geschmack ist etwas dabei.«

Aus den raumhohen Fenstern hat man einen Fototapeten-Blick in dasselbe Tal, das Trost schon von Helene Sterns Therapieraum aus gesehen hat. In die Teletubby-Landschaft. Die Gebirgsketten, die man in der Ferne erkennen kann, lösen eine seltsame Sehnsucht in ihm aus. Jetzt dort oben sein, denkt er und seufzt automatisch. Einfach auf den Gipfel klettern, sich dort niedersetzen, entspannen. Das wär was. Er schaut in den Himmel. Die Wolken sehen aus wie die Phantasien japanischer Zeichentrickmaler, die Heidi gezeichnet haben.

Vom Hundertsten ins Tausendste.

»Nicht schlecht«, sagt er, nur um irgendetwas zu sagen, und lässt den Blick noch einmal durch den Raum schweifen. Er würde jetzt lieber in seinem Zimmer im Bett liegen. Oder auf dem Klo sitzen. Das kontinuierliche Plätschern der Brunnen verstärkt seinen Harndrang. Er zieht seine Mundwinkel nach oben, streckt das Kinn nach vorn, nickt heftig und fügt hinzu. »Super, wirklich.« Super, wirklich – wie dämlich war das denn?

Stern betrachtet ihn mit undurchsichtigem Blick. Sein Mund lächelt, seine Augen sind ausdruckslos, und seine Stimme ist fast kokett, als er erwidert: »Nicht wahr?«

Als sie durch die Bibliothek wieder zurückgehen, lässt Stern seine Arme durch den Raum flattern wie Flügel. Er benimmt sich immer mehr wie ein Theatermensch, vielleicht nicht unbedingt wie ein Schauspieler, aber er hat sich das affektierte Gehabe eines Regisseurs oder eines Choreografen angeeignet, der stets alle Augen auf sich gerichtet weiß. »Diese Bibliothek, wissen Sie, ist keine gewöhnliche Bibliothek«, sagt er. »Sie haben sicher schon einen Blick auf die Buchrücken geworfen und festgestellt, dass Sie hier besonders viel zu einem ganz speziellen Thema finden …«

Trost versucht im Vorübergehen die Titel auf ein paar Buchrücken zu lesen, kann aber dieses spezielle Thema trotzdem nicht erahnen.

»Ich sammle alles über unseren Geist, unser Selbst, unsere Bestimmung. Die Leute sollen ein bisserl in sich gehen, wenn sie bei uns zu Gast sind. Darum geht's ja schließlich, deshalb kommen sie ja hierher, um etwas über sich selbst zu erfahren. Die meisten sind ganz verwundert, wenn sie realisieren, dass die spezielle Lage«, er malt dabei mit den Zeigefingern Gänsefüßchen in die Luft, »in der sie sich befinden, gar nicht so speziell ist. Über die meisten Lebenssituationen gibt es bereits mehr Bücher, als man lesen kann.« Er lacht. »Nur ganz selten ist jemand so speziell, dass er wirklich etwas Besonderes ist. Das ist auch eine Erkenntnis, wie ich finde.«

Trost hat den Faden verloren. Er hört nur noch mit einem Ohr hin.

»Überhaupt ist das ja vielleicht die wichtigste Erkenntnis, die man von hier mitnehmen kann: Dass der Mensch sich nicht so wichtig nehmen und endlich akzeptieren soll, dass er nicht allein ist. Dass er sich helfen lässt und nicht ständig so tut, als sei er unentbehrlich. Das ist doch alles Blödsinn.« Stern ist stehen geblieben. »Was denken Sie darüber?«

»Worüber?«

»Na, glauben Sie, dass der Mensch allein ist auf der Welt, im Universum?«

»Schon.«

In diesem Moment fällt der Blick der beiden Männer nahezu gleichzeitig wieder auf den Ohrensessel in der Ecke des Raumes. Eine junge Frau sitzt jetzt darin. Sie hat die Knie an den Körper gezogen, wirkt so entspannt, als würde sie zu Hause vor dem offenen Kamin faulenzen. Blonde Locken verdecken eine Gesichtshälfte, sie trägt einen hellblauen Jogginganzug. Trost fällt sofort auf, wie dünn sie ist, magersüchtig dürr. Finger wie Weberknechtbeinchen halten ein Buch in der Hand, klappen es jetzt auf. Die Frau beginnt zu lesen, als befänden sich die beiden gar nicht hier. Als Trost aufblickt, hat Stern den Raum schon fast wieder verlassen.

»Ich denke, diese Führung dürfte Ihnen fürs Erste genügen, nicht wahr, Herr Trost?«, sagt er steif und ohne sich umzudrehen zu ihm. Er wirkt, als hätte ihn irgendetwas oder irgendwer beleidigt.

Trost hat das unbestimmte Gefühl, dass es mit der Frau zu tun haben muss. Er zählt eins und eins zusammen: Die Frau hat Stern bewusst ignoriert, woraufhin er beleidigt reagiert. Das lässt nur den Schluss zu, dass sich die beiden kennen. Stern muss durch sein Hotel viele Frauen kennenlernen. Er ist den Versuchungen tagtäglich ausgesetzt. Trosts Gedanken wandern weiter. Funktioniert die Ehe der Sterns noch? Er beschließt, fortan darauf zu achten, wenngleich er sich eingestehen muss, dass er innerhalb von Sekundenbruchteilen eine ganze Menge an Interpretationen der Situation zugelassen hat, fast könnte man denken, er möchte seine Vorurteile bestätigt sehen.

Er folgt Stern in den Gang hinaus, und als er sich im Türrahmen noch einmal zu der Frau umdreht, treffen sich ihre Blicke. Ihre großen Augen liegen in schwarzen Höhlen. Ihre Lippen sind weiß, die Nase spitz, die Wangen eingefallen. Die Locken verdecken noch immer eine Hälfte ihres Gesichts, das Trost insgesamt zwar als knochig, mager und geradezu ungesund beurteilt, aber auch als durchaus nicht unattraktiv. Kaum merklich schüttelt sie den Kopf, als wolle sie ihm etwas mitteilen, und blickt ihn so unvermittelt scharf an, dass er das Gefühl hat, sie würde seine tiefsten Geheimnisse kennen.

Plötzlich steht Stern wieder neben ihm. »Ich begleite Sie noch zu Ihrem Zimmer, Herr Trost, wir wollen doch nicht, dass Sie sich verirren.« Er lächelt kalt. Seine Worte kommen einem Befehl gleich.

Irritiert folgt der Chefinspektor der Mordgruppe des Landespolizeikommandos dem Hotelbesitzer durch das Ganglabyrinth der Wohlfühlanlage. Das Kopfschütteln der Frau begleitet ihn in Gedanken.

7

1678, England
*In einem Flugblatt mit dem Titel »The Moving Devil« findet sich
die erste Darstellung eines Kornkreises. Er wird als Werk des Teufels
betrachtet.*

Am späten Nachmittag des immer noch ersten Tages in dem
oststeirischen Entspannungs-Etablissement liegt Trost im Pool.
Einen kurzen Augenblick lang hat er das Gefühl, schon Ewigkeiten hier zu sein. Diese paar Stunden Nichtstun am Anreisetag
haben seinen Pulsschlag auf gefühltes Meditationstempo gesenkt.
So stellt er sich das jedenfalls vor. Er hat noch nie meditiert. Trost
könnte sich nie auf den Boden setzen, die Augen schließen und
an nichts außer an seine Atmung denken. Schon allein deshalb,
weil ihm dabei nach einer halben Minute sämtliche Gliedmaßen
wehtun würden.

Er wendet sich auf den Rücken und steckt den Kopf unter Wasser. Schlagartig verändert sich die Geräuschkulisse. Ein
Brummen und Grölen ist zu hören, als wäre er in einem Verlies
der Unterwelt. Die Geräusche erinnern ihn an einen Alptraum,
den er als Kind des Öfteren hatte. Darin zog ihn ein brodelnder
Singsang an, und er konnte nicht anders, als ihm zu folgen,
obwohl er wusste, dass hinter der nächsten Ecke das Böse lauerte.
Mickymaus mit Reißzähnen oder der Hubba-Bubba-Mann.

Er blickt durch das Fenster. Die Welt steht kopf. Aus dieser
Perspektive sieht der Himmel mit den hellen Wolken für ihn aus
wie ein See mit Seifenschaumbergen. Das Holzdach über ihm
wie der beschauliche Steg dazu, die Baumreihe weiter hinten
wird zu einer sich im Wasser spiegelnden Baumreihe.

Er ist allein im Wellnessbereich. Der irrsinnige Aufwand: das
ganze warme Wasser, die Lichteffekte, die Triangel-Musik, die
Sauberkeit, die vielen Entspannungsliegen in allen Varianten,
die Saunalandschaft, draußen der frisch gemähte Rasen mit
seinen liebevoll zurechtgestutzten Apfelbäumen, die aufgrund
des strengen und lang andauernden Winters heuer überaus spät
blühen. Es ist Mitte Juni, und die Hängematten des Hotels sind

zwischen Idared, Elstar und Kronprinz Rudolf aufgespannt. Trost hat das Gefühl, das alles nutzen zu müssen, gleich am ersten Tag alles zu genießen. Von allem zu kosten, alles auszuprobieren. Gewissermaßen hält er das sogar für seine Pflicht, um dem eigens für ihn betriebenen Aufwand gerecht zu werden.

Aber seltsam ist es schon. Kaum Gäste. Kaum Personal. Er blickt wieder aus dem Fenster auf die kopfstehende Welt hinaus und sieht den Covermodel-Hotelbesitzer verkehrt herum vor der untergehenden Sonne stehen. Er trägt einen respektablen Freizeitanzug, sieht ein bisschen so aus wie aus einem britischen Modemagazin für Golfspieler, das Haar mit Gel platt gedrückt. Offenbar unterhält er sich mit einer Frau auf einer Liege. Trost hat sie zuvor nicht bemerkt, kann jetzt aber immerhin ihr Bein sehen und wundert sich, dass sie nicht kopfüber in den Himmelsee stürzt. Walter Stern beugt sich zu ihr, offenbar um ihr etwas zu sagen, beugt sich noch näher, bis sein Kopf hinter der Liege verschwunden ist. Trost vermutet, dass sich die beiden küssen. Offenbar ein leidenschaftlicher Kuss, denn es vergeht eine gute halbe Minute, während der Stern – alle Achtung! – nicht in die Knie geht, sondern sich lediglich mit einer Hand an der Liege abstützt. Als er aufsteht, sieht sein Haar zerzaust aus. Er lächelt sein Gegenüber kurz an, wendet sich um und geht davon wie von einer Showbühne. Trost rührt sich nicht, weiß aber sofort, was zu tun ist. Er muss herausfinden, wegen welcher Dame der Hotelbesitzer in seinem eigenen Hotel seiner Frau, die jeden Augenblick um irgendeine Ecke biegen kann, untreu wird. Sagenhaft, denkt sich Trost. Was für ein sagenhafter Trottel.

Er steigt aus dem Pool, duscht sich, trocknet sich ab und schlüpft in die vom Hotel zur Verfügung gestellten weißen Stoffpantoffel, bevor er sich in den vom Hotel zur Verfügung gestellten weißen Frotteebademantel hüllt. Mit den beiden ebenfalls vom Hotel zur Verfügung gestellten Handtüchern unterm Arm geht er ins Freie.

Der Fuß hinter dem Liegebett wird zum Bein, zur Badehose, zum flachen Bauch, zum Bikini-Oberteil, zum Gesicht. Die junge blonde Dame aus der Bibliothek liegt vor ihm. Sie sieht schrecklich aus. An ihrem hageren Körper sind die Rippen sichtbar, die Oberschenkel sind dünner als die Kniegelenke, die Oberarme schmäler als der Ellbogen.

»Guten Tag«, sagt Trost freundlich, aber die Frau schaut nur widerwillig von der Lektüre auf, in die sie vertieft ist. Eine dieser Heile-Welt-Zeitschriften, die von renovierten Bauernhöfen und nahezu vergessenen Handwerkskünsten berichten und Kochrezepte aus Omas Küche anpreisen.

»Darf ich?« Trost deutet auf eine Liege neben der ihren. Sie hebt den Kopf und blickt sich um. Auf der Wiese steht ein gutes Dutzend Liegen herum. Die Hotelanlage umfasst verschiedene Gärten mit Liegebereichen. Alle Möbel sind frei, insgesamt eine große Auswahl an Möglichkeiten, sich diskret einen anderen Ort zum Nichtstun auszusuchen als gerade diesen.

Die Frau schaut Trost zum ersten Mal ins Gesicht. »Können Sie sich nicht mit sich selbst beschäftigen?«

»Warum haben Sie in der Bibliothek den Kopf geschüttelt?«

»Wenn er Sie sieht, sind Sie tot.«

Trost lacht auf. »Oho, bitte was?« Er verdreht innerlich die Augen. Er hat tatsächlich »Oho« gesagt.

»Sie haben mich schon verstanden. Halten Sie sich fern von mir. Sie könnten beobachtet werden, ziemlich sicher werden Sie sogar in diesem Moment beobachtet. Wenn herauskommt, dass Sie mit mir reden, sind Sie erledigt. Verlassen Sie am besten das Hotel. Übermorgen ist Vollmond. Hat Ihnen die Rezeptionistin nicht auch gesagt, dass dann die Therapien nicht wirken?«

»Und?« Sie ist verrückt, daran besteht kein Zweifel, aber trotzdem sucht er unwillkürlich die Hotelfenster ab, die wie dunkle Augen auf sie herabblicken. Sie könnten tatsächlich aus Dutzenden möglichen Blickwinkeln beobachtet werden.

»Sehen Sie vielleicht noch viele andere Leute hier im Hotel?«

»Nein, aber warum eigentlich —«

»Eben«, unterbricht sie ihn, »und jetzt gehen Sie. Außerdem steh ich nicht auf rothaarige Männer um die fünfzig.«

»Vierzig. Um die vierzig.«

Ein flüchtiges Lächeln huscht über ihr Gesicht, ehe sie hörbar durch die Nase ausatmet und sich wieder in die aufgeschlagene Zeitschrift vertieft. Eine Sekunde überlegt er, noch etwas zu sagen, ihre Aufmerksamkeit irgendwie wieder auf sich zu lenken, entscheidet sich dann aber dagegen, zieht die Konsequenzen und macht sich, so würdevoll das in seinem Aufzug möglich ist, aus dem Staub.

Später, als er im Bett liegt und sich von einer Seite auf die andere dreht, rotieren seine Gedanken. »Um die fünfzig, so ein Quatsch.«

8

1870, Mount Washington, New Hampshire, USA
Ein zigarrenförmiges Objekt vor einer großen Wolke gilt als die früheste
Fotografie eines UFOs.

Nach der Nacht, die er dann doch irgendwann bleiern schlafend
verbracht hat, ist er sofort hellwach gewesen, hat sich die Laufsachen angezogen und war solcherart schon um sechs Uhr in der
Früh auf den Beinen.

Die Musik trägt ihn jetzt fort. Er hört »Das Wirtshaus«, ein
Soundtrack ohne Film, bei dem in breitem südsteirischem Slang
gesungen wird. Das seltsame Klanggemisch von Maultrommeln,
Gitarren und Schlagzeug aus dem MP3-Player übertönt sein
Atmen, das Geräusch seiner Schritte und das rhythmische Rascheln seiner Regenjacke, die er gegen die morgendliche Kälte
übergezogen hat. Er ist noch keine zehn Minuten unterwegs und
hat schon das Gefühl, in die Tiefen eines finsteren Urwalds eingedrungen zu sein, so unheimlich und fremd erscheint ihm hier
alles, auch wenn die Vegetation keine hundert Kilometer Luftlinie
von Graz dieselbe ist wie daheim. Die Formation der Gräben,
die Anordnung der Bäume, sogar das Spiel der morgendlichen
Farben, alles ist befremdlich.

Trost weiß natürlich, dass das wirklich Befremdliche nur in
seinem Kopf sitzt. Dass er es ist, der aus allem, was er nicht kennt,
eine potenzielle Gefahr macht. Sogar aus einem harmlosen Wald
hinter dem Hotel. Das Laufen, davon ist er überzeugt, wird ihm
helfen, seine Gedanken zu sortieren, seine Sicht zu klären und
seinen Argwohn in die richtige Richtung lenken. Er zwingt sich,
auf die Musik zu hören und sich von ihr vorantreiben zu lassen.
So als wäre am Ende des Weges die Lösung aller Rätsel von ganz
allein zu finden.

Ein schmaler Trampelpfad mit tiefen, vom Regen ausgespülten Rinnsalen schlängelt sich bergauf. Das Morgenlicht der
Sonne bricht durchs Geäst und verleiht dem Wald ein geradezu
atemberaubendes Aussehen. Manchmal steigt Bodennebel als
Dunstwolke auf und lullt die Umgebung in einen Weichzeichner,

dann wieder sind die Schatten hart und die Farben klar und tief. Es riecht nach Regen und feuchter Erde. Bald ist Trost völlig außer Atem. Er klingt krank, sein Atem rasselt, und er befürchtet, meilenweit zu hören zu sein.

Als der Weg endlich in eine Lichtung mündet und er sich auf dem höchsten Punkt des Hügels befindet, stemmt er vor Erschöpfung seine Arme auf die Knie. Er kann es kaum fassen, nach einem lächerlichen Zwanzig-Minuten-Lauf derartig erledigt zu sein.

Der Wald mündet am Kogel in ein Dorf, auf dessen höchstem Punkt eine Kirche steht. Mit den schmalen, hohen und spitz zulaufenden Fenstern muss sie gotischen Ursprungs sein, aber ihr Turm mit seinen geschwungenen Linien stammt eher aus dem Barock. Damit erschöpft sich Trosts Ahnung von Kunstgeschichte aber auch schon. Die Kirchenspitze ragt in den plötzlich stahlblauen Himmel. Als Trost das große Portal betrachtet, das ihn zum Eintreten einlädt, bekommt er eine Gänsehaut.

Er beschließt, zuerst um das Gebäude herumzugehen und die Aussicht zu bewundern. Richtung Süden, Westen und Norden hat man einen herrlichen Ausblick, im Osten liegt der Hauptplatz des Dorfs Pöllauberg mit dem obligatorischen »Kirchenwirt«. Alles ist noch in morgendliches Schweigen gehüllt, nur ein Plakatständer in der Mitte des Platzes zeugt vom Lebensgeist des Ortes und erinnert ihn an das Plakat vom Hoteleingang: »PLATZWAHL 2013! Unterschreiben Sie für Pöllauberg, den schönsten Fleckerl der Steiermark!«.

Wieder beugt Trost seinen Körper vor und stützt sich mit den Händen auf seinen Oberschenkeln ab. Sein Atem beruhigt sich viel zu langsam. Wie konnte das nur passieren? Vor zwei, drei Jahren war er doch noch topfit. Ist er nicht voriges Jahr um diese Zeit noch mehrmals die Woche gelaufen? Oder ist das doch schon länger her? Und jetzt? Er ist noch keine vierzig, und zwanzig Minuten lassen ihn so schnaufen? Er schüttelt den Kopf, versucht krampfhaft durch die Nase und eine Spur leiser zu atmen. Als ihm das nicht gelingt, öffnet er die Lippen einen Spaltbreit und beruhigt sich langsam.

Getragen von der Musik aus seinem Kopfhörer, packt ihn nun der Ehrgeiz. Kurzerhand beschließt er, den Hügel auf der anderen

Seite der Kirche hinabzulaufen, ihn zu umrunden und dann bis zum Hotel durchzurennen. Ohne Pause. Er richtet sich auf, steht kurz da wie Christiano Ronaldo beim Freistoß und fasst einen weiteren Entschluss: Das ist erst der Anfang. Der Anfang einer neuen Phase. Er wird seinen Körper mit dem härtesten Training aller Zeiten wieder in Form bringen. Er wird jeden Tag laufen, in den Pausen dazwischen jeden Muskel einzeln traktieren, mit Liegestützen, Sit-ups, Klappmessern und Kniebeugen. Zuerst wird er im Wald laufen, später, wenn der Körper wieder etwas fester geworden und das Selbstvertrauen zurückgekommen ist, in der Stadt. Schultern und Oberarme werden wieder Konturen bekommen, die Brust wird wieder hart, der Bauch gerillt, er wird beim Laufen kaum anders atmen als beim Spazierengehen.

Er blickt an sich hinab, sieht sich von außen. Wie er so dasteht, breitbeinig vor der Kirche, mit sich selbst flüsternd, muss er eine jämmerliche Figur abgeben. Bevor er den beherzt gefassten Entschluss gleich wieder frustriert revidiert, setzt er sich schwerfällig in Bewegung. An den Hüften spürt er im Takt seiner Schritte unkontrolliert hüpfendes Gewebe und läuft schneller.

Rasch ist Trost wieder im Wald verschwunden, das Dorf mit seinen versprengten Häusern wieder außer Sichtweite. Der Anblick des lichtdurchfluteten Waldes erinnert ihn jetzt ein bisschen an romantische Bilder von Elfenlandschaften, weckt in ihm aber auch unangenehme Erinnerungen an mystische Kreaturen, zauberhafte Wesen. Der Traum vom Anderssein. Erst vor ein paar Monaten sind solche Gestalten und Ideen noch seine größten Gegner gewesen. Damals hat er gegen eine Gruppe Verkleideter gekämpft, die im Wald einander umbrachten. Eine Zeit lang war er sich nicht klar, ob er gegen reale Spinner oder doch gegen lebendig gewordene Sagenfiguren bestehen musste. Wieder bekommt er eine Gänsehaut, diesmal beim Gedanken an die unheimlichen Kreaturen, die ihn wieder beobachten könnten. Er reißt sich die Ohrstöpsel aus den Ohren und feuert sich selbst an, die Bilder zu verscheuchen. »Schluss, weg mit euch!«

Er atmet schwer. Ein schneller Blick über seine Schulter beruhigt ihn. Da ist nichts, was ihn verfolgt oder bedroht. Nur Wald. Bäume. Allesamt perfekte Verstecke. Ihn schaudert.

Sein verschwitzter Rücken wird kalt. Ein Kribbeln auf seinem Nacken. Und als neuerlich Bilder in ihm aufsteigen, Maskenmänner zwischen Bäumen, eine Fratze, die auf ihn zuspringt, da ohrfeigt er sich beim Laufen selbst.

Wie kann es sein, dass er, ein erwachsener Mann, wie ein kleiner Bub zu spinnen anfängt? Es gibt Krankheiten, da sehen die Patienten Menschen, die gar nicht da sein können. Kann ihm das auch passieren? Kann man sich das so lange einreden, bis es wirklich für einen zur Realität wird? Und wird man diese Erscheinungen je wieder los? »Ruhe und Schluss!«, maßregelt er sich selbst. Der Wald wirft kein Echo zurück. Als es in der Nähe im Unterholz raschelt, fährt er herum. Nichts, ein Tier vielleicht.

Trost rennt weiter, steigert das Tempo, bis ihm die Lungen brennen, der Schweiß ihm in die Augen läuft und die Sicht erschwert und die Anstrengung endlich die Panik verschwinden lässt. Jahrelang hat er es geschafft, seine Arbeit auf Abstand zu halten. Keine Dämonen, die ihn heimsuchten, keine Leichen, die plötzlich vor ihm standen und die Augen öffneten, keine Mörder, die ihm auflauerten, er hat sich immer unter Kontrolle gehabt. Jahrelang hat er seine Familie verschont und so wenig wie möglich von seinen Recherchen erzählt, die ihn immerfort an menschliche Abgründe geführt haben. Aber dann ging alles Schlag auf Schlag: Vor ein paar Monaten tauchten Verbrecher bei ihm zu Hause auf und bedrohten seine Familie. Aber auch das hat er in den Griff bekommen. Er hat den Fall gelöst, alles wieder ins Lot gebracht, und trotzdem ist der Schrecken bis heute geblieben. Und dann, als alles fast wieder seinen gewohnten Lauf nahm, saß er plötzlich mit dem Lauf eines Gewehrs an der Stirn am Steuer seines Wagens und raste an der Seite eines Amokläufers durch den Plabutschtunnel. Seine Hände zittern, als die Bilder vor seinem inneren Auge aufflackern. Rechts die roten Begrenzungslichter, links die weißen. Das Licht der Deckenleuchten unterteilt die Röhre vor ihm in dunkle und helle Streifen. Der Wagen brüllt. Der Irre an seiner Seite auch.

Trost presst die Augen zusammen, Schweißbäche rinnen ihm übers Gesicht. Als er sich zwingt, die Ohrstöpsel wieder in seine Ohren zu stecken, wird er sogleich von einem E-Gitarren-Solo überrollt. Eine Weile schaut er auf seine Fußspitzen, mittlerweile trabt er durch einen Hohlweg. Unter seinen Schuhen wird der Boden matschiger, klebt an den Sohlen und bremst seinen Lauf.

Als er wieder aufblickt, geht er vor Schreck fast in die Knie. Eine entstellte Gestalt rennt auf ihn zu. Die Arme von sich gestreckt wie ein Tier, das sich jeden Moment auf ihn stürzen wird, im Gesicht ein Ausdruck größten Entsetzens. Die Dämonen kehren zurück, schießt es Trost durch den Kopf.

Er verlangsamt seinen Lauf, reißt sich abermals die Ohrstöpsel heraus, und augenblicklich wird die Musik durch das Gebrüll des Wesens, das da auf ihn zustürmt, ersetzt. Erschüttert starrt Trost auf den Mann. Er humpelt wie der Glöckner von Notre-Dame, hat einen gewaltigen Schädel, dessen markanteste Stelle das Kinn ist, das weit und eckig aus seinem Gesicht herausragt. Ein spitzer schiefer Knochen, der den Mann aussehen lässt, als besäße er im Unterkiefer nahezu doppelt so viele Zähne wie ein herkömmlicher Mensch. Seine kleinen Augen ziert jeweils ein wirres Büschel Brauen, seine Nase ist so flach wie die eines Boxers. Der Mann hat mächtige Schultern, so lange Arme wie die eines Affen, und auch seine Beine haben etwas Affenartiges an sich. Sie sind krumm, bewegen sich auf eine merkwürdige Art aber geschickt und flink.

Als die Kreatur auf ihn zueilt, versteht Trost auch, was sie ihm zuruft.

»Helfet!«, schreit sie. Trost glaubt, sich zunächst verhört zu haben, doch dann wiederholt der Mann: »Helfet!«

Trost befürchtet, sich vor Schreck gleich in die Hose zu machen. Regungslos steht er da. Der Krüppel hat ihn jetzt erreicht, berührt ihn mit einer Hand an der Schulter und tanzt um ihn herum. Zwar spürt Trost nun, dass von ihm keine Gefahr ausgeht, doch der Fremde deutet immer wieder in die Richtung, aus der er gekommen ist. Der Weg ist schmal, schlängelt sich durch dichtes Geäst, sodass es unmöglich ist, weiter als ein paar Meter zu sehen.

»Helfet!«, brüllt ihn der Mann wieder mit der kehligen Stimme eines in Verzweiflung Flüchtenden an und schüttelt Trost dabei energisch. Als dieser noch immer nur stumm und bewegungslos dasteht, verdreht der Krüppel die Augen. Es sieht grotesk übertrieben aus. »Dann fort. Schnell. Verstecken müssen wir uns. Sonst …« Der Krüppel blickt plötzlich in Richtung Himmel und zeigt auch mit dem Finger hinauf. Trost folgt ihm, kann aber nichts erkennen außer Baumkronen, die hoch über ihnen ineinandergreifen, als würden sich alte Freunde umarmen.

»Jetzt beruhigen Sie sich erst einmal«, sagt er schließlich. »Kommen Sie mit. Da vorn ist sicher ein Dorf, dort können Sie sich ausruhen.«

Doch der Krüppel macht keine Anstalten, auf das Gesagte einzugehen. Stattdessen reißt er die Augen auf und beginnt wieder zu brüllen: »Nein, nicht fangen. Bitte, nicht fangen. Sie ham schon Dirndln. Dirndln hams.«

Im selben Moment tritt eine weitere Gestalt aus dem Dickicht. Sie hat einen breitkrempigen Hut auf und hält einen langen Stab, wie ihn obersteirische Senner zu gebrauchen pflegen, die monatelang abgeschieden unter ihren Tieren leben, in der Hand. Der Mann trägt ein ledernes Gilet über einem karierten Hemd und eine Pluderhose, die knapp unter dem Knie zusammengebunden ist. An den Füßen hat er Soldatenstiefel ohne Schnürsenkel. Mit seinem an den Mundwinkeln auslaufenden Bart und der spitzen Nase sieht er aus wie eine seltsame Mischung zwischen einem Türken aus den Belagerungsepochen des Mittelalters und einem Cowboy, der Kautabak spuckend durch den Mittleren Westen der Vereinigten Staaten galoppiert. Nichtsdestotrotz kann seine Erscheinung nicht darüber hinwegtäuschen, dass der Mann von beachtlicher Statur ist. Er überragt Trost, der selbst nicht gerade klein ist, mindestens um einen halben Kopf, seine Hände sind so groß wie Bratpfannen. »Lass Mann in Ruhe, Dolores, komm mit. Was machst für Sachen, Depperte«, knurrt der Mann mit einer Stimme, die an ein altes zufallendes Scheunentor erinnert. Er hat einen osteuropäischen Akzent.

Dolores? Trost hätte schwören können, dass es sich bei dem verkrüppelten Wesen um einen Mann handelt. Als Dolores sich hinter ihm versteckt, regt sich der Beschützerinstinkt in ihm. »Die … ähm … Frau«, sagt Trost, »hat offenbar Angst. Wissen Sie, wovor?«

Der türkische Cowboy kommt näher und lacht. Sogar sein Lachen klingt irgendwie fremdländisch. Trost sieht, dass die Knöchel seiner Hand, mit der er den Stab hält, vor Anspannung weiß werden. Den Daumen der anderen Hand hat er lässig im Gürtel der Hose eingehakt. Soweit Trost feststellen kann, trägt der Mann keine weitere Waffe.

»Wir Havarie mit Traktor. Ist in Loch gefallen, wir ziehen Ding grad raus. Vielleicht hat blöde Kuh ja Angst vor Löchern, was weiß ich.«

»Ein Traktor ist in ein Loch gefallen?«

Der Blick des türkischen Cowboys verfinstert sich: »Ja, Sachen gibt's. Und in dieser Gegend depperte Menschen keine Seltenheit. Es passieren so viele depperte Dinge, muss man ja deppert werden. Verstehst?«

Trost fixiert den Mann, der immer noch langsam näher kommt. Er hält seinen Kopf eigentümlich schief, als zerre eine unsichtbare Kraft an ihm. Dolores drückt sich fester gegen Trosts Rücken, was ihm zunehmend unangenehm ist. Nicht zuletzt, weil sein T-Shirt durchgeschwitzt ist.

»Nein, ich verstehe nicht.« Bei der Erklärung, denkt Trost bei sich, gibt es auch nicht viel zu verstehen. »Was für depperte Dinge?«

In diesem Moment hört Trost eine neue Stimme, die von hinter ihm kommt. »Zum Teufel noch einmal, Dolores? Bist denn wirklich zu blöd für alles? Ich steck dich ins Heim, wennst net anpackst, ich sag's dir.«

Trost dreht sich um. Ein zweiter Mann ist aufgetaucht, ein kleiner, stämmiger Kerl mit Baseballmütze, unter der dünnes dunkles Kopfhaar hervorquillt. Er schnauft so schwer, dass sich seine Nasenflügel blähen. Aus seinen Nasenlöchern ragen Haarbüschel, Oberarme und Beine sind ebenso mit dunklem Pelz überzogen. Der Mann ist vielleicht sechzig oder älter, jetzt zeigt er mit dem Finger – sogar auf diesem Finger wachsen dichte schwarze Haare – auf Dolores und nähert sich mit einer Geschwindigkeit, die man seiner untersetzten Statur nicht zugetraut hätte. Er packt Dolores am Ohr und zerrt sie fort.

Sie wimmert und schreit: »Net ins Heim, aua, aua, net ins

Heim«, leistet aber auch keine nennenswerte Gegenwehr, so als hätte die unsanfte Berührung ihren Widerstand bereits gebrochen. Es ist klar, dass sie nicht zum ersten Mal auf diese Weise einen fremden Willen aufgezwungen bekommt. Als sie durch das Dickicht gezogen wird, blickt sie Trost erneut an. So als mobilisiere der Blickkontakt noch einmal alle Kräfte in ihr, bäumt sie sich auf und ruft: »Die Toten … die kumman immer zruck«

Trost will noch etwas sagen, geht ihr einen Schritt nach, spürt dann aber plötzlich den Stab auf seiner linken Schulter.

»Na, na, na«, vernimmt er die tiefe Stimme, die durchaus, das fällt Trost jetzt seltsamerweise auf, fürs Radio geeignet wäre, würde ihr Besitzer auch die Grammatik beherrschen. »Was wir da haben? Vielleicht ein richtigen Held?« Der Lange grinst Trost herausfordernd an. »Du rennst weiter. Dann gehst duschen, wichsen und essen, was weiß ich, aber du vergisst, wasd gesehen hast. Ist klar das?«

»Wichsen?«, wiederholt Trost, als er sich umdreht. Er kann nicht glauben, dass der Typ das gerade eben wirklich zu ihm gesagt hat. In seiner bisherigen Laufbahn hat er mit allerhand Kerlen zu tun gehabt. Mit windigen Spießgesellen, Gesindel, an den Rand der Gesellschaft gespülten Menschen. Natürlich waren da auch immer wieder andere dabei, eigentlich normale Leute, die aber im Normenkatalog des Zusammenlebens Minuspunkte sammeln, weil sie schlagen, stehlen, vergewaltigen oder morden. Trost hat es mit allem zu tun gehabt, was man zur Seite schaffen muss. Mit dem Ruß der Gesellschaft, wie man so sagt. Ständig und jeden Tag. Aber mitten im Wald, beim Laufen? Er hasst solche Begegnungen und hofft, dass sein Gegenüber den Ausdruck von gefährlicher Gereiztheit in seinem Gesicht bemerkt. Mit Armin Trost spricht niemand so. Nicht einmal im Urlaub.

Doch irgendwie funktioniert es diesmal nicht. Der Riese wirkt kein bisschen eingeschüchtert, hebt als Antwort nur grinsend seinen Zeigefinger und führt ihn an die gespitzten Lippen. Dann stampft er mit dem Stab ein Mal auf den matschigen Boden und folgt seinem Kumpan und Dolores zurück ins Dickicht.

Trost kommt sich dämlich vor. Was soll er jetzt tun? Zur Polizei rennen? Aber er ist doch die Polizei. »Hey!«, ruft er dem Langen nach, der sich daraufhin erwartungsvoll umdreht. »Dolores hat etwas von einem Mädchen gesagt.«

Der Lange grinst, hebt seine Hand und dreht den Finger, den er zuvor an die Lippen gehoben hat, an seiner Stirn im Kreis. »Die spinnt.«

Trost starrt auf den Finger, blinzelt dann. Ein Windstoß verirrt sich im Geäst und heult kurz auf. »Und was sollen das für Tote sein, die zurückkommen?«

Der Finger hält plötzlich inne, und der Blick des Fremden verfinstert sich. »Geh laufen, Fertiger. Mach Übungen, damit keiner merkt, dass du nur hier, weilst nicht schöpfen willst. Und«, der Finger deutet jetzt auf Trosts Brust, »halt Maul.«

Als Trost weiterläuft, blickt er in die Baumwipfel hinauf. Irgendetwas dort oben hat Dolores Angst gemacht. Und Trost auch. Die Toten kehren zur Erde zurück, waren das nicht auch die Worte des Amokläufers, den er erst vor wenigen Tagen ins Dunkel des Tunnels chauffiert hat? In das Dunkel, in dem Trost seiner eigenen Finsternis begegnet ist.

Der Wald lichtet sich, aber am Himmel ist nichts Seltsames zu sehen. Nur wolkenloses eisgraues Morgenlicht. Es riecht nach Moos und Bäumen.

9

Der Läufer mit dem roten Bart entfernt sich mit unsicheren
Schritten, versinkt immer wieder im tiefen Matsch des Forst-
weges. Das Regenwasser der letzten Tage hat hier im Schatten
der Talsenke keine Möglichkeit zum Abrinnen gehabt. Schwer
hängen die Blätter und Zweige herunter. Umgestürzte Bäume
da und dort erinnern an Sturmböen, die hier hindurchgepeitscht
sein müssen.

Der Lange, den man hier nur »Wanderer« nennt, weil er stets
mit seinem langen Stab gesehen wird, bricht durchs Dickicht und
gelangt so auf die Lichtung, die vom Waldweg nicht einsehbar
ist. Die Spitze einer Zugmaschine ragt grotesk aus der Ackererde,
die Vorderräder in der Luft wie die Beinchen eines hilflos auf
dem Rücken liegenden Käfers.

Der Wanderer erinnert sich, wie sich der Horizont verschoben
hat. Er hat in der Kabine des Traktors gesessen, eines imposanten
Agroton K 410 mit einhundert PS und Klimaanlage, und auf
dem Feld gearbeitet, als das Hinterteil des Fahrzeugs plötzlich
wegsackte. Der Boden, über den er seit Jahren gefahren war,
brach plötzlich ein und ließ ihn hinterrücks versinken, als hätte
der gottverdammte Ackerteufel sein Maul geöffnet, um ihn zu
holen. Doch der Wanderer ist nicht geholt worden, hat sich nur
das Genick verrissen und ist ansonsten unversehrt geblieben.
Vorsichtig und gefasst, aber zugegebenermaßen mit zitternden
Knien ist er von dem Fahrzeug geklettert und hat irritiert in das
Loch im Acker geschaut. Ein gewaltiges Loch, das der Dauerregen
der letzten Tage ausgewaschen haben muss. Die Wassermassen
haben den Boden aufgeweicht. Der Wanderer erkannte sofort,
dass es kein normales Loch war, in das der Traktor gestürzt war.
Es sah aus, als führte die Düsternis, die sich da vor ihm auftat,
noch weiter. Als handle es sich um einen Tunnel, als befände sich
unter dem Acker ein gottverdammtes Tunnelsystem.

Der Wanderer kennt die Tunnel natürlich, wundert sich aber dennoch jedes Mal, wenn er auf einen stößt. Kein normaler Mensch kann ahnen, wie dicht verzweigt die Gangsysteme hier sind. Diese Gegend ist völlig untertunnelt.

»Alle hier sind deppert«, maulte er, als er aus dem Loch kletterte.

Jetzt stehen er und der Bauer wieder gemeinsam auf der Lichtung. Dolores hatten sie schon zuvor hinuntergeschickt. Der Wanderer ist sich zwar nicht sicher, inwieweit sie der Expertise einer Person, deren IQ kaum reicht, um sich die Schuhe zuzubinden, vertrauen können, aber weder er noch der Bauer haben sich darum gerissen, in das Loch hinunterzusteigen, um der Sache auf den Grund zu gehen. Dolores, die Magd, die seit Kindheitstagen am Hof werkt, sollte ihnen nur grob schildern, ob der Traktor beim Sturz Schäden davongetragen hat, aber stattdessen hat sie in den Tunnel gestarrt und ist dann schreiend wieder aus dem Loch gekrochen und prompt davongelaufen. Dummes Ding.

Jetzt haben sie sie neuerlich hinuntergeschickt. Die warnenden Worte des Bauern, er werde ihr die Ohren einfach abreißen, würde sie nicht spuren, hatten ihr Beine gemacht.

»Kann nix sehen!«, ruft sie immer wieder schluchzend. Ihre Ohren tun noch immer weh. Immer reißt er sie an den Ohren, und immer tut es aufs Neue weh. Und immer schimpfen alle mit ihr, niemand ist nett zu ihr. Aber so ist die Welt. Hauptsache, es gibt Arbeit, jemanden, der sie braucht. Dabei muss es nicht immer nett zugehen. Wenn Dolores eins weiß, dann, dass die Welt nicht nett ist. »Nein, muss nicht nett sein«, murmelt sie jetzt leise. Sie spürt das Grauen in ihrem Rücken, zwingt sich, sich nicht umzudrehen. Nicht wieder in den Tunnel hineinzuschauen. In das schwarze Loch.

»Was hast du gesagt? Ich versteh nix!«

Der Bauer kratzt sich am Bauch. Ein Knopf seines Hemds steht auf Nabelhöhe offen, doch das scheint ihn nicht zu stören. Er riecht nach Knoblauch und Bier und ärgert sich darüber, dass er Dolores schon wieder nachlaufen musste. In letzter Zeit kommt das immer öfter vor, und nicht zum ersten Mal stellt er sich die Frage, wie lange er die Magd noch bei sich am Hof halten soll. Sie ist schon immer dumm gewesen, aber jetzt wird sie zunehmend verrückter, unberechenbarer. Auch wenn sie von früh bis spät schuftet, Pausen nur dann macht, wenn sie isst oder schläft, ist es nicht ganz ungefährlich, mit einer verrückten Person auf einem Bauernhof zu leben. Erst vor wenigen Tagen hat der Bauer sogar ernsthaft in Erwägung gezogen, sie wie einen Kettenhund oder eine Kuh anzubinden, aber dann wäre ihr Bewegungsradius zu stark eingeschränkt, sodass auch ihre Arbeitsleistung darunter leiden würde. Und immer an der Leine mitführen will er Dolores auch nicht. So bleibt ihm nichts anderes übrig, als die Strafen zu verschärfen. Die Magd wird heute Abend nicht nur wieder ohne Essen ins Bett gehen, er wird sie auch in den Keller sperren.

Strafen sind die einzige Sprache, die Dolores versteht. Wenn sie auf dem Lehmboden hockt und stundenlang vor- und zurückwippt, sich die Hände massiert, dem Knurren ihres Magens und dem Trippeln der Mäuse lauscht, dann wird sie sich schon merken, dass man seinem Herrn nicht davonläuft. Dummes, saublödes Ding.

»Was macht das Lausmensch jetzt? Siehst du sie?« Der Bauer ist so weit an den Rand des Lochs getreten, dass seine Fußspitzen darüber hinwegragen. Der Wanderer warnt ihn noch, sagt, er solle einen Schritt zurückkommen, als das Erdreich auch schon nachgibt und der Bauer fällt.

Das Loch kommt viel zu schnell auf ihn zu, als dass er reagieren kann. Er reißt die Arme vors Gesicht, doch genau das hätte er nicht tun sollen. Als er unten aufprallt, hört er noch das Knacken zweier Ellen und Speichen, dann nur noch seine eigene Stimme, die schreit wie ein Schwein auf der Schlachtbank.

Dolores war es, die ihn schließlich wieder hinaufgetragen hat. Sogar der Wanderer, der eigentlich niemanden mag und niemandem etwas Gutes nachsagt, muss eingestehen, dass ihre Leistung beachtlich war. Nicht nur, weil der Bauer gut und gern achtzig, neunzig Kilo haben muss, er hat auch in einem fort vor Schmerz in ihr rechtes Ohr gebrüllt, was wahrscheinlich daran lag, dass

Dolores ihn auf dem Rücken trug und mit einer Hand seine beiden gebrochenen Arme fest umklammert hielt.

Unter dem Hemd kann der Wanderer jetzt die Knochen erkennen, die in groteskem Winkel abstehen. Er blickt sich um. Dolores verschwindet soeben über die Hügelkuppe in Richtung Dorf, um Hilfe zu holen. Er schätzt, dass es mehr als eine halbe Stunde dauern wird, bis die Rettung hier ist. Dem Bauern stehen Schweißperlen auf der Stirn, seine Augen rollen nervös in alle Richtungen, als sehe er Dinge, die der Wanderer nicht sehen kann. Seine Lippen beben.

»So deppert!«, schreit der Wanderer. »Das ist so deppert!« Er versucht dem Bauern das Hemd vom Körper zu ziehen, doch dessen Schreie lassen ihn davon Abstand nehmen.

Der Wanderer hat das Wandern eigentlich schon vor langer Zeit aufgegeben. Er stammt aus Rumänien und kam vor Jahren zum Bauern, um bei ihm als Knecht für einen Hungerlohn und Kost und Unterkunft zu arbeiten. Aber für ihn ist es gutes Geld, das er gern in ein Sparschwein steckt, das er nie ausleert.

Der Wanderer hat in seinem Leben schon viel erlebt, aber so etwas noch nicht. Dennoch bleibt er ruhig und beginnt nun den Hemdstoff unterhalb der Schultern des Bauern zu zerreißen, um die Arme des Jammernden freizugelegen. Sie bieten einen schauerlichen Anblick. Beide leuchten in Farben, die er nur aus dem Malkasten in der Grundschule kennt, die er kaum besucht hat. Der rechte Arm ist bereits so stark angeschwollen, dass er aussieht wie die Geschwulst eines Menschenaffen. Ja, wie ein Aff, denkt sich der Wanderer, der Bauer sieht aus wie ein Aff, so viele Haare hat er.

Dolores läuft indes weiter. Jetzt haben sie es ihr sogar erlaubt. Aber jetzt brauchen sie sie auch wieder. Heute wird niemand mehr an ihren Ohren ziehen. Heute wird ihr niemand mehr wehtun. Vielleicht werden sie jetzt ja nett zu ihr sein. Netter als sonst. Immerhin hat sie nicht nur den Bauern gerettet, sondern auch etwas zu erzählen. Sie ist ja unten gewesen und hat alles gesehen. Den Hintern von dem Traktor – und den Eingang zur Hölle auch. Den finsteren Tunnel, den Gang, dessen Felswände so spiegelglatt sind, als hätten viele, viele Leute an ihnen gefeilt – oder ein einziger, mächtiger Leut. Aber was weiß sie schon? Sie ist nur Dolores, die Magd. Hauptsache, sie wird gebraucht. Nur das Mädchen, das dort unten gelegen ist, das braucht sie sicher nicht mehr. Schade eigentlich, denn es war hübsch anzuschauen. Nur ganz weiß im Gesicht. Und ganz sicher sehr tot.

10

1891
Kenneth Folingsby beschreibt in seinem Buch »Meda: A Tale of the Future« erstmals jene kleinen grauen Wesen, die heute als »die Grauen« bezeichnet werden.

Unter anderen Umständen wäre es perfekt. Gleich nach dem Aufstehen eine Runde Joggen, anschließend in aller Ruhe der Genuss eines ausgiebigen Frühstücks mit einer Auswahl an Zeitungen. Und durch Sichtschutzwände und Blumentröge im Speisesaal genügend versteckte Winkel, die einem beim Essen den Rücken freihalten. Niemals hätte er sich an einen Tisch in der Mitte gesetzt, die Blicke und Seitenblicke aus den Augenwinkeln der anderen Gäste wären ihm unerträglich gewesen. Auch wenn kaum weitere Leute im Saal sitzen und sie allesamt nur wie sich verflüchtigende Schatten jeweils in ihre Ecken huschen.

Er sucht sich den idealen Platz, duckt sich an den Tisch, kreuzt die Füße unter seinem Sessel und kontrolliert die Beute vor sich. Besteck, ein Teller voll mit Leckereien, eine Tasse Kaffee, Zucker, das Milchkännchen, Serviette, alles da, alles perfekt. Und doch ist an diesem Frühstück nichts perfekt.

Wie unfair es ist, dass er sich jetzt nicht erholen kann, denn er kann sich nicht erinnern, wann er das letzte Mal ein derart üppiges und liebevoll arrangiertes Frühstücksbüfett gesehen hat. Vor dem Behälter mit den Eiern verkündet eine kleine Tafel mit schön geschwungener Kreideschrift, dass es sich hierbei um Biofreiland-Eier eines gewissen Herrn Franz aus Pöllau handelt. Der Beinschinken ist gekennzeichnet mit dem Hinweis auf den Bauern Ebner aus Hartberg, der Schafkäse kommt aus St. Kathrein am Hauenstein und der Camembert aus Rohrbach nahe Graz. Dazu Joghurt aus Weiz, Milch aus Vorau und die Marmelade von einer überaus kreativen Hand aus Eggersdorf. Die Herkunft sämtlicher Speisen wird auf diese Art und Weise beschrieben und kündet vom reichhaltigen Angebot der Steirer in Sachen Essen und Trinken. Ein liebevoll gestaltetes Ensemble, dem Trost sich im Normalfall mit Freuden hingegeben hätte, das ihn aber im

Moment nicht zu beeindrucken vermag. Immer noch nagt das Gefühl in ihm, er hätte sich das nicht gefallen lassen dürfen. Mit mehr Autorität hätte er die beiden zur Räson bringen und die seltsame Frau aus ihrer misslichen Lage befreien können. Wer weiß, vielleicht liegt hier ein viel tiefgreifender Missbrauch vor. Vielleicht wird sie misshandelt, und er, der Polizist, ist einfach weitergelaufen.

Nachdem er seinen Kaffee missmutig gezuckert und das Gelage, das er sich auf den Teller getürmt hat, angestarrt hat, sieht er sich um.

Klobige orangefarbene Deckenleuchten verströmen warmes Licht. Der Speisesaal ist nicht sonderlich groß und trotzdem unübersichtlich. Von Trosts Warte aus ist er nicht komplett einsehbar, mehrere Türen führen in Gänge oder weitere Räume. Ab und zu rauscht eine von zwei Serviererinnen an ihm vorbei und wirft ihm einen schnellen prüfenden Blick zu, den er mit einem kurzen, freudlosen Morgenlächeln erwidert. In einer Nische ihm gegenüber sitzt ein Herr, der in eine Tageszeitung versunken zu sein scheint. Er muss um die sechzig sein, das weiße Haar wächst nur noch an der Seite seines Kopfes und aus den Ohren, seine Stirn ist lang und kahl, sein Kinn weist einen grauen Schatten auf. Als sie sich zuvor an der Saftbar getroffen haben – Trost entschied sich für Stachelbeerensaft –, haben sie einander ein knappes »Morgn« zugenickt.

Ansonsten kann er keinen weiteren Gast entdecken und wundert sich einmal mehr über die geringe Auslastung des Hotels. Er nippt am Stachelbeersaft und setzt das Glas gleich wieder ab. Es ist wieder passiert. Wann immer er etwas Neues probiert, erkennt er rasch, warum er bisher nichts versäumt hat. Die Einstellung bringt vor allem seine Frau Charlotte in Rage und ist Grund für so manche ihrer Auseinandersetzungen in den letzten Jahren. Sie kann es nicht ausstehen, wenn Trost sich geradeso verhält wie der Bauer im Sprichwort, denn was der nicht kennt, isst er bekanntlich nicht. Aber es ist, wie es ist: Der Saft schmeckt grauenhaft.

»Er schmeckt grauenhaft, nicht wahr?«

Trost blickt auf und stellt einigermaßen überrascht fest, dass die Frau, die er gestern mit Walter Stern gesehen und die ihn anschließend so brüsk abserviert hat, vor ihm steht. Sie trägt einen hellblauen Kapuzenpullover und eine dunkelblaue Jogginghose. Das blonde Haar fällt ungekämmt über ihre Schultern, unter ihren Augen sind ungesunde graublaue Augenringe. Sie ist ungeschminkt, und als ihm auffällt, dass er sie anstarrt, erschrickt er. Fast bestürzt realisiert er, dass er sie, krank, wie sie aussieht, trotzdem hübsch findet: spitze Nase, dünne Lippen, hohe Wangenknochen. Ihre blauen Augen leuchten unwirklich in ihrem Gesicht.

Anscheinend muss er sie tatsächlich zu lange entgeistert angesehen haben, denn sie deutet erklärend auf sein Glas. »Der Stachelbeersaft, er ist grauenhaft.«

Trost blickt zwischen ihr und dem Saft hin und her. »Das war meine Herausforderung heute. Der Stachelbeersaft«, erwidert er zerstreut und räuspert sich. »Man sollte jeden Tag etwas ausprobieren, das man nicht kennt. Auch wenn man es meistens gleich bereut.«

Sie lächelt, wobei ihre Mundwinkel sich kaum heben. Ihre Augen werden schmal und rinnen in feine Lachfältchen aus. Sie wirkt, als habe sie nicht richtig zugehört. »Sie haben offenbar kein abenteuerliches Leben, wenn Sie schon Stachelbeersaft als Herausforderung betrachten.«

»Abenteuerlich genug, als dass es Sie interessiert, wer ich bin.«

Aus irgendeinem Grund ist das nun zu viel gewesen. Sie blickt ihn eisig an. »Ich hätte es mir denken können«, sagt sie und will sich schon auf dem Absatz umdrehen, um zu gehen.

»Warten Sie!«, ruft Trost ihr ein wenig zu laut nach. Der Mann ihm gegenüber blickt kurz von seiner Zeitung auf, tut aber so, als würde er sich nicht stören lassen. »Warten Sie«, wiederholt Trost leiser. »Setzen Sie sich doch zu mir, bitte.«

»Wozu?«

»Sie kennen sich hier besser aus als ich und müssen mich vor weiteren Gefahren warnen. Nicht dass ich noch einmal auf einen Stachelbeerensaft hereinfalle oder mich böse Blicke aus dunklen Fenstern treffen.«

Das Lächeln auf ihrem Gesicht ist jetzt zwar sichtbarer, aber trotzdem schüttelt sie den Kopf. »Das war schon ein besserer Versuch, aber leider muss ich Ihr Angebot ablehnen. Ich bin nur hier, um Ihnen zu sagen, dass Sie töricht sind. Sie sind offenbar allein hier und möchten eine Bekanntschaft machen. Wahrscheinlich haben Sie Familie zu Hause und wollen die paar Tage in Freiheit für einen Flirt nutzen. Ich nehme Ihnen das nicht übel, ganz und gar nicht, ich fühle mich eher geschmeichelt, dass Sie mich dazu auserkoren haben, auch wenn es nicht sonderlich viele Alternativen gibt, aber ich muss Sie dennoch warnen: Es ist gefährlich, was Sie tun. Machen Sie einen Bogen um mich herum, und gehen Sie vor allem Walter Stern aus dem Weg. Lassen Sie sich nicht auf ihn ein. Was ich tue, tue ich aus freien Stücken.«

»Und was tun Sie?«

»Ich bleibe hier, um zu mir selbst zu finden. Und Stern hilft mir dabei.«

Trost hält die Sessellehne umklammert und überlegt, was er in zwei, drei Sätzen darauf erwidern soll, denn mehr Zeit gönnt sie ihm offenbar nicht. »Ihr Privatleben geht mich nichts an. Aber Sie irren sich in fast allem, was Sie gesagt haben«, erwidert er dann. »Und warum warnen Sie mich? Schon in der Bibliothek wollten Sie mich warnen, nicht wahr? Was soll das für eine Gefahr sein, in der ich mich Ihrer Meinung nach befinde?«

»Wenn Stern mit Ihnen Zeit verbringt, hat er es auf Sie abgesehen. Mehr kann ich dazu nicht sagen. Es war schon dumm genug von mir, so weit zu gehen.«

»Und warum verbringen Sie dann Zeit mit ihm?«

»Das ist etwas anderes. Guten Tag.«

»Guten …« Doch sie hat sich schon umgedreht, und noch einmal will er ihr nicht nachrufen. Als der Mann gegenüber kurz von der Zeitung aufblickt, lächeln sie einander zu, als würden sie ein Geheimnis teilen. Trost zuckt noch einmal lässig mit seinen Schultern und verdreht die Augen, dann setzt er sich wieder an seinen Tisch.

Er hat sich nach dem Laufen geduscht und trägt jetzt ebenfalls einen Jogginganzug und darüber einen schwarzen Pullover von einem Hersteller, dessen Logo seine Brust ziert. Trost sieht aus wie ein Teenager mit aufgeklebtem Bart.

Jetzt ist er noch verwirrter. Ein weiterer Grund, warum das Frühstück nicht so perfekt ist, wie es hätte sein sollen oder können. Schon seit gestern beschäftigt ihn diese Frau. Auch das Erlebnis mit den Fremden im Wald lässt ihn nicht los, die Art, wie die beiden Männer mit der seltsamen Frau und mit ihm umgegangen sind. Hätte er eingreifen sollen? Er hat doch instinktiv gespürt, dass da ein Missstand herrscht, der aufgedeckt werden muss. Wie hatte er nur wegschauen können?

Er nippt an der Tasse. Für einen Filterkaffee ganz in Ordnung, befindet er, setzt die Tasse wieder ab und beißt halbherzig in das Brötchen, das er zuvor in Kernöleierspeis getunkt hat. Sein Blick geht ins Leere.

Er wiegt die Möglichkeiten ab, die er gehabt hätte. Sie waren zu zweit, wobei der große Kerl, der wie ein türkischer Cowboy aussah, zudem noch ein gutes Stück kräftiger gewesen sein dürfte als er. Nichtsdestotrotz hätte Trost ihn im Handumdrehen überwältigen können. Die Theorie hat er lange genug gelernt, auch wenn die Praxis eine ganz andere Sache ist.

Er erinnert sich an die Worte der grotesken Kreatur, die sie an den Ohren fortgezogen haben. »Die Toten kumman immer zruck.« Er hält im Kauen kurz inne, geht dem Gedanken nach, lässt ihn schließlich ziehen und kaut weiter. Er greift nach dem kleinen Spiralblock in seiner Hosentasche, fischt auch einen Kugelschreiber heraus, schlägt den Block auf und notiert sich ein paar Gedanken: Wer was gesagt hat, wie die Leute ausgesehen haben. Dann fügt er hinzu: »Ein Traktor muss in ein Loch gefallen sein, Fragezeichen.« Er schreibt tatsächlich das Wort »Fragezeichen«, eine Marotte, die er sich irgendwann angeeignet hat, ohne genau sagen zu können, warum eigentlich. Dann schreibt er eine Bemerkung auf, die ihn nicht loslässt. Die seltsame Frau hat auch gesagt: »Dirndln hams.« Trost blickt lange auf den Inhalt seiner Tasse vor sich. Als er den Stift wieder ansetzt, schreibt er: »Vor Stern in Acht nehmen. Auf die kranke Frau achtgeben.«

11

1917, Portugal
Aufgrund einer Prophezeiung versammeln sich in Fatima mehr als
30.000 Menschen und warten auf das angekündigte Sonnenwunder.
Zeugen berichten, wie sich die Sonne minutenlang im Zickzackkurs
bewegt.

»Tief einatmen. – Und ausatmen. – Und wieder einatmen. – Und ausatmen.«

Es ist zum Durchdrehen. Trost liegt auf einer Matte – »Bitte passen Sie auf, die kosten sechzig Euro das Stück« – auf dem Rücken und versucht den Anweisungen der Yogalehrerin zu folgen und seine Gedanken auf die jeweiligen Körperteile zu lenken. Doch ganz abgesehen davon, dass er wie schon während des Frühstücks und auch nach dem Frühstück immerfort an die groteske Begegnung im Wald denken muss, ermöglichen es ihm ein paar weitere Umstände einfach nicht, sich zu entspannen.

Beispielsweise die Yogalehrerin, die sich als die Rezeptionistin mit den orangefarbenen Lippen und dem Jutesack als Kleid entpuppt hat. Ihr gefärbtes Haar schimmert wie das rote Metallisé eines Autos. Sie trägt es zu zwei Zöpfen gebunden wie Pippi Langstrumpf, aber an ihrem Haaransatz sind zwei Zentimeter Grauton zu sehen. Die freigelegten Ohren offenbaren eindrucksvolle Ohrgehänge aus Holz. Kleine Fältchen ziehen sich von den Ohrläppchen bis zu den Augenwinkeln, auf ihrem langen Hals sind Pickel zwischen großen Muttermalen auszumachen, die Schultern fallen in steilem Winkel ab, als würden an ihren Händen schwere Gewichte hängen. Im Schneidersitz sieht sie so aus, als würde ihr Oberkörper in den Boden fließen, als bestünde ein großer Teil ihres Körpers nur aus Hals. Ihr Gesamtbild ähnelt einer Karikatur, auch ihre Stimme klingt wie ein Witz. Sie sagt zum Beispiel nicht »einatmen«, sondern »ainatmen«, und wenn sie »ausatmen« sagen sollte, spricht sie es »ahusatmen« aus.

»Ainatmen. – Ahusatmen. – Sie spüheren Ihre Zehen. – Sie spüheren Ihre Knie. – Sie spüheren …«

Zudem liegt Trost in einer Gruppe mit vier weiteren Gästen auf dem Boden eines leeren Raums, eine Art Turnsaal – nur ohne Turngeräte. Es ist das erste Mal seit der Schulzeit, dass er wieder auf einer Matte auf dem Boden liegt.

»Sie spüheren Ihre Oberschenkel. – Sie spüheren Ihren Bahuch und die Stelle darrunter. – Sie wandern mit Ihren Gedanken den Bahuch wieder hinahuf.«

Trost kommt sich unglaublich dämlich und ungeschickt vor. Es ist ihm unverständlich, wie Menschen stundenlang damit zubringen können, mit geschlossenen Augen zu atmen.

Heute Morgen hat er unter den Hotelunterlagen in seinem Zimmer eine Broschüre gefunden. Demnach ist die Rezeptionistin ein Mal im Jahr mehrere Monate in Nepal, Indien oder sonst wo unterwegs, um in einem einsamen Zeltlager am Fuße irgendeines öden Bergmassivs zu meditieren. Selbst wenn er alle Zeit der Welt hätte, würde er nie so weit reisen, um dann nur herumzusitzen und zu atmen. Zumindest würde er sich die Sehenswürdigkeiten ansehen, das Land kennenlernen. Trost hat so viel noch nicht gesehen. Nicht den Taj Mahal, nicht den Petersdom und auch nicht den Strand von Bali.

Licht flutet durch die raumhohen Fenster in den Turnsaal. Er blickt an sich hinab und bemerkt ein Loch in seinen schwarzen Socken. Schnell spannt er mit dem großen Zeh ein Stück Stoff so ein, dass das Loch verschwindet, und denkt dann wieder an Abenteuer und ans Reisen. Tauchen war er auch noch nie. Eine chinesische Großstadt, den afrikanischen Dschungel – nicht gesehen. Ein weiterer Strand taucht vor seinem inneren Auge auf. Hawaii vielleicht, Namibia? Auf jeden Fall weißer Sand, türkisfarbenes Meer, augenblauer Himmel.

»Sie spüheren Ihre Brust. – Sie spüheren Ihren Hals. – Sie spüheren Ihre untere Lippe. – Sie spüheren Ihre obere Lippe.«

Jetzt auch noch das. Gerade als er das Gefühl hat, sich wenigstens etwas entspannen zu können, flutet das Blut seine Beckenregion und er bekommt eine Erektion. Hastig lenkt er seine Gedanken wieder auf irgendwelche Sehenswürdigkeiten. Nur nicht der Stimme zuhören, die von Körperteilen spricht und diese dabei so seltsam betont. »Unterer Bahuch. Brüste. Lippen …«

Er konzentriert sich auf das letzte Meisterschaftsspiel der Schwarzen. Seit dem Titel läuft da nicht mehr viel. Die Salzburger Bullen sind eine Macht, was traurig genug ist bei dieser Ansammlung an teuren unbekannten Spielern. Rapid ist nicht zu biegen, obwohl die seit Jahren keine starke Viertelstunde mehr spielen, und die Veilchen sind sowieso außer Reichweite, weil sie immer schlecht sind, aber am Ende doch vorn liegen. Fast muss er lachen, weil er so ernsthaft über Fußball nachdenkt. Noch dazu über österreichischen Fußball.

»Sie spüheren Ihre Nase. – Sie spüheren Ihren gaaanzen Körper. – Wie die Energie duarchfließt. – Es kribbelt. – Es knistert. – So, und nun setzen wir uns wieder auf. Langsam, langsam, Herr Trost, wir sind ja noch immer entspannt. Nicht so schnell.«

Ihre Blicke treffen sich. Sie wackelt wieder mit ihrem Kopf, als sei es sein Anblick, der in ihr den Bewegungseifer des Nackens auslöst. Seine Erektion schwillt schlagartig ab.

»Im Sitzen schlieheßen wir wieder die Augen, denken an …«

Doch Trost denkt an gar nichts mehr. Er beobachtet. Neben der Rezeptionistin mit dem Wackelkopf streckt eine Dame, deren Alter er um die siebzig geschätzt hätte und die er hier zum ersten Mal sieht, anmutig ihre Arme aus und legt sie dann sanft auf ihre abgewinkelten Knie. Augenblicklich scheint sie in den Entspannungsmodus zu fallen. Ihre Haut ist weiß und erinnert ihn an die Konsistenz der Haut, die sich auf heißer Milch beim Abkühlen bildet. Wenn er sie als Kind geschluckt hat, weil seine Großmutter vergessen hatte, sie mit dem Löffel abzuschöpfen, musste er immer würgen.

Die Frau macht die Übungen wahrscheinlich von allen Anwesenden am besten und geschmeidigsten. Trost kann sich gut vorstellen, dass sie ihre Freizeit ebenfalls mit irgendwelchen Meditationstechniken an steinigen Berghängen irgendwo im Himalaja verbringt.

Auch zwei Männer sind unter den Teilnehmern. Der eine ist ein an sich blasser Typ, der aber dermaßen mit Tätowierungen übersät ist, dass man seine natürliche Hautfarbe nur noch an den Handinnenflächen oder seinem Gesicht erahnen kann. Letzteres hat er zwar von Tätowierungen verschont, dafür aber mit Metallstücken verziert, die er sich durch Nase, Lippen, Augenbrauen und Ohren hat stechen lassen. Den anderen Mann schätzt Trost ungefähr auf das Alter der Milchrahm-Dame. Er bewegt sich kaum, vielleicht ist er nur hier, weil seine Enkelkinder ihm ein gemeines Geburtstagsgeschenk antun wollten, und trägt einen dauerhaft entschuldigenden Gesichtsausdruck zur Schau. Es ist der Mann, den Trost zuvor beim Frühstück angetroffen hat. Noch während er darüber nachdenkt, wie lange er wohl brauchen wird, um als Vorwand eine drückende Blase vorzutäuschen, steht der Mann auf und murmelt etwas von »dringend« und »Toilette«.

Und dann ist da noch die junge Dame, die ihn nun schon zum wiederholten Mal gewarnt hat. Er hat es aufgegeben, einen Blick von ihr aufzufangen, denn sie hält ihre Augen konsequent geschlossen. Ihre dünnen roten Hände liegen flach auf ihrer Brust, der Brustkorb hebt und senkt sich langsam, und einmal mehr ist er von ihrer Erscheinung fasziniert. Eine unerklärliche Düsternis umgibt sie. Eine Aura des Leidens. Trost hat zwar fast zwanzig Jahren damit zugebracht, nach Gewaltverbrechern zu suchen, hält sich aber keineswegs für einen großen Menschenkenner. Im Laufe der Jahre ist es mehr als nur einmal vorgekommen, dass er sich getäuscht hat. Nur bei einem liegt Trost immer richtig. Er kann Leid erkennen, wenn er es sieht.

Als sich eine Haarlocke der dürren Dame löst und die Wange freigibt, die ihm bislang auf geheimnisvolle Weise verborgen geblieben ist, erkennt er die Hautreaktion als sichtbares Zeichen für den Schmerz, der dahinterliegen muss. Die Frau muss gestürzt sein oder ist von jemandem geschlagen worden. Der blaue Fleck ist unübersehbar. Als spüre sie seinen Blick, öffnet sie die Augen, und sie schauen einander an.

»Ainatmen, ahusatmen.«

12

26., 27. Mai 1943, Essen, Deutschland
Beim Angriff auf die Krupp-Stahlwerke bemerken britische Soldaten in
620 Metern Höhe ein Objekt, formähnlich einer schmalen Zigarette,
das sich plötzlich mit »bestimmt 2000 km/h« in Bewegung setzt. Dies
ist die erste dokumentierte UFO-Sichtung in Deutschland.

Nach dem Ende der Yogastunde bleibt er noch etwas auf der Matte sitzen und wartet, bis die anderen den Raum verlassen haben. Mit geschlossenen Augen geht er die Möglichkeiten durch, die ein Mann hat, der sich entspannen will, obwohl die Welt um ihn herum mit Bösartigkeit reagiert. Der Amoklauf im Einkaufszentrum, dieses Hotel, die Begegnung mit einer seltsamen Frau, eine ebenso merkwürdige Begegnung im Wald, viele Andeutungen und noch mehr unheilvolles Getue.

Als er die Augen öffnet, steht die Frau im Türrahmen. Durch ihre leicht zurückgelehnte Haltung treten die Hüftknochen hervor, ihre Jogginghose hängt schlaff an den dürren Beinen hinunter. Er hat sie fast erwartet. Umständlich steht er auf und fordert sie auf, die Tür zu schließen, doch sie reagiert nicht. Stattdessen huscht ein unsicheres Lächeln über ihr Gesicht. Trost überlegt nicht lange. Mit vier, fünf Schritten ist er bei ihr, schließt die Tür und drückt sie unsanft gegen die Wand. »Was ist hier los?«

Ihre Nasenspitzen sind keine Handbreit voneinander entfernt. Das Lächeln der Frau wird selbstsicherer, aber sie schweigt beständig.

Als er sie wieder an ihren Schultern gegen die Wand presst, merkt er, dass er zu fest zupackt und lässt locker. »Was hier los ist, will ich wissen«, wiederholt Trost. »Warum reden Sie so wirres Zeug, von wegen ich soll verschwinden und mich vorsehen, bevor es zu spät ist?«

»Haben Sie etwa Angst?« Sie blinzelt nicht, ihre Augen sind überraschend groß. Groß und blau wie die Pools in seiner Nachbarschaft im Sommer. Augen wie Chlorwasser. Ihre Augenbrauen sind dagegen nur hauchdünne Pinselstriche, die Nase

Marmormodell, die Lippen … sie lächelt noch immer. Bevor sie magersüchtig geworden ist, muss sie bildhübsch gewesen sein.

Mit einem Ruck vergrößert er den Abstand zwischen sich und der Frau. »Es geht mir dabei nicht um mich. Sie sehen so aus, als wären Sie von jemandem verprügelt worden. Ich mache mir Sorgen.«

Ihr Lächeln erlischt. »Würden Sie mich bitte loslassen?«

Trost hebt die Arme und murmelt eine Entschuldigung. Und bevor sie noch etwas sagen kann, erzählt er ihr auch schon von seinem Erlebnis im Wald. Und von der Angst der entstellten Frau, die Dolores genannt und offenbar misshandelt wird. »Sie hat von Toten gesprochen, die zurückkehren sollen, und von Dirndln. Wissen Sie, was sie damit gemeint haben könnte? Kennen Sie die Männer, die ich im Wald getroffen habe? Kennen Sie Dolores?«

Sie schüttelt den Kopf. »Nein, ich kenne keinen von denen. Aber ich bin auch nie im Wald unterwegs. Ich entferne mich eigentlich nie vom Hotel, schließlich hat mich der Aufenthalt eine Menge Geld gekostet, da will ich auch das gesamte Programm ausschöpfen. Aber jetzt sind Sie dran: Wer sind Sie eigentlich?«

Trost atmet hörbar aus und lässt seine Schultern hängen. Er hat das Gefühl, mit der Beantwortung seiner Fragen keinen Millimeter weitergekommen zu sein. Und da das Geheimnis eines Geheimnisses ist, dass es keine Geheimnisse gibt, beschließt er, endlich mit der Wahrheit herauszurücken: »Ich bin Polizist.«

Wieder das Lächeln. »Ah, jetzt wird mir vieles klar. Und weil Sie normalerweise den Verkehr regeln, dachten Sie, jetzt regeln Sie mal alles, was hier passiert. Polizisten haben nie Ferien, so ist es doch, nicht wahr? Aber ich sag Ihnen jetzt einmal was, das hier ist eine Nummer zu groß für Sie. Es ist kompliziert, viel komplizierter als Strafzettel verteilen.«

Er betrachtet sie lange und versucht sie einzuschätzen. Ist sie tatsächlich so dämlich, sich während eines Kuraufenthaltes mit dem Hotelchef-Halodri einzulassen, oder nur unheimlich selbstsicher? Er beschließt, mit der Wahrheit noch einen Schritt weiterzugehen.

»Kein Verkehrspolizist. Mein Spezialgebiet sind Mord und Totschlag. Dass die Dinge kompliziert sind, daran bin ich gewöhnt. Ich bin auch nicht durch Zufall hier oder weil ich einen Erholungsurlaub gebucht habe. Ich bin hier, weil ich ein Verbrechen aufklären will, von dem ich noch nicht genau weiß, wie es aussieht. Ich suche nach einer Frau, die verschwunden ist. Sagen Sie mir jetzt also, was hier vor sich geht und wer Sie sind?«

Zehn Minuten später sitzen sie an der Wand, und Trost wünscht sich fast, nicht gefragt zu haben. Die Frau heißt Eva, Eva Schwarz. Sie leidet an Magersucht, Depressionen und ein paar weiteren Zivilisationskrankheiten, die sie hierhergetrieben haben. Zu Hause in Wien weiß nur eine Freundin, dass sie auf Erholungsurlaub ist, kennt aber nicht ihren genauen Aufenthaltsort. Eva wollte einfach weg, nur allein sein. Vor ein paar Tagen habe der Hotelbesitzer, Herr Stern, angefangen, ihr Avancen zu machen, die sie sich gefallen hat lassen, denn fesch sei er ja schon. Zuerst sei er noch schüchtern gewesen, dann aber schnell aufdringlicher und habe ihr schließlich gedroht, weil sie ihn nicht an sich heranlassen wollte. Der Schlag, den er ihr verpasst habe, sei nicht weiter tragisch gewesen, und ehrlich gesagt habe sie seine Aufregung auch ein wenig genossen. Doch es seien ganz andere Dinge, die sie hier beunruhigen. Dass kaum Gäste im Hotel seien zum Beispiel und dass Stern immer wieder so seltsam vom morgigen Vollmond redet. Von irgendeiner Ankunft und von wiederkehrenden Toten. Sie gebe zu, das alles klinge ein wenig morbid, aber sie wolle auf jeden Fall so lange bleiben, bis sie weiß, was hinter seinen Andeutungen steckt.

Trost blickt sie von der Seite an. »Das klingt nicht nur ein wenig morbid, das klingt absolut krank. Sie lassen sich von einem Fremden schlagen und warten darauf, dass irgendetwas mit Toten passiert?«

Eva Schwarz zuckt mit den Schultern. »Sie wissen nichts von mir, also urteilen Sie auch nicht über mich. Gegen das, was ich vorher durchgemacht habe, ist das hier ein Traum. Ein nettes Abenteuer, verstehen Sie?«

Trost nickt. »Ich verstehe etwas von Abenteuern, glauben Sie mir. Und jetzt erzähle ich Ihnen mal etwas: Vor etwas mehr als einer Woche ist in Graz ein Verrückter Amok gelaufen, und heute bin ich hier in diesem oststeirischen Wellnesstempel. Zwischen beidem besteht ein Zusammenhang, davon bin ich überzeugt, ich muss nur noch herausfinden, welcher. Aber wenn sich meine Vermutung bestätigt, wird hier bald die Hölle los sein. Alles, was ich von Ihnen verlange, ist, dieses Hotel zu verlassen. Und zwar sofort. Legen Sie dem Putzpersonal noch ein paar Euro auf den Tisch, und dann verschwinden Sie von hier, ist das klar? Ich habe den dringenden Verdacht, dass hier Dinge geschehen, die gefährlicher sind als ein kleines amouröses Abenteuer, egal wie abartig Sie sich das auch immer vorstellen.«

»Was bilden Sie —«

»Versprechen Sie es mir: Sie verlassen noch heute das Hotel, Ihr Abenteuer ist damit zu Ende.«

Eva Schwarz schaut ihn lange nachdenklich an. »Sie sind hier wirklich nicht auf Urlaub, oder?«

Er blickt auf seine Füße, nickt. Durch das Loch im Socken kann man wieder seinen Zeh sehen. »Obwohl ein solcher längst überfällig wäre.«

»Und Sie regeln wirklich nicht den Verkehr und verteilen Strafzettel?«

Er lächelt. »Packen Sie bitte Ihre Sachen. Ich befürchte wirklich, dass Sie in Gefahr sind.«

Als er sich umdreht, um den Raum zu verlassen, hält sie ihn am Arm zurück. »Eines sollten Sie noch wissen«, sagt sie. »Hier ist alles voller Gänge, das ganze Erdreich unter dem Gelände, die ganze Region, alles ist untertunnelt. Es klingt völlig verrückt, aber es muss stimmen. Ich habe davon gelesen. Die Gänge sollen uralt sein, niemand weiß etwas über ihren Zweck und ihre Herkunft, aber sie sind da.«

»Was für Gänge?«

»Eine Art unterirdisches Labyrinth oder so was in der Art.«

»Wie haben Sie das herausgefunden?«

»Über diese Gänge gibt es Bücher, und diese Bücher«, sie betont das letzte Wort wie einen überaus ausgefallenen Fachausdruck, »liegen in Bibliotheken herum. In Bibliotheken, wie Sie eine hier im Hotel gesehen haben. Man muss die Dinger nur aufschlagen —«

»Schon gut. Danke für den Hinweis. Aber jetzt packen Sie Ihre Sachen und verschwinden von hier.«

»Ich hoffe nur, ich habe Kleingeld.«

»Wofür?«

»Na, für das Putzpersonal.«

Kurz darauf steht Trost wieder allein im Flur. Seltsame Frau, denkt er sich, spürt aber, dass ihm ihre seltsame Art und Weise gefällt. Er wird es später bedauern, nicht mehr über sie erfahren zu haben. Zumal sie bei ihrem nächsten Wiedersehen tot sein wird.

13

1946, Schweden
Von Juni bis Jahresende werden 987 Sichtungen von sogenannten »Geisterraketen« gemeldet. Bis heute gibt es keine schlüssige Erklärung für das Phänomen.

Lustig, denkt sich Trost. Im Hotel der Sterns gibt es ein Sternenzimmer. Er liegt in einem Raum, der ihn an den Snoezel-Bereich einer burgenländischen Therme erinnert, die ganz auf Babys macht. Damals hat er über den seltsamen Ausdruck gelacht, eine Wortkreation aus »doezelen« und »snuffelen«, schlummern und schnüffeln, und noch mehr gelacht hat er, als er erfuhr, dass diese Entspannungszone von Holländern erfunden worden war. Von bekifften Holländern, davon war er überzeugt.

Charlottes Schwester hatte ihnen den Aufenthalt geschenkt, als Fred auf die Welt gekommen war. Im Snoezel-Bereich tanzten farbige Lichtkreise einschläfernd über die Decke, Harfenmusik lullte ihn ein, ein Brunnen plätscherte. Auf weichen Polstern hatte er mit seinem Sohn im Arm dagelegen und war weggedöst.

Jetzt döst Trost nicht, sondern liegt hellwach im Halbdunkel der Energieinsel, so wird der bekiffte Snoezel-Bereich hier in der Oststeiermark genannt. Überall riecht es nach Duftbäumchen, und von irgendwoher dringt gedämpft esoterische Musik an sein Ohr. Trost stellt sich eine Combo vor, von der ein Musiker unentwegt eine Triangel bearbeitet, während ein anderer Blockflöte spielt und ein dritter unaufhörlich vor sich hin summt.

Er denkt an die junge Frau, an Eva Schwarz, an die kichernde Therapeutin Helene Stern und an seine Familie. Charlotte, die zu Hause sitzt und auf Anrufe von Johannes Schulmeister, dem widerlichsten seiner Kollegen, wartet. Sie hätten vereinbaren können, dass er sich selbst bei ihr meldet, aber das Risiko, seine Familie wieder in einen Fall hineinzuziehen, wäre zu groß gewesen. Wer weiß, womit er es hier wirklich zu tun hat? Plötzlich überkommt ihn der Drang zu lachen. Er kichert vor sich hin, beobachtet die Lichtkegel, wie sie um seine Seele buhlen, wie sie in sein Inneres einzudringen versuchen, um seine trüben Stimmungen zu vertreiben. Wie lächerlich das alles ist! Er schüttelt den Kopf. Er, ein erwachsener Mann, noch dazu ein ziemlich bulliger Bulle, liegt auf einer Polsterliege und lauscht einem Typen, der unentwegt summt, obwohl er doch eigentlich einen Mord aufzuklären hat. Aber er kann nicht anders, das Lachen muss hinaus. Er stellt sich vor, dass der Triangel-Typ wie ein Irrer auf sein Instrument eindrischt, der Blockflöten-Typ so fest bläst, dass nur noch ein schriller, nervender Ton aus dem Holz entweicht, und der dritte Kerl so frenetisch summt, dass an seinem Hals die Adern hervortreten. Nach Luft ringend steht Trost auf und geht weiter zum nächsten Spielzeug.

Wenig später – Trost befindet sich noch immer im Wellness-Bereich mit Saunalandschaft, Dampfbad, Sanarium, Solarium, Infrarotkabine, Teebar, Lichttherapie-Raum, Akustik-Lounge und, und, und – liegt er auf einer Pritsche, die mit geheiztem Quarzsand gefüllt ist. Die Wärme soll seinen Körper in einen Zustand der Tiefenentspannung versetzen und dadurch seinen Stoffwechsel aktivieren, so steht es jedenfalls auf einer an der Wand angebrachten Tafel. Auch entschlackend soll die ganze Prozedur wirken. Er grinst, weil er daran denken muss, dass er just an diesem Morgen beschlossen hat, überflüssige Pölsterchen zu eliminieren und fitter zu werden, dann steht er auf und geht aufs Klo.

Wieder eine halbe Stunde ist vergangen, als er nackt in einer Badewanne liegt, die mit Blütenblättern gefüllt ist. In seiner eigenen Vorstellung sieht er aus wie die fünfzehnte Frau eines Scheichs in dessen Harem. Die fünfzehnte Frau mit Vollbart. Buddhistische Musik und das Licht einer speziellen Tageslicht-Lampe, das ihn positiv stimulieren soll, erfüllen den Raum.

Er denkt an »Ainatmen. Ahusatmen«. Und daran, dass nur noch wenige Leute im Hotel sind und er herausfinden muss, warum das so ist. Und was das für Gänge sind, von der Eva Schwarz gesprochen hat. Und was Walter Stern macht. Und nicht zuletzt, was das im Wald für Typen waren.

Als er die Augen öffnet, weiß er, dass er geschlafen hat. Seine Haut kribbelt, an den Fingern ist sie runzelig, das Wasser ist nur noch lauwarm. Er hat das dringende Bedürfnis, die Wanne sofort zu verlassen. Vor ihr zu fliehen. Auch Blödsinn. Aber eigentlich ist alles in diesem Haus Blödsinn.

Im Bademantel huscht Trost durch die Hotelgänge, die mit ihren rustikalen Holzverkleidungen und den dunklen Teppichböden einschüchternd wirken und ganz entgegen den Anliegen des Hauses auf die Stimmung drücken. Besser hätten Pastelltöne gepasst und natürlich weitere plätschernde Brunnen und nichtssagende Bilder, etwa von Wesen mit Flügeln oder von Landschaften, wie sie die Maler der vergangenen Jahrhunderte fabriziert haben, mit Regenbogen und einem Tempel im Hintergrund. Das hätte ihn vielleicht froher gestimmt, aber stattdessen fühlt er sich bedroht und verfolgt.

Lautlos läuft er durch den Flur. Als er sein Zimmer betritt, die Tür hinter sich schließt und sich einige Sekunden mit dem Rücken gegen sie lehnt, spürt er, wie sein Herz rast. Er wartet, bis es sich einigermaßen beruhigt hat, und wendet sich dann seinem Koffer zu. Er öffnet ihn, langt zielsicher mit einer Hand hinein, und der Halfter, in dem seine Pistole steckt, kommt zum Vorschein. Er zieht die Waffe heraus, überprüft sie mit sicheren Handgriffen und legt ihren Lauf an seine Wange, um sein erhitztes Gesicht zu kühlen.

Mit der Waffe in der Hand setzt er sich auf die Bettkante und geht in Gedanken noch einmal die jüngsten Erlebnisse durch. Ein offenbar sexuell fehlgeleiteter, gewalttätiger Hotelbesitzer, zwei merkwürdige Typen im Wald, die einen Krüppel misshandeln, unterirdische Gänge, wiederkehrende Tote, irgendjemand hat Dirndln, und die junge Frau, Eva Schwarz, ist hoffentlich schon am Kofferpacken.

Er schiebt die Pistole samt Halfter zurück in die Tasche. Zu wenig, alles viel zu wenig. Solange er nicht mehr herausgefunden hat, kann er schwerlich seine Tarnung auffliegen lassen. Ein einzelner Lacher entfährt ihm. Ha, was hätte er darum gegeben, sich wirklich in einem Hotel entspannen zu können. Aber Tarnen und Täuschen, das ist es, was er hier macht und wozu er hier ist, und das ist das genaue Gegenteil von entspannend. Eine Hals über Kopf arrangierte Undercover-Aktion, die Suche nach einem Mörder oder viel eher: die Suche nach einer Leiche.

Teil 3

14

24. Juni 1947, Seattle, Washington, USA
Der Hobbypilot Kenneth Arnold fliegt um den Mount Rainier und erblickt neun Objekte in der Luft. Er schildert später: »Die Dinger flogen wie Untertassen, wenn man sie über das Wasser springen lässt.« Der Begriff »Fliegende Untertasse« ist geboren.

Johannes Schulmeister sitzt in seinem Büro und massiert sich mit dicken Wurstfingern mit zu langen Fingernägeln das massige Gesicht. »So war das nicht geplant, so war das alles nicht geplant«, wiederholt er immer wieder.

Er hatte vorgehabt, zu dieser Zeit längst in einer Hängematte im Schrebergarten zu liegen. Und mit der Zeit ist nicht diese Tageszeit, sondern diese Lebenszeit gemeint.

Die letzten Monate haben ihn darin nur bestärkt: Mit Armin Trost zu arbeiten bereitet ihm zunehmend körperliche und seelische Schmerzen. Er erträgt es einfach nicht mehr, sich jemandem unterzuordnen zu müssen, den er nicht leiden kann. Und dann noch die Verletzung. Der griechische Hirtengott Pan hat ihm kurz vor Weihnachten mit einer Stichwaffe ein Loch in den Bauch gerammt*. Die Welt wird doch immer verrückter. Nicht einmal die Mörder sind noch normal. Früher sind sie einfach durchgedreht, haben einen Nebenbuhler abgeknallt, eine reiche Nachbarin aufgeschlitzt oder sind zu viert auf einen losgegangen. Alles normal – solange sie sich anziehen wie normale Leute und nichts mit Märchen oder Sagen zu tun haben. Aber heutzutage streifen sie sich schon Kostüme über. Wahrscheinlich ist es nur noch eine Frage der Zeit, bis sich auch Pumuckl auf Polizisten stürzt.

Immerhin haben sie den verrückten Schwertkämpfer dingfest gemacht und durch sämtliche Medien geprügelt. Demnächst werden sie ihn – wenn es das Gericht denn will – in eine Anstalt für abnorme Rechtsbrecher einliefern. So weit, so gut, aber warum musste der Trottel ausgerechnet ihn, Schulmeister, kurz vor der

---

* »Trost und Spiele«, 2012

Pension mit seinem Schwert durchlöchern? Es hat Wochen gedauert, bis er wieder normal essen konnte, beim Lachen tut die Wunde heute noch weh. Aber vorzeitig in den Ruhestand kann er auch nicht gehen, weil die Gruppe jeden Mann benötigt. Jetzt mehr denn je, da Trost weg ist. Auch eine Teilzeitlösung als Übergang kommt somit nicht in Frage.

Trost ist weg. Schulmeisters Gesicht ist von der Handmassage rot gefleckt, aber es scheint, als hätte er einen angenehmen Gedanken gehabt. Seine Augen leuchten wässrig, seine fleischigen Lippen verziehen sich an einem Mundwinkel zum Ansatz eines schiefen Lächelns. Mit geducktem Kopf blickt er sich um, als hätte er etwas gestohlen.

Normalerweise sitzt er mit Trost und ein paar anderen Kollegen in diesem Zimmer, in das sie nach einer internen Umstrukturierung vor ein paar Wochen gezogen sind. Die Glastische werden von Computern dominiert. Dazu ein Haufen Akten, Wandschränke und Rollos, die die hohen Fenster zum Gang hinaus verdunkeln. Auf Schulmeisters Tisch sorgen sieben Tassen voller Erdbeeren für den einzigen Farbtupfer im Raum.

Es ist Erdbeer-Zeit. Normalerweise würde er jetzt kiloweise Erdbeeren brocken, mit seiner Frau Roswitha Marmeladen einkochen, Erdbeerbowle trinken. Irgendwas, nur nicht das. Es war nicht der Plan, noch immer hier zu sitzen. Schon gar nicht, wo die im Wetterbericht ständig davon reden, dass mit einer hartnäckigen Schlechtwetterfront zu rechnen sei. Wenn jetzt in Graz tatsächlich Dauerregen einsetzt, ist das mit den Erdbeeren vorbei. Die faulen so schnell, dass man mit dem Brocken nicht mehr hinterherkommt.

»So war das nicht geplant«, murmelt er wieder weinerlich, aber plötzlich wechselt seine Stimmung erneut, und er verfällt in kurzes, hartes Lachen, das an ein nach Luft schnappendes großes Tier denken lässt. Sein Körper schüttelt sich, unter dem Hemd wabbeln die Brüste wie umgestürzte Puddingmasse. Schulmeister fasst sich mit einer Hand an die Wange, als müsse er auch sein Gesicht beisammenhalten, damit es ihm beim Lachen nicht auseinanderfällt.

So war das nicht geplant, schießt es ihm immer wieder durch

den Kopf. Es war nicht geplant, dass Armin Trost sich so gehen lässt. Dass er beim Einkaufen auf einen Amokläufer trifft und sich kidnappen lässt. Dass gerade er, der ja eh kaum noch einen geraden Gedanken fassen kann, entführt wird und dann als totales Wrack aus dem Tunnel taumelt. Direkt in seine, Schulmeisters, Arme. Wieder rollt der Lachanfall durch seinen Körper, der von einem irren Kichern begleitet wird. Ausgerechnet er, Schulmeister, hat Trost aufgefangen, wo doch hinlänglich bekannt ist, wie wenig sie einander ausstehen können.

Dass Trost, dieser Emporkömmling, der es nicht einmal schafft, seinen Schreibtisch in Ordnung zu halten, geschweige denn sein Leben, danach nur noch wirre Ideen gehabt hat, das war ja an sich nichts Neues. Schulmeister hat sich schon immer gefragt, wie seine Familie das nur aushält, denn normalerweise sieht der Lebenslauf von Typen wie Trost immer auch je eine Zeile für geschieden und Alkoholiker vor. Dass Trost dann aber die Konsequenzen zog und in Therapie ging, hat ihm niemand glauben können. Und er, Schulmeister, am allerwenigsten. Dennoch war er hocherfreut gewesen.

Endlich, endlich tut er das, was er schon vor dem Pan-Fall hätte tun sollen. Aber nein, er hat ja immer den harten, introvertierten, supergescheiten Kerl weitergespielt, hat immer den Chef raushängen lassen, obwohl in seinem Kopf doch nur noch das Chaos regiert hat und er kaum noch zu einer Entscheidung fähig war. Und wenn er dann doch eine Entscheidung getroffen hat, dann war sie für niemand anderen nachvollziehbar. Ich meine, denkt sich Schulmeister, wie deppert muss man denn sein, sich einem Amokläufer auszuliefern? Wem soll das was bringen?

Und recht geschieht's Trost. Jetzt schmeißt Schulmeister den Laden, und er kann sich beim Yoga verrenken, sich ausschlafen und ist erst einmal außer Gefecht gesetzt. So etwas kann ja ewig dauern, hat Schulmeister gelesen. Wochen, Monate gar, was man so hört. Manche kommen sogar nie mehr zurück. Sind für ihr Leben geburnoutet.

Aber das kann Trost ja nicht eingestehen. Stattdessen gibt er vor, den Ausflug nur zu machen, weil er auf Mörderjagd ist. Weil dieser Amokläufer ihm einen Hinweis gegeben haben soll und er der Sache auf den Grund gehen will. Ohne viel Aufhebens und vor allem schnell.

Natürlich hat Schulmeister zuerst gegen die Idee protestiert, aber dann bald eingesehen, dass das vielleicht das Beste ist, was ihm passieren kann. Trost wird einfahren, aber keinen Mörder finden, weil es keinen Mord gibt, nur einen verrückten Amokläufer, der ihm Scheiß erzählt hat. Und als unweigerliche Folge wird der Leiter der Mordabteilung bald erledigt sein.

Jetzt ist das hier seine Show, die Schulmeister-Show. Und wenn Trost zurückkommt, wenn er denn überhaupt zurückkommt, werden sich alle nach der Zeit zurücksehnen, in der er, der alte Haudegen Schulmeister, das Ding mal so richtig geschaukelt hat. Ohne irgendwelches Mimosengetue. Ohne Marotten. Ohne In-sich-gekehrtes-hin-und-her-Überlegen. Oh, wie er das hasst, dieses Armin-Trost-Gehabe, dieses eigenbrötlerische, nachdenkliche Sichwichtigmachen.

»Meine Show«, kichert er in den stillen Raum hinein. »Meine Show, meine Show, MEI-NE SHOW!« Erst ein Hustenanfall unterbricht sein Gelächter. Raues, trockenes Husten, das sein Gesicht wieder in eine rote Masse verwandelt. Es sieht aus wie das zur Kugel geformte Wachs der Käsesorte, die er am liebsten hat.

Doch zu dem Husten gesellt sich auch ein Schmerz, ein Schmerz, den er zwar seit ein paar Stunden zu ignorieren versucht, der sich aber nicht abwimmeln lässt. Er greift sich an die Backe, tastet mit dicken Fingern nach einer Schwellung seines fleischigen Kiefers. Obwohl er in den letzten Monaten wegen der Stichwunde an Gewicht eingebüßt hat, wölben sich seine Wangen noch immer über sein eigentliches Gesicht, so als hätte er ständig etwas im Mund. Schulmeister sieht immer so aus, als würde er essen. Unter diesen äußeren Umständen eine Schwellung auszumachen ist selbst für den Eingeweihten, also für den Inhaber des Körpers, nicht immer einfach.

Der Schmerz wummert. Sticht im Ohr. Rumort in seinen Gedanken. Seine Diagnose fällt übel aus. Es ist so weit: Der Weisheitszahn rührt sich, schiebt an, drückt auf die Brücken, Kronen und Füllungen und wird nur durch eine groß angelegte

Operation entfernt werden können. Sie werden ihm seinen Kiefer ausrenken, am Knochen herumhobeln, ziehen und zerren und fluchen, und anschließend wird er tagelang Schmerzen haben und von den Tabletten unter Magenschmerzen, Durchfall, Übelkeit und Kopfschmerzen leiden. Schulmeister sieht schon alles wie einen Film vor sich ablaufen.

Als das Telefon läutet, starrt er es eine Weile unbewegt an. Sein Husten ist verstummt. Sein Lachen auch. Sogar das Wummern des Schmerzes ist schlagartig schwächer geworden.

Er lässt es läuten. Zweimal, dreimal … Dann: »Schulmeister.«

Er sagt es so, dass die Person am anderen Ende der Leitung glauben muss, sie störe ihn gerade in einer wichtigen Besprechung und habe im günstigsten Fall zwei Sätze, um auf den Punkt zu kommen.

Schulmeister trägt einen grauen Anzug und ein weißes Hemd ohne Krawatte, sieht darin aber so schick aus wie andere im Jogginganzug. Während er in den Hörer hineinlauscht, ist sein Atem zu hören. Ein Röcheln, wie Jogginganzugträger es ausstoßen, wenn sie sieben Stockwerke hochgerannt sind. Natürlich mit Einkaufstaschen in den Händen.

Sein Gesicht ist wie versteinert. Er lauscht, während er mit der flachen freien Hand die Taschen des Sakkos abschlägt. Bei einer Tasche wird das Intervall zwischen den Schlägen kürzer, er scheint gefunden zu haben, wonach er gesucht hat. Zwei Finger fahren hinein und ziehen eine Packung Papiertaschentücher heraus. Er klemmt sich den Hörer zwischen Kiefer und Schulter und zieht ein Taschentuch aus der Plastikhülle. Mit einer raschen Bewegung entfaltet er es und drückt damit auf seine Nasenflügel, schnäuzen kann er sich während des Telefonats nicht. Als er das Taschentuch wieder entfernt, ist es feucht. Er behält es in der Hand.

Der Person am anderen Ende der Leitung werden offenbar mehr als zwei Sätze zugestanden. Irgendwann schließt Schulmeister die Augen und schüttelt langsam den Kopf, wie wenn er vor einer schweren Prüfung stehen würde. »Geh, bitte net«, sagt er leise, dann legt er den Hörer auf die Gabel.

Wieder liegt sein Blick auf dem Telefon. Es ist ein weißes Telefon mit einem Display, das ihm auch anzeigt, von wem seine

Bürokollegen angerufen werden, und das ihm ermöglicht, ihre Anrufe zu übernehmen, ohne ihre Telefonhörer abheben zu müssen. Eine Taste blinkt rot. Schulmeister hat keine Ahnung, warum, aber es stört ihn auch nicht. Andauernd blinkt hier etwas. Andauernd ist hier irgendetwas wichtig. Aber andere Dinge, andere Dinge stören ihn gewaltig. Seine flache Hand knallt urplötzlich auf den Tisch. Einmal, zweimal. Nicht dass sein Wutausbruch noch einen weiteren Beweis benötigt hätte, dennoch brüllt er seinen Schlägen ein dreifaches »Scheiße!« hinterher.

Seine Nase läuft, doch jetzt fährt er sich nur nachlässig mit dem Handrücken darüber. Ein Stück des Taschentuchs, mit dem er sich zuvor abgetupft hat, bleibt an einem Nasenflügel kleben. Noch immer starrt er auf das Telefon, zupft an seinem Ärmel und rollt den Kopf im Kragen, als wäre er ihm plötzlich zu eng.

Als sich Schulmeister endlich ächzend erhebt, merkt man ihm seine Bauchverletzung noch immer an. Allerdings könnte es auch sein Zahn sein – oder die Sorge um die Erdbeeren.

Eine graue Anzughose kommt zum Vorschein, als er um den Tisch geht. Und befände sich noch eine andere Person mit ihm im selben Raum, so würde diese jetzt mit Sicherheit seine weißen Tennisschuhe bemerken.

Schulmeister hat immer bequeme Tennisschuhe an, egal was er sonst trägt. Durch sie wird die Erinnerung an frühere Zeiten wachgehalten, als er noch auf dem Platz stand und spielte. Beim GAK galt er als große Hoffnung, blieb aber trotz Tenniscamp-Urlauben in der Türkei und Nordafrika doch nur Nummer zwei des Vereins. So lange, bis er endgültig zu alt war, um weiter auf die große Karriere hoffen zu dürfen. Immerfort nur Nummer zwei. Das Spielen wurde seltener. Der Beruf kam dazwischen. Dann das Gewicht. Nur die Tennisschuhe sind geblieben.

Schulmeister steht vor dem Fenster. Noch immer schüttelt er langsam den Kopf. »Geh, bitte net«, flüstert er wieder und denkt sich: So war das wirklich nicht geplant. Seine kurzen Finger ziehen ein Handy aus der Hosentasche. Er wählt eine Nummer, wartet.

»Wir haben ein Problem«, sagt er, als abgehoben wird.

15

7. Juli 1947, USA
William A. Rhodes macht das erste Foto eines UFOs. Da zuvor einige Zeitungen viel Geld für dieses Foto geboten haben, muss die Aufnahme mit Skepsis betrachtet werden.

Es hat mit einem Satz angefangen: »Normalerweise tun wir so etwas nicht.«

Die Massage ging dem Ende zu, und er empfand das Kneten, Zwicken und Drücken nur als wenig angenehm. Ein schweigsamer Weißhaariger mit weichen warmen Händen, den er noch nicht kannte, malträtierte ihn so sehr, dass er mitunter vor Schmerz aufstöhnte.

»Tut gut?«, fragte der Masseur oder wie man jemanden bezeichnet, der für Körpermisshandlung zuständig ist, aber die Frage hätte auch eine Feststellung sein können. Es klang nicht so, als erwarte er eine Antwort. »Tut gut?«, wiederholte er jedoch kurze Zeit später.

Und dann stand plötzlich Helene Stern im Raum. »Normalerweise tun wir so etwas nicht«, sagte sie.

Sie wollte Trost wegen eines Telefongesprächs von der Massage abholen, und jetzt stehen sich beide in ihrem Büro gegenüber. Trost hat sich dazu entschlossen, seine Tarnung noch ein wenig länger aufrechtzuerhalten, und trägt den Trainingsanzug, den Charlotte ihm extra für den Aufenthalt besorgt hat. Er hatte ihr mitgeteilt, dass er ein paar Tage auf Dienstreise müsse, und sie hatte nur »Ist gut« gesagt. Als sie später vom Einkaufen zurückgekommen war, hatte sie ihm den Trainingsanzug mit den Worten »Komm ganz zurück« gereicht.

Sie hatte nicht gesagt: »Bring ihn ganz zurück« oder »Komm bald zurück«, sondern: »Komm ganz zurück«. Als wäre er nicht mehr ganz, sondern irgendwie zerbrochen, und irgendwie hat sie damit ja auch recht.

Sie schauten einander an, er verstand, was sie meinte, und dann küssten sie sich.

Jetzt presst er den Telefonhörer ans rechte Ohr.

»Mir geht es gut, Schatz«, hört er sich sagen, aber seine Stimme klingt hohl und müde. »Ich werde geknetet, umsorgt und mache Sport. Alles hier ist wahnsinnig leise. Vor allem leise.« Er bemüht sich um Lockerheit.

Es entsteht eine Pause, da offenbar am anderen Ende der Leitung gesprochen wird.

Trost wendet den Blick von Helene Stern ab und sucht eine Stelle auf dem grauen Spannteppich, die er fixieren kann. »Macht der Kleine Stress?«

Fred ist erst vor ein paar Monaten auf die Welt gekommen und ist nach Elsa und Jonas ihr drittes gemeinsames Kind. Die Geschichte wiederholt sich: Seit der Kleine da ist, verändern sich die Düfte und die Geräuschpegel wieder. Außerdem haben sich die Zeitfenster geschlossen, in denen er und seine Frau sonst allein waren. Sein Zuhause hat plötzlich weniger von Rückzugsdomizil, sondern erinnert ihn eher an die Arbeit an einem Deadline-Projekt. Jeder ist hoch konzentriert, Zeit ist kostbar und wird effektiv genutzt.

»Niemals ein Weg ohne ein Trumm in der Hand, so spart man sich viele Wege.« Das hatte Trosts Mutter früher immer gesagt, und genauso verhalten sie sich auch, seit Fred da ist. Wenn er schläft, wird das Haus auf Vordermann gebracht, eingekauft, Elsa bei den Schulaufgaben geholfen oder Jonas irgendwo hingebracht oder abgeholt. Wenn Fred wach ist, wird er getragen, bekommt den Po abgewischt oder wird gewickelt. Entspricht irgendetwas nicht seinem Gusto, so schreit er. Deadline-Projekt. In Zusammenhang mit einem Baby ein dummer Ausdruck, das weiß er, zumal es keine Deadline, kein Projektende gibt, aber es fällt ihm kein besserer ein.

Und natürlich ist es nicht Charlotte, die am Apparat ist, sondern die Lemberg. Trost weiß nicht, was verrückter ist: Das, was er von ihr hört, oder die Tatsache, dass er mit ihr so sprechen muss, als sei sie seine Frau.

Helene Stern blättert während des Telefonats in irgendwelchen Unterlagen und tut geschäftig, auch wenn er spürt, dass sie genau auf seine Worte achtet. Die Stimme im Telefon spricht unaufhörlich, aber seine Gedanken gehen in eine andere Richtung, driften ab. Was hat ihn im Supermarkt nur dazu getrieben, den Helden zu spielen? Er erinnert sich daran, wie der Wagen ins diffuse Licht des Tunnels gerollt ist. Wie der Verrückte neben ihm gleichzeitig zu brüllen und zu heulen begonnen hat.

Er mochte den Tunnel noch nie. Tunnel insgesamt kommen ihm nicht richtig vor. Wenn ein Berg im Weg steht, musst du drum herum oder drüber, aber doch kein Loch durchs Gestein bohren, das ist falsch. Wie eine Vergewaltigung. Wenn er durch Tunnel fährt, fühlt er sich an dem, was der Natur angetan wurde, mitschuldig. Oder, wenn er ehrlich zu sich ist, hat er einfach nur Platzangst.

Er konzentriert sich wieder aufs Hier und Jetzt, auf das Gespräch. »Nein, ich bin bald wieder daheim, du musst wirklich nicht herkommen.« Pause. »Jedenfalls jetzt noch nicht.«

Helene Stern blickt von ihren Unterlagen auf, lächelt ihm flüchtig zu und tippt auf ihr linkes Handgelenk. Auch wenn hier Stress bekämpft wird, ist für lange ruhige Telefongespräche offenbar keine Zeit. Obwohl das Hotel fast leer ist, laufen die Gesprächstherapien doch im Stundentakt ab. Schließlich hat auch die Stressbekämpfung einen exakten Zeitplan, der eingehalten werden muss. Von wegen eingeschränktes Angebot!

Er blickt sich in dem Zimmer um. Das Büro ist mit dunklen Bücherregalen zugestellt. Es gibt keinen Schreibtisch, aber dafür eine gemütliche Sitzecke. Das Telefon steht auf einem niedrigen Glastisch. Vor dem raumhohen Fenster breitet sich dichter Wald wie ein Gemälde von Henri Rousseau aus. Sonnenstrahlen brechen durchs Geäst, ein unnatürliches Licht, als hätte jemand mit Photoshop an der Natur herumgespielt. Graue Wolken haben sich in den strahlenden Tag geschoben. Draußen entdeckt Trost zwei Schatten unter einem Apfelbaum.

Den einen erkennt Trost sofort, es ist Walter Stern, der Besitzer des Hotels. Mit stoischer Ruhe steht er da, hat die Hände tief in die Hosentaschen gesteckt. Sein Kinn liegt fast auf der Brust, als würde er den Worten seines Gegenübers konzentriert lauschen. Ab und zu nickt er zustimmend, anscheinend bestätigt das Gesagte etwas, das er bereits vermutet hat. Dann blickt er in das Tal hinaus wie ein nachdenklicher alter Mann.

Das Fenster befindet sich in Helene Sterns Rücken. Trost will ihre Aufmerksamkeit nicht darauf lenken, dass er ihren Mann beobachtet, also dreht er sich weg.

»Ich telefoniere gerade vom Büro der Hotelchefin aus«, sagt er in den Hörer hinein. »Sie bemühen sich hier alle, mich wieder hinzubekommen.« Dann fällt ihm etwas ein, und er geht die Reihen der Bücherrücken im Regal durch. Vorwiegend psychologische Fachliteratur und Titel, die etwas mit Außerirdischen zu tun zu haben scheinen. Er betrachtet die Rücken genauer, kann es kaum glauben.

Tatsächlich stehen hier Bücher über Bücher, die sich mit Ufologie beschäftigen. Sie handeln von Entführungen durch extraterrestrische Besucher, Sichtungen außergewöhnlicher Phänomene, dazu kommen zahlreiche Science-Fiction-Romane und jede Menge esoterische Literatur. Unwillkürlich muss Trost an seinen Kollegen Schulmeister denken, der die Wälzer als Schundliteratur, Zeitverschwendung und Nonsens abtun würde.

Als er wieder aus dem Fenster blickt, entfernt sich die bislang im Schatten stehende zweite Gestalt. Einen Augenblick fällt Licht auf ihr Antlitz, es ist der türkische Cowboy.

»Ja, wieder hinzubekommen«, wiederholt Trost. »Weißt du übrigens, was lustig ist? Ich hab gerade wieder ein lupenreines Déjà-vu.«

Pause.

»Ja«, lächelnd blickt er die Psychotherapeutin an, »so wie letztens. Das scheint gar nicht aufhören zu wollen. Irgendwie außerirdisch.« Er lächelt noch immer, während Helene Sterns Miene zu Eis gefriert. Dann verabschiedet er sich und legt auf.

Minuten später richtet er sich in der Couch auf und fühlt sich, als sei er aus einem unendlich tiefen Schlaf erwacht. Er kann sich sogar an seinen Traum erinnern: Es heißt doch immer, Sterbende würden ein Licht auf sich zukommen sehen. Einen hellen Fleck, der sich auf sie zubewegt oder auf den sie sich zubewegen. Trost hat im Schlaf vor sich so eine Lichtquelle erblickt, die Finsternis hinter sich empfand er, als hätte sie sich materialisiert. Als hätte sie Gestalt angenommen. Er spürte sie auf seinem Nacken und rannte schneller. Links und rechts von ihm war kalter, glatter Fels. Er befand sich in einem unterirdischen Gang, und obwohl er lief, kam er dem Licht nicht näher. Sosehr er sich auch bemühte, er konnte der Dunkelheit nicht entfliehen. Eben wie in einem Traum.

Er blinzelt irritiert. »Es ist wieder passiert, nicht wahr?«

Helene Stern schiebt sich ihre rahmenlose Brille mit dem Zeigefinger hoch. Ihm ist bisher gar nicht aufgefallen, dass sie eine Brille trägt. Ihr Haar hat sie wieder streng zurückgekämmt, so als würde sie damit auch ihre Stirn spannen. Ihre Augenbrauen bilden eine Art Dreieck, verleihen ihrem Gesicht den Ausdruck von leichter Verwunderung, während ihre grünen Augen interessiert blicken. Sie wirkt heute auf eine klinisch-maskenhafte Art zurechtgemacht. Wahrscheinlich zu viel Make-up, denkt sich Trost.

Sie lächelt wieder ihr typisches Ich-bin-in-meiner-eigenen-Welt-Lächeln. »Sagen Sie mir, was Sie gesehen haben?«

Trost schildert seinen Traum. Die Therapeutin nickt, schweigt aber.

»Und, was schließen Sie jetzt daraus?«

»Noch gar nichts. Ich sammle nur die Informationen, erst am Ende werden wir ein Gespräch führen. Ein langes Gespräch.«

Trost zupft sich die Ärmel seines Trainingsanzugs zurecht, lässt den Blick noch einmal über das Bücherregal schweifen. »Glauben Sie an so was?«

Sie starrt ihn mit großen Augen an.

Er deutet auf die Bücher. »Die Frage ist ja nicht so abwegig. Sie scheinen sich mit fast nichts anderem zu beschäftigen.«

»Ich bin nicht wegen der Frage so verwundert«, erwidert sie sichtlich erregt, »ich kann nur nicht glauben, dass ein vernunftbegabter Geist ernsthaft annehmen kann, dass wir allein im Universum sind. Und das tun Sie anscheinend, oder nicht?«

Ihm ist nicht entgangen, dass sie auf die Uhr geblickt hat. Trost reibt sich die Nasenwurzel und bläht dabei die Backen. Die Therapeutin dreht den Kopf, als wolle sie an seiner Hand vorbei in seine Augen schauen.

»Glauben Sie etwa, wir wären die Einzigen? Sind Sie etwa

einer von denen, die alles, was damit zu tun hat, ins Lächerliche
ziehen?« Sie runzelt die Stirn und wirkt plötzlich enttäuscht. »Ich
hätte Sie eigentlich für kritischer gehalten, für jemanden, der
über mehr Vorstellungskraft verfügt. Und ja, ich bin tatsächlich
davon überzeugt, dass es im Universum noch anderes Leben
gibt. Wie auf unserer Erde auch.« Sie betrachtet ihre Hände,
indem sie die Handflächen nach unten dreht. »Alles andere wäre
doch auch schade. Ich meine, Menschen sind ja nicht gerade die
beeindruckendste Spezies, die vorstellbar ist. Und wenn wir dann
noch selbstherrlich davon ausgehen, die Einzigen zu sein, die
imstande sind, weiter als bis zehn zu zählen, dann wünsche ich mir
eigentlich nichts sehnlicher, als endlich Kontakt mit irgendwem
dort draußen aufzunehmen. Manchmal habe ich den Eindruck,
das wäre so etwas wie eine Rettung. Finden Sie nicht auch, dass
wir gerettet werden müssen? Oder zählen Sie zu den Spinnern,
die allen Ernstes behaupten, das Universum, das größer ist, als
wir es uns vorstellen können, ja sogar schneller wächst, als wir
schauen können, beherberge nur die Menschen als intelligente
Spezies? Glauben Sie das?«

Sie ist ihm näher gerückt. Unangenehm nahe. Er kann jetzt
sehen, dass das Weiß ihrer Augen einen Gelbstich hat, dass sie
die Pickel an der Wange mit Abdeckstift zu verbergen versucht,
dass sich Essensreste zwischen ihren Schneidezähnen befinden
und sie unter den Achseln schwitzt.

»Vor zwei Jahren«, sagt sie, »haben sie in Knittelfeld wieder
ein UFO gesehen. Niemand hat den Leuten dort geglaubt, in
den Medien haben sie sich das Maul darüber zerrissen. Aber ich
glaube diesen Leuten. In 2010 gab es in England fast sechzig
Kornkreise. Sie wissen schon, diese Phänomene, die in Äckern
auftauchen und von denen keiner weiß, wie sie dorthin gekommen sind. Jedes Mal handelt es sich um ein anderes Motiv.
2009 waren es vor allem Tiermotive, 2010 geometrische Formen.
Ein Kornkreis soll sogar das Abbild von Jesus auf dem Turiner
Grabtuch gezeigt haben.«

Alles, wirklich alles, kann Trost sich anhören, nur keine Kir-
chengeschichten. Davon bekommt er nur Gänsehaut. »Ach, ich
bitte Sie!« Er schnauft.

Helene Stern versteift ihren Rücken. »29. Juli 2010, sehen Sie nach. Ja, sehen Sie nach! Ein Doppelkornkreis, der, wenn man ihn übereinanderlegt, das Abbild Christi zeigt.« Ihre Stimme wird lauter. »Na, sehen Sie schon nach, steht alles in den Büchern. Und wenn Sie mir nicht glauben, dann erklären Sie mir doch mal, wie man so etwas unbemerkt bewerkstelligen soll. Auf die Erklärung bin ich wirklich gespannt.«

Trost hebt abwehrend die Hand, will sie beruhigen. »Nein, nein, ich glaube Ihnen ja.«

»Und noch etwas.« Ihre Stimme ist wieder leiser geworden. »Was denken Sie eigentlich, wo wir hier sind? All diese Steine, die Menhire und Lochsteine, die man hier am Wegesrand sieht, sie alle sind kein Zufall. Man nennt sie auch Torwächter, unter denen sich unterirdische Kreuzungen befinden. Diese Gänge sind überall, verstehen Sie?«

Trost erinnert sich, beim Laufen einen der Torwächter gesehen zu haben. Einen dämlichen Stein. Und natürlich muss er wieder an die Geschichte denken, die ihm Eva Schwarz erzählt hat.

»Es gibt Wissenschaftler in Graz, die haben sich auf Höhlen spezialisiert. Die sind hinabgestiegen. Und wissen Sie, was sie entdeckt haben? Hunderte unterirdische Gänge. Kilometerlange Gänge. Manche sind so niedrig, dass man durch sie hindurchkriechen muss, manche so hoch, dass man aufrecht gehen kann. Aber die Frage ist, zu welchem Zweck sie von wem angelegt worden sind. Als Fluchtstollen? Mit nur einem Ausgang? Nein.« Ihre Augen werden starr. »Als Kultraum? Hmhm.« Sie schüttelt den Kopf und schließt eine Sekunde lang die Augen, was sie zum grotesken Abbild einer Tagesmutter macht, die gerade einen Erziehungsmoment hat. »Nichts weist darauf hin. Nichts weist auf irgendetwas hin, das ist es ja gerade. Es gibt keine Erklärung. Nur die Fakten sind klar: In der Oststeiermark gibt es eine Häufung unterirdischer Gänge, die Jahrtausende alt sind und mit den damals zur Verfügung stehenden Werkzeugen niemals gegraben werden konnten. Interessant, nicht?« Sie sieht ihn erwartungsvoll an.

Und Trost tut genau das Falsche. Er wechselt das Thema. »Sagen Sie, wie funktioniert das eigentlich mit der Hypnose? Ich meine, bemerke ich eigentlich, wann es losgeht, oder vergesse ich es gleich wieder?«

Helene Sterns Gesichtszüge verhärten sich wie ein plötzlich zu Eis erstarrter Klumpen. Offenbar hätte sie gern weiter über die Möglichkeit außerirdischen Lebens geplaudert, aber da Trost so demonstrativ das Thema gewechselt hat, blickt sie im Gegenzug genauso demonstrativ auf ihre Armbanduhr. Das schwarze Uhrenarmband schneidet in die Haut ihres linken Unterarms.

»Wie lange war ich weg?«, wiederholt er seine trotzige Frage.

Als wäre das das vereinbarte Zeichen, steht sie auf und weist zur Tür. »So lange, dass unsere Stunde leider auch schon zu Ende ist. Aber ich kann Ihnen versichern, dass Hypnose genau das Richtige für Sie ist. Wir alle müssen schließlich über unseren Schatten springen.«

Als er im Türrahmen steht, dreht er sich noch einmal um und kommt sich mit dieser Geste ein wenig vor wie Inspektor Columbo. »Sagen Sie, ich bin im Wald einer seltsam entstellten Person begegnet, die völlig außer sich war. Sie heißt Dolores und hat etwas von Dirndln gestammelt, die in Gefahr sind.«

Niemand bemerkt es, doch wenn Armin Trost etwas hat, dann ist es die Gabe, Kleinigkeiten zu sehen. Winzige Details. Manchmal führt einen das weit weg, manchmal auch nirgendwohin, doch wenn Trost sich in diesem Moment nicht gehörig irrt, dann hat seine Frage etwas aufgescheucht. Helene Sterns Mundwinkel verziehen sich kaum merklich nach unten, eine Augenbraue wandert Richtung Haaransatz, kleine Falten durchziehen die blasse Stirn. Eine Sekunde später, und damit einen Tick zu spät, heben sich auch ihre Schultern, und die Handflächen drehen sich zur Decke. Sie sieht aus wie eine Frau, die vorgibt, keine Ahnung zu haben, wovon er spricht, aber sie sieht eben nur so aus.

»Wissen Sie«, sagt sie eine Idee zu laut, »wir sind nicht aus der Gegend, und immer wieder müssen mein Mann und ich feststellen, dass die Leute hier ab und zu einen leichten Hang zu«, sie dreht ihren Zeigefinger in Höhe ihrer Stirn, »na, Sie wissen schon … haben.«

Die Geste kommt ihm nur allzu bekannt vor. Als er wieder

auf dem Gang steht, wartet dort kein Patient auf die nächste Therapiestunde. Er setzt sich auf einen Sessel. Niemand kommt, niemand geht. Vielleicht hat Helene Stern auch nur einen Anruf erwartet, weil sie so häufig auf die Uhr geschaut hat, oder sie wollte ihn loswerden.

Trost rekapituliert die letzten Stunden: Vor dem Fenster hat der türkische Cowboy mit dem Hotelbesitzer gesprochen, dessen Frau eine Neigung zu E.T. hat. Und am Telefon war Annette Lemberg, die wie vereinbart vorgegeben hat, seine Frau zu sein. Aber was sie gesagt hat, gefällt ihm ganz und gar nicht. Er schüttelt den Kopf und geht.

16

Nur ein paar Minuten zuvor ist Folgendes passiert: Annette Lemberg ärgert sich noch immer über diesen Kerl, aber vor allem ärgert sie sich darüber, dass sie sich ärgert. Jetzt ist sie schon fast ein Jahr bei der Grazer Polizei und hat sich noch immer nicht an die schlechte Stimmung gewöhnt. Die fängt schon in der Früh mit dem gemurmelten, geseufzten, missmutigen »Morgn« an und zieht sich anschließend durch den ganzen Tag. Alles ist schlecht, der Staat, das System, die Personalabteilung, die Automaten-Semmeln, die Gesetze, die Ausländer, die Jugendlichen und die Frauen sowieso. Jeder ist ein Idiot, alles ist sinnlos. Die Beamten drehen sich in dieser Frustrationsspirale, sodass Alltag ganz automatisch zu grauem Alltagsbrei wird. Wagt es jemand zu lachen, gilt er als unterfordert und wird mit Akten überhäuft. Redet jemand vom Wochenende, kann er gleich seine Sachen packen, so schnell kann er gar nicht schauen, denn irgendwo muss immer irgendwer überwacht werden. Nur das Geräusch der Tastaturen, der Drucker, der Drehsessel und der Telefongespräche ist erlaubt. Das Knacken der Funkgeräte. Überall riecht es nach Leder. Und nach Missmut.

Okay, okay, Lemberg ist auch nicht immer der Optimismus in Person. Sie gleicht sich an, saugt die schlechte Laune der Kollegen auf wie ein Schwamm. Und obwohl sie und ihre Abteilung weit weg sind vom Streifendienst der Uniformierten, von Tempolimit-Kontrollen und Warndreieck-Aufspüraktionen, so ist es doch noch derselbe Verein. Vor allem ist es Schulmeister, der die schlechte Laune in ihrer Abteilung ausschüttet wie kalten Kaffee, den man ins Spülbecken kippt.

Es kommt immer in Wellen, und jetzt rollt eine Mega-Welle

auf sie zu, auf der man surfen könnte. Seit der Chef die Sache mit dem Amokläufer durchgemacht hat, geht es mit Schulmeister wieder bergab. Weder ist er kooperativ, noch hört er zu. Immer bekommt er diese idiotische Falte auf der Stirn, von der er wohl denkt, sie würde ihn böse aussehen lassen. In Wahrheit wirkt sie – und damit auch er – einfach nur dämlich. Das sollte ihm einmal wer sagen: Wenn er einen auf fiesen Macker macht, sieht er aus wie ein Depp.

Ein bisschen hat sie den Eindruck, als sei er auf den Chef eifersüchtig. Als ärgere ihn die Tatsache, dass nicht er nach dem Wahnsinn im Einkaufszentrum im Rampenlicht steht. Natürlich hinkt der Gedanke, denn richtig im Rampenlicht steht Trost ohnehin nicht, wo doch draußen niemand weiß, wer von der Polizei den Irren gestoppt hat. Aber intern wissen es natürlich alle, und darauf kommt es an.

In den wenigen Tagen nach dem Vorfall hat Schulmeister jede Idee Trosts torpediert. Nichts passte, alles war zu weit hergeholt oder schlichtweg nicht erlaubt. Hinter diesen Floskeln versteckt Schulmeister sich am allerliebsten. Zu weit hergeholt. Nicht erlaubt. Es scheint beinah so, als würde er täglich irgendeinen Gesetzpassus studieren, der ihn in seinen vorgebeteten Einschränkungen bestärkt, mit denen er dann die anderen quält.

Dienstauto ohne Zuweisung: nicht erlaubt.

Betreten einer fremden Wohnung ohne richterlichen Beschluss: nicht erlaubt.

Um fünfzehn Uhr werktags ein Bier trinken: nicht erlaubt.

Im Ernstfall schießen, ohne den Vorgesetzten um Erlaubnis gebeten zu haben: nicht erlaubt.

NICHT ERLAUBT. NICHT ERLAUBT. NICHT ERLAUBT. PENG!

Annette Lemberg stellt den Wagen am Waldrand ab, holt ihr Handy heraus und wählt eine Nummer. Sie wartet, lässt sich verbinden und gibt ihrer Stimme dabei einen dringlichen Tonfall. Ob er wieder Schatz zu ihr sagen wird? Schon beim letzten Telefonat hat das irgendwie merkwürdig geklungen. So vertraut. Ganz anders als sonst.

Als sie mit ihm spricht, spürt sie, dass er abwesend ist. Und trotzdem ist es wieder da, er nennt sie erneut Schatz.

Nur als sie ihm sagt, dass sie in seiner Nähe ist, wird er ein wenig ungehalten, wenngleich er natürlich nicht wirklich insistiert. Sie nimmt an, dass er nicht allein im Zimmer ist, schließlich hat er gesagt, dass er vom Büro der Hotelbesitzerin telefoniert. Es scheint, als würden sie in diesem Hotel irgend so eine Eifersuchts-Nummer abziehen, dass alles, was von außen kommt, böse ist und den Erfolg ihrer Behandlungen gefährden könnte.

»Du musst wirklich nicht hierherkommen. Jedenfalls jetzt noch nicht«, sagt er, und sie kann sein drohendes Zittern in der Stimme körperlich spüren. Aber sie ist schon da, und er wird nichts daran ändern können, dass sie sich um ihn sorgt. Er hat Schatz zu ihr gesagt.

Nach dem Gespräch stapft sie durch den Wald. Schwer atmend wählt sie Schulmeisters Nummer und lässt ihm, als er abhebt, keine Möglichkeit, zu Wort zu kommen. »Ich wollte nur sagen, dass ich auf Ihre Erlaubnis pfeife und jetzt zu ihm gehen werde. Er schafft es nicht allein, wenn es hart auf hart kommt. Wer weiß, wie viele Leute dadrinnen sind. Und bis Sie reagieren, könnte es für ihn längst zu spät sein. Ich werde mich von nun an nahe dem Hotel aufhalten und ihn aus sicherer Distanz beobachten. Ich rufe Sie regelmäßig an. Ende der Durchsage.«

Schulmeisters »Geh, bitte net!« hört sie nicht mehr.

»Ende der Durchsage«, sagt sie laut zu sich und grinst. Sie freut sich jetzt schon auf das Wiedersehen mit Schulmeister, denn sein Ärger wird erdrückend sein. Sie zieht eine gekünstelte Grimasse, die Schulmeister als bösen Kerl imitieren soll, steckt das Mobiltelefon in die Tasche und nähert sich dem Gebäude, das zwischen den Baumreihen vor ihr auftaucht. Sie haben die Örtlichkeit exakt geprüft, bevor Trost losgefahren ist, dennoch ist sie selbst erstaunt darüber, dass sie sich alles so genau gemerkt hat.

Kurz darauf liegt sie im Gras und verharrt auch dann noch regungslos, als schon Ameisen über ihren Unterarm kriechen. Sie hat die Juckzentrale in ihrem Gehirn deaktiviert, sodass sie nun stundenlang in starrer Haltung am Boden liegen kann. Die regelmäßigen Yoga-Übungen, mit denen sie üblicherweise ihren Tag beginnt, kommen ihr dabei zugute, und auch das Fitnesstraining beim GSG9 in Deutschland macht sich noch bemerkbar. Seit sie in Österreich ist, hat sie die Nahkampfkurse zwar sträflich vernachlässigt, dennoch bemerkt sie manchmal Trosts Blick, der an ihrem durchtrainierten Oberarm hängen bleibt, wenn sie ihm eine Kaffeetasse reicht und dabei ein T-Shirt trägt. Das ist aber auch schon alles. Chefinspektor Trost schafft es nie, sie direkt anzusehen. Immer ist er vertieft in irgendeinen Gedanken, und sie ist sich häufig nicht einmal sicher, ob er mitbekommt, wann sie kommt und geht. Anfangs war das ein wenig irritierend, denn bei aller Bescheidenheit weiß sie, wie sie normalerweise auf Männer wirkt. Sie ist eine trainierte junge Frau mit langen braunen Haaren und einem Gesicht, das ihr auch andere Karrieren ermöglich hätte, hätte sie es drauf angelegt. Das hat ihr Vater jedenfalls immer gesagt, bis er sie das erste Mal schlug …

Nach ein paar Minuten bewegt sich Annette Lemberg und ärgert sich dann. Ein fataler Fehler. Unterbricht man die stoische Ruhe erst einmal, ist es fast unmöglich, wieder zu ihr zurückzufinden.

Waldgras kitzelt an ihrer Wange, dann beginnt auch noch die Kälte an ihrem Körper hochzukriechen. Ihr Geist wird unruhig, Zweifel und Ungewissheit machen sich breit. Was tue ich hier eigentlich? Auf meinen Chef aufpassen. Aber wozu? Er erholt sich, das ist alles.

Denn ganz ehrlich: An seine Theorie mit dem Verbrechen, das er hier aufzudecken gedenkt, kann selbst sie nicht glauben. Jedenfalls nicht wirklich. Und warum hat er nicht begeistert geklungen, als sie ihm erzählt hat, in seiner Nähe zu sein? Sie macht einfach alles falsch. Andererseits: Sollte er recht behalten und sich wirklich an einem Tatort befinden, wäre es doch besser, wenn er sie in seiner Nähe als Back-up weiß. Sein Trumpfass im Ärmel. Sie hat sich entschieden. Egal ob es ihm oder Schulmeister nun passt oder nicht, sie bleibt.

17

7. Januar 1948, USA
Air-Force-Pilot Thomas Mantell und zwei seiner Kollegen sollen die
Verfolgung eines zuvor von Hunderten Menschen gesichteten UFOs
aufnehmen. Als Mantell über Funk mitteilt, dass er dem Objekt näher
kommt, explodiert seine Maschine und stürzt ab. Mantell kommt ums
Leben.

Es geht alles so schnell. Trost hat sich nach der Sitzung mit
Helene Stern in die Lobby gesetzt und blättert in einem Hotel-
prospekt. Plötzlich taucht Walter Stern an seiner Seite auf, tippt
auf das Foto, das einen Typen darstellt, der mit einer Stirnlampe
am Kopf durch einen Höhlengang kriecht, und ruft vergnügt:
»Interesse?«

Trost zögert ein, zwei Sekunden, zu lange jedenfalls, denn
Stern klopft ihm schon fröhlich auf die Schulter und sagt: »Dann
kommen Sie doch gleich mit. Sie haben gerade kein Programm,
und ich habe Zeit. Ich werde Ihnen etwas absolut Außergewöhn-
liches zeigen, Sie werden begeistert sein.«

Und schon sind sie draußen, stapfen über die Kuhweide den
Waldrand entlang, und Trost wünscht sich in sein Zimmer zurück.
Ein warmer Wind trägt Fetzen einer unpassenden Geräuschkulisse
zu ihnen herüber. Dumpfes Stampfen, als nähere sich ein Untier.
Erst als eine zusammenhängende Melodie erkennbar wird, realisiert Trost, dass es sich um den Auftritt einer Blasmusikkapelle
handeln muss.

»Ah, die Blasmusikkapelle«, sagt nun auch Stern. »Heute
wird die Platzwahl gefeiert. Die Pöllauberger haben die Wahl
zum schönsten Fleckerl der Steiermark gewonnen. Über hun-
dertfünfzigtausend Leute haben bei der Abstimmung von einer
Tageszeitung mitgemacht, das muss man sich einmal vorstellen.
Eigentlich völlig verrückt, als hätten die Leute nichts anderes zu
tun. Aber gut, die Pöllauberger freut's und den Bürgermeister
auch. Er ist ein schlauer Fuchs, hat genau gespürt, dass das eine
Riesenwerbung für die Region sein kann. Jetzt soll sogar ein
Buch über die schönsten Fleckerl herauskommen. Dabei hätten

die Pöllauberger es gar nicht notwendig, es kommen ja eh schon viele Busse wegen der Wallfahrtskirche.«

»Sie sagen, die Pöllauberger. Sind Sie selbst keiner?« Trost stellt die Frage, obwohl er von Sterns Frau schon die Antwort kennt.

»Ich?« Er lacht auf. »Ach, ich fühle mich da nicht so zugehörig. Ich bin nicht so ein Vereinsmeier, der überall dabei sein muss. Ich bin einfach nur ich.« Stern geht so schnell, dass Trost kaum Schritt halten kann.

Die Luft ist schwül, und Trost beginnt zu keuchen. Krampfhaft versucht er sich nichts anmerken zu lassen, was das Atmen nur noch beschwerlicher macht. »Ich denke«, schnauft er, »Ihre Frau ist wütend auf mich.«

»Wieso?«

»Weil ich ihre Ansichten, was das Leben außerhalb der Erde betrifft, nicht ganz teile.«

Das Thema auf Außerirdische zu lenken erscheint ihm angesichts der Musik, die über den Hang zu ihnen scheppert, nicht allzu abwegig. Trost weiß nicht mehr, wann er das letzte Mal eine richtige Blasmusikkapelle gesehen hat. Früher, als er noch ein Kind war, so bildet er sich ein, ist andauernd irgendwo eine dreißigköpfige Combo herummarschiert. Hutträger in Uniformen, angeführt von einem Mann mit langem Spazierstab, den dieser immer auf- und niederschwang und ab und zu in der Hand drehte. Im Gleichschritt marschierten sie dahin, ein paar Mädchen in Männerkleidung waren auch immer darunter, auf ihren Trompeten hatten sie Notenblätter geklemmt, am Ende des Zuges gingen die großen Jungs mit Pauken und Schellen. Die Erinnerung löst in ihm ein plötzliches Verlangen danach aus, die Blasmusikkapelle am Berg zu beobachten, doch er hört nur ihre Musik.

Stern grinst. »Ah, da haben Sie einen wunden Punkt bei ihr getroffen. Einen sehr wunden, so möchte ich meinen.«

Einmal mehr stellt Trost für sich fest, dass dieser Typ nicht zu seiner Frau passt. Nicht nur aus optischen Gründen. Sie, die Therapeutin im Oma-Look, und er, der auf jugendlichen Turntrainer machende Ich-vernasche-alle-Töchter-Typ.

»Wissen Sie«, setzt Stern fort, »ich habe Ihnen ja schon gesagt, dass wir uns hier an einem außergewöhnlichen Ort befinden. Sie haben sicher schon mehrfach von diesem Zeug gehört, Lochsteine, unterirdische Gänge und so.«

Trost nickt seufzend, und Stern quittiert seine Skepsis mit lautem Auflachen. »Na, dann können Sie sich jetzt selbst überzeugen.« Mit einer theatralischen Handbewegung weist er auf ein Loch im Boden. Genauer gesagt handelt es sich um einen Betonring auf einer Wiese.

Trost schaut hinab und erblickt eine Leiter, die in die Tiefe führt. Stern greift in die Jackentasche und holt für sich und Trost Stirnlampen hervor. Kurz darauf findet Trost sich in einem Schacht wieder, der in die Tiefe führt. Während er hinunterklettert, verwandelt sich die Musik der Bläser in ein undefinierbares Wummern, bis sie schließlich gar nicht mehr zu hören ist. Trosts Rücken streift die kalte Mauer, die Metallleiter, die in den Fels getrieben wurde, ist feucht und glitschig.

Am Ende der Leiter angekommen, blickt er sich um. Schulter an Schulter mit Stern steht er in einem Hohlraum, der als Zutritt zu einem Gang gedacht zu sein scheint. Der Gang ist so niedrig, dass man sich bücken muss, um hindurchzugelangen. Stern geht voran, Trost folgt ihm aus dem Drang heraus, ja nicht allein zurückzubleiben.

Der Gang wird immer schmäler und niedriger, und die Muskeln in seinen Oberschenkeln beginnen zu schmerzen. Immer wieder schrammt sein Rücken am harten Fels entlang. Sie steigen durch Wasserpfützen und Schlammlachen. Trost flucht, als Stern sich in gebückter Position zu ihm umdreht. »Wissen Sie, was das hier ist?«

»Nein.«

»Und damit sind Sie nicht allein. Genau genommen weiß das nämlich niemand. Aber solche Gänge, manche länger, manche kürzer, gibt es überall in diesem Gebiet.«

Trost erinnert sich, was ihm Eva Schwarz erzählt hat.

»Mehr als dreihundert dieser Stollen wurden schon registriert«, fährt Stern fort. »Manche sind bereits wissenschaftlich datiert. Was schätzen Sie, wie alt die Gänge sind?«

»Sagen Sie es mir.«

»Mehr als zehntausend Jahre. Und das ist belegt. Wir vermuten, dass es sich um Kultplätze handelt, aber mit Sicherheit kann es niemand sagen. Fluchtwege sind es jedenfalls nicht. Die meisten Gänge haben keinen Ausgang, man muss also denselben Weg zurückgehen, um wieder an die Oberfläche zu gelangen.«

»Dieser Gang hat also keinen zweiten Ausgang?«

Stern lächelt. »Doch, der hier schon, keine Sorge. Sonst würde ich Sie nie und nimmer hier hindurchlotsen. Kommen Sie, folgen Sie mir. Ab hier gehen wir am besten mit den Beinen voran, es geht leicht bergab. Halten Sie sich einfach mit den Händen oben am Stein fest, nutzen Sie ihn quasi als Haltegriff, die Beine voran und dann loslassen, dann kann nichts passieren. Kriechen Sie immer weiter. Beine voran und durch, Herr Trost. Sie werden sehen, wenn Sie das geschafft haben, fühlen Sie sich wie neugeboren. Das hat was. Zurückzugehen ist keine Alternative, versuchen Sie es erst gar nicht, es ist hier viel zu eng, um sich umzudrehen, und Sie haben es auch gleich geschafft. Sehr gut, immer weiter.

Oh, Ihre Stirnlampe ist ausgegangen? Wissen Sie was? Ich schalte meine auch aus. Dieses Gefühl der absoluten Dunkelheit müssen Sie einfach erleben. Vielleicht haben wir ja Glück und sehen Orbs. Das sind Lichtwesen, an die in der Gegend eine Menge Leute glauben. Manchmal schießen sie aus den Steinen oder tauchen in den Gängen auf.

Jetzt werden Sie nicht panisch, ich bitte Sie. Schon gut, schon gut, ich mach das Licht ja wieder an. So geht's aber, ja? Und jetzt auf allen vieren kriechen, nur noch ein kleines Stück. Jetzt atmen Sie halt wieder ruhig. Wenn Sie sich nicht beruhigen, muss ich Sie hier noch allein lassen, um Hilfe zu holen.

Geht's? Na, sehen Sie! Und nun noch die Leiter hinauf. Genau. Geschafft, gratuliere! Freuen Sie sich? Jetzt freuen Sie sich doch!

Herr Trost? … Herr Tro-ost! Warten Sie doch!«

Doch Trost dreht sich nicht mehr um. Die Blasmusikklänge haben wieder eingesetzt, aber sein Herz klopft so laut, dass er sie kaum hören kann. Er stapft zurück ins Hotel, während er sich den Schmutz von der Hose klopft. Er sieht aus, als hätte er im Freien übernachtet.

Bei »wie neugeboren« hätte er Stern am liebsten verprügelt, konnte aber seine Arme nicht bewegen, weil der Schlurf, durch den er gerade gekrochen ist, zu eng war. Minutenlang hat er in jahrtausendealtem Fels festgesteckt und dazu noch das unangenehme Gefühl gehabt, das Gestein würde sich ausgerechnet in dem Moment, als er durch die Engstelle hindurchschlüpfte, auf ihn zubewegen. Und dann hat dieser Idiot auch noch seine Stirnlampe ausgemacht und ihn in absoluter Finsternis schmoren lassen. Trost fühlte sich, wie man sich in einem Grab fühlen muss. Blanker Fels drückte gegen seinen Körper, rückte immer näher. Das Gefühl, dass sich etwas um seine Brust schlang und dann zudrückte, wurde immer intensiver. Wie konnte er nur so dämlich sein und Stern folgen? Eva Schwarz hat ihn doch gewarnt, dass der Typ nicht ganz dicht ist.

Aber jetzt, da er durch den schwülen zu Ende gehenden Tag ins Zimmer zurückrennt und den schrägen Vogel und die Blasmusik hinter sich lässt, muss er ihm fast recht geben. Er hat eine alte Angst, ein altes Trauma, überwunden. Und das zu wissen tut eigentlich immer gut.

18

22. Januar 1948, USA
Das Verteidigungsministerium ruft das Projekt SIGN ins Leben, das in seinem dreizehnmonatigem Bestehen rund 270 in- und ausländische Fälle untersucht. Erstmals wird der Begriff UFO offiziell für Unidentified Flying Object *verwendet.*

Wie ärgerlich das alles ist.

Er weiß, dass Roswitha ihn immer daran erinnert, dass allein dieser Satz schon ein Fehler ist. Er lässt dem Satz einen inneren Diskurs folgen: Wie ärgerlich das alles ist. Was alles? Na, alles eben. Der Job, Trost, der Zahn, alles.

Tu das nicht, würde Roswitha mahnen. Wenn du dir so etwas einredest, macht es dich nur krank. Denk an dein Herz, denk an deinen Blutdruck, denk an … Ach, scheiß drauf, Roswitha!

Johannes Schulmeister steht vor dem Spiegel der Toilette im Irrenhaus und betrachtet seine rechte Backe. Angeschwollen ist sie noch nicht, aber er spürt, dass der Zahn gerade wieder gewaltig anschiebt. Sein Auge tränt, im Ohr sticht es, als habe sich die Spitze eines Wattestäbchens gelöst und wandere jetzt die Ohrmuschel nach innen hinauf in sein Hirn. Er kneift die Augen zusammen, lässt ein kurzes Stöhnen zu und presst dann die Kiefer aufeinander. Kein Druckschmerz. Nur tiefer Knochenschmerz. Eigentlich noch schlimmer, diagnostiziert er.

Wenig später befindet er sich in jener Situation, die er sich in den letzten Minuten ausgemalt hat. Hinter dem dezenten, filigran wirkenden Schreibtisch mit der Glasplatte sitzt ein Mann mit spitzen Gesichtszügen und randloser, runder Brille, hinter der er seine sofort erkennenden Augen verbirgt. Der Mann hat eine perfekt polierte Glatze, erinnert ein wenig an Ben Kingsley in dem Film »Gandhi« und trägt einen weißen Arztkittel. Schulmeister sitzt dem Leiter der Landesnervenheilanstalt Sigmund Freud gegenüber. Gandhi presst die gespreizten Finger vor sich auf Gesichtshöhe gegeneinander und lauscht ihm mit schmalen Lippen, leicht nickendem Kopf und zusammengezogenen Augenbrauen. Ein perfektes Mienenspiel, findet Schulmeister. Der

Kerl muss es sich während seines Studiums zu Hause vor dem Spiegel antrainiert haben.

Schulmeister schildert noch einmal kurz den Amoklauf, berichtet, was im Einkaufszentrum und im Tunnel vorgefallen ist, und wartet dann auf eine Reaktion.

»Sie wollen von mir hören, wie der Mann als Patient war, ein bisschen etwas über sein Seelenleben, sein Inneres, seine Träume, sein Wesen wissen?«

Schulmeister schweigt.

»Verstehen Sie mich nicht falsch, ich möchte Ihre Arbeit keineswegs beurteilen oder gar in Frage stellen, und ich weiß auch, dass Ihre Zeit mindestens so wertvoll ist wie meine«, damit spielt Gandhi auf den Umstand an, dass Schulmeister ihn ziemlich forsch vor einer halben Stunde angerufen hat, um ihn aus einem Meeting zu reißen, »aber ich verstehe nicht, warum Sie das jetzt wissen wollen. Der Patient, Ihr Fall also, ist doch schon tot.«

Wann immer er rote Flecken am Hals bekommt, erinnert seine Frau Roswitha Schulmeister daran, besser an die frische Luft zu gehen. Einfach mal ums Haus spazieren, an eine irische Wiese mit Meer dahinter oder einen Blumengarten auf Madeira denken. Oder an Erdbeeren. Jedenfalls soll er keinesfalls in der Situation verharren und sich weiter aufregen.

Aber jetzt ist Roswitha nicht da, und deshalb werden die Flecken an Schulmeisters Hals immer dunkler und seine kleinen Augen senden Blitze aus. »Verehrter Herr Professor«, seine Stimme ist belegt, »bitte beantworten Sie doch einfach meine Frage, aber zerbrechen Sie sich dabei nicht meinen Kopf. Kevin Oberhauser war Ihr Patient, bevor er mit einem Jagdgewehr in dem Einkaufszentrum aufgetaucht ist. Ich habe seine Akte studiert, ich weiß alles, was man über ihn wissen kann. Nur einer weiß ausnahmsweise ein bisschen mehr. Sie. Erzählen Sie mir also von ihm und verschonen Sie mich mit Klugscheißereien. Dafür habe ich weder die Nerven noch die Zeit.«

Schulmeister hat keine Uhr gesehen, als er ins Zimmer gekommen ist, aber nun hört er das laute Ticken. Der Ledersessel knirscht unter Gandhis Gewicht, der sich nun zurücklehnt, die Beine übereinanderschlägt, die Finger aber noch immer vor seinem Gesicht spreizt und aneinanderpresst. Er schließt die Augen, und Schulmeister schätzt, dass Gandhi nun seinerseits imaginär gen Irland reist, um seine Selbstbeherrschung zu behalten. Er bewundert den Professor und die Inszenierung seiner Gesten und nimmt sich vor, später an seinem eigenen Auftreten zu arbeiten. Spät, aber immerhin.

Und dann berichtet Gandhi endlich ganz unkapriziös von Kevin Oberhauser, dem vierundzwanzigjährigen Landarbeiter, der vor wenigen Wochen in die Nervenklinik gebracht wurde. Man habe ihn in der Grazer Kanalisation gefunden, so dreckverschmiert, dass sein schwarzes Gesicht irgendwie diabolisch – das sind Gandhis Worte – ausgesehen habe. Als die Leute von der Nervenheilanstalt eintrafen, habe Kevin sich angeregt mit zwei Polizisten unterhalten. Auf der anschließenden Fahrt in die Klinik habe er unaufhörlich davon gesprochen, dass die Toten wiedergekehrt seien und auch seine Freundin darunter sei. Er habe davon gelesen und eins und eins zusammengezählt. Alles sei ganz logisch, weil sie ja immer schon anfällig für derlei Zeug gewesen sei. Und als er das hörte von der Gegend, in die sie gereist war, von unterirdischen Gängen und so, da war ihm klar gewesen, dass sie geholt worden war. Dass sie sich holen hatte lassen. Obwohl sie gar nichts dafür konnte. Sie sei nur schwach gewesen, und diese Schwäche hätten sie gesehen und ausgenutzt. Er berichtete davon, dass sie ihnen wahrscheinlich vorgeführt wurde, dass sie auserwählt wurde und jetzt fort sei. Im Kanal wahrscheinlich. Bei den Grauen, habe er in einem fort geschrien. BEI DEN GRAUEN! BEI DEN GRAUEN! So lange, bis er eine Beruhigungsspritze bekam.

»Wer soll die Freundin ausgenutzt haben? Haben Sie irgendeine Vorstellung, wen Oberhauser gemeint haben könnte? Und wer sollen ›sie‹ sein?«, will Schulmeister wissen.

Gandhi nimmt die Brille ab und fährt sich über die Stirn. Die Geste sieht anmutig aus, als würde er sich auf diese Weise erst seiner eigenen Anwesenheit bewusst. Schulmeister nimmt sich vor, auch diese Bewegung in sein Repertoire einzubauen.

»Na, die Grauen«, sagt er.

»Die Grauen, aha. Geht es auch ein wenig präziser? Wer

versteckt sich hinter der Bezeichnung? Fühlte Oberhauser sich verfolgt?«

»Nein. Und mehr als seine Worte gibt es nicht.«

»Aber wer sollen die Grauen sein?«

»Muss ich jetzt Ihren Job machen?«

Schulmeister nickt lächelnd. Die roten Flecken an seinem Hals vermehren sich. Ein Mal ums Haus, nur ein Mal ums Haus.

Kurz darauf stehen die beiden Männer im Flur. Aus der Ferne sehen sie fast aus wie alte Freunde.

Schulmeisters Blut ist wieder in Wallung gekommen, der wummernde Zahnschmerz zurückgekehrt. »Sagen Sie, Sie haben nicht zufällig etwas gegen Zahnschmerzen im Haus, oder?«

Gandhi lächelt ein wenig herablassend. »Leider nicht. Das ist eine andere Baustelle. Ich wäre nur dafür zuständig, wenn Sie sich den Schmerz einbilden würden.« Und nach einer Pause: »Bilden Sie ihn sich denn ein?«

»Sicher nicht.«

19

9. Juli 1952, DDR
*Oskar Linke und seine 11-jährige Tochter Gabriele haben eine Reifen-
panne im Wald. Sie begegnen zwei Gestalten – 1,20 Meter groß, mit
glänzenden Metallanzügen bekleidet. Sie steigen in ein Flugobjekt, das
geformt ist wie eine Bratpfanne und einen Durchmesser von 15 Metern
hat. Das Objekt beginnt zu rotieren, steigt 30 Meter hoch und schießt
davon. Keine weiteren Augenzeugen.*

Annette Lemberg sieht Trost am Fenster stehen, zweiter Stock,
drittes Fenster von rechts. Insgesamt gibt es drei Etagen mit jeweils dreizehn Fenstern. Die billigen Zimmer, so wie seins, sind
Richtung Wald ausgerichtet.

Wäre es taghell, hätten sie einander vielleicht in die Augen
geblickt, aber so ist nur sie es, die ihn sehen kann. Er stützt
die Hände aufs Fensterbrett und nickt seinem Spiegelbild im
Fenster zu. Sie ahnt, dass die Geste ihr gilt, da er sie hier draußen
vermutet. Sie will gar nicht erst daran denken, was ihr nach dem
Einsatz blüht. Aber wer weiß, vielleicht kommt auch alles anders.
Vielleicht wird es ihr zu verdanken sein, wenn alles einen guten
Ausgang nimmt. Angespannt starrt sie Trost aus dem Wald an.
Ihr Körper ist starr vor Kälte, obwohl der Tag warm und schwül
war. Das lange Liegen auf dem Waldboden macht sich bemerkbar.
Ihr Nacken schmerzt, als würde er gleich brechen.

Wie Trost da so am Fenster steht, erinnert er sie an einen anderen Mann, der sich einst wie er entschlossen hatte zu gehen. Ganz
plötzlich, von einem Tag auf den anderen, war er verschwunden.
Er hinterließ nichts, keinen Abschiedsbrief, noch nicht einmal
einen Hinweis. Als sie bemerkte, was los war, war es längst zu spät.
Sie suchte nach ihm, die Kollegen halfen ihr bei der Fahndung,
aber er tauchte nicht mehr auf. Er war einfach weg.

Ein Jahr später kam sie nach Österreich. Sie hatte beschlossen, alles hinter sich zu lassen. Die gewohnte Umgebung, die
Erinnerungen, die Tränen. Sie schwor sich, nie wieder zuzulas-
sen, dass ihr jemand abhandenkommt. Vor allem, ohne sich zu
verabschieden. Als Trost sich vorgestern Hals über Kopf dazu

entschloss, undercover weiterzumachen, dachte sie sich zunächst nichts dabei. Schulmeister glaubte ohnehin nicht an seine Theorie und vermutete, er wolle sich nur ein paar Tage Auszeit gönnen. Sie selbst war nicht nach ihrer Meinung gefragt worden, sie war ja nur ein kleines Rädchen, eine Angestellte, mehr nicht. Trost war der Chef. Er sollte wissen, was er tat. Und dann verging der erste Tag seiner Abwesenheit und danach fast der zweite, und plötzlich traf sie die Erkenntnis wie ein Schlag: Auch Trost könnte nicht mehr zurückkehren.

Noch ehe sie einen klaren Gedanken hatte fassen können, saß sie auch schon im Auto. Seine Anrufe konnte sie wie vereinbart auch hier entgegennehmen, und es war ihr lieber, in seiner Nähe zu sein. Schließlich hatte er sich nicht von ihr verabschiedet.

Noch immer nickt er ihr vom Fenster aus zu. Sie lächelt. Er schließt den Vorhang, dann löscht er wenig später das Licht.

Lautlos steht sie auf, streckt sich, stöhnt. Ihr Körper schmerzt an Stellen, die sie bisher nicht gekannt hat. So gut es im Unterholz geht, schleicht sie durch den nächtlichen Wald zurück zum Wagen. Sie hat keine Ahnung, warum sie durch den Wald stapfen kann, ohne sich an jedem zweiten Baum die Nase anzuschlagen. Keiner ihrer Vorfahren war Waldläufer, Indianer oder Nachtportier. Genau genommen hat sie keine Ahnung, wer ihre Vorfahren waren. Sie kennt weder die viel zu früh verstorbenen Großeltern noch ihre Mutter, die starb, als sie ein Säugling war. Und auch vom Vater weiß sie weniger als von den Heimbetreuern im Kinderheim. Nein, sie kann sich nicht erklären, woher ihre Fähigkeiten kommen, über die sie heute als junge Frau verfügt: zu kämpfen, in der Nacht zu sehen, lautlos still herumzuliegen. Aber sie hat auch keine Lust, irgendwem in ihrer fremden Familie dafür dankbar sein zu müssen. Das einzig Entscheidende ist doch, jetzt all diese Fähigkeiten abrufen zu können. Denn etwas, ein sechster Sinn oder etwas in der Art, sagt ihr, dass es vielleicht keine nächste Nacht mehr geben wird.

20

24. Juli 1952, Washington, USA
Präsident Truman gibt den Befehl, »UFOs abzuschießen, die eine Lan-
dung verweigern, nachdem sie dazu aufgefordert wurden«. Wenige Tage
zuvor war es zu UFO-Sichtungen in der US-Hauptstadt Washing-
ton, D.C. gekommen, die für große Aufmerksamkeit in der Presse sorgten.

Dicke rissige Finger tasten nach dem Tabak, nehmen sich ein
Häufchen zwischen Zeige-, Mittelfinger und Daumen und po-
sitionieren es auf dem zurechtgelegten Zigarettenpapier. Mit den
Fingerspitzen beider Hände nimmt er das Papier auf, balanciert es
und rollt schließlich den Tabak ein, bis er den Klebestreifen ab-
leckt, erst eine Seite zudreht, dann die andere und zu guter Letzt
die fertig gedrehte Zigarette auf den Tisch zu den anderen legt.
Eine Handvoll Glimmstängel liegen schon dort, aufgeschlichtet
wie die großen Holzstämme im Sägewerk in Rumänien, in dem
er aufgewachsen ist.

Er erinnert sich daran, wie die Buben zwischen den Holzstäm-
men spielten, immer in Angst vor den Greifarmen der Lastwägen,
die nach den Stämmen gierten. Nicht nur einmal hatte er damals
die Vision, von den durcheinanderrollenden Stämmen wie eine
Ameise zerquetscht zu werden und mit gebrochenem Rückgrat
nicht länger als zehn weitere Atemzüge zu leben. Aber es ist nie
etwas geschehen.

Überhaupt ist er ganz gut weggekommen, und das grenzt
schon an ein kleines Wunder, wenn man bedenkt, was er für
eine beschissene Kindheit durchlebt hat. Da war wirklich alles
dabei: eine Mutter, die mehrfach von Fremden auf der Straße
vergewaltigt wurde, ein Vater, den sie jahrelang ohne Grund
eingebuchtet haben. Als er den Bau verlassen konnte, soff er wie
ein Loch und redete kaum ein Wort, bis sie ihn eines Tages wie
einen Holzstamm treibend im Fluss fanden. Eine Schwester, die
von einem Tag auf den anderen spurlos verschwand, und er selbst,
der mit sechzehn davonlief, sich irgendwie bis über die ungarische
Grenze durchschlug und sich fortan mit Dealen, Hurentreiben
und Hilfsarbeiten sein Geld verdiente.

Aber das war noch lange nicht alles. Auch in einem Zirkus hat er gearbeitet, als Rausschmeißer, Gewichtheber und sogar als Clown. Das war die beste Zeit seines Lebens, weil er mit dem Zirkus die Welt gesehen hat. Mit ihm reiste er durch Ungarn, Kroatien, Österreich, die Tschechei und Deutschland. Also eigentlich fast durch die ganze Welt. Und überall gafften die Leute über den Zaun, berührten die dämlichen Viecher wie Eingeborene, die zum ersten Mal einen Weißen sehen, und ließen sich eine paradiesische Welt vorgaukeln, die in Wahrheit nur aus beinharter Arbeit und bitterer Armut bestand.

Dann war diese Sache mit dem Mädchen passiert, der Seiltänzerin, und von da an ging es für ihn wieder bergab. Als er ihr eines Tages im Wagen schöne Augen machte, lachte sie ihn einfach aus. Na gut, sie hat weniger gelacht als geschrien, und er hat ihr keine besonders schönen Augen, wohl aber einen auf starke Faust gemacht. Jedenfalls haben sich die anderen eingemischt, ihn von ihr weggezerrt und ordentlich vermöbelt, sodass er fast so lädiert aussah wie die Seiltänzerin. Noch in derselben Nacht landete er auf der Straße. Auf irgendeiner Landstraße. Hätte ihn jemand gefunden, wäre er sicher in ein Krankenhaus gekommen, aber nein, sie mussten ihn ja in der absoluten Einöde zurücklassen. Irgendwo im Burgenland.

Er mied die Straßen, weil er Angst hatte, die Leute würden ihn zur Polizei bringen, die ihn ganz sicher abgeschoben hätte. Also lief er bei Nacht durch die Wälder und wäre daran fast zugrunde gegangen. Nach ein paar Tagen war er so verzweifelt und hungrig, dass er ernstlich erwog, sich einen Finger abzubeißen. Aber dann war dieser Bauernhof in Sicht gekommen, und alles hatte eine gute Wendung genommen. Hier war es still und ruhig. Er musste sich keine Sorgen mehr machen, es gab niemanden, der ihn ständig beobachtete. Und die Arbeit vertrieb seine trüben Gedanken. Nach zehn Jahren war er endlich zur Ruhe gekommen.

Bis heute.

»Scheiß Tag«, brummt er mürrisch. Er sitzt in der Stube und dreht nun schon seit einer halben Stunde Zigaretten. Im Hintergrund erklingt unmenschliches Stöhnen, als würde jemand ein Tier quälen. Er hat schon viele Stunden ohne den Bauern verbracht, diesen behaarten alten Mann, der ihn damals bei sich aufgenommen hat, aber diesmal ist es anders.

Dolores war wirklich zurückgekommen, viel zu spät natürlich, wofür sie noch büßen wird, aber sie hatte Hilfe mitgebracht. Rettungsleute, die den Bauern auf eine Trage legten und ihn nach Graz ins Landeskrankenhaus brachten. Danach hatte er Dolores gepackt, sie in die Kammer gesperrt und war ebenfalls nach Graz gefahren. Im Krankenhaus hatte er gleich die Schreie des Bauern gehört.

Warum sie ihm nicht endlich eine Spritze oder Tablette gaben, wusste er auch nicht, aber er wollte nicht fragen, denn die Weißkittel gaben ohnehin nur Antworten, die er nicht verstand. Die deutsche Sprache will und will ihm einfach nicht so recht ins Blut übergehen.

Es hat den halben Tag gedauert, bis er endlich ans Bett des Bauern durfte, um seine Hand zu tätscheln. Er schlief, wahrscheinlich hatten sie ihm schlussendlich doch etwas gegeben. Beide Arme waren eingegipst und die Gipse selbst gestützt, sodass er sich nicht bewegen konnte. Das Erste, was ihm dazu einfiel, war, dass der Bauer so nicht selbst aufs Klo, sich nicht selbst den Hintern abwischen kann. Und wer sich nicht mehr selbst den Hintern abwischen kann, der ist im Arsch, dachte er bei sich und musste über dieses Wortspiel lachen.

Man nennt ihn den Wanderer, aber natürlich hat er auch einen richtigen Namen. Er heißt Dimitrij, aber so hat ihn seit Jahren niemand mehr genannt. Und er ist sich auch gar nicht mehr so sicher, ob das auch wirklich früher sein Name war. Aber er klingt gut. Dimitrij.

Wieder das Stöhnen des Tiers im Hintergrund.

»Halt Schnauze, du Mistvieh!«, brüllt Dimitrij. Seine Worte zeigen Wirkung, die Stimme verstummt.

Irgendwann nach dem Krankenhausbesuch ist Dimitrij wieder zum Bauernhof gefahren. Der Bauer werde noch einige Stunden schlafen, hatte ihm eine Krankenschwester gesagt, und weil er ihr dabei immerzu auf die Titten starrte, stolzierte sie dann kopfschüttelnd aus dem Zimmer. Dabei hätte er noch gern ein bisschen mehr erfahren. Obwohl: Er hätte sie wahrscheinlich eh nicht verstanden, hätte ihr irgendwann an die Brust gegriffen und dann erst recht wieder Probleme gekriegt.

Jetzt sitzt er hier in der Stube, rollt seine Zigaretten und hat den Krüppel am Hals. Wieder beginnt Dolores zu stöhnen und bringt damit das Fass zum Überlaufen. Dimitrij springt so heftig auf, dass der Sessel zurückkippt und polternd auf den Linoleumboden kracht. Er durchquert die Stube mit drei Schritten, schließt die Tür zur Kammer auf und reißt sie auf. Das verängstigte Gesicht des Krüppels, der offenbar die Holztreppe hinaufgestiegen ist und gleich hinter der Tür wartet, sieht er nur kurz, dann landet seine Faust darin, und der hässliche Anblick gleitet wieder ins Dunkel der Kammer zurück, dahin, wo er hingehört. Dimitrij schließt die Tür wieder ab, setzt sich an den Tisch und lauscht dem Poltern, mit dem der Krüppel die Treppe hinunterfällt.

Wie lange würde er den Hof allein führen müssen? Dimitrij weiß es nicht. Andere Gedanken schleichen sich in seinen Kopf. Am Nachmittag ist er gleich hinüber zum Hotel gegangen. »Eine große Scheiße ist passiert«, so hat er Walter Stern begrüßt und von dem Problem berichtet, das es seit heute Vormittag gibt. Dass da plötzlich ein Loch im Acker sei, das die Gänge freilege. Der Hotelbesitzer hat zunächst ruhig getan, so als ob nichts wär, aber dann hat er ihn gefragt, was er auf dem Acker zu suchen gehabt habe. Dimitrji war zunächst irritiert, aber Stern hat nicht aufgehört zu fragen, hat nachgebohrt. Der Mais sei noch klein, habe durch die Frühjahrskälte nach dem langen Winter gelitten und sei sicher nicht für Spritztouren mit dem Traktor geeignet. Aber genau das habe er getan, hat Dimitrji geantwortet, er habe gespritzt, so wie es der Bauer angeordnet hat.

»Sei's drum, passiert sei passiert«, sagte Stern, und Dimitrij erzählte dann, dass Dolores, der Krüppel, so aufgeregt wegen des Lochs im Boden sei. Er selbst, Dimitrij, habe nicht noch einmal nachgeschaut, aber Dolores sei unten und hinterher ganz aufgeregt gewesen, vielleicht habe sie ja was gesehen. Und der Bauer sei auch unten gewesen. Der habe zwar geschrien wie am Spieß, weil er sich verletzt hatte, aber wenn Dolores was gesehen habe, könne auch der Bauer etwas mitbekommen haben. Nach diesen Worten war Stern, der Herr mit seinem weißen Hemd, seinen blauen Augen und seinen manikürten Händen, dann doch etwas nervös geworden. Er funkelte ihn richtiggehend an und sagte, dass er die Fotzen halten solle und alles noch in dieser Nacht erledigt werde. Dimitrij verstand. »Die Fotzen halten«, den Ausdruck kennt er schon lange.

Also wartet er jetzt hier und fragt sich, was aus ihm werden soll. Und aus Dolores, die schon wieder Lärm macht. Und aus dem Traktor, den er aus dem Loch herausziehen könnte, wenn er den Nachbarbauern mit seiner Seilwinde um Hilfe bitten würde. Aber dann würde das Loch ins Gerede kommen und was darin verborgen ist, und das will Dimitrij nicht riskieren. Jedenfalls nicht vor morgen Nacht.

Alles ist so kompliziert. Früher, im Zirkus, war alles einfacher.

Dimitrij seufzt. Wenn nur die blöde Seiltänzerin nicht gewesen wäre, mit ihrer weißen Haut und diesen riesigen Augen, die ihn so angesehen hatten, als würden sie ihn auffordern zu tun, was er dann tat. Bis heute versteht er nicht, warum sie dabei so geschrien hat, so als gefiele es ihr plötzlich nicht mehr. Er erinnert sich an seinen Ärger. Ganz sicher, dachte er damals, höre ich jetzt nicht damit auf. Zuerst wollen und dann einen Rückzieher machen, das geht nicht. Vielleicht hätte er mit seinen Händen nicht ihren Hals zudrücken sollen. Vielleicht hätte er auch sein Knie nicht in ihren Bauch stemmen und ihr nicht ein Büschel Haare über dem rechten Ohr ausreißen sollen. Vermutlich hätte er dem zwölfjährigen Mädchen gar nichts tun sollen. Aber es war zu spät gewesen, denn als die anderen kamen, hatte das alles gar nicht mehr so gut ausgesehen. Sie rissen ihn von ihr fort und richteten ihn so übel zu, dass er in seinem Erbrochenen liegen blieb.

Als er aufwachte, konnte er nur ein Auge öffnen, aber immerhin waren sie fort. Erst Stunden später richtete er sich auf, die Glieder waren klamm und seine Schritte kurz, weil seine Hoden so schmerzten. Das andere Auge sollte er erst Tage später wieder öffnen können, aber das Schlimmste war, dass er zu niemandem gehen konnte, ihm niemand helfen würde. Er hatte illegal gearbeitet, so wie überhaupt alles illegal an ihm war. Auch der Zirkus war illegal gewesen, wahrscheinlich hatten sie Dimitrij einfach am Waldrand liegen lassen, damit der Zirkusdirektor keine Probleme bekam. Dem dämlichen Mädchen ging es sicherlich schon wieder prächtig, während er noch knietief in der Scheiße steckte.

Wenigstens konnte er sich jetzt noch an die Angst in ihren Augen erinnern. Wie sie alle da gestanden waren, zehn, zwölf grobe Leute mit irgendwas in der Hand, mit Mistgabeln und Knüppeln. Der Zirkusdirektor hatte sogar seine Pistole auf ihn gerichtet. Wie sie ihn grimmig und zu allem entschlossen aus dem Lager zerrten und dort niederprügelten, ständig in der Angst, er könnte zurückschlagen und sie einen nach dem anderen fertigmachen. Noch immer wünscht er sich manchmal, er hätte genau das getan, wie in einem Actionfilm. Alle fertigmachen und dann zu dieser Schlampe zurück in den Wohnwagen gehen. Aber es war anders gekommen. Nicht einmal seine Sachen hatten sie ihm gelassen. Schöne Scheiße alles.

Und jetzt das. Dieses blöde Loch in der Welt. Wird er wieder fortmüssen? Wird es Fragen geben? Werden ihn womöglich sogar die Grauen selbst zur Rechenschaft ziehen? Wenn er etwas fürchtet, dann die Grauen. Diese Gestalten aus den Geschichten, die man sich hier überall erzählt.

Wieder brüllt Dolores, während sie die Treppe hinaufpoltert.

Sein Blick ruht lange auf der Tür zur Speisekammer. Immer wieder quälen ihn die gewaltsamen Bilder aus der Vergangenheit. Wahrscheinlich werden sie ihn nie loslassen.

21

20. November 1952, USA
George Adamski soll an diesem Tag seinen ersten Kontakt mit einem
Außerirdischen gehabt haben. Es ist der erste dokumentierte Fall von
»Kontaktaufnahme«.

Der Bauer liegt im Krankenbett. Licht flackert vor ihm auf wie das Stroboskop in der Dorfdiskothek, in der er sich ab und zu immer noch herumtreibt. Vor allem seit dem Tod seiner Frau, seiner Schwester und seiner zwei Kinder, die bei dem großen Scheunenbrand vor ein paar Jahren ums Leben gekommen sind. Aber das ist eine andere Geschichte. Seit damals ist jedenfalls alles anders. Seit damals ist er mit Dolores und Dimitrij allein auf dem Hof. Er fühlt sich für sie verantwortlich, ihre Beschäftigung ist eine Aufgabe, die ihn von der Vorstellung ablenkt, sich irgendwo in den dichten Wäldern des Masenbergs zu erhängen. Er produziert Äpfel, Mais, Kürbis, Holunder, Most und Säfte, das meiste davon für das Hotel der Sterns. Sie sind gute Abnehmer, bieten ihren Gästen, was auf dem Berg wächst, und zahlen faire Preise. Ohne das Hotel hätte er sich schon heimgedreht.

Weil der Bauer weiß, dass er ohne Dimitrij aufgeschmissen wäre, stellt er auch keine Fragen über dessen Lebenswandel. Warum er sich nachts fortschleicht, warum er manchmal Kratzer im Gesicht hat. Nein, er will nicht wissen, was sein Knecht tut, ob er sich in den Pöllauer Wirtshäusern prügelt, die Frauen der Vorauer nimmt oder sich bloß ein Baumhaus baut. Er will sich da nicht einmischen. Aber eines weiß er ganz genau: Es ist nicht gut, dass Dimitrij und Dolores jetzt allein sind.

Das Licht flackert wieder auf, und er klammert sich mit seinen Augen an der Deckenlampe fest. Er spürt keinen Schmerz, nur Schwäche. Unendliche Schwäche.

Dimitrij mit Dolores allein, das kann nicht gut gehen. Seit Dolores ein Baby war, ist sie bei ihm am Hof. Sie ist die Tochter der Schwester seiner Cousine oder so ähnlich. Er erinnert sich nicht mehr an die genauen Verwandtschaftsverhältnisse, auf jeden Fall war schnell klar, dass sie nicht ganz richtig im Kopf ist und es ihr nichts ausmacht, bei den Erdäpfeln im Erdkeller zu hausen. Sie hat immer getan, wie man ihr befahl, und isst nicht zu viel. Er kann nicht sagen, dass er Dolores mag, aber er hat sich an sie gewöhnt, an ihr wildes Äußeres und an ihre Sanftheit im Innern. Es tut gut, jemanden wie sie in der Nähe zu haben, eine Kreatur, die es einem nie übel nehmen wird, wenn man seine Aggressionen an ihr auslässt. Aber in all den Jahren hat er auch erkannt, wo seine Grenze ist, etwas, was Dimitrij nicht kennt, davon ist der Bauer überzeugt. Dolores wird irgendeinen Blödsinn machen – und Dimitrij wird mit Sicherheit durchdrehen.

Der Bauer will nach der Schwester läuten, doch nichts passiert. Seine Arme bewegen sich nicht. Kein Schmerz. Nur eine Ahnung davon. Er ruft »Schwester!«, doch seine Stimme bleibt stumm. Seine Lider schließen sich, das Licht verschwindet wieder. Die Müdigkeit, das fühlt er gleich, ist künstlich herbeigeführt. Sie geben ihm irgendein Zeug, damit er sich nicht mehr aufregt. Damit er seine Arme nicht bewegt und mit seinem wilden oststeirischen Dialekt stillhält. Irgendein Schlafmittel, etwas, das ihn so ausknockt wie die Faustschläge, die er beim letzten Feuerwehrfest in Pöllau kassiert hat.

Dimitrij und Dolores allein. Er ist müde. Er hat eine fürchterliche Vorahnung. »Schwes…«

*3. August 1954, Reichenstein bei Admont, Steiermark, Österreich
Bei einer Klettertour fotografiert Erich Kaiser drei scheibenförmige Objekte, die in waagrechter Formation fliegen. Als er aufblickt, sind sie verschwunden. Zu Hause stellt er fest, dass auf dem Foto vier Objekte zu sehen sind. Die Aufnahme erscheint am 16. Oktober 1954 in der Tageszeitung »Neue Zeit«.*

Als er die Augen öffnet, ist es finster um ihn herum. Er weiß sofort, was passiert ist. Auch der erholsame Schlaf hat die Schatten nicht verscheucht, die ihn jedes Mal aufs Neue in der Nacht wecken. Schon lange leidet Armin Trost darunter. Tagsüber der Kopfschmerz, die Melancholie und die geradezu körperliche Erschöpfung, die ihn am Abend sofort in einen bleiernen Schlaf fallen lassen. Doch nach drei, vier Stunden ist er wieder wach. Zu Hause erhebt er sich dann von der Matratze, möglichst ohne Charlotte dabei zu wecken, geht ins Wohnzimmer hinunter und sieht fern. Seit Fred da ist, kommt ihm dessen nächtliche Unruhe zugute. Der Bub scheint ganz nach dem Vater zu schlagen. Mit ihm im Arm dreht Trost dann seine Runden durchs Erdgeschoss. Aber jetzt ist kein Baby da, auch keine Charlotte, und er liegt in einem bescheuerten Hotelzimmer, versucht sich zu entspannen und denkt plötzlich an Felsen, die ihn zwischen sich zu zermalmen drohen, während er verzweifelt durch eine Engstelle hindurchkriechen will.

Zwei Minuten später ist er auf den Beinen, steckt im Trainingsanzug und schleicht durch die stillen Hotelgänge. Er beschließt, zur Bibliothek zu spazieren, um dort ein wenig im Ruheraum zu dösen. Über seinem linken Ohr hat der kurze Schlaf sein Haar zerdrückt, die Augen fühlen sich geschwollen an, der Gaumen kitzelt. Das also auch noch. Etwas in seinem Hotelzimmer löst eine seiner zahlreichen Allergien aus. Hausstaubmilben vielleicht. Oder sein Vorgänger hat eine Katze in den Raum gelassen. Oder irgendwelche Pollen von Heu oder Gräsern schwirren durch die Luft. Oder Hunde …

Er reibt mit der Zunge über seinen Gaumen, um das Kitzeln

loszuwerden, doch das bewirkt nur, dass nun auch die Augen
jucken.

Irgendwann merkt er, dass er sich in den Gängen verlaufen
hat. Die Anlage ist in einen Hang gebaut worden, es gibt mehrere
versetzte Geschosse. Im Stiegenhaus geht er nach unten, biegt
dann in einen Gang ab, von dem immer weniger Türen abgehen
und der bald auch nicht mehr mit Teppichboden ausgekleidet
ist. Trost betritt einen Trakt, der den Charme eines Skikellers
hat. Irgendwo surrt eine Leitung, es riecht modrig. Das Jucken
in seinem Gaumen wird stärker, und seine Augen beginnen zu
tränen, als er erkennt, dass einige Leitungen wie im Motorraum
eines Schiffsbauchs hier sogar sichtbar verlaufen. Er hält inne und
will umkehren, doch ein Geräusch lässt ihn hellhörig werden.
Schritte nähern sich.

Trost wendet sich der Metalltür zu seiner Rechten zu, drückt
die Klinke. Zum Glück ist sie nicht abgesperrt und lässt sich
lautlos öffnen. Im Dunkeln dahinter tastet er sich an der Wand
entlang, stolpert und stößt sich den Kopf. Überall sind hier Leitungen und Rohre. Schließlich kauert er sich hinter einen der
Metallbehälter in die Ecke. Keinen Moment zu früh. Die Tür
öffnet sich abermals, eine Hand mit langen Fingern tastet nach
dem Lichtschalter, und sogleich flutet das Licht aus Neonröhren
den Raum, sodass es in den Augen schmerzt.

Der hagere Kahlkopf mit der Warze im Nacken, der in Trosts
Koffer gewühlt hat, betritt den Raum. Trost duckt sich tiefer hinter
den Behälter, hält den Atem an und versucht hinter seinem roten
Vollbart zu verschwinden. Tatsächlich geht der Mann vorüber,
ohne ihn zu bemerken. Er steuert auf eine Holztür am anderen
Ende des Raumes zu und hantiert mit einem Schlüssel an einem
Vorhängeschloss, ehe er den morschen Lattenverschlag mit einem
heftigen Ruck öffnet. Offenbar der Zugang zu einem alten Keller
oder der Eingang in einen unterirdischen Gang, denkt Trost.

Der Mann mit der Warze verschwindet in dem Dunkel dahinter, und Trost hegt schon die Hoffnung, bei der Gelegenheit
sein Versteck verlassen und das Weite suchen zu können, als
in der Holztür ein Bett erscheint. Es sieht aus wie aus einem
Krankenhaus, mit weißen Laken und Metallrahmen.

Der Mann schließt den Holzverschlag hinter sich ab, geht wieder durch den Heizraum, ohne Trost zu bemerken, öffnet und schließt auch die Metalltür wieder, und Trost atmet auf, als er nicht das Geräusch eines sich im Schloss drehenden Schlüssels vernimmt. Da der Mann auch das Licht ausgeknipst hat, tastet Trost sich einige Minuten später aus seinem Versteck zurück zur Tür und steht bald wieder im Flur.

Er versucht sich zu erinnern, wie er hierhergekommen ist, geht so leise wie möglich zurück, und als er auf einen Gang trifft, der in zwei Richtungen führt, entschließt er sich, nach links zu gehen. Doch eine Bewegung im Augenwinkel lässt ihn herumfahren. Am anderen Ende des Flurs sieht er, wie sich seinerseits eine Gestalt umdreht. Es ist der hagere Kahlkopf mit dem Bett.

Ihre Blicke treffen sich, und Trost erschrickt so sehr, dass er kein Wort des Grußes hervorbringt. Stumm dreht er sich um und eilt davon. Er geht schnell, biegt um die nächste Ecke und beginnt dann zu rennen. Anfangs glaubt er noch, die Schritte eines Verfolgers in seinem Rücken zu hören, doch mit der Zeit legt sich das Gefühl, und er kommt sich dumm vor. Niemand verfolgt ihn. Warum auch? Der Mann gehört nur zum Hotelpersonal und muss auch in der Nacht arbeiten. Mehr nicht.

Langsam kennt Trost sich wieder aus in dem Ganglabyrinth und öffnet die Tür zur Bibliothek. An Schlaf ist nach der Begegnung ohnehin nicht mehr zu denken. Er tritt ins Halbdunkel des Raums, durch dessen hintere Fenster genug Licht der beleuchteten Hotelumgebung dringt. Er schließt die Tür hinter sich, tastet sich durchs Halbdunkel und lässt sich in einen der Korbsessel fallen. Ein sanfter Luftzug aus dem gekippten Fenster hinter ihm streicht über seine Beine.

Um einzuschlafen hilft es oft, zu rekapitulieren. Ein echtes Erfolgsrezept, wenn Trost auch noch daran denkt, wie viele Probleme oder offene Fragen er auf diese Weise schon gelöst hat. Sogar einen ganzen Fall. Damals ging es um einen Nachbarschaftsstreit, der in Totschlag eskaliert war. Ein alter Mann im Garten, alle Beteiligten hatten Alibis. Im Geist ist er damals die Alibis durchgegangen, hat sie vor sich wie auf einem Monitor gesehen, der mehrere Bilder gleichzeitig zeigt. Unter den verschiedenen Bildern lief jeweils eine Uhr. Er hat sich auf die Uhrzeiten konzentriert, bis sein Geist im Halbschlaf zwei Bilder stoppte und die Uhrzeiten miteinander verglich. Trost riss die Augen auf, Charlotte wurde durch sein plötzliches Aufstehen geweckt, und nach einer kurzen Erklärung saß er im Wagen auf dem Weg zum Tatort. Als er ihn erreichte, war ein Streifenwagen bereits vor Ort. Die Kollegen musterten ihn, wie er da mit Jeans – er hatte keine Unterhose an, aber das sahen sie natürlich nicht –, einem orangefarbenem Shirt, das aussah wie ein Pyjamaleibchen – weil es ein Pyjamaleibchen war –, und mit nackten Füßen in Sandalen dastand und ihnen erklärte, was Sache war. Die Alibis zweier Nachbarn, die angegebenen Uhrzeiten, das alles passte nicht zusammen. Sie läuteten die zwei am stärksten Verdächtigen aus dem Schlaf und konfrontierten sie mit den Vermutungen. Die beiden verstrickten sich in Unklarheiten, man nahm sie mit aufs Revier, verhörte sie erneut, und noch am Vormittag konnte Trost seinen Bericht über die Geständnisse eines Ehepaars tippen, das ihren Nachbarn umgebracht hatte, nachdem dieser den beiden gedroht hatte, ihren Hund zu töten, würde dieser nicht aufhören zu bellen …

Stimmen wecken Trost auf. Er muss tatsächlich eingeschlafen sein, denn in seinem Mundwinkel fühlt es sich feucht an. Auf seiner Schulter hat sich ein Speichelfleck gebildet.

Die Stimmen dringen langsam in sein Bewusstsein, und noch bevor er vollends erwacht ist, hat er das Gefühl, sie schon eine ganze Weile lang im Unterbewusstsein gehört zu haben. Die Stimmen streiten sich. Eine helle, fast quiekende, extrem aufgeregte Stimme einer Frau wird ab und zu vom Murren eines Mannes unterbrochen. Offenbar hält sie ihm eine Standpauke. Trost weiß sofort, welches Paar sich hier streitet. Im Halbdunkel des Zimmers, mit dem Rücken zu den beiden, sitzt er verborgen vor ihnen in seinem Korbsessel.

»DU SCHWEIN. DU HÖRST NIE AUF DAMIT, WAS?«

»Helene –«

»HÖR AUF MIT DEM HELENE. ICH HALT DAS NICHT MEHR AUS. DU STARRST SIE ALLE AN. SOGAR WENN ICH NEBEN DIR STEHE, GLOTZT DU IHNEN AUF DIE BRÜSTE.

WIE EIN TEENAGER. IST ES DENN SO SCHLIMM? HAST DU DICH GAR NICHT MEHR UNTER KONTROLLE? GEHT ES NUR MEHR DARUM, WANN DU WEN FLACHLEGST?«

»Aber diesmal ist es anders. Sie wollte etwas von mir.«

»SO EIN QUATSCH, ES IST IMMER DAS GLEICHE MIT DIR.«

Eine Weile herrscht Stille, dann sagt die Frauenstimme leise: »Ich weiß nicht, wie lange ich noch für dich da sein kann.«

Offenbar betrügt Walter Stern seine Frau schon eine ganze Weile, und sie hat endlich die Faxen dicke.

»Liebst du mich denn gar nicht mehr?« Wieder die Frau.

Trost hält den Atem an. Nichts. Küssen sie sich etwa?

»Ich muss jetzt los«, sagt Walter Stern. Dann wieder Stille.

Doch Trost hat nicht das Gefühl, allein zu sein. Er wagt nicht einmal zu atmen. Was, wenn durch eine plötzliche Bewegung der Korbsessel knackt? Helene Stern scheint noch immer an derselben Stelle zu stehen, ein Schluchzen verrät sie. Sie weint, und Trosts Meinung nach hat sie auch allen Grund dazu. Nach allem, was er gehört hat, wird sie von ihrem Mann nach Strich und Faden betrogen und hat bisher nicht die Kraft gehabt, ihn zu verlassen. Sie tut ihm leid. Am liebsten würde er aufstehen, nach draußen gehen und sie in die Arme nehmen. Oder besser: sie an den Schultern packen und rütteln: »DU DUMME KUH! HAU IHM EINE REIN UND SCHMEISS IHN RAUS!«

Aber natürlich tut er nichts dergleichen, sondern wartet. Als ihr Schluchzen sich endlich entfernt, richtet auch er sich auf, schleicht durch die Bibliothek, sieht noch einmal ihren Schatten durch eines der Fenster und hält dann abrupt inne. Hat er richtig gesehen? Helene Stern geht in Richtung Wald. Direkt ins Unterholz. Trost blickt an sich hinab. Er ist barfuß. Er überlegt und stapft eine Minute später durch die Wiese hinter dem Haus, folgt der Frau ins Dunkel.

Unter seinen Füßen knacken Äste, dann schlägt er sich den Kopf an einem Ast an. Er hat noch keine zehn Meter zurückgelegt, da muss er schon einsehen, nicht weiterzukönnen. Von Helene Stern keine Spur. Sie ist einfach verschwunden. Als hätte sie der Wald verschluckt.

Weitere zehn Minuten später liegt Trost wieder in seinem
Bett und geht die Erlebnisse des Tages abermals durch. Er ist
noch nicht bis zur Begegnung mit dem Krüppel gekommen, als
er schon schläft. Es ist weit nach Mitternacht, und sein Schlaf ist
unruhig, voller Dämonen, aber immerhin. Er will nicht unverschämt sein.

23

2. März 1960, Südsteiermark, Österreich
Edgar Schedelbauer fährt mit dem Motorrad von Wildon nach St. Veit
am Vogau, wo kurz nach 1.30 Uhr ein weiß glühendes Gebilde über
dem Waldrand auftaucht. Schedelbauer wirft sich in den Straßengraben
und macht ein Foto. Zwei weitere Zeugen haben den Vorfall ebenfalls
beobachtet. Am 7. März veröffentlicht der »Wiener Montag« die Story.
Schedelbauers Foto, bekannt als »Die grüne Spinne von Leibnitz«, gilt
seitdem als eine der ungewöhnlichsten UFO-Aufnahmen.

Die Kühe schreien. Sie sollten längst gemolken sein, doch Dimitrij steht noch immer vor der Speisekammer. Schon die halbe Nacht fixiert er die alte Holztür, durch deren Ritzen sie ihn beobachtet. Er weiß ganz genau, was sie gleich tun wird. Ihn ärgern. Sie steht da drinnen im Dunkel und schreit alle paar Sekunden auf. »AH … AHH … AAHH …«

Immer wieder kehrt das Bild vor Dimitrijs innerem Auge zurück, wie er aus dem Zirkuslager verjagt wird. Wie er danach herumirrt und irgendwie hier landet. Bei einem Bauernhof im Nirgendwo. Niemand hier hat Fragen gestellt. Alles war plötzlich wieder gut, und jetzt droht dieser Krüppel, alles zunichtezumachen. Der Bauer hat sie in das Loch geschickt, in das der Traktor gefallen ist. Dimitrij hat noch gesagt, er wolle das übernehmen, aber der Alte hat ihn davon abgehalten. Sie hat nichts gesagt, aber er weiß, dass sie etwas gesehen hat. Dort unten in diesen Gängen ist immer irgendwas. Oder irgendjemand. Und dann ist auch noch der Bauer hinuntergefallen.

Dolores schreit lauter als das Vieh draußen. Sie wird damit noch jemanden anlocken.

Warum nur kommt der Mann nicht? Dieser Hotel-Mann, von dem der Bauer so abhängig ist, weil der ihm alles abkauft. Er hat doch versprochen, sich um Dolores zu kümmern, ihm die Last abzunehmen, und jetzt steht er noch immer allein da und weiß nicht weiter. Ständig rechnet er damit, dass ein Polizeiwagen kommt und sie ihn mitnehmen werden. Aber er befürchtet, es könnten auch andere Dinge passieren. Irgendein Tourist könnte mitten in der Nacht auftauchen, weil er ihren so gepriesenen Saft kaufen will, oder eines der Nachbarkinder, das das Brüllen gehört hat. Alles kann passieren. Wenn man glaubt, es kann nichts passieren, passiert etwas. Und eigentlich ist es auch egal, was von all dem passiert, denn in keinem der Fälle wüsste er, was zu tun ist.

Die Kühe schreien, und Dolores schreit auch, und im Krankenhaus schreit der Bauer, und der Hotel-Mann kommt nicht. Er hat versprochen, alles in Ordnung zu bringen, aber mit den Menschen ist es immer das Gleiche: Sie stellen sich letztlich immer gegen einen, und am Ende ist man immer allein.

Dimitrijs Arme hängen seitlich an seinem Körper herab, die Finger sind zu Fäusten geballt. Seine Zähne mahlen und verleihen seinem kantigen Gesicht ein comicartiges Aussehen. Alles darin scheint ein bisschen zu groß zu sein. Die Knollennase, das Kinn, die Wangenknochen.

Er bekommt den Gedanken nicht aus dem Kopf, dass Dolores absichtlich schreit, um jemanden herbeizulocken. Dimitrij hätte einfach hinausgehen können, sich um die Kühe kümmern, sich vielleicht ein Butterbrot schmieren oder sonst was tun, aber nein, sie ärgert ihn. Sie irritiert ihn. Und dieser Irritation kann er nicht entkommen.

Auf dem Tisch hat sich ein ansehnlicher Haufen gedrehter Zigaretten gebildet, der für eine Woche reichen müsste. Er weiß, dass der Grund, weshalb er hier so steht, nicht in Ordnung ist. Es ist nicht in Ordnung, was er denkt. Er weiß aber auch, dass er von hier nicht wegkommt. Seine Augen suchen den Raum ab, ohne dass sich sein Kopf dabei bewegt. Als würde eine fremde Kraft seine Schläfen wie mit einem Schraubstock festhalten und sein Gesicht auf die Tür richten. Und dann passiert es, er gibt seinem Impuls nach, seine Beine bewegen sich, sein Arm regt sich, seine Finger schließen sich um den Schlüssel zum Erdäpfelkeller. In seinem Inneren schreit eine Stimme, es nicht zu tun, aber er kann die Stimme nicht mehr hören.

»AAAHHH…«, macht Dolores jetzt wieder, und er erschrickt bei dem Geräusch, obwohl sie doch schon die ganze Zeit herumschreit.

Dafür wird er sie jetzt leider umbringen müssen. Das wird auch der Hotel-Mann sicher verstehen. Während er den Schlüssel dreht, spannt er seine Linke mit geballter Faust über seine Schulter, so wie es ein Bogenschütze in Vorbereitung eines Schusses tut. Er weiß, dass diese Faust Fürchterliches anrichten wird, aber Dolores wird niemandem fehlen. Der Bauer kann nichts dagegen tun und wird schon irgendwann darüber hinwegkommen.

Dolores' Schreie werden lauter. Dimitrij reißt die Tür auf und schlägt zu, doch seine Faust verfehlt sein Ziel. Er spürt keine Knochen unter seinem Schlag brechen, keine breiige Gesichtsfläche unter seinen Fingerknöcheln. Er spürt nur – nichts.

Dolores ist zur Seite gewichen, nur wenige Zentimeter ist Dimitrijs Faust an ihrem Gesicht vorbeigesaust. Dimitrij stolpert, stürzt aber nicht, denn Dolores stemmt sich mit einem wilden Schrei plötzlich gegen ihn. Sie klammert sich an seinem Oberkörper fest, umschlingt auch seine Arme und schiebt ihn auf diese Weise vor sich her durch die Küche. Sie brüllt wieder wie ein Tier, jetzt ohne Unterlass, will ihn gar nie mehr loslassen, denn wer weiß, was dann passiert, sie will nur, dass er weggeht. Also schiebt sie ihn so lang vor sich her, bis er mit dem Rücken gegen eine Wand prallt.

Sie rechnet damit, dass er seine Balance wiederfindet und sie schlägt, aber da kommt nichts. Als sie ihre Umklammerung löst, hängen Dimitrijs Arme kraftlos herab. Dolores betrachtet ihn erst scheu, aber dann mit zunehmendem Interesse. Verblüfft suchen seine Augen die Umgebung ab, als sei ihm etwas Wichtiges verloren gegangen. Als er zu sprechen versucht, quillt Blut zwischen seinen großen Schneidezähnen hervor. Und aus seinem Hals, das fällt Dolores erst jetzt auf, ragt ein spitzer Gegenstand.

Sie geht um Dimitrij herum, betrachtet ihn von der Seite. Das spitze Etwas stammt von dem an der Wand angebrachten Kleiderhaken, in den sie ihn gerammt hat. Er ist aus Hirschgeweih geformt, ein groteskes Kunstwerk aus Horn, das aussieht wie Klauen, die aus der Wand ragen. Einer dieser Haken hat ihn aufgespießt.

Dolores brüllt wieder – »AAAHHH!« –, und Dimitrijs Augen flattern nervös. Sein Körper beginnt zu zittern. Dolores greift nach seiner Hand, doch Dimitrij reagiert nicht mehr. Wieder öffnet sie ihren Mund, um einen Schrei auszustoßen – »AAAHHH!« –, aber diesmal ist es kein Angstschrei, vielmehr ein Triumphschrei, und er kommt aus tiefster Seele.

Dimitrijs Augen verdrehen sich, seine Lippen beben, dann – von einem Moment zum anderen – reagiert er nicht mehr.

»AAAHHH!«

24

19. September 1961, USA
Betty und Barney Hill treffen auf einer einsamen Landstraße auf ein UFO und werden an Bord genommen, womit die Entführungen von Menschen durch »die Grauen« beginnen.

Sie nähert sich dem Loch im Boden, als wäre es taghell. Doch sie hat auch keine Ahnung, dass es existiert, hat sich nur hoffnungslos verlaufen. Schon seit Stunden ist sie erfolglos auf der Suche nach ihrem Wagen. Sie ist ärgerlich und wird langsam panisch. Das mit dem Fährtenlesen ist im Ernstfall wohl doch nicht eine ihrer ausgeprägteren Stärken.

Leise wie ein Tier bricht ihre schattenhafte Gestalt aus dem Dunkel des Waldes in das Zwielicht einer Lichtung. Der Himmel ist bewölkt, die Nacht fast sternenlos, und doch hält sie im letzten Moment inne. Ihre Zehenspitzen sind nur Zentimeter von dem Abgrund eines Lochs im Acker entfernt, das unvermittelt vor ihr aufgetaucht ist. Die Silhouette der vorderen Achse eines Traktors, die in die Nacht ragt wie eine zu Fall gebrachte Statue.

Es ist windstill. Eine Minute lang überlegt sie, bis sie beschließt, das Loch und den Traktor als Zeichen zu sehen, denen man auf den Grund gehen muss. Vorsichtig rutscht sie über das Geröll hinab. Unten angekommen blickt sie zurück und bereut ihre Entscheidung. Es besteht durchaus die Möglichkeit, dass sie den Weg aus dem Loch hinaus nicht aus eigener Kraft schafft, zu steil ist der Abbruch. Doch statt es panisch sofort zu versuchen, vertraut sie weiter ihren Instinkten. Schritt für Schritt dringt sie in das Loch im Boden vor, das sich nun fast schwarz vor ihr auftut. Ein Gefühl sagt ihr, dass dort etwas auf sie wartet.

Sie versucht die Umgebung zu erspüren, tastet sich vor, fühlt, wie sich die Luft um sie herum verändert. Sie trifft einen Entschluss: Sobald sie wieder in ihrem Wagen sitzt, wird sie sich mit einer Nadel die Worte »VERGISS NIE WIEDER DEINE TASCHENLAMPE, WENN DU SCHON EINEN AUF KAMPF-EINSATZ MACHEN MUSST« in die Haut ritzen, für immer sichtbar. Ihre Schritte sind auf dem nassen Boden nicht mehr

lautlos, die Wände sind aus feuchtem Gestein, sodass sie schluss-
folgert, tatsächlich in einer Höhle gelandet zu sein. Das Gewölbe
ist nicht viel höher als sie selbst und scheint nur unwesentlich
breiter zu sein. Nach ein paar weiteren Metern glaubt sie, den
Eingang eines Tunnels gefunden zu haben. Eine Erklärung für
all das hat sie nicht.

Bald vernimmt sie das Echo ihrer Schritte. Sie lauscht gespannt
in die Dunkelheit, geht weiter und stolpert über ein Hindernis.
So überrascht ist sie von dem Sturz, dass sie nur mit Mühe wieder
auf die Beine kommt. »Mist.«

Annette Lemberg geht in die Hocke und tastet nach dem
Hindernis, das ihr beinah den Fuß gebrochen hat. Sekunden
später fährt sie erschrocken zurück. Schwer atmend sucht sie in
der stockdunklen Finsternis nach einem Anhaltspunkt, findet aber
keinen. Wieder glaubt sie, das Echo ihrer Schritte zu vernehmen,
obwohl sie doch still verharrt.

Sie presst eine Hand auf den Mund, um ja nicht aufzuschreien,
dieselbe Hand, die Sekunden zuvor etwas ertastet hat, das sie jetzt
vor Angst fast den Verstand verlieren lässt. Sie hat eine Hand, eine
eiskalte menschliche Hand, berührt. Der Körper, der daran hängt,
ist nicht vollkommen steif, die Leichenstarre löst sich also bereits
wieder, die Leiche muss schon einige Stunden alt sein. Andererseits könnte der Mensch, den sie hier gefunden hat, auch erst
gerade eben verstorben sein. Die teilweise Leichenstarre könnte
erst einsetzen. Sie beginnt normalerweise nach zwei Stunden,
erst mit Augen, Kiefer und Hals, dann arbeitet sie sich vor. Bis
sich der gesamte Körper versteift, kann es dauern. Doch untertags
ist es kühl, der Todeszeitpunkt könnte somit auch schon zehn
Stunden her sein.

Lembergs Gedanken lassen sich nicht ordnen, spielen ihr alle
möglichen Streiche. Sie starrt in die Richtung in die Dunkelheit,
wo der Leichnam liegen muss. Er riecht kaum, doch das wird sich
bald ändern. Würde man die Leiche hier liegen lassen, würde sich
der Geruch von dieser Höhle aus seinen Weg bis zur Lichtung
bahnen, und die Leute, die den Leichnam finden würden, würden
den Geruch nie mehr loswerden.

Annette Lemberg tastet abermals in das dunkle Grauen vor

sich. Sie erfühlt einen Arm, die Schulter, das Gesicht und den Oberkörper. Es ist eine Frau. Die Beamtin ist froh, ihr Gesicht nicht sehen zu müssen, wahrscheinlich würde sie ansonsten längst würgend und schreiend das Weite suchen. In Graz zerreißen sich die Kollegen hinter ihrem Rücken sowieso längst das Maul über sie, weil sie als Mordermittlerin keine Leichen sehen kann. Diesen Makel wird sie wohl nie loswerden, sosehr sie sich auch bemüht und so hart sie auch ansonsten im Nehmen ist, der Anblick einer menschlichen Leiche wird sie immer erstarren lassen. Ihr Rücken beginnt zu schmerzen, sie kann sich nicht mehr bewegen, ihr wird übel und schwindlig. Doch die Erkenntnis, dass es ihr in absoluter Finsternis durchaus möglich ist, eine nackte Frauenleiche zu berühren, versetzt sie beinah in einen Zustand der Euphorie. Nicht viele Kollegen hätten den Mut dazu.

Sie zieht die Hand zurück und überlegt. Die Tatsache, dass die Leiche nackt ist, lässt sie von einem Gewaltakt ausgehen. Sie wird aufklären, wer der Täter ist.

Noch einmal tastet sie über die Leiche, die auf dem Rücken liegt. Am Hals und an ihrer linken Brust kann sie Fleischwunden feststellen. Eine Schulter scheint ausgerenkt, der Arm steht unnatürlich vom Körper ab. Die Beine sind gespreizt, die Frau dürfte vom Schambein bis zum Nabel schwer verletzt worden sein. Das Gestein unter ihrem Becken ist klebrig, wahrscheinlich hat sich dort eine Blutlache gebildet, die jetzt eingetrocknet ist. Vermutlich wurde die Frau vergewaltigt und dann hier unten erwürgt. Oder erschlagen. Oder beides.

Annette Lemberg atmet aus. Es klingt wie ein Seufzen. Im Ausatmen glaubt sie, wieder das Geräusch von Schritten gehört zu haben. Wer kann hier noch sein, und wo ist sie überhaupt? In einer Höhle? Einem Gang? Das Geräusch ist jetzt nahe, unmittelbar hinter ihr, doch es ist zu spät, um zu reagieren. Ein furchtbarer Schlag, dann hat Annette Lemberg das Gefühl, die hundertundeins Schläge der Lisl im Glockenturm des Grazer Schlossbergs als Klöppel mitzuerleben. Nach einem Jahr in Graz steht die Besichtigung des Schlossbergs eigentlich schon länger auf ihrem Programm.

Sie registriert, dass sie auf die Brust der Leiche fällt. Kalte, tote

Haut an ihrer Wange. Im selben Moment wird die Finsternis zum pechschwarzen Nichts.

Als sie wieder zu sich kommt, spürt sie einen metallischen Geschmack im Mund. Etwas zerrt an ihr. Es fühlt sich an, als würde ihr jemand den Körper aufschneiden und die Organe entnehmen, wie in einem brutalen Traum oder in einer Geschichte über die Grausamkeit im Mittelalter. Ja, das muss es sein, sie befindet sich im Mittelalter. Vielleicht ja sogar in Graz, wo sie auf dem Schlossberg die Gefangenen gequält haben.

Oder sie ist in die Fänge der Organmafia geraten. Sie versucht sich aufzurichten. Ein Lichtkegel fällt auf ihren Körper. Sie blickt an sich hinab und erschrickt. Sie ist offenbar gesund, aber vollkommen nackt. Sie hat keine Wahl, als darauf zu warten, dass alles Furchtbare geschieht, was man einer Frau nur antun kann. Dann aber wandert der Lichtkegel von ihr davon und erhellt von unten her das fratzenhafte, harte Schattenspiel eines ihr fremden Gesichts. Es kichert, lacht.

Das Lachen schmerzt in ihren Ohren. Verwundert schüttelt Annette Lemberg ihren Kopf. Wie kann das sein, dass dieser Jemand sie besiegt hat? Sie ist doch immer so ein starkes Mädchen gewesen.

25

1961, Stendal, DDR
*Der 18-jährige Norbert Haase wird beim Schlittschuhlaufen von einem
»großen, grellen Licht« erschreckt. Die Lichtquelle schwebt fünf Meter
über dem Boden, dann wird er bewusstlos. Als Haase erwacht, liegt er
150 Meter entfernt. Er hat Kopfschmerzen und seine Armbanduhr zeigt
noch 18.40 Uhr, obwohl es bereits Mitternacht geworden ist.*

Er geht durch das in sphärisches Morgenlicht getauchte Hotel.
Etwas ist anders. Vielleicht hat der Streit der Therapeutin mit
ihrem Mann etwas damit zu tun. Die Wände sind ausdruckslos
und kühl, und da und dort scheint es, als hätte jemand ein
Bild abmontiert und sich nicht weiter um die hellen Stellen
und die dunklen Ränder an der Wand geschert. Der Teppich
wirkt, als hätte er dringend eine Grundreinigung nötig. Überall Spinnenweben. Er hat das Gefühl, mehrere Monate lang
geschlafen zu haben und allein zurückgeblieben zu sein. Wie
ein wiedererwecktes Dornröschen schleicht er durch das Haus
zum Eingang.

Unterwegs schreckt ihn ein merkwürdiges Geräusch auf. Er
folgt ihm, als zöge ihn eine unbekannte Macht an. Durch eine
angelehnte Tür dringt Lachen, zumindest die unfröhliche Vari-
ation davon. »Ha-ha-ha.«

Er öffnet die Tür und verflucht sich sogleich dafür. Es gibt
Dinge, die tut man Gott weiß warum und bereut sie schon im
selben Augenblick. So wie das Öffnen eben jener Tür.

Das Lachen verstummt. Die Yoga-Rezeptionistin mit den
orangefarbenen Lippen winkt ihn zu sich.

»Herr Trost, großartig, dass Sie da sind, gesellen Sie sich zu
uns.«

In der Früh funktioniert bei ihm noch alles im Spar-Modus.
Seine Reaktionsfähigkeit, vor allem aber seine Schlagfertigkeit.
Widerspruchslos geht er in den Raum, der einem ausgeräumten
Büro ähnelt. An der Wand stehen geschlossene Schränke, an der
Decke hängt eine Lampe. Ansonsten keine Möbel, keine Utensi-
lien. Zwei Personen hocken auf dem Boden. Die Rezeptionistin

und der Mann, den er am Tag zuvor schon beim Yoga getroffen hat. Der, der sich so schnell davongeschlichen hat.

Als Trost sich neben die beiden setzt, steht der Mann auf und verschwindet eine Entschuldigung murmelnd wieder aus dem Raum. Trost kann es nicht fassen. Er lässt ihn im Stich. Jetzt sitzt er hier am Boden allein mit der verrückten Rezeptionistin, obwohl er doch vorgehabt hat, laufen zu gehen.

Sie lächelt so motiviert, als wäre sie schon seit Stunden wach und hätte nur auf ihn gewartet. Ihr Kopf beginnt sogleich wieder auf ihren Schultern zu tanzen, dass es den Anschein hat, er würde nur von den Sehnen auf ihrer Wirbelsäule gehalten werden. »Entspannen Sie sich einfach. Machen Sie es mir nach. Mit dieser Methode sind Sie sofort gelöst. Sie verbannen alles Negative, Ihr gesamter Körper wird zu einem Klangkörper des Glücks. Also: ha-ha-ha. Na los, machen Sie schon. Keine Scheu, es wird Ihnen guttun, glauben Sie mir. Machen Sie einfach: ha-ha-ha.«

Sie schaut ihn aufmunternd an. Trost kann nicht glauben, dass er tut, was er gerade tut. Er zwingt sich zu lachen und hört sich dabei an wie ein Roboter. »Ha-ha-ha«, sagt er.

»Fa-bel-haft. Weiter so.«

Sie lachen gemeinsam, und langsam wird das Lachen schneller, menschenähnlicher, bis die Rezeptionistin und der Polizist schließlich auf dem Rücken liegen und in den Morgen hineinlachen.

Während Trost allein weiterlacht, vernimmt er ihre Stimme. »Durchs Lachen produzieren wir körpereigene Opiate … Wir regen die Produktion von T-Zellen an, die unser Immunsystem stärken … Wir erhöhen sogar die Zahl der Blutkörperchen … Zehn Minuten Lachen hat übrigens dieselbe Wirkung wie dreißig Minuten Laufen.«

Das beruhigt Trost. Zehn Minuten Lachen, da kann er sich getrost eine Runde um den Berg sparen. Ob dieser Erkenntnis bekommt er einen neuerlichen Lachkrampf.

»Außerdem macht Lachen attraktiv. Menschen fühlen sich dadurch zueinander hingezogen. Es macht sie in jeder Beziehung kreativer.«

Was sie sagt und wie sie es tut, bringt ihn noch stärker zum

Lachen. Das alles klingt so unfassbar dämlich, als stünde sie unter Drogen. Jedes Wort dehnt sie aus, als schlafwandle sie, ihre Stimme erinnert ihn zuweilen an den affektierten Wiener Hof im 19. Jahrhundert.

Als er sich langsam beruhigt, realisiert er, dass seine Alarmglocken schon seit einigen Sekunden schrillen. Ihre Finger streichen sanft durch sein dichtes Haar. Einer ihrer Holzohrringe streift seine Nasenspitze. Er fängt eine Geruchsmischung aus Kräutern, Hustenzuckerl und Heu auf, eine Hand krault seinen Bart.

Im letzten Moment bringt er sich vor den geschlossenen Augen und gespitzten Lippen der lächelnden Yoga-Rezeptionistin in Sicherheit. Er rollt zur Seite und springt auf. Einen Augenblick geben beide ein groteskes Bild ab. Er, wie er in Laufsachen in einem leeren Raum steht und mit den Händen ringt. Sie, wie sie am Boden liegt und kurz davor ist, den Teppich zu küssen.

Er räuspert sich, murmelt eine Entschuldigung und hastet dann hinaus. Das Letzte, was er sieht, ist ihr Gesicht, das ihn noch immer verträumt anlächelt. So als würde sie ihm freundlich mitteilen wollen, was für ein biederer Feigling er doch sei.

26

Der Einstieg in die Kanalisation befindet sich vor der Kurve
bei der Herz-Jesu-Kirche. Schulmeister findet den Zufall irgendwie bemerkenswert, denn genau in dieser Kirche wurde
er vor einer gefühlten Million von Jahren getauft. Und weil
Geschichte zu seinen großen Leidenschaften zählt – neben
Erdbeeren und sonstigen Schrebergarten-Aktivitäten wie etwa
Viererschnapsen und Groschenheftelesen –, weiß er so ziemlich
alles über das Gotteshaus, was ein Laienhirn in Sekundenschnelle
auszuspucken vermag: erbaut Ende des vorvorigen Jahrhunderts
vom Architekten Hauberrisser im Stil des damals modischen
Historismus, der sich älterer Motive der Baugeschichte, in diesem
Fall vor allem der Romantik, bedient. Schulmeister weiß auch,
dass der Kirchturm mit fast einhundertzehn Metern Höhe der
dritthöchste ganz Österreichs ist. Insgesamt ein beeindruckendes
Sakralgebäude, das von einem kleinen Park, Straßenbahnen und
jenen mehrstöckigen Renaissance-Häusern umgeben wird, wie
sie für diesen Teil von Graz typisch sind, der für seine hohen
Mieten bekannt ist.

Doch für all das hat Schulmeister jetzt keinen Blick und schon
gar keine Nerven. Das Pulsieren in seiner Mundhöhle ebbt schon
seit Minuten nicht mehr ab. Gepaart mit dem Stechen im Ohr
und dem Taubheitsgefühl, das sich in seinem Kiefer ausbreitet,
fühlt er sich richtiggehend krank. Jedenfalls so krank, um am
liebsten kehrtzumachen.

Als er die rostige Leiter hinab ins Dunkel der Kanalisation
steigt, versucht er sich einzureden, dass sein Unwohlsein nur
seinen Zahnschmerzen entstammt. Es hat nichts mit grauen
Kreaturen und wiederkehrenden Toten zu tun.

Das Licht der Neonröhren erfüllt den breiten Gang. Ein Beamter der städtischen Kanalbehörde und zwei Polizisten sind mit
ihm im Tunnel, durch dessen Mitte der Leonhardbach fließt.

Im Gänsemarsch gehen die vier Männer an der linken Seite des künstlichen Bachbetts entlang.

»1840 wurde das alles hier angelegt«, doziert der Kanalbeamte und genießt es sichtlich, Zuhörer zu haben. »Kann man sich heute gar nicht mehr vorstellen, was das für eine Baustelle gewesen sein muss. Mit den Mitteln von damals, meine ich. Der Kanal des Grazbachs ist sieben Meter breit, sieben Meter tief und eineinhalb Kilometer lang. Er führt quer durch die Stadt, direkt unter der Grazbachgasse hindurch, umrundet solcherart den Jakominiplatz und mündet schließlich direkt in die Mur.«

Schulmeister hört ihm kaum zu. Nach ein paar Metern hält er inne und blickt sich um.

»Das hier ist keine Ausnahme, wissen Sie«, sagt der Kanalbeamte. »Pro Jahr haben wir hier unten mehr als vierzig öffentliche Führungen. Es gibt sogar einen Kanallauf, an dem fast tausend Sportler teilnehmen. Außerdem —«

»Schon gut, schon gut«, unterbricht ihn Schulmeister. Er ist mit seiner Geduld am Ende. »Ich habe begriffen, dass Sie die städtische Kanalbroschüre auswendig gelernt haben, womöglich haben Sie darüber sogar einen langweiligen Aufsatz geschrieben und halten sich jetzt für einen gottverdammten Schriftsteller, aber bitte, seien Sie kurz ruhig und beantworten Sie nur meine Fragen. Ist Ihnen das möglich?«

Der Kanalbeamte dreht sich um und starrt ihn stumm und fassungslos an.

»Ob das geht, will ich wissen«, wiederholt Schulmeister mit schriller Stimme.

Mit offenem Mund ringt der Magistratsbedienstete noch immer mit sich: Soll er etwas erwidern, patzig oder aggressiv kontern oder einfach nur die Klappe halten? Aber das wäre ungewöhnlich für ihn. Nach der Arbeit steht er gern bei der Grillhendlstation vor dem Supermarkt. Dort sind auch meist Luis und Erwin, die beiden Dodeln aus dem Nachbarhaus, und wenn die ihm blöd kommen, dann schnauzt er auch immer gleich zurück, ohne sich Gedanken darüber zu machen. Doch in diesem Fall entschließt er sich für die besonnene Variante und bleibt so ruhig wie die Mönche in Tibet, über die er im

Fernsehen mal eine Dokumentation gesehen hat. Und er tut gut daran, denn Schulmeister hat schlechte Laune. Und Schmerzen. Und überhaupt.

Nachdem der Kanalbeamte endlich seine Frage mit einem kleinlauten Ja beantwortet hat, drückt Schulmeister sich grob an dem Arbeiter vorbei, wobei er darauf achtet, nicht durch einen unbedachten Schritt auszurutschen und ins Rinnsal des Bachbetts zu stürzen, und geht ein paar Schritte voran.

Vor ihm liegt das beeindruckende Gewölbe des Ziegelbaus. Der Abwasserkanal verläuft hier noch unterirdisch und fängt die Abwasserzuläufe aus den Häusern über ihnen auf. Erst ein paar Meter weiter tritt der Kanal an die Oberfläche, die Luft verändert sich jedoch schon jetzt. »Sie haben Kameras hier unten, nicht wahr?«

»Nein.« Die Antwort ist knapp, und Schulmeister glaubt Trotz und Widerwillen aus dem Wort herauszuhören.

»Keine einzige? In keinem kleinen Kanal, irgendwo?«

»Nein. Nur in den schmalen Röhren, in die kein Mensch reinkommt. Nur fünfundsechzig der insgesamt über achthundertfünfzig Kilometer des öffentlichen Netzes in Graz sind videoüberwacht. Dadurch können wir Problemzonen ausmachen und sparen uns viele Inspektionen.«

»Und warum verneinen Sie meine Frage, wenn doch fünfundsechzig Kilometer videoüberwacht werden?«

»Aber —«

»Geh bitte, schon gut.« Schulmeister hebt die Hand wie jemand, dessen Kopf jeden Moment zu explodieren droht und der diese Riesensauerei mit einer bloßen Handbewegung verhindern möchte. Es gelingt ihm sogar. Eine Weile sagt niemand etwas, bis er selbst das Schweigen bricht. »Vor Kurzem wurde hier unten ein verwirrter Mann gefunden.«

»Das kommt ab und zu vor, ja. Meistens Betrunkene, die einsteigen. Das ist nicht besonders schwierig, man braucht ja nur oben über den Zaun —«

Wieder Schulmeisters Hand und seine zusammengekniffenen Augen. »Ich bitt Sie.«

Der Kanalarbeiter überlegt, ob er sich so eine Behandlung

gefallen lassen muss und ob er eingesperrt werden kann, wenn
er nicht die richtigen Antworten gibt.

»Von wo ist der verwirrte Mann gekommen?«

»Eigentlich ist er nur dort gesessen. Unter der Leiter bei der
Einstiegsstelle.«

»Er ist also gar nicht direkt im Tunnel gewesen?«

»Das weiß ich nicht, aber ich glaube es ehrlich gesagt nicht.
Wenn der nicht beleuchtet ist, ist er stockdunkel. Es gibt hier
kaum Ausgänge, und selbst wenn man einen der Treppenaufgänge
findet, wiegen die Kanaldeckel doch über hundert Kilo. Die hebst
nicht einfach so aus den Angeln, schon gar nicht —«

Schulmeisters Hand schnellt wieder in die Luft wie das
stumme Zeichen eines Soldaten während eines Häuserkampfs
an der Front. Der Kanalbeamte versteht sofort. Kein Wort mehr.
Langsam befürchtet er, dass er wochenlang mit allen möglichen
Dingen Probleme bekommen wird, wenn sich das Verhältnis
zu diesem Kripo-Fuzzi nicht bald bessert: Strafzettel, ständige
Verkehrskontrollen, Besuche von Finanzbeamten, fahrzeug-
technische Überprüfungen, Alkoholtests, Internet-Attacken,
gesperrtes Handy. Wahrscheinlich würden sie selbst seine Ali-
mentezahlungen und die letzten Krankenstände überprüfen,
den kleinen Versicherungsbetrug mit dem kaputten Fernseher
auffliegen lassen sowie sein renitentes Verhalten beim stummen
Zeitungsverkäufer am Sonntag ahnden. In Anbetracht dessen,
was ihn erwarten könnte, beschließt der Kanalbeamte, abermals
zu tun, wie ihm befohlen, und hält den Mund.

Schulmeister geht weiter, und die drei Männer folgen ihm,
wobei die beiden uniformierten Streifenpolizisten noch immer
kein einziges Wort gewechselt haben. Einer von ihnen schnauft
in einem fort und hält sich eine Hand vors Gesicht, als müsse er
würgen. Dabei ist das hier noch gar nichts, denkt der Kanalbeamte
bei sich. An dieser Stelle kann man aufrecht gehen, und ein
Durchzug sorgt für Frischluft. Es hat hier dreizehn Grad mehr
oder weniger konstante Lufttemperatur, da gibt es ganz andere
Stellen im Tiefparterre von Graz. Plötzlich wünscht er sich, die
feinen Herren von der Polizei genau dorthin geführt zu haben,
zu den anderen Stellen. Da hätten sie ihren Hochmut ganz schnell

abgelegt. Sie hätten sich geekelt und ihn angebettelt, sie aus dem grauslichen Labyrinth wieder hinauszuführen. Sie zu retten.

»Gibt es also in diesem Kanal hier eine Kamera oder nicht?«, will Schulmeister wissen.

»Der Zugang ist relativ einfach für uns.«

»Ich wiederhole: Gibt es hier unten irgendwo eine Kamera?«

Der Kanalbeamte beißt sich auf die Unterlippe. »Nein. Nirgendwo, ich schwöre es.«

Schulmeister bleibt stehen, holt aus seiner Jackentasche eine Stirnlampe hervor und stülpt sie sich über den Kopf. Das Band lässt seine Ohren abstehen und plättet sein dünnes Deckhaar. Lächerlich sieht er damit aus, aber immerhin kann er so seinen Block beleuchten, in den er sich knappe Notizen macht. Laut, aber mit monotoner, fast gelangweilter Stimme wie ein Arzt rezitiert er schließlich: »Montag, 13. Juli 2012, neun Uhr, der 1985 in Leibnitz geborene Kevin Oberhauser ...«

Einer der Polizisten kichert. Schulmeisters Blick fährt gefolgt vom Lichtschein der Stirnlampe sofort hoch wie eine Stichwaffe. »Was ist daran so lustig, Herr Kollege?«

Mein Gott, der führt sich auf wie die Lehrer in den alten Filmen, denkt der Kanalbeamte, hält aber den Mund.

»Na, bitte, wir hätten wirklich gern alle was zu lachen. Nur raus damit.«

»Es ist wegen Kevin und Leibnitz. Beides passt irgendwie nicht zusammen, oder?« Der Polizist schaut Schulmeister an, der jetzt sogar schmunzelt.

»Jaja, Kevin, ein altösterreichischer Name der achtziger Jahre ...« Er gestattet seinen beiden Kollegen einen kurzen Lacher über seinen Witz, dann setzt er fort. »Also, Kevin Oberhauser wird hier, Einstiegsstelle Leonhardbach ... Leonhardbach ist doch richtig, oder?«

»Ja, Grazbach heißt er erst in etwa hundert Metern.«

»Also gut, er wird Einstiegsstelle Leonhardbach von Kanalarbeitern gefunden, nachdem diese von Passanten auf Schreie aufmerksam gemacht wurden.« Schulmeister blickt auf, um sich zu vergewissern. »Kevin hat gebrüllt und getobt und immer wieder etwas von wiederkehrenden Toten und von Grauen erzählt.« Er räuspert sich. »Die Grauen, das dürfte wohl eine geheimnisvolle Macht sein, die seit Langem unter uns weilt. Wahrscheinlich außerirdischer Herkunft.«

Als der Polizist wieder kichert, fährt sich Schulmeister genervt an die schmerzende Backe. »Kollege, ich bitt Sie. Wenn Sie so etwas lustig finden, dann schieben Sie doch die nächsten Stunden hier unten allein Wache und erstatten mir Bericht, ob Sie irgendwelchen Außerirdischen begegnen, ja? Also bitte, hören'S jetzt mit dem depperten Grinsen auf und konzentrieren Sie sich.«

Auch diesmal erntet Schulmeister keine Kritik an seiner Zurechtweisung. Sekundenlang ist alles still, nur der Leonhardbach plätschert neben ihnen dahin. Aus einem der Risse an der Wand tropft Wasser, eine Wanderratte beobachtet die Männer interessiert und von ihnen unbemerkt.

Als plötzlich der Kanalarbeiter das Wort ergreift, blickt ihn Schulmeister beinah entsetzt an. Der Mann hat ihn in einem Gedanken unterbrochen, einem Gedanken, den er vielleicht nie mehr zu fassen kriegen wird. Das passiert ihm oft: Er denkt an etwas, wird abgelenkt, und fort ist er, der Gedanke.

»Mir fällt noch ein, dass die Kollegen, die den Verwirrten fanden, sagten, er habe Beschimpfungen gerufen«, sagt der Kanalarbeiter. »›Nudldrucker‹ zum Beispiel oder ›Schweinebacke‹. Ich weiß das, weil wir gelacht haben, als sie das erzählt haben. Er soll das voller Ernst und Zorn hinausgebrüllt haben. ›Ihr Nudldrucker habts doch keine Ahnung«, oder so ähnlich.«

»Hm.« Trotz Zahnweh und Kanal hätte Schulmeister, das muss er zugeben, jetzt gern mitgelächelt, aber natürlich kann er das jetzt nicht zugeben. Womöglich bildet sich der Kanalmensch dann noch ein, sie hätten einen gemeinsamen Humor. Bloß nicht.

Er wendet sich ab und blickt in die Kanalröhre. Wegen einer Biegung sieht man das Wasser nur wenige Meter weit. Die Neonröhren flackern. Sein Zahn wird langsam, aber sicher unverschämt, der Schmerz breitet sich nun auch in seinem Hals aus. Sein rechter Lymphknoten ist fühlbar angeschwollen, tut bei Berührung weh, und Schulmeister fällt es schwer, seinen Mund weiter als zwei Fingerbreit zu öffnen. Als keiner seiner Begleiter hingesehen hat, hat er die Probe aufs Exempel gemacht. Zwei Finger, mehr gingen nicht zwischen Ober- und Unterkiefer.

Er stellt sich vor, das Licht würde ausfallen. Dann gäbe es nur noch den Lichtkegel seiner Stirnlampe. Der Gedanke treibt ihm den Schweiß auf die Stirn. Vielleicht würde dann auch ein Schatten auftauchen. Oder vielleicht ein Grauer. War das da vorn etwa bereits ein Schatten, oder leidet er jetzt auch noch unter Sinnestäuschung? Schulmeister dreht sich abrupt auf dem Absatz um und fuchtelt mit den Armen. »So, die Besichtigungstour ist hiermit beendet, ich hab alles gesehen, wir gehen.«

Seine Stimme klingt weniger fest, als er es gern hätte, und als der kleine Trupp den Rückweg antritt, bemerkt Schulmeister mit Schrecken, dass er nun der Letzte ist. Er spürt, wie in seinem Rücken die Finsternis nach ihm greift. Seine Beine wollen unter seinem massigen Oberkörper wegrennen, und er muss an sich halten, um nicht panisch loszulaufen und die anderen zu überholen.

27

1966, USA
Erstmals führt der US-Kongress Anhörungen zum UFO-Phänomen durch und kündigt eine Untersuchung außerhalb des Militärs an. Die Universität von Colorado unter der Führung des Quantenphysikers Edward U. Condon analysiert die Vorkommnisse.

Der Effekt, mit dem das Gebäude vor ihm auftaucht, erinnert ihn an die 3-D-Bilder einer Krankamera im Kino. Er läuft über eine Kuppel, bis am Horizont vor ihm der Stall eines ansehnlichen Bauernhofs aus dem Gras wächst.

Er hält inne und lauscht. Der Bauernhof löst in ihm Ängste aus. Gibt es hier etwa Hunde?

Mit Kindern spielende Golden Retriever aus der Fernsehwerbung machen ihm keine Sorgen, aber bei einem mürrischen, aggressiven Bauernhof-Schäferhundmischling, der genau weiß, dass ihm nichts passiert, wenn er sein Revier mit festem Biss verteidigt, sieht es schon anders aus.

Doch nachdem er weder Gebell noch Gehechel vernimmt, sondern lediglich das friedvolle Muhen von Kühen, läuft Trost langsam weiter.

Das morsche Holz der Scheune vor ihm hat sich an vielen Stellen so stark verzogen, dass er einen Blick hineinwerfen kann. In den finsteren Schatten vermutet er Ackergeräte. Er hat keine Ahnung, was ein Bauer außer einem Traktor im Alltag benötigt. Bauernhöfe sind immer voll von rostigen und gefährlich aussehenden Ungetümen, mit denen man Dinge tun kann wie die Erde umgraben oder Lasten von einem Ort zum anderen transportieren. Als Jonas, sein Ältester, noch klein war, haben sie einige Urlaube auf dem Bauernhof verbracht. Später erinnerte er sich noch oft an das unbehagliche Gefühl, das ihn überkam, wenn er den Buben für ein paar Minuten aus den Augen verlor. Er malte sich alle möglichen Unfälle aus: Der Bub stürzt im Heustadl in die Zinken einer Mistgabel. Der Bub wird von einer tollpatschigen Milchkuh zerdrückt. Der Bub startet irgendein Ungetüm von Maschine, das ihn blitzschnell in kleine Teile häckselt.

Die Urlaube waren immer ein großes Abenteuer für den Kleinen gewesen, aber Trost war stets erleichtert, wenn die Familie alle Siebensachen im Auto hatte und wieder zurück in Richtung Stadt unterwegs war. In Graz ist alles viel sicherer, sagte er dann, und Charlotte lachte. Daran erinnert er sich jetzt. Er hat irgendwas in der Art gesagt, und sie hat gelacht. Nichts Besonderes. Ein kleiner Gedanke, aber er drückt ihm aufs Gemüt. Ist das Heimweh? Vermisst er sie, seine Familie, seine Frau – schon am dritten Tag?

Damals wohnten sie noch in einer kleinen Wohnung im sechsten Stock einer Siebziger-Jahre-Siedlung unweit des gewaltigen Kreisverkehrs im Süden von Graz, der den Verkehr von Südösterreich in entsprechende Bahnen lenkt. Als sie vor einigen Jahren in die Vorstadt im Norden zogen, in den Speckgürtel, wie die Grazer das Umland verächtlich bezeichnen, war er skeptisch gewesen. Weniger Verkehr, aber auch weniger Stadt. Erst langsam gewöhnte er sich an die Ruhe, stellte aber bald fest, dass er sie, ohne es jemals geahnt zu haben, zuvor vermisst hatte. Nur mit Bauernhöfen kam er noch immer nicht ganz klar. Sie hatten etwas Bedrohliches behalten, waren ihm dann doch eine Spur zu viel Land.

Als er weiterläuft, bemerkt er die Deichsel eines Anhängers, die aus dem offenen Scheunentor ragt. Der Weg, den er entlangläuft, führt an der Scheune vorüber. Dahinter liegt ein asphaltierter Innenhof. Ein roter Opel Ascona mit schwarzer Nummerntafel parkt dort nah der Scheunenwand wie ein links liegen gelassenes Spielzeug. Das Haupthaus hinter der Scheune entpuppt sich als lieblos hingestellter weißer Kasten, der in etwa das Alter des Asconas haben muss. Keine Blumen, keine dekorativen Holzscheibtruhen links und rechts vom Eingang, wie man es von Bauernhöfen aus dem Prospekt kennt. Stattdessen lehnt an der Hausfassade eine Ansammlung von Gerümpel, als wolle man damit die Mauer stützen. Darunter erkennt Trost einen ausrangierten Kühlschrank, ein paar Autoreifen, die allem Anschein nach nicht zum selben Fahrzeug gehört haben, zwei Rollen Teppiche, eine Lage in Plastikfolie verpacktes Was-auch-immer und – Trost wundert sich – tatsächlich einen High Riser, eines jener skurrilen Fahrräder, auf dem sitzend er selbst einen Teil seiner Jugend verbracht hat. Hochgezogenes Lenkrad, links und rechts Rückspiegel und eine Rückenlehne wie bei einem Chopper. Nur der Wimpel fehlt bei diesem Exemplar. Dafür ist das Bike mit einer Unzahl von Pickerln beklebt, wie man es sonst nur von Radfahr-Freaks kennt, die jede ihrer Reisen auf dem Rahmen ihres Gefährts dokumentieren und verewigen.

Hinter den milchigen Fenstern brennt da und dort Licht, und eine Sekunde lang überlegt Trost, einen Schritt darauf zuzumachen, will das Glück, dem Hofhund entgangen zu sein, aber nicht herausfordern und läuft dann doch weiter.

Das heißt, er macht zwei Schritte, hält inne und dreht sich um. Er hat richtig gesehen. Im Schatten der offenen Scheunentür ist das entstellte Gesicht von Dolores aufgetaucht. Nur das Gesicht, als ließe sich die sie umgebende Finsternis nicht dazu hinreißen, mehr preiszugeben. Dolores starrt Trost nicht nur an, sie scheint ihm auch etwas mitzuteilen wollen. Mit weit aufgerissenen Augen winkt sie ihm, ihr zu folgen. Trost spürt, wie die Haut seiner Unterarme zu kribbeln beginnt. Eine Unbehaglichkeitswelle schwappt über ihn. So bedauernswert dieses bärtige, pockennarbige Geschöpf auch ist, er wird ihm in hundert Jahren nicht in die Scheune folgen. Dolores starrt ihn weiterhin an, und Trost meint, in ihrem Blick Verzweiflung zu sehen. Zögerlich geht er auf sie zu und erwartet jeden Moment, einem ihrer beiden Begleiter zu begegnen, mit denen er schon im Wald Bekanntschaft gemacht hatte.

»Dolores!«, ruft er und bemüht sich, seine Stimme neutral klingen zu lassen.

Dolores fährt sich mit der Hand an den Mund und gestikuliert damit hektisch vor ihren Lippen.

Ist er zu laut gewesen? »Was ist denn los?«, fragt er leiser, obwohl er wegen der unentwegt muhenden Kühe eigentlich seine Stimme heben müsste.

Jetzt, wo er näher bei ihr steht, macht Dolores einen eindeutig fiebrigen, nervösen Eindruck. Er blickt sich um, sucht mit Blicken den nahen Wald ab. Schon seit er das Hotel verlassen hat, hält er nach Anzeichen von Annette Lemberg Ausschau. Gestern am Telefon hat sie doch gesagt, sie sei in der Nähe, um ihm zu helfen, wenn er ihrer Hilfe bedarf. Wo ist sie jetzt?

Er kann in die Scheune hineinsehen und die Rückfront eines weißen VW-Busses ausmachen, der auf platten Reifen steht. Im unsichtbaren Hintergrund vernimmt er Geräusche. Ein Schmatzen, ein Schlürfen, etwas bewegt sich. Dann ein Prusten und wieder das Schreien eines Viehs, in das andere sofort einstimmen.

Dolores winkt ihn energisch näher. »Schschnöööll!«, ruft sie mit gepresster Stimme.

Mit dem nächsten Schritt, den er tut, rollt eine Geruchswelle auf ihn zu, von der er ahnt, dass er sie nur mit einer intensiven Dusche wieder loswerden wird. Dies ist ganz offenbar ein Viehstall, er kann die Schweine oder Kühe zwar noch nicht sehen, dafür aber umso stärker riechen.

»Ich soll in den Stall kommen?« Er zögert, stoppt. Fast hätte er sogar einen Schritt zurück gemacht, doch plötzlich ist Dolores bei ihm, packt ihn am Arm und zerrt ihn in die Dunkelheit.

»Was …?«

Sie ist überraschend kräftig, und einen Moment lang befürchtet er, sie werde ihn zu Boden reißen, ihre fürchterlichen Zähne in seinen Körper hauen oder ihm gar eine Mistgabel in den Bauch rammen. Aber nichts dergleichen geschieht.

Dolores zieht ihn weiter hinter sich her. Trost will sich aus ihrem Griff befreien, aber es gelingt ihm nicht. Er stolpert über Heuballen, als seine Augen sich an die Dunkelheit gewöhnt haben, sieht er auch schon die glotzenden Tiere an der Wand. Kühe, die so kurz angebunden sind, dass sie ihren Kopf nicht heben können. Ihre Muskeln zittern, manche kauen, andere lassen Wasser, ein platschendes Geräusch, als eine ihre Notdurft verrichtet. Ihre Euter sind prall und sehen aus, als seien sie mit tonnenweise Milch gefüllt. Trost leidet unter dem erbärmlichen Gestank. Die Luft ist so stickig, dass sie ihm den Atem raubt, aber Dolores zerrt ihn immer weiter in die Dunkelheit hinein, eng an den Tieren vorbei, bis er abermals stolpert und sich losreißt.

»Bist du verrückt? Was machst du da? Was willst du mir zeigen?«

Die bucklige Gestalt mit den unheimlichen Kräften gibt wie

erwartet keine Antwort. Stattdessen öffnet sie eine Klappe im Boden und dreht sich um. Trost reißt die Augen auf, will davonrennen. Nicht schon wieder ein Loch im Boden! Sein Bedarf an finsteren Höhlengängen ist fürs Erste wahrlich gedeckt. Aber als Dolores in das Loch im Boden steigt, blickt sie auf und sagt in rührendem Ton: »Bitte, zeigen müssen.«

Trost lässt alle Vorsicht fahren und folgt ihr. »Was ist da unten, Dolores? Was musst du mir zeigen?«

»Gewand von tote Frau.«

28

8. September 1967, Alamosa, Colorado, USA
Ein Pferd namens Lady verschwindet von einer Farm. Der verstümmelte
Kadaver wird am nächsten Tag einige hundert Meter vom Farmhaus
entfernt gefunden. Laut Fachuntersuchungen ist das Fleisch vom Schädel
des Pferdes mit chirurgischer Präzision entfernt worden. In dieser Gegend
ist es bereits zuvor mehrfach zu UFO-Sichtungen gekommen.

Die Metallleiter ist vor vielen Jahren in den Stein getrieben worden. Die Verankerungen knirschen, wenn man auf die Sprossen tritt, die spröde und rostig sind.

Trost kann kaum noch etwas erkennen. Das Licht aus dem Stall reicht nur aus, um die Schatten seiner eigenen Hände zu erahnen. Sein Herz hämmert ihm so laut in den Ohren, dass er seinen Atem nicht mehr hört, und dennoch steigt er weiter in die Tiefe hinab. Er folgt einer fremden Person in die Finsternis eines Lochs unterhalb eines ihm fremden Viehstalls. DU BIST SO EIN TROTTEL, TROST. DU BIST SO GUT WIE TOT.

Er will einen vernünftigen Gedanken fassen, aber die Vernunft hat er längst in die Flucht geschlagen. Er klettert weiter in die Tiefe, von wo aus das Schnaufen von Dolores ertönt, jener Frau, die er zuerst für einen Mann gehalten hat, so gemein hat es Mutter Natur mit ihr gemeint. Doch das ist nur ihre Hülle. Wer weiß, wie gemein es Mutter Natur mit ihrem Inneren gemeint hat. Vielleicht ist sie ja ein verrückter Teufel, der Trost zur Strecke bringen will. Der ihm die Eingeweide herauszerren wird, um sie hier in einer Höhle zu verstreuen. Jener Geist, der den Ermittler nach all den Jahren schlussendlich vernichten wird. Vielleicht ist sie der eigentliche Grund für seinen Aufenthalt hier. Die Mörderin, nach der er sucht. Und dieser irren Seele folgt er nun freiwillig in die Schattenwelt.

Unten angekommen steht Trost eine Sekunde lang unsicher auf rutschigem, unebenem Gestein. Er erwartet sogar, einen Schlag abzubekommen, doch selbst dieser Gedanke kann ihn nicht dazu bringen, die Sprossen der wackeligen Leiter wieder hochzuklettern. Ihm graust vor Dolores' äußerlicher Erscheinung, er traut ihr deshalb fast alles zu. Widersprüchlich ist nur ihre offenbar große Verzweiflung, ihre Verwirrung. Irgendetwas regt sie furchtbar auf. So wie schon gestern im Wald. Natürlich wird sie ihn nicht schlagen.

Ein Lichtstrahl durchbricht seine Gedanken und blendet ihn, wandert dann über eine Felswand und bleibt schließlich am unheimlichen Schattenspiel von Dolores' Gesicht hängen. Sie leuchtet sich mit einer Taschenlampe selbst an. Ihr Kopf sieht aus wie eine kleine Plastilinkugel, die jemand so lange an eine größere Plastilinkugel – ihren Körper – gepresst hat, bis sie daran haften geblieben ist. Ihre Gesichtszüge scheinen ebenfalls aus Plastilin geformt. Die Nase ist eine Plastilinwurst, vielleicht kann man noch die Daumenabdrücke darauf sehen, die Ohren zwei lieblos abgerissene Plastilinfetzen, Backen und Kinn sind eher unschön und aus verschiedenfarbigem Plastilin geformt. Die Verwerfungen ihres Gesichts sind mit roten Äderchen und Flecken übersät. Dolores mustert ihn.

Die Enge der Höhle wird ihm schmerzhaft bewusst. Als er einen halben Schritt zurückgehen will, knallt seine Schulter gegen feuchten Fels. Es riecht muffig, als hätte die Luft hier jahrelang vergeblich den Weg nach draußen gesucht. Wenn ihn diese Kreatur jetzt einfach zusammenschlägt, wird ihn niemand finden.

Dolores lässt den Schein ihrer Taschenlampe wieder über Trosts Gesicht wandern und drückt sie ihm plötzlich in die Hand. Bei der Berührung ihrer Hände zuckt er kurz zusammen, schreit sogar auf, kann es aber mit einem vorgetäuschten Hustenanfall überspielen. Später wird er zugeben, selten so die Hosen vollgehabt zu haben wie in diesen Minuten, die er mit Dolores allein in der Höhle verbracht hat.

Dolores dreht sich um, und gleich darauf flammt in ihrer Hand eine zweite Taschenlampe auf. Als sie sich hinabbeugt, entdeckt Trost eine niedrige Öffnung in der Wand. Der Gang führt weiter, wird immer enger. Als Dolores' Hinterteil darin verschwindet, hat Trost zum ersten Mal seit einer Minute das Gefühl, wieder atmen zu können. Er tut sogar die Möglichkeit ab, die Gelegenheit zu nutzen, um über die Leiter zu fliehen. Niemals könnte sie ihm jetzt noch rechtzeitig folgen. Stattdessen hockt Trost sich auf den

Boden und kriecht der seltsamen Magd in die finsteren Schatten der Höhle hinterher.

Im schaukelnden Licht der Taschenlampe, die er in der rechten Hand hält, sieht er, dass der Gang so sauber ist, als hätte ihn jemand ausgekehrt – oder eher ausgewaschen. Auch die Wände wirken, als habe sie ein Fluss jahrhundertelang glatt gespült. Der Stein ist kalt, fühlt sich an, als würde er sich bewegen. Als würde er atmen, so tief Luft holen, dass er Trost unter sich erdrückt.

Er hält inne, kneift die Augen zusammen und versucht ruhig zu bleiben. Er schwitzt überall. Unter der Nase, hinter den Ohren, zwischen den Fingern. Als er sich wieder in Bewegung setzt, eine Hand vor die andere, ein Knie vor das andere schiebt, fühlt es sich an, als würde er sich gegen eine gewaltige Last stemmen.

Er kann die bisher zurückgelegte Distanz schwer abschätzen, vermutet aber, nur etwa fünf Meter weit gekrochen zu sein, als sich der Gang noch einmal verengt. Fast hätte er zu wimmern begonnen, doch das Wissen, dass Dolores sichtbar breiter gebaut ist als er, lässt ihn Hoffnung schöpfen. Sie muss hier durchgekrochen sein, es gibt ja keinen anderen Weg, also muss er es auch schaffen. Die Arme nach vorn gestreckt, macht er sich so dünn wie möglich. Trotzdem dauert es nur einen Moment, dann steckt er fest. Die Arme über dem Kopf, die Schultern wie in einem Schraubstock festgezurrt, der Bauch auf den Boden gepresst. Er schließt die Augen, hört sein Herz in den Ohren pochen und kämpft gegen die Angst vor dem Ersticken an. Dann endlich schafft er es, sich langsam, zentimeterweise weiterzubewegen. Seine Finger krallen sich in den nackten Fels, und als er bemerkt, dass das Schlupfloch nur eine kurze Engstelle gewesen ist, kann er sein Glück kaum fassen. Nach einem halben Meter weitet sich der Hohlraum, sodass er sich sogar wieder aufrichten kann. Er hat das Gefühl, kilometerweit gelaufen zu sein.

Doch die Freude darüber wehrt nur so lange, bis er sich wieder an die Geschichte erinnert, die Walter Stern ihm erzählt hat. Unerklärliche Ganglabyrinthe. Zu niedrig, um darin aufrecht zu gehen. Als seien sie von Zwergenhand geschaffen worden, mindestens mehrere tausend Jahre alt und – das war der springende Punkt in diesem Augenblick – viele mit einem Eingang, der auch zugleich als einziger Ausgang fungiert. Keine zweite Öffnung. Kein Entkommen.

Dass die Forschung hier seit Jahrzehnten an dem Rätsel ihrer Entstehung und ihrer Funktion herumdoktert, ist eine Sache, aber der springende Punkt ist doch: nur ein Ausgang, der zugleich auch Eingang ist. Was in diesem Fall konkret für Trost bedeutet: Er muss durch diese Engstelle auch wieder zurück. Wieder kriechen. Wieder Atemnot.

Bevor ihn eine neuerliche Panikwelle überrollen kann, registriert er, dass Dolores einfach weitergegangen ist, ohne sich zu ihm umzudrehen. Trost steht auf und beeilt sich, aber er hat Mühe, ihr zu folgen.

Sie laufen nun in nahezu aufrechter Haltung einen Gang entlang, dessen Aussehen ihn stutzig macht. Der Fels ist offenbar von einer Maschine bearbeitet worden, denn der Gang verändert sich minutenlang weder an Höhe noch an Breite. Alles ist glatt, glatte Wände, glatte Böden. Wie weit sie gehen, kann er schwer abschätzen. Das Schreien der Kühe ist jedenfalls längst verstummt. Hier unten würde ihn selbst die Lemberg niemals finden.

Er versucht die Länge seiner Schritte als Distanzmesser zu verwenden. Ein großer Schritt ist ungefähr ein Meter. Er will die Schritte im Sekundenrhythmus machen – einundzwanzig, zweiundzwanzig, dreiundzwanzig – und gibt schnell wieder auf, kann sich nicht konzentrieren.

»Wie weit noch?« Trost ist bestürzt über den Klang seiner Stimme. Sie klingt wie in einem Vakuum. Als spräche er in eine Flasche. Er ist fast nicht zu hören gewesen.

Doch Dolores gibt keine Antwort, sie winkt ihm nur, ihr zu folgen.

Sein vom Laufen und Panikattacken verschwitztes T-Shirt klebt an seiner Haut. Immer weiter gehen sie, und dann sieht er plötzlich den Lichtschein eines Ausgangs vor sich. Er hatte sich schon fast damit abgefunden, hier unten Stunde um Stunde weiterzuwandern, und sich gefragt, wie lange er fort sein könnte, bis jemandem seine Abwesenheit auffallen würde. Wahrscheinlich zu lange. Bis die Leute aus dem Hotel etwas unternehmen würden, wäre er längst verdurstet. Wann würden ihnen seine vereinbarten

Anrufe abgehen, wann würden sie ihn suchen? Morgen in der Früh? Oder erst am Abend?

Der Gang wird immer heller, doch ein zweiter Ausgang, und Dolores beginnt jetzt zu rennen. Als sie aus dem Erdreich herauskommen, stehen sie in einem Loch.

Dolores wirft sich vor ihm auf den Boden und betastet den Fels, während Trost einigermaßen verwundert den Traktor betrachtet. Der Koloss scheint mit dem Hinterteil voran in das Loch gestürzt zu sein, die vergangenen Regenfälle müssen den Boden aufgeweicht haben. Er schaut in den Himmel und lächelt, kommt sich ein bisschen so vor wie ein Geretteter nach einem Grubenunglück. Erleichterung macht sich in ihm breit.

»Das wolltest du mir zeigen? Hast du dich davor so gefürchtet?«

Dolores reagiert nicht, kriecht weiter am Boden des Gangs herum, der hier endet, als suche sie nach etwas.

Trost ist gerührt. Die verrückte Kreatur lebt in einer eigenen Welt, einer Welt, die für ihn wahrscheinlich für immer unzugänglich bleiben wird. Er fragt sich, wie es möglich ist, dass sie jahrelang auf dem Bauernhof gelebt hat, und ob er überhaupt ein Recht hat, sie zu bemitleiden. Er vermutet, dass sie vom Bauer misshandelt wird, aber in der Stadt säße sie wahrscheinlich längst in einem weißen Zimmer mit Gitterbett, bekäme Spritzen und Medikamente und einen weißen Kittel als einziges Kleidungsstück. Ihre Welt würde vor einer verschlossenen Tür enden, die sich für sie bis zu ihrem Tod nicht öffnen würde. Hier aber hat Dolores wenigstens die Natur, den Wald und ab und an ein Abenteuer, wenn beispielsweise ein Traktor abstürzt.

Trost inspiziert das Loch und sucht an den abgerutschten Hängen eine geeignete Stelle für seinen Aufstieg. Sein Spaziergang mit Dolores wird hier enden, so viel ist gewiss.

Er klopft auf den gewaltigen Reifen der Zugmaschine. »Der Traktor tut dir nichts, siehst du?«

Dolores dreht sich zu ihm um und blickt ihn ernst an.

Trost klopft noch einmal auf den Reifen. »Siehst du, es ist nur eine Maschine. M-a-schi-ne, verstehst du? Vor ihr brauchst du keine Angst haben, die kann —«

»Aufhören!«

»Was?«

»AUF-HÖ-REN.«

Hat sie ihn jetzt tatsächlich nachgeäfft?

»Gefunden habe ich.« Sie zeigt auf einen Stofffetzen auf dem Boden des Gangs.

Trost nähert sich zwei Schritte. »Was ist das?«

Und Dolores' Gesicht verhärtet sich. »Gewand von tote Frau.«

Jetzt ist es Trost, der auf allen vieren den Boden inspiziert. Er betrachtet den Stofffetzen, berührt ihn aber nicht. Es könnte irgendwas sein. Alles oder nichts, aber er muss zugeben, dass er verdammt große Ähnlichkeit mit einem Damenslip hat. Beim genaueren Begutachten der Umgebung glaubt er, Flecken im Fels zu entdecken. Vielleicht Blut? Im Lichtkegel seiner Taschenlampe, die er jetzt trotz des in den Gang fallenden Tageslichts verwendet, erkennt er ein Büschel Haare. Mit viel Phantasie könnten das Spuren eines Verbrechens sein. Grundsätzlich verfügt Armin Trost über gerade diese Art von Phantasie, die für solche Schlüsse notwendig ist. Er richtet sich wieder auf. Wenn das wirklich ein Tatort ist, haben sie der Spurensicherung jetzt keinen Gefallen getan.

»Wie kommst du darauf, dass das ein Gewand einer toten Frau sein soll, Dolores?«

Sie sieht jetzt aus wie ein verlegenes kleines Schulmädchen und tritt von einem Fuß auf den anderen. Eine Träne kullert über ihr Gesicht, dann antwortet sie mit überraschend deutlicher, klarer Stimme: »Weil ich sie gsehen hab. War anbunden. Und nackert.«

Trost rührt sich nicht, reibt sich mit Daumen und Zeigefinger die Nasenwurzel. Ein untrügliches Zeichen dafür, dass er wieder in alte Muster zurückfällt. Wird ihm jetzt alles wieder zu viel? »Was ist geschehen? Was willst du mir sagen, Dolores?«

»Sie müssen gehen. Weg von hier gehen. Sie sind ein guter Mann, aber hier ist unheimliches Zeug. Sachen passieren.«

»Was für Sachen, Dolores? Was geht hier vor?«

Sie windet sich unter quälender Erinnerung. Sie muss etwas gesehen haben, das sie nicht in Worte fassen kann. Eine Leiche, ja, aber vielleicht noch mehr.

Unmöglich zu sagen, wie lange das Geschehene schon her

ist. Das Blut im Slip, Trost ist inzwischen überzeugt, dass es einer ist, ist eingetrocknet. Er geht um den Traktor herum und hält plötzlich inne. Steine und Erdmassen türmen sich zu einem gewaltigen Haufen. Der Traktor steckt mit seinen hinteren Reifen tief im feuchten Erdreich. Überall sind Fußspuren. Dolores erzählt ihm, wie der Bauer sie hinuntergeschickt hat, um den Traktor anzuschauen. Dabei hat sie dann die Leiche der Frau gesehen. Zwischen den Lehmbrocken auf der anderen Seite des Traktors entdeckt Trost jetzt jedoch etwas anderes, das ihn fast noch mehr beunruhigt als der Gedanke an eine Leiche, die er erst noch finden muss. Eine weitere Öffnung.

»Wohin führt dieser Gang, Dolores?«

Dolores steht so nah neben ihm, dass er ihren Atem hören kann. »Bitte den Gang nicht weitergehen.«

»Wohin führt er, Dolores?«

Scheu blickt sie ihm ins Gesicht, als befürchte sie, von ihm geschlagen zu werden. Aber er ist nicht der Bauer, er ist ein guter Mann. Sie holt tief Luft. »Zum Hotel«, sagt sie dann.

29

*21. Mai 1971, Deutschlandsberg, Steiermark, Österreich
Der Münchner Rudi Nagora macht im Urlaub Fotos und registriert dabei
ein summendes Geräusch. Er sieht eine silbrige Scheibe am Himmel,
die rasch ihre Position wechselt, und macht insgesamt zwölf Aufnahmen
von dem diskusförmigen Objekt. Die NASA untersucht die Fotos später
und stellt fest: Es handelt sich um ein Dreieck mit abgerundeten Ecken.*

»Geh bitte, net jetzt.«

Das kommt davon, wenn er immer rangeht, ohne vorher auf
dem Display nach dem Anrufer zu schauen. Als er die Stimme
hört, macht sich sein Zahn gleich wieder bemerkbar, denn bei
dem Anrufer handelt es sich um Franz Schmalrund, Kriminal-
journalist der örtlichen Tageszeitung. So musst du einen Tag
beginnen, denkt Schulmeister, mit Zahnweh und dieser Stimme
an der anderen Leitung.

Aber er kann Schmalrund nicht einfach abwürgen, denn
Schmalrund ist schließlich nicht irgendwer. Die Art, mit der
er seinen Beruf ausübt, ist so veraltet wie die von Schulmeister. Kein Wunder eigentlich, beide sind derselbe Jahrgang und
begleiten einander gewissermaßen bereits durch ihr gesamtes
Berufsleben. Schmalrund redet wie ein Fußballreporter während
einer Strafraumsituation, und Schulmeister muss trotz Ärger und
Zahnschmerz fast schmunzeln.

»Franz, ich bin mitten in der Ermittlung, sei mir net bös, aber
jetzt geht es wirklich nicht.«

Und obwohl er weiß, dass das genau der falsche Satz ist, ist er
schon ausgesprochen. Es folgt die übliche Tirade. Schmalrund
stecke auch bis zum Hals in Arbeit, stehe auch unter Druck, sein
ganzes verdammtes Leben schon, und sie würden einander jetzt
schon so lang kennen. Wie lange eigentlich? Dreißig, vierzig
Jahre? Und er kenne doch auch das Spiel, und nichts anderes
sei es doch, einfach nur ein Spiel. »Ihr machts eure Arbeit, ich
meine, so läuft das, alter Fuchs.«

»Jaja, schon gut, schon gut, ich habe ja verstanden«, murrt
Schulmeister. »Wir ermitteln noch und wissen eigentlich fast

nichts, und das ist die Wahrheit. Ich hab mir die Stelle angesehen, wo wir den Verrückten vom Einkaufszentrum gefunden haben, bevor er eingeliefert wurde. Er soll was von Außerirdischen, von Grauen und Toten gefaselt haben, die auf die Erde zurückkehren werden. Irgend so ein Irrer halt.«

War das schon zu viel? Schulmeister weiß das nie. Es klingt seltsam, aber auch nach all den Jahren hat er keinen richtigen Instinkt dafür entwickelt, was er der Presse erzählen darf und was nicht. In dieser Hinsicht beneidet er Trost. Er findet immer einen Weg, alles und nichts preiszugeben beziehungsweise gerade so viel, dass Schmalrund oder einer seiner ebenso lästigen Kollegen auflegt. Trost liest auch nie die Zeitung des nächsten Tages, er, Schulmeister, immer. Und dann ärgert er sich, weil er das so nicht gesagt hat.

Warum das so ist, weiß er nicht, warum ein gesagter Satz geschrieben nur selten derselbe Satz bleibt. Aber so ist es halt. Alles nur ein Spiel. Wie stille Post, da stimmt das Endergebnis auch nur selten mit dem Ausgangswort überein.

»... Trost? Der ist Hauptermittler. Nein, er ist nur kurz außer Gefecht gesetzt, aber das darf man ihm nicht verübeln.« Außer Gefecht gesetzt, war das gut? Was wird Schmalrund morgen daraus gemacht haben? Schulmeister sitzt in seinem über zwanzig Jahre alten Mercedes und betrachtet die am Armaturenbrett klebenden Fotos seiner Frau Roswitha und seines verstorbenen Hundes Wilhelm. Ein Beagle, der in seiner Hochphase mit dem nassen Fell und dem Dreck, den er an den Pfoten mitschleppte, alles dermaßen versaute, dass sie ihn nicht mehr zur Erdbeerproduktion ins Gartenhütterl des Schrebergartens lassen konnten. Schulmeister sucht den Wagen nach Staubkrümeln ab. Als er endlich eines findet, nimmt er es zwischen Zeigefinger und Daumen und wirft es aus dem offenen Fenster.

Wenn er es sich recht überlegt, könnte er Schmalrund so manches doch ganz gut erzählen. Er kann sich auch vorstellen, einiges davon in der Zeitung zu lesen. »Und bitte, vielleicht schreibst das jetzt nicht so wörtlich«, hebt er nun an, »aber ja, der Trost ist wirklich ein paar Tage außer Gefecht gesetzt. Wir stecken zwar mitten in den Ermittlungen, aber das alles hat ihn schon ziemlich mitgenommen, der Amoklauf und so ... Nein, so hab ich das nicht gesagt. Nicht er wurde entführt. ... Nein, wir sagen natürlich nicht, wer das war. Aber Trost ist trotzdem fertig und deshalb jetzt ein paar Tage auf Therapie ...«

Ein bisschen hüpft sein Herz vor Aufregung. Das war wirklich eine gute Idee. Eine verdammt gute Idee sogar. Er weiß, wie dick Schmalrund und Trost miteinander sind, aber diese Krot muss er einfach schlucken, sein lieber überheblicher Kollege. Diesmal spricht nur er. »Ja, genau, Therapie. Ein bisschen Entspannung halt, Yoga und Atmungsübungen, weißt eh. Zuletzt sah er ganz schön fertig aus. Ja, auch schon vor dem Amoklauf ...« Schulmeister beißt sich auf die Unterlippe und muss an sich halten, um nicht aufzulachen. Es läuft bestens. »Er lernt jetzt halt wieder, wie man sich richtig ernährt, damit man nicht gleich die Nerven verliert. Aber mit Gesprächstherapie, Hypnose und Massagen und so Zeug ist er hoffentlich schnell wieder auf dem Damm. Er darf auch nichts lesen, was ihn aufregt, keine Zeitungen, keine wilden Romane, und natürlich sind Telefon und so Zeug auch verboten, da, wo er jetzt ist.«

War das jetzt vielleicht doch zu viel, zu dick aufgetragen? Aber nein. Er grinst und fängt dabei zu husten an. Sofort kehrt die Realität in Form von wummernden Zahnschmerzen zurück.

»Ja, bis dahin bin ich Einsatzleiter. ... Du, aber jetzt muss ich aufhören. ... Nein, nein, wir haben sonst nichts Neues. ... Wie? ... Ja, der Lemberg geht's auch gut, die ist aber grad auch nicht da.« Scheiße! »... Jaja, bin ganz allein, du Franz, net bös sein. Weißt eh, ja net bös sein.«

Schulmeister drückt die Taste und sinkt zurück in den Sitz. Er spürt, wie sein schweißnasses Hemd am Rücken klebt. Das mit der Lemberg hat er ja wieder sagen müssen. Wer weiß, was Schmalrund mit der Info anstellen wird? Er könnte sich den Schädel für so viel Dummheit abreißen. Als hätte er nicht genug zu tun, muss er jetzt auch noch darum bangen, was morgen in der Zeitung stehen wird. Und nur wegen Schmalrund, diesem Schmierfink. Er erinnert sich, wie er einmal mit einer Kiste Bier aufgetaucht ist, die sie dann noch am Tatort von irgendeiner Rauferei mit Todesfolge ausgetrunken haben. Am nächsten Tag stand alles wie ausgemacht in der Zeitung, fast alles war damals richtig, das muss man ihm lassen. Mit der Wahrheit ist der Schmalrund sowieso immer besser als andere. Aber nie ist ein Foto drinnen, mit dem Schulmeister zufrieden ist. Meist ist er von hinten zu sehen oder noch besser von der Seite, und einmal hat der alte Polizeichef, Gott hab ihn selig, ihn sogar wegen eines Fotos zu sich gerufen. Säuerlich hat er mit dem Zeigefinger auf das Bild im Zeitungsbericht geklopft und gerufen – so laut, dass sie es draußen im Gang bestimmt auch noch gehört haben: »Hannes, Hannes, magst net einmal abnehmen?« Für diese indirekte Demütigung hasst Schulmeister Schmalrund heute noch. Und alle Medien sowieso. Und Trost auch, weil der mit Schmalrund so gut kann. Viel besser als er. Und die Lemberg hasst er auch, weil sie einfach macht, was sie will. Oder eher noch: weil sie nicht macht, was er will.

Er wünscht sich, sie wäre öfter in seiner Nähe. Doch natürlich macht auch sie sich lieber an Trost heran.

Schulmeister blickt an sich hinab, auf seinen Bauch, der das Lenkrad seines Mercedes leicht berührt. Auf seine Finger, die weiß und fleischig sind. Und dann auf die Armbanduhr. Er wartet, dass es endlich losgeht – und bald vorbei ist.

30

18. März 1972, Oberösterreich
AUA-Chefpilot Alexander Raab fliegt mit einer DC-9 in 6000 Meter Höhe, als er von einem »großen, hellen Flugobjekt« überholt wird. Er schreibt die Beobachtung ins Bordbuch und fertigt eine Skizze an. Dasselbe Objekt löst in der Schweiz und in Frankreich UFO-Alarm aus.

Trost trifft Walter Stern in der Bibliothek. Er kann sich vorstellen, wie er auf andere wirken muss. Seine Hose steht vor Dreck, die Handflächen sind orangebraun, das Haar zerzaust, und wahrscheinlich hängen im Bart noch kleine Steinchen. Aber er hat beschlossen, die Sache ab sofort direkt anzugehen, den schleppenden Charakter der letzten Tage etwas zu ändern.

Diesmal fallen ihm die Buchrücken gleich auf. Er überlegt, die Staatssicherheit informieren zu müssen, denn bei so viel esoterischer, skeptischer, gegen alle Vernunft gerichteter Lektüre muss man eigentlich von Hochverrat ausgehen. Zum Glück ist er die Staatssicherheit.

In dem Raum befindet sich ein weiterer Mann. Der, der Trost am ersten Tag perlustrieren wollte und den er gesehen hat, wie er in der Nacht Krankenhausbetten durchs Hotel schiebt. Der Mann steht an einem der Regale und versteckt sich hinter einem Buch wie ein Autist. Die kalkweiße Gestalt mit krummem Rücken und schütterem Haar wippt vor und zurück, während ihre rissigen Lippen lautlos Worte formen. Zwischendurch legt der Mann das Buch auf die Seite, tastet mit zittrigen Fingern nach einem Notizblock in seiner Hosentasche, kritzelt eine Bemerkung hinein, steckt ihn wieder zurück und liest dann weiter. Er nimmt keine Notiz von Trost, der mit Walter Stern von der Bibliothek auf die Terrasse tritt, dorthin, wo der Hotelchef gestern Nacht die Auseinandersetzung mit seiner Frau gehabt hat.

Die beiden stehen Schulter an Schulter und starren übers Land. Je länger Trost hier ist, desto besser scheint seine Beobachtungsgabe zu werden. Er bemerkt, wie schick die Häuser der unmittelbaren Umgebung sind. Die meisten sind gelb gestrichen, in ihren Carports stehen Audis, in den Gärten zurechtgestutzte Büsche und bunte Baumarkt-Schaukeln, die nicht aussehen, als würden sie je von Kindern benutzt werden. Vor einigen dieser Häuser thronen mannshohe Steine wie Pförtner. Es sind Menhire, jene Torwächter, von denen Trost in den letzten Tagen so viel gehört hat, manche von ihnen sind mit Löchern versehen. Verläuft unter den Häusern auch ein Gänge-Labyrinth?

»Was hat der Mann dadrinnen?«, will Trost wissen.

Stern dreht sich um und hebt eine Augenbraue. Ein Mundwinkel verzieht sich zur Andeutung eines Lächelns. »Alle hier werden langsam nervös. Heute Nacht ist Vollmond.«

»Was soll das eigentlich mit dem Vollmond? Wir wissen doch beide, dass das übertriebener Blödsinn ist. Wie das dreizehnte Zimmer in Hotels oder Freitag, der Dreizehnte.«

»Aber Ihnen fällt doch auch auf, dass sich die Leute plötzlich anders verhalten, oder? Irgendwie verrückter, nervöser, warum auch immer.«

»Werden Sie auch nervös?«

Stern blickt ihn direkt an. »Habe ich einen Grund dazu?«

»Sagen Sie es mir.«

Sie schweigen eine Weile und schauen wieder aufs Hügelland hinaus. Trost hat nicht das Gefühl, dass ihn das Gespräch weiterbringt, also versucht er es auf andere Weise: »Welche Sorte Mensch verschlägt es eigentlich hierher? Ich meine, ich bin hier, weil mich alles nervt, aber die anderen?«

Stern lacht auf. »Glauben Sie das wirklich?«

»Was?«

»Na, dass Sie hier sind, weil Sie alles nervt.«

»Weshalb sonst?«

»Wenn Sie alles nerven würde, wären Sie gelangweilt, bestenfalls ein wenig überreizt. Ich werde Ihnen sagen, warum Sie in Wirklichkeit hier sind: Sie leiden unter Stresssymptomen, Ihnen geht alles zu schnell. Alles wirkt gleichzeitig auf Sie ein. Sie kommen nicht mehr mit sich und den Aufgaben zurande, denen Sie sich oder die andere Ihnen stellen. Die Gesellschaft. Der Arbeitgeber. Wahrscheinlich krümmen Sie sich zu Hause schon manchmal vor körperlichen Schmerzen. Erst heulen Sie wie ein kleines Kind, dann fangen Sie an zu saufen. Zitternde Hände. Schweiß auf der Stirn. Nervosität. Sie kriegen nichts mehr auf die Reihe, verbringen die meiste Zeit auf dem Klo, weil Sie sich nur mehr dort sicher fühlen. Im Bett liegen Sie mit pochendem Herzen neben Ihrer Frau und würden am liebsten wieder flennen, weil Sie nicht einschlafen können. Genau deshalb sind Sie hier.«

Trost mustert Stern und zieht in Erwägung, sich einfach umzudrehen und in sein Zimmer zu gehen. Muss er sich das gefallen lassen? Doch er bleibt. Er schaut wieder starr übers Land und vergräbt seine Hände in den Hosentaschen. »Sie scheinen Ihre Gäste ja sehr zu schätzen.«

Stern seufzt. »Ich weiß, wovon ich spreche. Aber die meisten Leute haben sich ihre Welt selbst eingebrockt, indem sie so lange weggeschaut haben, bis es fast zu spät geworden ist. Glauben Sie mir, es ist besser, die Dinge beim Namen zu nennen.«

»Und wenn der Aufenthalt hier zu Ende ist, ist man geheilt?«

Stern lacht auf. »Den meisten Leuten geht es zumindest wesentlich besser als zuvor. Aber ich freue mich natürlich auch über jeden, der wiederkommt.« Er schaut noch einmal zu dem seltsamen Mann zurück, der noch immer in sein Buch vertieft zu sein scheint. »Der Vollmond beschleunigt die Heilung. Da werden die jungen Damen noch schneller gesund, nicht wahr?« Stern zwinkert ihm zu.

»Wie meinen Sie das?«

»Ist Ihnen das nicht aufgefallen? Bekommen die hier etwa die gleiche Behandlung wie die männlichen Gäste?« Stern macht einen Schritt von Trost weg und steckt seine Hände in die Hosentaschen.

»Das interessiert mich jetzt tatsächlich. Wie verhält es sich hier mit der Damenwelt? Das ist doch Ihr Spezialgebiet, nicht wahr? Gibt es vielleicht Spezialbehandlungen in den unterirdischen Gängen? Brauchen Sie dazu die Krankenhausbetten?«

Diesmal ist es Stern, der sich umdreht und wortlos geht.

»Aber nicht doch!«, ruft Trost ihm nach. »Herr Stern … Herr Ste-ern!«

Auch der andere Mann steht auf und blickt Trost lange an.

Als Stern an ihm vorübergeht, winkt er ihn mit sich, sodass er seinem Chef aus dem Raum folgt.

Trost überschlägt, wie viel Zeit ihm noch bleibt.

31

1973, Mississippi, USA
Zwei Männer behaupten, dass sie beim Fischen abduziert und in einem
UFO medizinischen Untersuchungen unterzogen wurden. Die Männer
erleiden einen Schock, einer von ihnen weigert sich noch Jahre später, in
der Öffentlichkeit darüber zu sprechen.

Das ist der Moment, auf den sie gewartet hat. Seit Tagen schon.

Obwohl kaum noch Gäste im Haus sind, trifft sie ihren Chef
nur alle paar Tage allein. Immer ist irgendjemand an seiner Seite,
meistens eine der Damen, die sich an ihn heranwerfen und dabei
ihre Würde in ihrem Büstenhalter vergraben.

Doch in letzter Zeit scheint der Chef selbst hinter einer her
zu sein, die ihn aber abblitzen lässt. Sie hasst ihn deswegen weniger als die Dame, die sich aufführt, als könnte sie alle haben.
Sie kennt sie von ihren gelegentlichen Begegnungen im Haus
und dem Anmeldeformular. Eva Schwarz, ein magersüchtiges
Problemkind aus Wien, das sich weit weg von Mami und Papi
ein bisschen vergnügen will. Diese Sorte Hotelgast ist ihr am
meisten zuwider. Hühner, die sich etwas darauf einbilden, dass
sie aufgrund einer hormonellen Reaktion, die sie auslösen, an-
ziehend wirken. Doch die Hühner wissen nicht, dass ihre inneren
Werte dermaßen verkommen sind, dass sie quasi als Hohlwesen
durch die Gegend staksen. Noch dazu in ihren rosafarbenen
Trainingsanzügen, den schicken Marken-Pullovern, den affig
ins Haar gesteckten Sonnenbrillen und den putzigen Stofftieren
neben dem Kopfpolster.

Nein, der Chef kann nichts dafür, schließlich ist es seine
Pflicht, zu jedem und jeder nett zu sein. Das ist die Krux im
Tourismusgeschäft: Man muss zu allen höflich und freundlich
sein. König Kunde, ha! Sie stößt ein verächtliches Lachen aus.

Als er näher kommt, fährt er sich durchs Haar. Wie in einem
Werbespot für Duschgel. Einen wie ihn gibt es kein zweites Mal.
So stellt sie sich einen Mann vor: immer gut gekleidet, immer
gut riechend, immer zurechtgemacht wie in den Zeitschriften,
die sie so gern liest.

Auf ihren vielen Reisen in die nepalesischen Berge hat sie kaum attraktive einheimische Männer gesehen. Zum Glück gab es dort immer irgendwelche Europäer, reiche Engländer, Joints rauchende Franzosen oder amerikanische Studenten mit langen Locken, die sich so sehr nach körperlichen Vergnügungen sehnten, dass es keine große Sache war, wer mit wem. Aber so einen Mann wie ihren Chef gibt's auf der großen, weiten Welt nur ein Mal. Als sie hier anfing zu arbeiten, konnte sie ihr Glück kaum fassen. Und ihr Pech: Wozu war sie all die Jahre um die Welt gereist, wo doch der schönste Mann die ganze Zeit um die Ecke gelebt hatte. So eine Zeitverschwendung.

Und vergeben ist er auch. Die Beziehung der Chefleute macht für sie keinen Sinn. Sie passen weder zusammen, noch können sie einander besonders gut leiden. Sie hat sie nie Hand in Hand durchs Hotelreich spazieren oder sich in aller Öffentlichkeit einen Kuss geben sehen. Ein Umstand, der nur einen Schluss zulässt: Die weiblichen Hotelgäste stellen für sie im Vergleich mit der Ehefrau das größere Hindernis dar.

Es ist an der Zeit, sich bemerkbar zu machen, beschließt die Rezeptionistin. »Hallo Che-ef«, haucht sie ihm zuckersüß entgegen.

Irritiert hält Stern inne und blickt auf. Die Stimme hat ihn aus den Gedanken gerissen. Er sieht ihr zum ersten Mal seit Ewigkeiten wieder ins Gesicht. Zerstreut schüttelt er den Kopf, fragt, ob sie nichts zu tun habe. Sie wird rot, ärgert sich, aber nicht über ihn, sondern über die Frauen, die ihm das Leben so zur Hölle machen, dass sie ihm die gute Laune verderben. Wahrscheinlich hat ihm die dürre Blondine wieder einen Korb gegeben. Fast würde sie ihm wünschen, dass ihn die Göre an sich heranlässt, damit er wieder fröhlicher wäre. Aber nein, so weit reicht ihre Großzügigkeit nun auch wieder nicht.

Was würde sie für eine Nacht mit ihm geben! Mit ihr wäre alles einfacher. Sie würde es ihm nicht so schwer machen, mit ihr würde er nicht so grantig und unausgeglichen durch die Gänge hetzen.

Sie spürt, wie ihr Kopf unruhig auf dem Hals hin- und herpendelt, eine Marotte von ihr, die sie nicht kontrollieren kann.

Der Page schwirrt nun ebenfalls um die Ecke. Er blickt auf, verschwindet dann aber sogleich wieder, als hätte er erkannt, dass er sie jetzt nicht stören darf. Erleichtert atmet sie durch. Die Nähe dieses schweigsamen, schlecht riechenden und schlecht aussehenden Miesepeters war ihr schon immer zuwider.

»Könnten Sie mir hierbei kurz behilflich sein?«, fragt sie den Chef. Sie deutet auf den Computer vor sich.

Walter Stern kommt um den Empfangstresen herum und stellt sich ihr zur Seite. Zuvor hat sie mit einer blitzschnellen Bewegung einen Knopf an ihrer Bluse geöffnet, sodass ihr Dekolleté nun aufreizend über der Tastatur schwebt. Sie trägt keinen BH, da ihre Brüste eher klein sind. Aus Sterns Blickwinkel müsste nun viel, eigentlich alles zu sehen sein. Als er sich räuspert, tut sie so, als wisse sie nicht um den Grund dafür.

»Sehen Sie«, sagt sie, »diese Seite lässt sich nicht öffnen.« Es wäre wirklich interessant, wie die Chefin regieren würde, käme sie in diesem Moment um die Ecke.

»Sagen Sie«, beginnt Stern, und sie hofft schon, dass er sie jetzt bitten wird, ihn in sein Büro zu begleiten. »Sagen Sie, wie viele Gäste sind eigentlich noch im Haus?«

Sie blinzelt. Nicht das, jetzt komm schon, stell die richtige Frage. Wieder beugt sie sich nach vorn, um ins Buchungsbuch zu blicken. »Es sind wie immer fast alle abgereist. Zwei Herren sind noch da«, Pause, »und die magersüchtige Dame aus Wien. Warum auch immer.«

Ihre Blicke treffen sich, nachdem Stern das Computerproblem mit einem Tastendruck erledigt hat. Er schaut ihr ins Dekolleté, dann ins Gesicht, schüttelt den Kopf, dreht sich um und geht.

Fassungslos blickt ihm die Rezeptionistin hinterher, wechselt das Standbein und ballt die Fäuste. Das wird sie ihnen heimzahlen. Nicht ihm natürlich, er kann ja nichts dafür, es sind diese Gören, die ihn ständig ablenken. Diese gestressten feinen Damen, die ihn für sich beanspruchen. Sogar rund um Vollmond, wo sie doch immer extra betont, dass in diesem Hotel zu dieser Zeit fast kein Service geboten wird. Sie hat sich nie gefragt, warum das so ist, es ist ja auch egal. Jeder hat seine Prinzipien, und Walter Stern hat eben diese. Ihr gefällt das an ihm. Er sagt eben einfach: Rund um

Vollmond ist Schluss. Er tut sich diese Gören nicht an, wenn sie der Mond aus der Fasson bringt. Mit ihren verheulten Gesichtern suchen sie nur eine Schulter zum Anlehnen und nutzen dann die erstbeste Gelegenheit, um an seinem Hals entlangzulecken und ihm in den Schritt zu fassen. Damit ist jetzt ein für alle Mal Schluss. So nicht, meine Lieben. Nicht mit ihr. Sie lächelt.

32

13. Dezember 1973, Clermont-Ferrand, Auvergne, Frankreich
Claude Vorilhon wird von Aliens eingefangen. Laut seinen Aussagen
diktiert ihm das außerirdische Volk der Elohim eine Art »neue Bibel«.
Vorilhon gründet später die RAEL-Sekte, die heute rund 50.000 Mit-
glieder in rund 85 Ländern zählt. Anfang des neuen Jahrtausends wird
sie durch ihre angeblichen Klonexperimente mit Menschen weltbekannt.

Die Gestalt ist im Dunkel tief unter der Erde lediglich schemenhaft auszumachen. Das Licht ihrer Stirnlampe ist zwei, drei Meter vor den Fußspitzen auf den Boden gerichtet, sie spricht nicht, nur das Geräusch ihrer Schritte ist zu hören.

Manchmal teilt sich der Gang, manchmal macht er eine Kurve, ansonsten gibt der Lichtschein immer das Gleiche frei. Abgewetztes Gestein überall. Bis der Lichtkegel der Stirnlampe in einer Nische nach rechts wandert und auf die nackten Frauenleichen fällt.

Kahlköpfig und blass starren sie mit Todesausdruck eingefroren vor sich hin. Um die Mundwinkel zeichnen sich dunkle Flecken ab, dazu Ödeme, Druckstellen und aufgeritzte schwarze Hautflächen. Ein beißender Geruch liegt in der Luft.

Die Gestalt betrachtet die Körper fast liebevoll und streicht über sie hinweg. Das Werk ist gut geworden. Die Leichen sind zurechtgemacht, ihrer Körperbehaarung entledigt und gewaschen worden. Die Tote, die sie zuletzt aus dem Gang geholt hat, war übel zugerichtet, sieht jetzt aber wieder richtig hübsch aus. Sie wird dem Anlass genügen und alle zufriedenstellen, davon ist sie überzeugt. Nachdem kräftige Hände an den Extremitäten der ersten Leiche gezerrt haben, werfen sie sich die leblose Hülle über die Schulter, bevor lange Beine ihren Weg wortlos fortsetzen.

Nach einigen Minuten gelangt die Gestalt an eine Öffnung. Sie schaut auf und steigt kurzerhand über das Geröll neben einem Traktor in den nächsten Gang hinein. Immer weiter dringt sie mit ihrer Last auf der Schulter ins Innere des Berges vor, bis sie die Leiche ohne Vorankündigung vorsichtig ablegt.

Sie stöhnt vor Anstrengung, dreht sich um und geht zurück. Nichts an ihrem Schritt verrät, dass sie besondere Eile hat, doch die Gestalt weiß, dass nun alles sehr schnell gehen muss. Der Traktor wird Aufmerksamkeit erregen. Schnüffler sind unter ihnen, und noch einmal kann sie die Leichen nicht verlegen.

Als die Gestalt wieder die Nische erreicht, greift sie nach der nächsten Leiche und wirft sich auch diese wie einen Sandsack über die Schulter. Die starre Kälte des toten Körpers lässt sie kurz erschauern. Bald passiert sie wieder den Traktor, und die Arme der Leiche baumeln hin und her, sodass sie dem Träger aufs Hinterteil schlagen, als befände sich noch Leben im toten Körper.

Nach ein paar weiteren Minuten erfasst das Licht der Stirnlampe wieder die erste, am Boden sitzende Leiche, und die Gestalt lässt den zweiten nackten Körper neben sie hinuntergleiten. Der Lichtkegel wandert sekundenlang durch das undurchdringliche Schwarz, das sich im Dunkel des Ganges dahinter ausbreitet, bevor er wieder die beiden haarlosen Frauen findet.

Auf den ersten Blick sehen die Leichen aus wie Höhlenwanderer oder fleischgewordene Orbs, die eine Pause einlegen. Auf den zweiten sind es nur zwei Leichen, die jedem, der hier vorbeikommt, einen Schreck fürs Leben einjagen werden.

Der Lichtkegel tastet sie ab, bleibt zögerlich an jedem Detail ihrer Körper haften, schreckt auch nicht vor den intimsten Bereichen zurück.

»Tut eure Pflicht«, murrt die Gestalt, wendet sich ab und kehrt zur Nische zurück. Der dritte Körper, der noch immer dort liegt, ist weniger ordentlich zurechtgemacht. Auch dieser Frau wurden zwar die Haare entfernt, doch ihre Augen sind noch geschlossen, eine schmutzige Wunde klafft am Hinterkopf, und das Blut glänzt im Licht der Taschenlampe. Als sich die Gestalt den Körper über die Schulter werfen will, bricht sie unter dem Gewicht zusammen. Sie lässt die Frau liegen, geht in die Knie und sammelt ihre Kräfte, dann hebt sie sich den nackten Körper auf den Rücken. Ihr Stöhnen klingt, als sei soeben ein apokalyptisches Untier erwacht.

Von dieser Frau geht noch keine starre Kälte aus. Unter ihrem

Griff am Oberschenkel spürt die Gestalt sogar noch ein wenig
Leben. Sie lächelt und denkt sich, dass es nur noch ein kleiner
Schritt bis zum Tod ist. Und trotzdem bringt sie die Frau nicht
zu den anderen Leichen, sondern zum Hotel.

33

28. Januar 1975, Basel, Schweiz
Der Schweizer Eduard Albert »Billy« Meier will an diesem Tag seinen
ersten Kontakt mit einem außerirdischen Wesen gehabt haben. In der
Folgezeit trifft er immer wieder auf Mitglieder des Volkes der Plejaren.
Im selben Jahr gründet er den Verein FIGU (Freie Interessengemeinschaft
für Grenz- und Geisteswissenschaften und Ufologiestudien).

Er sitzt in dem kleinen Speisesaal mit dem unvorteilhaft beigen
Teppichboden an einem mit einer weißen Tischdecke bedeckten Buchentisch und fühlt sich unendlich einsam. Das Kuchen-
büffet ist spärlich. Vereinzelte Teller mit in Spalten geschnittenen
Marmor- und Zitronenkuchen, ein paar aufgereihte Saftgläser,
Orangen- und Multivitaminsaft, die Kaffeemaschine, Teebeutel
einer gängigen Supermarktmarke. Keine liebevoll mit Herkunfts-
bezeichnungen beschrifteten Tafeln, keine große Auswahl, nichts,
was er nicht auch zu Hause bekommen kann. Kurzum: ein lieblos
angerichtetes Ensemble, das kaum einer Pension würdig ist, aber
keinesfalls eines Wellness-Hotels, eines Zentrums für geistige
Bewusstseinsschaffung, wie es die Rezeptionistin genannt hat.
Vollmond hin oder her.

Die Rezeptionistin. Vor fünf Minuten ist er bei ihr gewesen ist,
da hat sie ihn so widerlich schmunzelnd angesehen, als würden
sie beide ein Geheimnis teilen. Als er sich nach Eva Schwarz
erkundigte, veränderte sich ihre Miene schlagartig. Sie wirkte
bitter enttäuscht darüber, dass Trost nach einer anderen Frau
fragte. Mit schmalen Lippen öffnete sie eine graue A4-Mappe
und fuhr mit dem Zeigefinger die Zeilen ab. Trost folgte ihrem
Finger, den ein silberner Ring zierte, als sie in der Bewegung
innehielt und aufblickte. »Darf ich Ihnen das überhaupt sagen?«

In ihrer Stimme schwang ein spielerischer Unterton mit, so als
würde sie eine Gegenleistung für ihre Auskunft erwarten. Und
bei Gegenleistung, so gut kennt Trost die Dame mittlerweile,
dachte sie bestimmt nicht an Geld. Er zwang sich zu einem
strahlenden Lächeln. »Ich glaube schon«, gab er mit besonders
weicher Stimme zurück.

Ihr Kopf wackelte, während sie ihren Zeigefinger weiterbewegte. Zeile für Zeile, Seite um Seite. Trost merkte freilich, dass sie die Seiten einfach bis zur ersten hätte vorblättern können, ließ ihr aber die Freude. Mit einer Hand wischte sie sich immer wieder eine Haarlocke aus der Stirn und versuchte sie hinters Ohr zu klemmen, wobei sie sich so weit zur Seite beugte, dass er möglichst viel ihres weißen, mit Muttermalen bedeckten Halses sehen konnte. Als sie wieder aufschaute, trafen sich ihre Blicke.

»Mir gefällt, dass Sie bleiben, auch wenn kein großer Service geboten wird. Bald sind wir allein im Haus«, sagte sie lächelnd und atmete dabei angestrengt aus. »Jetzt, wo bald Vollmond ist, meine ich.«

Trost hoffte, dass sich sein Gesichtsausdruck nicht veränderte. Er schwankte zwischen Abscheu und Belustigung in Anbetracht ihres Theaters.

»Oh«, stieß sie jetzt aus.

»Was ist?«

»Das ist ja merkwürdig. Eigentlich sollte die Dame noch da sein, aber jemand hat ihren Namen ausradiert.«

»Und was ist daran so merkwürdig?«

Sie sprach jetzt mehr zu sich selbst, so als hätte sie Trosts Anwesenheit vergessen. »Ich habe nichts wegradiert, also kann es nur der Chef gewesen sein. Er ist der Einzige, der sich für die Bücher interessiert. Aber warum sollte er das tun?« Sie erinnerte sich an einen ähnlichen Fall vor ein paar Wochen. Da hatte er sie gebeten, einen Namen auszuradieren, und ihr dabei zugezwinkert. Falls jemand sie danach frage, solle sie nichts davon erwähnen, dass sie die Frau gekannt hat. Ihm zuliebe. Ob sie das tun könne? »Können Sie das für mich tun?« Oh, wie er schauen konnte, diesen Augen konnte man doch nichts abschlagen.

»Aha.« Trost war unschlüssig, was er sonst noch sagen sollte. »Ist es denn schon einmal vorgekommen, dass Namen von der Liste ausradiert wurden?«

Die Rezeptionistin legt den Kopf zur Seite, eine Geste, die sie wie ein verunsichertes Kind aussehen lässt. Schließlich erzählt sie ihm von dem Vorfall vor ein paar Wochen.

Trost wurde heiß. Er nannte einen Namen, fragte, ob es sich

um diesen gehandelt hatte. Sie senkte den Blick, ehe sie nickte. »Ja, so hieß sie.«

Trost griff nach dem Hörer und wählte eine Nummer. Unsicher schaute sie ihn an, versuchte aber nicht, ihn davon abzuhalten.

Anschließend standen sie sich sekundenlang unschlüssig gegenüber. Ihr Blick war abwesend, ging den Gang hinter ihm hinunter.

Beiläufig fragte Trost nach der Zimmernummer von Eva Schwarz und ob sie ihm den Raum vielleicht zeigen könne. Gemeinsam gingen sie den Gang entlang, die Rezeptionistin sperrte die Tür auf, und Trost trat ein, während sie im Türrahmen stehen blieb. Das Zimmer war leer.

Beim Nachmittagskaffee sitzt nur der eine Mann vom Yoga am anderen Ende des Saals und starrt aus dem Fenster. Gedankenverloren rührt er in seiner Tasse, neben seinem Sessel steht ein schwarzer Koffer. Trost überlegt, ob er tatsächlich bald der letzte Gast des Hotels sein und wann er selbst auschecken wird.

Er starrt auf seine Hände, an denen noch Brösel des Marmorkuchens kleben. Die Einsamkeit erdrückt ihn fast. Es fehlt nicht mehr viel, dann wird er zu weinen anfangen. Er muss eine Entscheidung treffen. Im Zimmer von Eva Schwarz, das noch nicht sauber gemacht war, hat er nirgendwo Kleingeld für das Putzpersonal liegen sehen. Und das, obwohl sie noch davon gesprochen hatten. Natürlich besteht die Möglichkeit, dass sie es einfach vergessen hat oder so etwas grundsätzlich nie tut, und diese Möglichkeit ist sogar sehr wahrscheinlich. Dennoch weiß er in seinem Innersten, dass sie es in diesem speziellen Fall nicht vergessen hätte. Nicht nach ihrem Gespräch. Nein, in dem Zimmer befand sich kein Kleingeld, weil Eva Schwarz nie abgereist ist.

Auf Trosts Oberlippe bildet sich ein Schweißfilm. Als im Aufstehen sein Sessel polternd zu Boden kippt, blickt der letzte andere Gast ihn gelangweilt an.

34

5. November 1975, Arizona, USA
Entführung des Waldarbeiters Travis Walton. Nur wenige Augenblicke vor seiner Abduktion sehen sechs Zeugen, wie Walton von einer Lichtkugel umgestoßen wird, worauf die Zeugen die Flucht ergreifen. Als sie kurze Zeit später zurückkehren, ist Walton verschwunden. Er bleibt fünf Tage verschollen.

»Ich habe das Gefühl, dass bald etwas passieren wird. Sie nicht?« Sie blickt ihn fragend an.

Er sitzt auf der schwarzen Couch, Helene Stern ihm gegenüber. Ihre Hände ruhen auf ihren Oberschenkeln, ihre Knie sind aneinandergedrückt, der Rücken ist steif. Sie sieht aus wie jemand, der es gewohnt ist, alles in Ordnung zu bringen – die Bettlaken, den Abwasch, die Probleme anderer Leute, ihre Ehe –, aber nun vollkommen hilflos ist.

Trost hat Mitleid. Diese Frau wird von ihrem idiotischen Ehemann betrogen, setzt ihn aber nicht vor die Tür. Dabei ist doch sie es, die den Laden hier am Laufen hält. Walter Stern hat er bis jetzt jedenfalls noch nicht arbeiten sehen, wenn man mal von dessen Versuchen absieht, mit Eva Schwarz anzubändeln. Mittlerweile ist Trost ziemlich sicher, dass Stern weit mehr ist als ein haltloser Verführer. Aus irgendeinem Grund hält er ihn für gefährlich. Etwas an seiner ungezügelt aufdringlichen Art sagt ihm das. Und die Tatsache, dass er den merkwürdigen Typen kennt, dem Trost im Wald begegnet ist, sowie der Umstand, dass hier die merkwürdige Gewohnheit herrscht, Gäste zu Vollmond nach Hause zu schicken. Und nicht zuletzt, dass der Name jener Frau ausradiert wurde, die er offenbar seit Tagen bedrängt. Irgendetwas geht hier vor, das für ihn noch keinen Sinn ergibt, ihn aber beunruhigt. Der einzige Grund, warum er nicht sofort in sein Zimmer eilt, um seine Waffe zu holen und die Kavallerie zu informieren, ist die Sorge, die er sich um zwei Menschen macht. Zuerst will er wissen, wo Eva Schwarz abgeblieben ist, und anschließend die Therapeutin in Sicherheit bringen, aber dann kann von ihm aus hier alles hochgehen.

Er hat noch keine Antwort gegeben, als sie schon weiterredet: »Irgendetwas Großes wird passieren, verstehen Sie?« Sie lächelt versonnen und blickt dabei an ihm vorüber die weiße Wand an.

Zu gern hätte er jetzt gesehen, was sie gerade sieht. Wahrscheinlich träumt sie davon, dass mit ihrem geliebten Walter und ihr alles wieder gut wird. Wie er zu einem treuen Ehemann mutiert, sie hofiert und unermesslich glücklich macht.

Als Trost eine bequemere Sitzposition auf der Couch sucht, schreckt sie das Geräusch auf.

»Wie geht es Ihnen, Herr Trost?« Das Lächeln ist professionellem Interesse gewichen.

»Gut, danke.«

»Nein, wirklich. Ich möchte wissen, ob Sie glücklich sind.«

Eine Sekunde lang hält er ihrem Blick stand, dann weicht er aus. Er sucht einen Ausweg, findet ihn aber nicht. Schweigen.

»Was macht Sie so unglücklich, Herr Trost?«

Er schaut sie wieder an und entschließt sich, das Thema zu wechseln und Klartext zu reden: »Hören Sie auf, Ihrem Mann in den Arsch zu kriechen.«

Er beobachtet, wie sich ihre Miene verändert. Ihre Augenbrauen schnellen hoch.

»Ich habe in der vergangenen Nacht unabsichtlich Ihr Gespräch mitbekommen. Ich saß in der Bibliothek, als Sie beide ihr Streitgespräch führten. Es war leider nicht zu überhören, tut mir leid, und fortschleichen konnte ich mich auch nicht, das wäre aufgefallen, also war ich gezwungen zuzuhören. Und weil ich hörte, was ich hörte, gebe ich Ihnen jetzt einen Rat: Ich finde wirklich, Sie sollten sich von ihm trennen.«

Sie schnappt nach Luft.

»Ich würde Ihnen sogar dringend dazu raten«, fährt Trost schnell fort, »denn ich habe den Verdacht, dass Ihr Mann weit mehr tut, als anderen Frauen nur nachzustellen. Es ist sogar zu befürchten, dass er ihnen etwas antut. Außerdem glaube ich, dass auch Sie über kurz oder lang in Gefahr sind. Ich bitte Sie, dieses Haus umgehend zu verlassen. Genau genommen ist es keine Bitte, sondern eine Anordnung.«

Sie mustert ihn stumm, ohne zu blinzeln.

»Zuvor habe ich aber noch ein paar Fragen. Wissen Sie, wo sich Ihr Gast Eva Schwarz aufhält?«

Als sie den Kopf schüttelt, fällt ihm auf, wie weiß ihre Lippen geworden sind.

»Wissen Sie, in welchem Verhältnis Ihr Mann zu einem Herrn mit Wanderstab und breitem Hut steht? Er muss hier in der Nähe wohnen, seinem Akzent nach ist er Osteuropäer, vielleicht ein Landarbeiter aus der Nachbarschaft. Kennen Sie ihn?«

Helene Stern sagt noch immer kein Wort, zuckt nur mit den Schultern und starrt ihn weiterhin an.

Trost fühlt sich zunehmend unwohl. »Ist die Holztür im Heizraum ein Zugang zu einem unterirdischen Gang? Und warum schiebt ein Angestellter von Ihnen ein Bett durch sie rein und raus?«

Die Therapeutin wendet sich von ihm ab. Sie steht auf, geht ans Fenster und blickt hinaus. Für Trost ist klar, er könnte ihr noch Ewigkeiten Fragen stellen, er würde ihr keine einzige Antwort entlocken. Sie steht unter Schock.

»Frau Stern? Haben Sie verstanden, was ich gesagt habe? Bitte verlassen Sie innerhalb der nächsten Minuten das Gebäude.« Als er aus dem Raum geht und die Tür hinter sich schließt, hat er das Gefühl, etwas Gutes getan zu haben. Und ja, denkt er, auch er hat jetzt das sichere Gefühl, dass bald etwas passieren wird.

35

Oktober 1978, Bass-Strait, Australien/Neuseeland
Der Pilot Frederick Valentich meldet ein grünes Licht, das minutenlang
um seine Maschine herumfliegt und offenbar mit ihm zu spielen scheint.
Am Ende gibt Valentich durch, dass das Objekt über ihm sei, als plötzlich
ein merkwürdiges Geräusch zu hören ist und er sich nicht mehr meldet.
Bis heute ist Frederick Valentich verschwunden.

Er liegt im Bett, zupft nervös an seinen Barthaaren. Die Gedanken rasen in einem derart irrwitzigen Tempo durch seinen Kopf, dass er nur mit aufgerissenen Augen daliegen kann. Müde und voll konzentriert zugleich. Er starrt auf einen Punkt an der Decke, einen kleinen, kaum sichtbaren Riss, und blinzelt so lange nicht, bis ihm die Augen brennen und eine Träne über die Wange in den roten Bart und von dort in die Ohrmuschel kullert.

Wenn jemand jetzt durch die Tür gekommen wäre, hätte er den Eindruck gewinnen müssen, Trost habe nicht mehr alle Tassen im Schrank.

Auf dem Nachttisch dampft eine Tasse Tee, die er sich bringen hat lassen. An der Rezeption hat er gesagt, dass er sich nicht allzu wohlfühle und das Programm kurz unterbrechen müsse. Ihm war nicht entgangen, wie die Yoga-Rezeptionistin ihn dabei gemustert hat. Tonlos teilte sie ihm mit, dass er sowieso der letzte Gast im Haus sei. »Ich weiß«, sagte Trost und nickte. Dann fügte er noch hinzu, dass es vielleicht besser sei, wenn auch sie baldmöglichst von hier verschwinden würde. Sie drehte sich stumm um und ging ins Büro.

Trosts Kopf wird platzen. Er ist sich sicher, dass es jede Sekunde so weit sein muss. Warum braucht Thomapyrin nur so lange, bis es wirkt?

Sie hat ihm ein Entspannungsgebräu aufs Zimmer geschickt. Er stellt sich Helene Stern vor, wie sie ihm den Tee zubereitet. Die treue Ehefrau, die sich alles gefallen lässt. Sie ist wie eine von diesen alten Kräuter-Großmüttern, die für jede Lebenssituation eine Mischung parat haben. Für mehr Glück, zum Steigern des Selbstwertgefühls oder um Darmwinde zu beenden. Eine Art

Kräuterhexe. Helene Stern, die Hexe, dieser Gedanke zaubert ihm ein der Situation so gar nicht angemessenes Lächeln auf die Lippen.

Sie tut ihm leid. Während ihr Mann sie hintergeht, kümmert sie sich um das Wohlbefinden anderer Leute. Schließlich sagt man nicht umsonst: Seelenklempnerin. So wie manche sagen, dass Hexen alles können, nur keine Liebestränke brauen.

Ob wenigstens sie seinen Rat befolgt und das Hotel verlässt? Er dreht den Kopf, versinkt in Gedanken. Endlich wirkt die Tablette – oder das Gebräu, so genau weiß er es nicht. Auf jeden Fall herrscht wieder Klarheit in seinem Kopf, sodass er eine Entscheidung trifft.

Er greift nach der Sporttasche, zieht sie ans Bett heran und fingert so lange darin herum, bis er findet, wonach er gesucht hat. Er umfasst es, zieht den Gegenstand heraus und fühlt die Kälte, die von ihm ausgeht. Die Glock liegt schwer in seiner offenen Handfläche. Er betrachtet ihren Lauf, den Griff, den Auslöser. Keine schöne Waffe, aber ein überaus wirkungsvolles Argument.

Einen Moment später kann er es schon wieder nicht fassen, dass er sich zwar die Glock um die Brust geschnallt hat, aber kein zweites Handy oder Funkgerät. Er fragt sich, was in ihm vorgeht, warum er solche Dinge immer wieder vergisst?

Auf dem Tisch liegt noch immer der Burnout-Test. Hinter dem Fenster ist die Düsternis eines herannahenden Gewitters auszumachen. Meter unter ihm befindet sich ein Heizungskeller mit einer seltsamen Tür, überall um ihn herum unterirdische Gänge und irgendwo vielleicht auch die Leiche einer Frau, eventuell sogar auch die mehrerer Frauen, nur hoffentlich nicht jene von Eva Schwarz.

Es ist Zeit, Licht in die Angelegenheit zu bringen. Licht ins Dunkel. Doch Armin Trost hat noch keine Ahnung, wie dunkel das Dunkel sein kann.

Teil 4

36

Juli 1978, USA
Der Forscher Leonard Springfield beschuldigt die USA, abgestürzte
UFOs unter Geheimhaltung geborgen zu haben. Berichte über Ver-
schwörungen fallen zeitlich mit dem Watergate-Skandal zusammen.

Kevin Oberhauser ist durchgedreht.

Im Nachhinein weiß Armin Trost nicht nur, wie der verrückte Amokläufer heißt, er kann sich auch vieles besser zusammenreimen.

Nachdem er aus dem Tunnel gestolpert war, fuhren sie gemeinsam aufs Revier. Trost erholte sich rasch, seine Kopfwunde wurde schnell behandelt, und nach dem Schock war sein Adrenalinspiegel so hoch, dass er sich mit den anderen gleich an die Arbeit machte, den Vorfall zu analysieren.

Einige Leute kamen hinzu, wie zum Beispiel der Kollege, den keiner mag, weil er sich immer gern in die erste Reihe drängt, wenn er ein Mikrofon erspäht. Auch jener Expolizist war dabei, den viele längst in Pension vermuteten. Doch weil er zeit seines Lebens als Chefverhandler bei Geiselnahmen und als Verhinderer von Selbstmorden aufgetreten war, tauchte er auch diesmal wieder aus der Versenkung auf.

Eine muskulöse Cobra-Beamtin stellte sich vor Trost und kritisierte ihn, weil sein Verhalten im Einkaufszentrum alles andere als professionell gewesen sei, woraufhin die anderen Anwesenden ihm spontan applaudierten. Sie waren der Ansicht, er habe eine Menge Menschenleben gerettet. Auch die Pressesprecher der Polizei wollten sich mit Trost unterhalten, Politiker, wiederum deren Sprecher und Sekretäre sowie allerlei Chefs der diversen Abteilungen gaben sich die Klinke in die Hand. Jeder wollte seinen Senf dazugeben.

Was letztlich übrig blieb, war der allgemeine Tenor: Armin Trost ist ein Held, ein Lebensretter. Die Schulterklopfer waren in der Mehrheit, bis die Beamten gegen Abend endlich wieder unter sich waren – die Lemberg, Schulmeister und er.

Dann endlich konnten sie die Arbeit aufnehmen. Die richtige Arbeit.

Mit Kaffee und Im-Zimmer-auf-und-ab-Gehen und der einzigen Schelte, die Trost an diesem Tag wirklich traf: Charlotte rief an, um zu fragen, ob er noch ganz bei Trost sei, sich nicht bei ihr zu melden. Sie habe Todesängste ausgestanden und er die Frechheit, sich ins Büro zu verabschieden. Während Trost sich mit dem Telefon am Ohr an Schulmeister vorbei auf den Gang drückte, warf ihm dieser ein falsches verständnisvolles Lächeln zu. Trost hatte einige Minuten gebraucht, um Charlotte zu beruhigen, doch das einzig Richtige, nämlich sofort nach Hause zu fahren, hatte er nicht getan. Sie hatte recht, es war egoistisch gewesen, sich nicht bei ihr zu melden. Ob es nur Zerstreutheit oder die Besessenheit gewesen war, ein Rätsel zu lösen, war schwer zu beantworten, aber Trost hatte tatsächlich keinen Moment daran gedacht, zu seiner Familie heimzukehren.

Wenige Stunden und weitere Telefonate später hatten sie so weit alles zusammen: eine Analyse und einen Plan.

Die Analyse des Amokläufers:

Du rastest völlig aus, weil dich etwas zur Verzweiflung bringt. Du türmst aus der Anstalt, die dich nur mit unzureichenden Mitteln festzuhalten versucht, du schnappst dir die Waffe deines Bruders aus der Scheune, die er für ein vermeintlich gutes Versteck gehalten hat, und rennst ins Einkaufszentrum. Dort knallst du alles ab, was dir vor die Flinte kommt, bis sich plötzlich ein Kerl vor dir aufbaut, der dir ins Gewissen redet. Irgendetwas lässt dich in deiner Raserei innehalten. Vielleicht der Umstand, dass der Kerl etwas von seinem Auto faselt und davon, wie ihr beide heil aus der Sache rauskommen könnt. Also ab in den Wagen, vorbei an den Scharfschützen und den Profikämpfern und rein in den Tunnel. Dort merkst du, dass deine Nerven das nicht mehr mitmachen. Der Tunnel. Der verfluchte Tunnel. Mit einem Schuss durch die Windschutzscheibe bringst du den Fremden dazu, den Wagen anzuhalten. Im Tunnel sind noch einige andere Fahrzeuge, die noch nicht von der Straßensperre aufgehalten wurden. Es gibt einen Riesentumult, ein paar Auffahrunfälle. Irgendwo rennt eine Frau blutüberströmt und jammernd und schreiend zwischen Autowracks herum. Alles dampft und raucht und brennt, und du springst raus und knallst noch ein paarmal durch die Luft, damit allen schnell klar wird, dass sie besser von hier verschwinden sollten. Oder sich tot stellen.

Während um dich herum alles zu Bruch geht, sitzt der Kerl mit dem roten Bart noch immer regungslos in seinem Wagen. Wie durch ein Wunder bleibt der VW-Bus unversehrt. Der Mann schaut dich auf eine seltsam entrückte Art und Weise an, will wissen, was in dich gefahren ist. Also setzt du dich wieder zu ihm ins Auto. Du wirst ihm die Geschichte erzählen und ihn dann erschießen. Eine Art Gutenachtgeschichte. Die Vorstellung gefällt dir, also beginnst du.

Du erzählst ihm von deiner Freundin, die wegen ihres Jobs ziemlich fertig gewesen ist. Krankenschwester, Überstunden, eine nervende vorgesetzte Stationsschwester, der kein Handgriff gut genug ist, noch nervendere Ärzte, die vor lauter Arroganz Befehle bellen wie beim Militär. Und trotzdem will sie für alle da sein, will es allen recht machen. Als sie einmal merkt, dass sich die anfallende Arbeit in ihrer Schicht nicht ausgeht, stempelt sie aus und arbeitet trotzdem weiter. Sie gilt als die perfekte Kollegin, die perfekte Freundin. Sie hört sich die Sorgen der anderen Krankenschwestern genauso geduldig an wie die Sorgen der Patienten. Sie lässt nichts über sich kommen. Sie arbeitet für zwei, doch niemand legt ihr nahe, früher nach Hause zu gehen. Ein paar Monate geht das so gut. Die Kreuzschmerzen übergeht sie. Die Migräneanfälle auch. Eine Kollegin verlängert den Urlaub, eine andere wird krank, sie verzichtet auf ihre Freizeit und arbeitet einfach ein bisschen länger.

Du sitzt währenddessen zu Hause und siehst allein fern. Bis du eines Tages einen Anruf bekommst, dass deine Freundin in der Klinik sei. Du weißt noch genau, dass du gesagt hast: »Ich weiß, dass sie in der Klinik ist. Sie verbringt dort mehr Zeit als zu Hause.«

»Nein«, sagt die Stimme am anderen Ende der Leitung, »Sie verstehen nicht. Sie ist als Patientin in der Klinik.« Wie vom Blitz getroffen lässt du alles stehen und liegen und radelst von der Drei-Zimmer-mit-Balkon-Richtung-Parkplatz-in-der-Prankergasse-Wohnung noch im Pyjama durch die halbe Stadt zum Landeskrankenhaus am Fuße der Ries. Im LKH siehst du deine Freundin in einem Bett liegen. Nervenzusammenbruch, Kreislauf, sie zittert, ist weiß im Gesicht, völlig fertig, eventuell auch ein kleiner Herzinfarkt. Eventuell.

Die folgenden Monate gehen in etwa so dahin: Arztbesuch, Krankenstand, Arbeit, Rückfall, Arztbesuch, Krankenstand, Kündigung. Beziehungskrise. Versöhnung. Neuer Job. Krankenstand. Kündigung.

Als du irgendwo von diesem Wellness-Hotel in der Oststeiermark liest, das Leute mit solchen Problemen wieder auf Vordermann bringt, denkst du dir, das sei ein gutes Geschenk für sie. Der Osterhase bringt den Aufenthalt im Kuvert zwischen einem Schokoladenei und einem Schokoladenhasen, beides von einem teuren Chocolatier, nicht von einer der gängigen Supermarkteigenmarken. Sie freut sich, umarmt dich. Du scheinst ins Schwarze getroffen zu haben.

Ein paar Wochen später fährt sie los, du erinnerst dich noch, wie sie dir zuwinkt, als du sie vor dem Hotel absetzt. Sie ist so fröhlich. Das ist das letzte Bild, das du von ihr hast. Das aktuellste.

Sie meldet sich nie und ruft auch nie zurück, wenn du ihr auf dem Handy eine Nachricht hinterlässt. Obwohl du darüber nicht besonders glücklich bist, hast du nichts dagegen, dass sie sich massieren lässt, spazieren geht, viel schläft und etwas Ruhe braucht. Erst als sie nicht zum vereinbarten Zeitpunkt nach Hause kommt, wirst du mehr als stutzig. Du rufst beim Hotel an und erlebst dein blaues Wunder. Alle geben vor, von nichts zu wissen. Deine Freundin sei niemals dort gewesen, niemand kennt einen Gast, auf den deine Beschreibung von ihr passen könnte.

Beunruhigt setzt du dich ins Auto und fährst selbst hin. Die Dame an der Rezeption blättert abwechselnd in einem Buch und starrt auf ihren Monitor. Später steht auch noch ein Typ neben ihr, vielleicht sogar der Chef persönlich, jedenfalls ein furchtbar eitler, reservierter Geck. Beide geben sich ratlos. Keine Papiere, keine Beweise, rein gar keinen Hinweis finden sie darauf, dass deine Freundin jemals da gewesen sein soll.

Noch in der Empfangshalle legt sich bei dir ein Schalter um, und du beginnst eine Schlägerei. Plötzlich steht die Polizei vor der Tür, ein noch heftigeres Gerangel bricht aus, Schimpfwörter fallen, danach gibt es viel Papierkram zu erledigen, aber es passiert nicht wirklich etwas. Deine Freundin wird zur Fahndung ausgeschrieben, ein Bericht erscheint in einer Zeitung, aber das war's dann auch schon.

Also fährst du irgendwann erneut ins Hotel. Diesmal steht der Geck gleich vor dir und grinst dich dreckig an. Er bedankt sich bei dir, dass du deine Freundin geopfert hast, aber du bräuchtest dich darüber nicht zu grämen, denn die Toten kehrten sowieso wieder auf die Erde zurück. Sie kämen aus der Erde, durch Kanäle und Gänge, und seien so zahlreich wie wir. Dann würde auch die alte Ordnung wiederhergestellt werden, die Ordnung der Gestirne. Du hörst ihm kurz zu, kannst seine Worte aber weder ertragen noch verstehen. Du prügelst auf ihn ein, wirst festgenommen, drehst im Streifenwagen wieder durch und wirst schließlich eingeliefert.

Aber das alles ist doch wirklich zum Verrücktwerden, oder? Und genau das brüllst du im Auto dem Rotbärtigen am Steuer ins Gesicht. »DAS IST DOCH ZUM VERRÜCKTWERDEN, ODER? DIE HABEN MEINE FREUNDIN UMGEBRACHT, UND KEINER TUT WAS!«

Natürlich ist es sogar noch schlimmer gekommen. Letztendlich haben sie dich selbst verdächtigt, sie heimgedreht, sie umgebracht zu haben. Sie waren fies und unfair, und niemand hat dir geglaubt.

»DAS IST ZUM VERRÜCKTWERDEN!«, heulst du im Auto, ziehst dabei eine Karte aus der Gesäßtasche deiner Jeans und wischst dir mit dem Handrücken die rotzende Nase ab.

Mit leiser Stimme sagt der Mann von der Mordgruppe, dass er sich an den Fall deiner Freundin erinnern kann, und fragt dich dann, warum du so überzeugt davon bist, dass deine Freundin wirklich in diesem Hotel war.

Da musst du lachen und erzählst ihm, wie du sie hingebracht hast und ihr vereinbart habt, dass sie am Ende ihres Aufenthalts mit dem Postbus zurück nach Graz fahren soll. Dass du ihre Sachen in einem Plastiksack gesehen hast, der hinter der Rezeption in einem Raum stand. Durch die offen stehende Tür konntest du ihr Handy mit der rosa Handytasche sehen, ihre schwarzen

Stiefel mit den Nieten und sogar die Unterwäsche. Da ist es doch kein Wunder, dass du ausgerastet bist. Und als du dich dann mit dem Mann vom Hotel gerauft hast, hat er auch immer davon geredet, dass es eh das Beste sei, was deiner Freundin passieren konnte. Sie warte jetzt in einem Kanal auf die grauen Leute vom anderen Stern. Dort werde sie sie in Empfang nehmen, und das werde die Grauen besänftigen, sodass den anderen Menschen nichts geschehen würde. Gewissermaßen erweise sie uns, also auch ihm, einen guten Dienst.

Aber als die Polizei endlich da ist, sind alle Beweise plötzlich verschwunden, und sie tun so, als hättest du dir alles nur eingebildet. Was bleibt einem da übrig, als den Verstand zu verlieren?

Du erzählst dem Mordgruppen-Mann die ganze Geschichte. Auch das, was danach passiert ist. Wie du ausgebrochen bist und wieder eingefangen wurdest, nachdem dich Kanalarbeiter im unterirdischen Grazbach gefunden hatten. Du hast etwas von den Grauen und von Außerirdischen geplärrt, aber das würde er sowieso nicht verstehen, und du hast jetzt nicht vor, ihm eine unnötig lange Gutenachtgeschichte zu erzählen. Wichtig ist nur, dass sie dich neuerlich in den »Feldhof« gebracht haben, wie sie die Nervenheilanstalt von Graz nennen, die Sigmund-Freud-Klinik.

Ein letztes Mal heulst du auf, schreist: »ACH, SCHEISSE, WEISST, WAS …?« Dann presst du den Lauf deines Gewehrs an dein eigenes Kinn, schaust den Rotbärtigen noch einmal an und denkst, bevor du abdrückst, vielleicht: Das war dann doch eher meine als seine Gutenachtgeschichte.

Trost kann es jetzt ganz deutlich sehen, wie in Ultra-Zeitlupe in einem Hollywood-Film: Die Kugel tritt aus Kevin Oberhausers Kopfdecke aus und reißt den Brei seines verbrannten Gehirns mit sich aus der Öffnung. Das Geschoss schlägt auch durch das Autodach, verliert dabei aber so viel an Geschwindigkeit, dass es die Tunneldecke nicht mehr trifft, sondern irgendwo leise scheppernd auf den Asphalt fällt. Doch Oberhauser ist noch nicht tot. Sein Herz schlägt noch, die Augenlider flattern, und seine Gliedmaßen zittern, als versuche jemand ihn wach zu rütteln. Trost sitzt zur Salzsäule erstarrt neben ihm und starrt den Sterbenden an. Es gibt nichts mehr, was er für ihn tun kann, er kann ihm nur so lange ins Gesicht sehen, bis der Tod eintritt. Er wartet, bis das Pulsieren von Oberhausers Halsschlagader und das Zittern seiner Finger aufhört, öffnet dann dessen Hand und holt die zerknickte Karte hervor: die Visitenkarte des Hotels, in dem er sich nun befindet.

Sie hatten den Plan folgendermaßen entworfen: Trost checkt in das Hotel ein und sondiert die Lage. Allein, unauffällig, diskret. Die Beschreibung des Amokläufers, seine Intuition nach jahrelanger Erfahrung in solchen Dingen, beides weist auf einen Mord hin. Wahrscheinlich männlicher Täter. Wahrscheinlich Sexualdelikt.

Im Hotel wird er die Telefonate mit seiner Frau in Wahrheit mit Kollegin Lemberg führen, während Charlotte kontinuierlich von Schulmeister auf dem Laufenden gehalten wird.

Alles musste so schnell wie möglich passieren, doch Schulmeister war entschieden gegen die Idee. Eine Undercover-Aktion übers Knie zu brechen sei nicht nur illegal, sondern auch kontraproduktiv. Trost sah das entschieden anders. Gerade weil sie so schnell handeln würden, wäre der Erfolg sehr wahrscheinlich. Vielleicht wusste der Täter ja noch gar nichts von dem Amoklauf. Und selbst wenn, würde er nie auf die Idee kommen, dass so kurz danach jemand von den Behörden bei ihnen auftaucht.

»Alles zu wenig. Viel zu wenig«, schimpfte Schulmeister, aber er wusste längst, dass es zu spät war. Wenn Trost sich einmal etwas in den Schädel gesetzt hatte …

Trost erinnert sich noch einmal an die Tunnel-Szene: Als er aus der dunklen Röhre stolperte, war er stolz darauf, bei all dem Trubel seine Angst vor dem Tunnel vergessen zu haben. Deshalb war ihm ein der Situation unangemessenes Lächeln übers Gesicht gehuscht. Zum Glück hatten die anderen ihm diese Mütze übers Gesicht gezogen, sodass niemand es gesehen hatte, ansonsten wäre es peinlich gewesen.

Er war ins Freie gestolpert, so wie er jetzt durchs Hotel stolpert.

Er ist da. Er hat seine Beweise. Zumindest fast. Ist das ausreichend? Blutige Stofffetzen, die Zeugenaussagen einer leicht debilen Bauernmagd und eines Amokläufers, der sich umgebracht hat, sowie das fehlende Trinkgeld einer gewissen Eva Schwarz. Ein Zugang zu einem Keller oder einem Gang, aus dem ein Metallbett geschoben wird. Eine Ehekrise. Und nicht zu vergessen zwei ausradierte Namen in der Gästeliste. Einer davon gehört einer Frau, die seit Langem vermisst wird, der andere zu einer Frau, die er selbst kennengelernt und der er dringend empfohlen hatte, so schnell wie möglich zu verschwinden. Würde das vor Gericht halten? Oder würde es in einer Blamage für ihn enden?

Nein, er muss das jetzt durchziehen. Aus irgendeinem Grund sind keine Leute mehr in dem Hotel. Bedeutet das, dass auch er in Gefahr schwebt? Vielleicht kann er Eva Schwarz ja noch retten.

Da hat also ein Vergewaltiger und Mörder getan, wie ihm beliebte, und niemand hat etwas dagegen getan. Aber das wird sich jetzt ändern. Trost wird ihm eine Scheißangst einjagen. Er weiß, dass die Glock in der Hand nicht besonders schön aussieht, aber sie ist ein Argument, das niemand so einfach ignoriert. Nicht einmal Walter Stern.

Erleichtert darüber, dass die Rezeptionistin nirgendwo mehr zu sehen ist, öffnet Trost mit der freien Hand leise die Tür zum Büro des Hotelbesitzers. Mit ausgestrecktem Arm zielt er auf Sterns Silhouette, die sich bei seinem Anblick aufrichtet, als wäre er schon erwartet worden.

37

1979, USA
UFO-Forscher Ray Fowler dokumentiert einen Fall von »Fernsteue-rung«. Eine gewisse Betty Andreasson und deren Töchter sollen entführt worden sein, indem die Aliens etwaige Zeugen »abschalteten«, das heißt lähmten bzw. bewusstlos machten.

Annette Lemberg sieht ihr Leben nicht an sich vorüberziehen, und das ärgert sie. Sie ist im Begriff zu sterben, aber nichts Dramatisches passiert. Stattdessen versucht sie immer noch wie ein verblödeter Sturkopf herauszufinden, was ihr Fehler gewesen ist, der ihr das hier eingebrockt hat, und wie sie ihn wiedergutmachen kann. Du gottverdammte dumme Kuh bist doch nicht mehr in der Polizeischule beim Theoriekurs, beschimpft sie sich selbst lautlos, doch es hilft alles nichts. Ihr Geist hat beschlossen, auf Fehlersuche zu gehen.

Wie konnte sie sich so überrumpeln lassen? Sie war so auf eine Sache fixiert gewesen, ohne einzukalkulieren, in eine Falle tappen zu können. Was für ein Fehler! Denk immer daran, es kann eine Falle sein. Immer, hörst du?

Aber warum hat sie sich dann nicht gewehrt? Sie kann sich nicht einmal mehr daran erinnern, wie ihr die Kleider vom Leib gerissen wurden. Und ob sie danach vergewaltigt wurde. In ihrem bisherigen Berufsleben war sie doch immer so schnell, bekam stets die besten Bewertungen. War alles etwa für die Katz? Es scheint so.

Jeder ihrer Körperteile schreit vor Schmerz. Sie kann sich nicht bewegen, liegt zusammengeschnürt wie ein Paket in der Dunkelheit und friert. Ihr ist kalt. So verdammt kalt.

Wie ist sie überhaupt in diese dämliche Lage gekommen? Wie hat alles angefangen? Wie konnte sie sich nur im Wald verlaufen und noch dazu so hirnrissig sein, in ein Loch mit einem Traktor zu steigen? Wo war ihr Instinkt, ihr Misstrauen abgeblieben? Hat die Gier nach dem Nervenkitzel, nach dem Adrenalinschub, ihre Vernunft außer Kraft gesetzt?

Irgendwann bemerkt sie, dass sie die Fragen nicht nur als Gedanken formuliert, sondern sie vor sich hin murmelt. »Trost«, sagt sie schließlich in die Finsternis hinein, »passen Sie um Himmels willen auf sich auf, Trost, wir denken falsch … sind auf einer ganz falschen Fährte.«

80er-Jahre, Roswell, New Mexico, USA
Mehrere Medien und Sachbücher berichten von neuen Erkenntnissen im Roswell-Fall. So sollen damals kleine graue Wesen vom US-Militär abtransportiert worden sein.

Indem er den Lauf der Glock vor sich herschiebt, nähert er sich Walter Stern. Der Typ hat Nerven, das muss man ihm lassen. Da kommt plötzlich einer mit einer Waffe auf ihn zu, und er gibt sich gelassen wie ein Westernheld. Als ob so eine Situation in der Realität nicht eine andere, bedrohlichere wäre.

»Hinsetzen und Hände auf den Tisch, schön langsam.« Trosts Blick fällt auf das Telefon auf dem Tisch, und sofort weiß er, was er vergessen hat. Es wäre sinnvoller gewesen, zuerst Schulmeister zu informieren. Nur ein Wort hätte er sagen müssen, nur ein einziges Wort: Zugriff.

Aber eins nach dem anderen. Jetzt muss er erst einmal diese Situation meistern. Danach der Anruf. Eins nach dem anderen.

Stern betrachtet die auf ihn gerichtete Mündung mehr mit Interesse als mit Überraschung und sagt: »Das kann jetzt aber nicht Ihr Ernst sein.«

»Und ob, mein Freund, und ob.«

14. Januar 1980, NATO-Basis, Garlstedt, Deutschland
Ein Objekt mit blauen und grünen Lichtern sorgt für UFO-Alarm. Auch
aus den Niederlanden werden zwei Kampfjets zur Verfolgung geschickt,
die allerdings erfolglos bleibt.

Wenn ausgemacht ist, dass du auf ein Zeichen warten sollst, aber nichts passiert, was ist dann? Was tust du dann? Genau. Dann kommt es irgendwann einzig und allein auf dich an. Ob du fähig bist, selbst eine Entscheidung zu treffen. Und besser, es ist die richtige.

Johannes Schulmeister sitzt noch immer im Wagen und wartet auf das Zeichen. Zuletzt hat Trost am Telefon nur gesagt, er solle sich bereit machen, er gehe bald los. Na bravo!

Genauer gesagt wartet Schulmeister vergeblich auf zwei Zeichen seiner Kollegen. Armin Trost ist wohl bei einer Seelenmassage eingeschlafen und hat darüber die Mordermittlung vergessen, und Annette Lemberg ist ihm in einer Nacht-und-Nebel-Aktion hinterhergehechtet und seither verstummt. Wenn der Lemberg etwas passiert ist, wird er seinem Chef den Schädel abreißen. Das ist ja das Groteske an Trost: Er selbst darf machen, was er will, wirklich jeden Blödsinn. Aber wehe, wenn einer seiner Leute sich das Gleiche herausnimmt, dann wird er gescholten, was das Zeug hält.

An Schulmeisters Schläfen werden vor Zorn blaue Adern sichtbar. Die Frau Super-Polizistin gibt sich deutsch-stur und glaubt, sie könne es allemal mit ein paar oststeirischen Wilden aufnehmen, legt sich in den Wald und spielt den Back-up für den Chef. Und jetzt? Was ist jetzt?

Schulmeister sitzt da mit seinem Duftbaum in dem quietschenden Ledersitz seines Wagens. Der Zahnschmerz füllt mittlerweile sein halbes Dasein aus. Er scheint nur noch aus Schmerz zu bestehen. Drei Schmerztabletten sind pro Tag empfohlen. Es ist erst Mittag, er hat bereits die doppelte Menge intus und wirft sich jetzt die siebte Tablette in den Mund.

Er braucht seine ganze Aufmerksamkeit. Was, wenn der

Schmerz gerade in dem Moment pochend und stechend zunimmt, wenn die heiße Phase beginnt, wenn sie vielleicht sogar Gebrauch von der Waffe machen müssen? Wird der Schmerz ihn ablenken? Wird der Zahnschmerz ihn umbringen – im wahrsten Sinne des Wortes –, weil er nicht bei der Sache ist?

Schulmeister betrachtet die Welt draußen vor den Fensterscheiben. Polizisten in schutzsicheren Westen lehnen sich an ihre Wagen. Auch ihnen ist die Anspannung anzumerken. Keinen lässt das hier kalt, keiner spricht. Einige scharren mit den Füßen, ein paar haben jetzt schon die Gesichtsmasken über den Kopf gezogen. Sie sehen aus wie eine kleine Söldnerarmee, die im Begriff ist, einen Diktator zu meucheln. Was ihm wohl blühen wird, wenn sich herausstellt, dass Trost nur dem Hirngespinst eines verrückten Amokläufers nachgelaufen ist und die Lemberg sich irgendwo den Fuß gebrochen hat und verdurstet? Gar nicht auszudenken.

Im Hintergrund präsentiert sich die Landschaft so perfekt wie im Legoland. Perfekte Farben, perfekte Formen. Nur der Himmel ist schwarzgrau mit düsterem Wolkenspiel. Beinah könnte man den Wolkenformationen eine innere, gewollte Harmonie zuschreiben. Als gebe es eine unsichtbare Hand, die sie zurechtschiebt und nur darauf wartet, zum Gewittersturm zu blasen. Ja, auch der Himmel sieht aus, als sei er bereit und warte nur noch auf das vereinbarte Zeichen.

Schulmeister schätzt, dass es in der nächsten halben Stunde wie aus Eimern zu schütten beginnen wird, aber im Vorhersagen von Wetterereignissen ist er noch nie wirklich gut gewesen.

Er lässt seinen Blick über die Landschaft streifen. Ein Zeichen, wo bleibt nur das verdammte Zeichen?

7. Mai 1980, Salzburg, Österreich
Sowohl die Besatzung einer KLM-Verkehrsmaschine als auch einer Lufthansa melden Sichtkontakt mit einem UFO. Zwei Mal startet die Luftraumüberwachung. Die Identität des Objekts wird niemals aufgeklärt.

Trost setzt sich Walter Stern gegenüber an den Schreibtisch, die Waffe weiterhin auf dessen Brust gerichtet.

Irgendetwas an der Situation ist falsch, aber er kann nicht festmachen, was es ist. Vielleicht der Umstand, dass seine Taktik, sich einzuschleichen, um dann mit Brachialgewalt ein Geständnis hören zu wollen, Blödsinn ist?

Ihn irritiert, dass der Hotelchef weiterhin keine Anzeichen von Nervosität zeigt. Er wirkt widerlich hochmütig, so als warte er in einer Bank auf den Großkundenkreditbetreuer, der den kleinen Schalterbeamten gleich für dessen Hang zu lästigen Formalitäten zurechtweisen wird.

»Ich sage Ihnen, Sie vergeuden Ihre Zeit und Ihre Energie, Herr Trost. Glauben Sie wirklich, dass Sie hier einer Wahrheit auf der Spur sind? Glauben Sie, dass Sie der große Detektiv sind, der in unserem Hotel einen subtilen Fall klärt?« Stern lächelt, als habe er soeben zum x-ten Mal beim Kartenspielen gewonnen.

Trost kann nicht anders, er muss einfach antworten. »Ich bin kein Detektiv, ich leite die Mordkommission des Landespolizeikommandos und nehme Sie hiermit fest, damit das klar ist.«

Stern spitzt die Lippen und stößt einen ironisch anerkennenden Pfiff aus. »Na, dann würde mich mal interessieren, was mir vorgeworfen wird«, sagt er ruhig und verschränkt die Arme vor seiner Brust.

»Freiheitsentzug, Körperverletzung, Misshandlung, Vergewaltigung, Mord, Sie können sich was aussuchen.«

Stern lacht auf. Ein einzelner, schneidender Ton.

»Ich bitte Sie, das ist doch lächerlich. Hören Sie auf, mich mit einer Waffe zu bedrohen, und kommen Sie mal runter. Was ist passiert, dass Sie so verwirrt sind? Waren Sie im Keller? Im Wald? Beim Yoga mit der geilen Yoga-Trainerin? Oder hat Sie meine

Frau angeturnt? Nein, sagen Sie jetzt nichts, ich weiß es: Sie hatten ein Déjà-vu, nicht wahr? Gerade eben. Eine waschechte Erinnerungstäuschung. Haben Sie vielleicht Tabletten durcheinandergebracht? Oder war es der Tee von meiner Frau? Sie wendet gern halluzinogene Drogen an. Anscheinend wirken die manchmal tatsächlich.«

Er lacht, und Trost will ihn anschreien, sofort damit aufzuhören, aber er kann nicht, denn Stern hat absolut recht mit dem, was er sagt. Das hier ist wie die Superversion eines Déjà-vus. Seit er in Sterns Zimmer gekommen ist, fühlt er es. Er weiß um die Sinnestäuschung, der er erliegt. Und als Nächstes wird …

»Halten Sie die Klappe, Stern. Wie haben Sie es getan, und seit wann geht es schon so? Und vor allem: Was haben Sie mit Jennifer gemacht?«

»Jennifer?«

»Sie wissen genau, wen ich meine.«

Stern sieht ihn so lange ratlos an, bis sich in seinem Gesicht etwas verändert. »Sie kennen Leute mit komischen Namen wie Jennifer? Jennifer und Kevin?« Er grinst breit. »Die Namen passen zueinander, nicht wahr? Ihre Kinder hätten sie Jaqueline genannt oder Raoul, in Anlehnung an den feschen spanischen Fußballer. Aber Sie, Trost, Sie interessieren mich viel mehr. Was sind Sie eigentlich für einer? Woher wissen Sie das alles? Sind Sie wirklich von der Polizei? Sie sehen gar nicht so aus.«

»Noch einmal, Stern, was haben Sie mit der Frau gemacht? Und wo ist Eva Schwarz?« Eine Frage, vor deren Antwort er sich fast schon fürchtet.

Walter Stern nimmt die Hände vom Tisch und presst die gespreizten Finger vor seinem Gesicht gegeneinander. »Sie dichten mir da einen Harem an.«

»Hände auf den Tisch.«

»Aber gut, ich werde Ihnen sagen, was ich getan habe, Trost.«

»Ich sagte: Hände auf den Tisch!«

»Ich habe diesen Frauen gegeben, was sie brauchten. Sie hatten es nötig. Sie waren dumme, schwache Luder, die es nicht anders verdient haben. Und ich glaube, behaupten zu können, dass ihnen durchaus gefallen hat, was ich mit ihnen getan habe.« Ein breites

Grinsen zeigt sich auf seinem Gesicht. »Im Großen und Ganzen jedenfalls.«

»HÄNDE AUF DEN TISCH, SCHEISSKERL!«

Stern steht auf. »Ich habe sie auf alles vorbereitet. Jetzt können sie ausgewählt werden. Wir sind überzeugt davon, dass es so funktionieren wird. Heute ist Vollmond, das Hotel ist nahezu leer. In Vollmondnächten benötigen wir unsere ganze Kraft für die Begegnung, das sagen jedenfalls die anderen, von denen sie einige ja bereits kennengelernt haben. Unter ihnen bin ich eher das schlichtere Gemüt, der Vorbereiter. Andererseits habe ich die lustvollste Aufgabe, denn meistens sind die ausgewählten Frauen nicht gerade hässlich. Im besten Fall sogar regelrecht attraktiv. Ich muss zugeben, dass ich meine Wirkung auf sie genieße.« Er macht eine Pause. »Sehr genieße.« Er lacht wie ein Irrer. »Wir profitieren voneinander. Einer vom anderen.«

»Wer sind die anderen? VERDAMMT NOCH MAL, SETZEN SIE SICH, MANN!«

Trost springt auf und spürt einen Schmerz in der Schulter. Ein kurzes, klares, punktgenaues Brennen. Fast im selben Moment hätte er sich am liebsten den Kopf abgerissen vor lauter Ärger über seine eigene Blödheit. Noch einmal brüllt er: »WER IST WIR?«, aber als er aufschaut, kennt er die Antwort schon. Es ist so klar. Alles ist so sonnenklar. Er ist nur zu dumm gewesen, es früher zu sehen. Als er fällt, sieht er vor seinem inneren Auge ein Blatt Papier, auf dem sein Name von Sterns Hand ausradiert wird.

41

Der Forscher Budd Hopkins stellt anhand der Untersuchungen mehrerer Entführungsopfer fest, dass einzelne Personen mehrfach in ihrem Leben abduziert worden sind. Er entdeckt zudem, dass die Aliens bei den Abduktionsopfern eine künstliche Befruchtung vorgenommen und den Embryo später wieder entfernt haben.

Er geht in die Knie, seine Glock fällt polternd zu Boden. Über ihm steht die Frau, deren Mann anscheinend wieder einmal davonkommen wird. Er will mit ihr reden, sie davon überzeugen, dass nichts besser wird, wenn sie ihrem Mann hilft, seine Vergewaltigungen zu vertuschen. Davon wird seine Liebe zu ihr auch nicht größer werden. Du dumme Kuh, nimm jetzt endlich die Glock und ruf die Polizei an, du machst dich doch nur mitschuldig!

Doch Trost bringt kein Wort heraus. Seine Zunge fühlt sich an wie ein dickes Stück Wurst, das in seinem Mund hängt. Speichel tropft über seine Unterlippe. Sie hat ihm etwas gespritzt, das ihn außer Gefecht setzt.

Er liegt auf dem Boden und sieht die beiden Gestalten über sich. Sie stehen Hand in Hand da und blicken auf ihn herab, als sei er ein Hauskätzchen.

»Na, na, na, Herr Trost«, sagt Helene Stern, »Sie haben wirklich keine Ahnung, was hier vorgeht, nicht wahr? Jetzt haben Sie sich solche Mühe gegeben, uns etwas weiszumachen, und im nächsten Moment liegen Sie auf dem Boden und haben verloren. Aber ich habe eine gute Nachricht für Sie: Sie werden uns noch nützlich sein. Sie werden Spalier stehen und die Besucher begrüßen. Sie werden wirklich Großes leisten. Ich bin fest davon überzeugt, dass die Besucher goutieren werden, wenn wir ihnen freiwillig männliches Material zur Verfügung stellen.« Sie geht um ihn herum, als begutachte sie ein Stück Vieh.

Trost versucht sich aufzurichten, aber vergeblich. Gequält presst er die Worte hervor: »Hören Sie auf, Unsinn zu quatschen, und geben Sie auf. Meine Kollegen werden gleich hier sein.«

Doch selbst in seinen Ohren klingt es nur wie: Hönsi auunqua mei Kohir.

Seine Kollegen, wo sind die eigentlich? Schulmeister sollte längst hier sein. Aber nein, er hat einen Fehler gemacht, hat ihm das Zeichen nicht gegeben. Das Telefon stand vor ihm, er hätte nur hinlangen und »ZUGRIFF, ZUGRIFF!« in den Hörer brüllen müssen. Und Kollegin Lemberg, wo treibt die sich rum, wenn er sie braucht?

Mein Gott, er hat so viele Fehler gemacht. Wenn er schon die Glock ins Haus geschmuggelt hat, warum nicht auch gleich sein Handy? Wenn er schon seinen Dickschädel durchsetzen musste und eine Undercover-Aktion durchziehen wollte, warum hat er dann nicht jemanden als Unterstützung mitgenommen?

Schulmeister hatte recht mit seiner Kritik an seinen Soloaktionen, muss Trost ihm zugestehen. Aber was hat er getan? »Ach, hör mir doch einmal auf mit deiner Skepsis«, hat er so laut gerufen, dass sich der halbe Stock umgedreht hat. »Es wird so gemacht, wie ich es sage.« Armin, du Schwachkopf.

Und Charlotte? Seit wann hat sie nichts mehr von ihm gehört? Schulmeister soll sie auf dem Laufenden halten, ja, aber sie hat die Stimme ihres Ehemanns seit Tagen nicht vernommen, macht sich bestimmt Sorgen. Warum? Warum hat er sie nicht einfach angerufen? Sie hätte ja Schulmeister ihrerseits auf dem Laufenden halten können. Warum muss er nur immer so schrecklich stur sein? So überstürzt handeln? So falsch mit seinen Vermutungen liegen? Und warum hat er nie Helene Stern im Fokus gehabt? Warum, warum, WARUM?

Er hört das Lachen der beiden Sterns und dreht den Kopf. Sie lachen ihn aus. Er hält sich sogar den Bauch dabei, als spiele er in einem Stummfilm mit und müsse seine gute Laune durch große Gesten unterstreichen.

»Knackarsch«, sagt Helene Stern offenbar nicht zum ersten Mal, »ich hab's dir doch gesagt, dass er einen hat. Zieh ihn aus, Walter.«

Keine Minute später fummelt Stern tatsächlich an seiner Hose herum. Trost windet sich, versucht die Hände zu heben und ihn zu schlagen. Will ihm das Knie ins Auge oder sonst wohin rammen. Mit der Faust seine Nase zertrümmern. Ihm seinen Ellbogen ins Genick bohren. Doch er liegt da, seine Muskeln zucken, der Speichel tropft, und kann nur zusehen, wie seine Hose über die Knöchel gestreift wird. Eine Hand krallt sich an seinem Hinterteil fest, dreht ihn unsanft auf den Bauch und lässt nicht mehr von ihm ab. Eine andere knetet ihn, tätschelt ihn und zerrt an ihm. Es fühlt sich an, als würde ihn ein Stamm Ureinwohner, der zum ersten Mal einen weißen Menschen sieht, argwöhnisch betasten. Die beiden lachen wieder. »Knackarsch, wirklich, ein Knackarsch!«, ruft Helene Stern wie ein debiler Teenager, der einem Klassenkameraden einen Schaden fürs Leben zufügt.

Ob Trost auch gerade für sein Leben Schaden nimmt? Er versucht die Panik wegzuschieben, die Versuche, sich zu artikulieren, gibt er auf. Sich zu wehren auch. Äußerlich ergibt er sich, innerlich schreit es in ihm: Denk nach, denk verdammt noch mal nach!

Sie ziehen ihm sein Hemd aus. Splitternackt liegt er vor ihnen. Sie lachen dabei, aber er hört nicht hin. Denk nach! Speichel rinnt aus seinem Mund, verfängt sich in seinem roten Bart.

42

29. Dezember 1980, USA
*Zwei Frauen und ein Junge entdecken auf einer Landstraße ein Licht,
das näher kommt. Das Objekt versprüht Funken und strahlt große
Hitze aus. In den Folgetagen kommt es bei den Dreien zu Übelkeit,
Kopfschmerzen, Haarausfall, roten Punkten im Gesicht und weiteren
Symptomen für Strahlenschäden. Beide Frauen erkranken an Krebs.*

Komisch, denkt er, überall Steine. Unter einem Baum, am
Wegesrand, an Kreuzungen, neben einer Scheune, wo auch immer er hinblickt, überall stehen Steine herum, die an Hinkelsteine
von Asterix und Obelix erinnern. Ihre korrekte Bezeichnung
fällt ihm nicht ein, aber er weiß, dass die Bevölkerung sie hier
»Torwächter« nennt. Die Leute sind der Meinung, die Steine
seien irgendwie heilig.

Torwächter. Schulmeister schmunzelt. Die Menschen vom
Land sind doch immer ein bisschen seltsam. Er winkt den Anführer der maskierten Truppe zu sich. »Sagen Sie mal, was sind
das für Steine da?«

Der Offizier schaut auf und lässt seinen Blick wie ein alter
Indianer übers Tal gleiten. »Weiß nicht«, sagt er und zuckt mit
den Schultern.

Schulmeister nickt.

Der Mann wiederholt die Geste.

»Man nennt sie Torwächter«, sagt Schulmeister.

»Aha.«

Ungeduldig fährt er mit der Hand durch die Luft, und der
Offizier entfernt sich kopfschüttelnd. Nicht einmal jemanden zu
belehren macht ihm noch Spaß. Jetzt weiß er, was die richtige
Entscheidung gewesen wäre: Er hätte zum Zahnarzt gehen sollen,
gestern, vorgestern, vor einer Woche schon, als er beim Kauen
gemerkt hat, dass etwas nicht stimmt. Stattdessen hat er gehofft,
der Schmerz würde vergehen, hat ihn auf sein angeschlagenes
Nervenkostüm geschoben.

»Nichts vergeht, verdammt«, murmelt er vor sich hin und
klettert schwer atmend aus dem Wagen. Sie befinden sich etwas

abseits der Straße nahe einer Kehre, versteckt hinter Holundersträuchern. Schulmeister steigt auf eine Anhöhe, wendet den anderen den Rücken zu, öffnet den Reißverschluss seiner Hose und gibt seinem Urindrang nach. Ein roter Opel Ascona nähert sich brummend, doch Schulmeister uriniert weiter. Der Wagen entfernt sich wieder, ohne dass die Insassen ihn bemerkt haben. Sie haben geradeaus auf die Straße gestarrt. Schulmeister hingegen ist aufgefallen, dass der Wagen noch eine der schwarzen Nummerntafeln gehabt hat, die in Österreich seit 1990 nicht mehr ausgegeben werden. Ein Fahrzeug mit einer schwarzen Nummerntafel ist eine echte Seltenheit.

Als Schulmeister sich umdreht, fühlt er sich von den anderen beobachtet. Er spürt, dass er sie nicht mehr lange hinhalten kann. Seit Stunden stehen sie schon hier am Waldrand, verstecken sich wie beim Indianerspielen und warten auf sein Kommando.

Von Anfang an hat er gesagt, dass alles, diese ganze Aktion, ein riesengroßer Schwachsinn ist. Der Irre, der Amok gelaufen ist, dieser Kevin Irgendwie, hat wahrscheinlich nie eine Freundin gehabt. Im Gegenteil, die Frau, von der er da phantasiert hat, hat möglicherweise nichts mehr von ihm wissen wollen. Vielleicht ist er deshalb durchgedreht, vielleicht sogar zum Stalker geworden. Alles ganz normal heutzutage. Aber Trost ist gleich mit ihm durchgedreht und hat sich eingebildet, das Hotel, von dem der Verrückte gefaselt hat, genauer anschauen zu müssen, Routineuntersuchungen würden da natürlich nicht ausreichen. Die Kollegen sind ja alle dermaßen deppert, nur Trost blickt überall durch. Der ist überhaupt die Nummer eins, und weil nicht alles gleich wie am Schnürchen gelaufen ist, sie die Genehmigungen nicht herbekommen haben, die obersten Chefs nicht überzeugt waren, hat er sich einfach freigenommen, sich quasi krankschreiben lassen und nichts Besseres zu tun gehabt, als in besagtem Hotel einzuchecken, obwohl er, Schulmeister, seine Bedenken doch wirklich klar und objektiv geäußert hat.

Normalerweise müsste man Trost jetzt da rausholen und abführen. Wahrscheinlich liegt er gerade mit der Lemberg in irgendeiner Sauna, während sie hier draußen keine Ahnung haben, wie es weitergehen soll.

Schulmeister ist jetzt der Anführer des Einsatzes, der enorm viel Geld kostet. Aber nur mal rein hypothetisch: Was ist, wenn alles wahr ist, er jetzt die falsche Entscheidung trifft und Trost und Lemberg draufgehen? Wenn er allein zurückbleibt und die Verantwortung für den ganzen Mist tragen muss?

Immerhin war es beeindruckend, mitzuerleben, wie schnell alle nach seiner Pfeife tanzen. Nach dem verfluchten Anruf der Lemberg hat er »Wir haben ein Problem« in den Hörer gehaucht, und schon waren alle zum Einsatz bereit und warten jetzt hier auf sein Kommando. Na gut, natürlich hat Trost das alles schon vorbereitet, bevor er die Fliege gemacht hat, aber ein großartiges Gefühl war es trotzdem.

Schulmeister geht noch allerhand durch den Kopf, während das brummende Geräusch des sich entfernenden roten Opel Asconas langsam abklingt. Zum Beispiel fragt er sich, was mit Lemberg los ist. Warum hat sie sich so verhalten? Sie hat ihn angerufen, als sie schon beinah vor Ort war, als sie quasi schon am Waldboden lag und Trost beobachtete. Ende der Durchsage. Sie hätte ihn doch vorher in ihren Plan einweihen können, dann hätte er sich ihr vielleicht angeschlossen. Dann hätten sie gemeinsam am Waldboden herumkugeln und sich zu zweit schmutzig machen können. Und anschließend hätten sie …

Schulmeister verliert sich in dem Tagtraum und vergisst darüber völlig, dass er versprochen hat, Trosts Frau anzurufen, aber schon seit Stunden nicht mehr mit ihr telefoniert hat.

12. März 1982, Darmstadt, Deutschland
Mehrere Jugendliche geben an, nach der Disco eine mehr als 20 Meter
große Scheibe am Himmel über dem nahe gelegenen Spielplatz gesehen
zu haben.

»AAAHHH!«

Das weiße Licht wird greller. Jetzt nimmt auch die Lautstärke
des Geräuschs wieder zu. Es klingt wie eine fremde, unmensch-
liche Sprache. Als würden Schallplatten rückwärts abgespielt
werden.

»HILFE! BITTE!« Trost weint. Vor Zorn. Aus Angst.

Der Raum, in den sie ihn gebracht haben, scheint seine
Stimme zu verschlucken. Zuvor haben sie ihn aus einem roten
Auto gezerrt, in dem er mit einer Decke zugedeckt auf der
Rückbank lag. Jetzt ist er allein und brüllt wie am Spieß, auch
wenn ihm klar ist, dass ihn hier niemand hören wird. Schon
gar nicht rechtzeitig. Über ihm ein grelles Licht. Ein geradezu
überirdisches grelles Licht. Und die Welt, so wie sie bislang für
ihn funktioniert hatte, stürzt so sang- und klanglos ein wie ein
Kartenhaus.

5. Oktober 1982, Pentagon, USA
Pentagon-Sprecher Brain T. Clifford verkündet, dass der Kontakt von
US-Bürgern mit extraterrestrischen Wesen und deren Fahrzeugen illegal
sei. Entsprechend einem Gesetz, das bereits seit 1969 bestehe, sei bei
dessen Nichteinhaltung mit einem Jahr Gefängnisstrafe und 5000 Dollar
Strafe zu rechnen.

Annette Lemberg schließt die Augen: Dunkelheit. Sie öffnet
die Augen: Dunkelheit. Sie vermutet, sich im Kofferraum eines
Wagens zu befinden, aber diese Vermutung kann auch trügen.
Sie ist nicht richtig wach, könnte alles nur träumen. Zum Glück
hat das Rumpeln jetzt aufgehört, und ihr Körper schmerzt etwas
weniger als zuvor. Dafür kriecht nun die Kälte an ihr empor wie
ein unheilvolles Wesen und bemächtigt sich ihrer. Ihr Unterkiefer
verkrampft sich, ihre Arme und Beine beginnen zu zittern.

Sie überlegt, wie sie die Dunkelheit erträglicher machen kann,
und entscheidet sich dafür, die Augen geschlossen zu halten.
Sie atmet kaum noch. Die Gedanken verblassen. Dunkelheit,
Dunkelheit, Dunkelheit.

15. September 1987, USA
US-Präsident Ronald Reagan sorgt mit seinen an die Vereinten Nationen
gerichteten Aussagen zu einer möglichen außerirdischen Bedrohung für
Diskussionsstoff.

Ein unkontrollierbares Zittern durchläuft seinen Körper. Seine Zähne klappern, immer wieder verkrampfen sich seine Muskeln. Er ist an einem Bett festgebunden und glaubt, darin jenes Bett zu erkennen, das der Hotelpage durch den Keller geschoben hat.

Erst als er den Kopf ein wenig zur Seite dreht, weg von dem grellen Licht direkt über ihm, kann er Umrisse der Umgebung erkennen. Eine Mauer. Wasser tropft von unverputztem Gestein. Trost erkennt Armaturen wie in einem Operationssaal. Mehrere Lampen, die wie Requisiten in einem effektvollen Horrorfilm arrangiert wurden. Ein Spot ist auf eine Lacke auf dem Lehmboden gerichtet, ein anderer direkt auf einen Rollwagen, auf dessen Oberfläche ein Tablett mit Zahnarztbesteck liegt. Daneben steht ein Aschenbecher, auf dem die Zigarettenkippen kaum noch Platz haben.

Trost blickt an sich hinab. Er liegt nackt auf dem Bett, Arme und Beine sind festgebunden. Von irgendwoher ist das rhythmische Tüt-tüt-tüt einer Herzfrequenzmaschine auszumachen. Die Größe des Raumes ist schwer abzuschätzen, seine Ecken verlieren sich in der Dunkelheit. Eine steile Holztreppe führt zu einer verschlossenen Tür.

Er erkennt Steigen mit Äpfeln. Ein Wasserhahn tropft in einen grauen Plastikeimer. An einer Wand klebt ein »Conan der Barbar«-Poster, darunter steht eine blassblaue Werkzeugkiste, aus der der Griff eines Hammers ragt. Von der Decke hängt an einem Haken ein Stück Fleisch. Eine Matratze liegt auf dem Boden, darüber ein zerknülltes Laken. Eine erbärmliche Schlafstatt.

Der beißende Geruch nach Urin lässt Trost plötzlich würgen. Er reißt an den Armfesseln aus braunem Klebeband, aber sie schneiden ihm nur ins Fleisch, sonst nichts. Mit seinen Beinfesseln

sieht es nicht anders aus. Sekunden vergehen, der Würgereiz lässt
nach.

Als die Tür aufgeht, fällt ein Lichtschein in den Kellerraum.
Jetzt erst bemerkt er, dass das grelle Licht, das ihn eben noch
geblendet hat, vollkommener Dunkelheit gewichen ist. Er hat
jegliches Zeitgefühl verloren.

Seit Herz beginnt zu rasen. Zum ersten Mal, seit er ihr begegnet ist, macht ihm ihre Erscheinung Angst. Wieder zerrt er an den
Fesseln, während er sie durch blinzelnde Augen beobachtet, und
wieder erfolglos. »Machen Sie mich los, verdammt noch mal.«

Langsam kommt sie näher wie ein unheimliches Traumwesen,
und er weiß, dass er ihr nicht entkommen kann. Selbst wenn er
sich befreien könnte, gäbe es keine Möglichkeit, ihr zu entrinnen.
Er würde laufen, und sie würde zu ihm aufschließen. Er würde
an irgendeiner Tür rütteln, und sie würde sich nähern. Wie im
Alptraum. Helene Stern strahlt etwas Unheimliches aus. Etwas
Intensives. Boshaftes. Gleich ist sie bei ihm.

Sie trägt wieder ihre gestärkte Bluse, die eng an ihrem Oberkörper liegt wie ein Mieder. Darunter wirken ihre Brüste wie
riesige Waffen. Der kurze graue Rock wäre in einer anderen
Situation vielleicht durchaus attraktiv gewesen, wenngleich ihm
ihre Beine jetzt ein wenig dick und kurz vorkommen. Zum ersten
Mal seit ihrer ersten Begegnung bemerkt er ihre kräftige Statur.
Wie die einer Frau, die sich zu einer Horde deftiger Burschen an
der Theke gesellt, um keinen Spruch verlegen ist, die rotbackigen,
feisten Gesichter mustert und den einen oder anderen in die
Wange zwickt oder unvermittelt an den Eiern packt.

Ihre Lippen sind schmal wie immer, an ihrem Hals bilden
sich rote Flecken, als mache sie sein Anblick verlegen. Dennoch
verharrt sie sekundenlang neben seinem Bett und mustert ihn von
Kopf bis Fuß. Ihr Blick verändert sich. Etwas Gieriges, Entrücktes
liegt in ihm. Es ist die erniedrigendste Situation seines Lebens.

»Könnten Sie mich wenigstens zudecken?«, presst er zwischen
den Zähnen hervor und kann dabei einen jammernden Unterton
nicht vermeiden, für den er sich am liebsten verprügelt hätte.
»Mir ist kalt. Und starren Sie mich nicht so an. Decken Sie
mich endlich zu, Sie verrücktes Weibsstück!« Die Beleidigung

ist ihm über die Lippen gerutscht. Die Wirkung des dämlichen Weichmachers, mit dem sie ihn zuvor außer Gefecht gesetzt hat, beginnt offenbar nachzulassen. Am liebsten würde er sie jetzt mit seinem ganzen aufgestauten Zorn konfrontieren, doch dazu kommt es nicht.

Er hat die Faust nicht einmal gesehen, sie taucht erst kurz vor dem Aufprall auf seinem Jochbein als Schatten auf. Sekundenlang brüllt der Schmerz in ihm, etwas nahe seiner Nase, unterhalb des linken Auges, muss gebrochen sein. Er stellt sich schon auf den zweiten Schlag ein, doch der bleibt aus.

Schweigend hantiert sie an den Armaturen, Kanülen und Fläschchen herum, als sei nichts geschehen. Er kann sein eines Auge nicht mehr öffnen, sein Gesicht brennt, er schmeckt Blut.

Dann hält sie eine Nadel gegen das Licht, betrachtet sie, tippt mit dem Zeigefinger dagegen, und noch ehe Trost es verhindern kann, sticht sie ihm in den Unterarm. »Wa…?«

»Keine Angst«, sagt sie, als wolle sie ein Kind trösten, nachdem sie ihm wehgetan hat. »Das wird die Schmerzen lindern, die bald kommen werden.« Ein liebevoller Blick. »Und es wird dir dein dreckiges Maul stopfen.«

»Schmerzen … welche Schmerzen? Sie sind ja völlig überge-schnappt, lassen Sie mich frei. Was tun Sie da?« Die letzten Worte lallt er schon wie ein Betrunkener. Die Injektion wirkt rasch.

Ihre Lippen formen ein Lächeln, das aussieht, als wäre Trost nur ein flüchtiger Gedanke für sie, etwas, woran sie sich gerade erinnert hat. Abwesend zieht sie die Kanüle wieder aus seinem Unterarm und lässt sie in einen Behälter fallen. Sein Herz schlägt so heftig gegen seinen Brustkorb, dass er kaum noch einen klaren Gedanken fassen kann. Dann nähert sich wieder ihr Gesicht.

Der Duft nach Waschsalon und Haarspray, der ihm an ihr schon bei ihrer ersten Begegnung aufgefallen ist, schwappt über ihn. Bisher hat ihn der Duft angenehm an seine Kindheit erinnert, aber nun wird er ihn zeit seines Lebens hassen. Wie viel ihm davon wohl noch bleibt? Von der Zeit seines Lebens?

An ihrem Kinn erkennt er einen gelbköpfigen Pickel. Auch ihre Augäpfel sind gelb, die Zähne in den Zwischenräumen dunkel, die Lippen rissig. Aus dem Mund riecht sie nach kaltem Kaffee, dunkel, säuerlich. Der Würgereiz kehrt zurück.

»Es geht hierbei nicht um dich, mein kleiner Polizist. Du sollst sie nur empfangen und ihnen dann den Weg durch die Gänge in unsere Welt weisen.« Sie schaut auf ihre schmale Armbanduhr. »Bald ist es so weit, noch heute Nacht. Du solltest mir wirklich etwas mehr Dankbarkeit entgegenbringen. Es ist ein Privileg, die Grauen begrüßen zu dürfen. Aber vorher«, ihr Gesicht wandert mit belustigtem Ausdruck über seinen nackten Körper, »vorher muss ich dich noch enthaaren. So wie du aussiehst, geht das gar nicht. Am Ende kehren sie bei deinem Anblick noch um.«

Sie kichert, als habe sie einen Scherz gemacht. »Die Grauen kommen durch die Gänge, brauchen aber Wegweiser, um zu uns zu finden. Sind sie dann erst einmal unter uns, wird sich alles verändern. Vieles wird besser werden, schließlich sind sie uns um vieles voraus. Aber du, du scheinst noch immer zu jenen Ungläubigen zu gehören, die denken, sie seien allein auf der Welt. Doch auch du wirst bald verstehen, dass du unrecht hattest. Ich gehe sogar noch weiter als manche unserer Anhänger, wenn ich behaupte, dass die Grauen längst unter uns sind. Was wir hier tun, ist nur für die Neuankömmlinge bestimmt. Die Grauen haben die unterirdischen Gänge schon vor Tausenden von Jahren selbst angelegt und sich danach unters Volk gemischt, wie man so schön sagt. So haben sie es den Menschen ermöglicht, die Urzeit hinter sich zu lassen und sich weiterzuentwickeln. Was glaubst du denn, warum vor zehntausend Jahren plötzlich Jericho gebaut und das Feuer erfunden wurde? Vielleicht, weil die Höhlenbewohner von selbst darauf gekommen sind? Natürlich nicht, sie hatten Hilfe, Hilfe von oben. Seit damals wachen die Grauen über uns, aber nur, weil es Menschen wie uns gibt, die ihnen Wachmänner beziehungsweise -frauen zur Verfügung stellen. Du wirst seit Langem wieder der erste Mann sein, aber gut, die Grauen werden das angesichts der Lage sicherlich verstehen. Es ist ohnehin schon alles kompliziert genug. Normalerweise werden die Grauen in der Stadt begrüßt, dort ist ihr Wirkungsgrad viel höher. Andererseits schadet es gar nicht, wenn sich die Grauen auch auf dem Land umschauen.« Sie unterbricht sich selbst mit einem Kichern.

Trost sieht sie entgeistert an und überlegt hastig, was er tun kann. Sie dreht sich um, wendet ihm ihren Rücken zu. »Sie müssen das nicht tun, Helene. Wir können wieder zurückgehen. Was Ihr Mann Ihnen angetan hat, das ist furchtbar. Ich verstehe, dass Sie das maßlos verwirrt hat, aber Sie müssen sich deshalb nicht an anderen rächen. Wir werden ihn kriegen, gemeinsam. Sie müssen ihn jetzt nicht unterstützen. Lösen Sie sich von ihm. Ich bin da für Sie und werde Ihnen helfen.« Aber sie versteht nichts von dem, was er sagt, beachtet ihn nicht.

Als sie sich wieder umdreht, hält sie einen Rasierapparat in der Hand, den sie in schneller Abfolge aus- und einschaltet. »Ab sofort bist du niemand mehr von uns, sondern nur mehr für die Grauen da.« Sie lacht. »Für die Besucher. Weißt du eigentlich, wovon ich rede? Verstehst du überhaupt ein Wort von dem, was ich sage, oder ist dein Gehirn schon nur noch Matsch? Vielleicht war die Dosierung zu hoch, aber ich kann ja auch nicht alles wissen. Ich würde wirklich gern mit dir in die Stadt fahren, aber ich muss zugeben, dass mich dein Beruf davon abhält. Man weiß ja nie, welchen Rattenschwanz an Kollegen einer wie du hinter sich herzieht. Die Grauen werden sich also diesmal mit dem Land begnügen müssen. Ich freu mich jetzt schon darauf, wie die Oststeirer schauen werden, wenn sie plötzlich von Außerirdischen infiltriert werden. Wahrscheinlich merken sie es nicht einmal, nicht umsonst nennt man die Leute hier ja Mostschädln. Mit ihren gärenden Apfelsäften saufen sie sich das Hirn zu Brei. Da werden sie ganz verrückt, so wie du, mein kleiner Polizist.«

Oh Gott, wie sein Gesicht schmerzt! Sein ganzer Kopf dröhnt, als befände er sich im Inneren eines gewaltigen Räderwerks.

»Uiuiui, du bist so dumm. So dumm. Eigentlich verboten, wie dumm du bist. Ich weiß, ich weiß, jetzt wirst du sicher wieder sagen: ›Ich glaube nicht an so ein Zeug.‹« Sie äfft seine Stimme nach. »Aber bald wirst du sie mit eigenen Augen sehen. Die Grauen sind schon lange unter uns. Manche glauben, dass sie einmal sehr zahlreich waren und sich dann vor Tausenden von Jahren selbst vernichtet haben. Nicht einmal die unterirdischen Gänge hätten sie gerettet. Natürlich kann man dieser Theorie auch etwas abgewinnen. Denk nur, wenn wir alle aussterben würden, beispielsweise heute, auf der Stelle, dann wäre in mehreren tausend Jahren nichts mehr da, das an uns erinnert. Absolut nichts. Außer ein paar Steine vielleicht. Aber wie auch immer, manche von uns denken, sie wären ausgestorben gewesen und kommen jetzt zurück. Aber ich glaube, sie sind immer da gewesen und jetzt nur im Begriff, sich zu vermehren. Immer zu Vollmond oder ähnlich magischen Zeiten erscheinen sie.« Sie kichert. »Dann stelle ich immer ein Begrüßungskomitee für sie zusammen. Das gefällt ihnen und besänftigt sie.«

Sein Herz rast, Tränen rinnen ihm aus den Augen. Er hasst sich dafür.

»Ich kenne dich«, sagt sie. »Ich habe in deine Seele hineingeschaut. Im Innern bist du eigentlich schon fast tot.« Theatralisch hebt sie ihren Arm vor ihr Gesicht und blickt auf die Uhr. »Bald.« Ohne noch einmal aufzublicken oder auf sein unverständliches Gestammel zu achten, setzt sie den Rasierapparat an Trosts Schädel an und beginnt ihr Werk.

46

Ende der 80er-Jahre, Grafschaft Wiltshire, England
Die uns heute bekannte große Kornkreiswelle beginnt Ende der 1980er-Jahre. Damals bestehen die Formationen noch aus simplen Kreisen und Linien, daher der Begriff Kornkreis (engl.: crop circle). Weltweites Zentrum der Kornkreisaktivität ist zweifelsohne die Grafschaft Wiltshire, die 130 Kilometer westlich von London liegt. Jedes Jahr erscheinen in diesem Gebiet von April bis September circa 60 bis 80 Kornkreise. Seit Anfang der 1990er nehmen die Formen an Größe und Komplexität zu.

Indes irrt Dolores durch den Wald. Der Bauer ist im Krankenhaus, und der böse Dimitrij hängt am Haken. Die letzten Stunden waren sehr verwirrend für sie, sie weiß nicht, wem sie sich anvertrauen kann. Die beiden Männer waren die Einzigen, mit denen sie täglich gesprochen hat, sozusagen ihre Familie.

Wimmernd kauert sie in einem Gebüsch unweit jener Stelle, an der sie vor Kurzem dem fremden Mann in die Arme gelaufen ist. Sie wippt vor und zurück, immer wieder. Sie hat gleich gespürt, dass er anders ist. Er wollte sie beschützen, hat sanfter als die andern mit ihr geredet.

Sie ist überzeugt, etwas Böses getan zu haben, und jammert in den Wald hinein, weil sie sich schuldig fühlt. Dimitrij ist so tot wie die Mäuse, die sie im Komposthaufen immer erschlägt, oder wie die Kälber, die manchmal leblos aus den Kühen herausgezogen werden. Oder wie die Katzen auf der Straße – oder wie die Frauen unter der Erde.

Dolores wimmert laut auf. Sie weiß genau, wer dafür verantwortlich ist, und sie weiß auch, dass der Bauer es weiß. Aber ihr ist befohlen worden, den Mund zu halten, sonst müsse sie wieder in den Keller runter und bekäme nichts mehr zu essen. Und Prügel würde es auch setzen, und sie weiß doch nicht mal, vor wem sie mehr Angst haben soll, vor dem Bauern oder vor den anderen. Die Leute reden von den anderen immer so ein Zeug, und wenn sie in den Himmel schaut, weiß sie, dass heute wieder so eine Nacht ist, in der die anderen kommen werden.

Ihr Oberkörper schaukelt stärker, und sie hält sich die Ohren zu. Wenn sie jetzt kommen, ist sie ganz allein. Warum ist sie nur von zu Hause fortgelaufen? Es wird bestimmt wehtun, wenn sie sie mit in den Himmel nehmen.

Die Dämmerung ist der Nacht schon näher als dem Tag, als ein Heulen durch den Wald fegt, das wie der Klagelaut eines verzweifelten Tieres klingt.

47

27. September 1989, Woronesch, Russland
Eine große glänzende Kugel wird gesichtet. Laut Zeugenberichten sollen drei bis vier Meter große menschenähnliche Gestalten und ein kleiner Roboter aus ihr herausgekommen sein. Das Ereignis sorgt für großes Medieninteresse.

Die Kälte kehrt wieder zurück. Das Licht über ihm wird immer unerträglicher. Er unterdrückt die Übelkeit, die ihn überkommt, wenn er daran denkt, dass dieses Monster ihn vor ein paar Minuten am ganzen Körper rasiert hat. Ihre Finger haben ihn berührt, haben seine Haut gespannt, um besser rasieren zu können. Sie hat es genossen, seinen Kopf hin- und herzudrehen, seine Brust zu berühren und um seine Brustwarzen herum zu rasieren. Sie hat seinen Penis in ihre Hand genommen, an ihm gezerrt und ihn gequetscht, bis er auch dort haarlos war. Als sie fertig war, hat sie sich mit der Zunge einmal über die Oberlippe geleckt und sich dann endlich entfernt. Die Tür hat sie hinter sich zufallen lassen.

Er hat keine Ahnung, wie viel Zeit ihm bleibt, aber er ist fest entschlossen, heute nicht zu sterben.

Wieder beginnt er Arme und Beine zu bewegen, aber er kann sich kaum rühren. Doch immer, wenn er nach einer Erschöpfungspause von Neuem beginnt, bildet er sich ein, mehr Spielraum zu haben.

Seine Muskeln schmerzen, und er muss achtgeben, nicht zu verkrampfen. Gefesselt hätte er keine Möglichkeit, den Krampf zu lösen, und wie groß der Schmerz sein muss, will er sich lieber nicht vorstellen.

Er schwitzt und presst vor Anstrengung seine Backenzähne so fest aufeinander, dass sie knirschen. Es ist viel weniger die pure Verzweiflung als der blanke Zorn, der ihm immer wieder neue Kräfte verleiht. Der Zorn darüber, dass er sich in so eine Situation hat bringen lassen.

Er denkt an seine Familie, die Kinder, Charlotte, an das Haus und seltsamerweise auch an das Zischen des Wasserkochers in der Früh. Plötzlich erscheint das Zischen ihm als Synonym für die Geborgenheit in seinem eigenen Heim. Der Gedanke, das Geräusch vielleicht nie wieder hören zu können, macht ihn nur noch zorniger. DU BIST SO DEPPERT, TROST!, schimpft er sich und reißt und zerrt immer heftiger an seinen Fesseln. So lange, bis sich knarrend die Holztür öffnet.

»Mein Polizist sieht wirklich großartig aus. Wir sind ja auch fast fertig.« Sie kichert.

Eine zweite Silhouette hat sich an ihre Seite gesellt. Walter Stern legt seinen Arm um ihre Schulter. Als er Trost erblickt, prustet er los, als hätte jemand am Stammtisch einen argen Witz gemacht.

»Eines Tages werden sie euch kriegen, und dann gnade euch Gott dafür, was ihr getan habt«, will Trost ihnen entgegenschmettern, aber zu hören ist wieder nur unverständliches Gebrabbel. Was auch immer sie ihm injiziert hat, es setzt ihm ganz schön zu. Sein Versuch zu sprechen löst einen Lachanfall bei beiden aus. Stern schüttelt sich und hält sich wieder den Bauch, seine Frau wischt sich die Lachtränen aus dem Gesicht. Sie ähneln immer stärker Leuten, die man normalerweise in ein Nachthemd stecken und wegsperren müsste. Hätte Trost einen klaren Gedanken fassen können, hätte er sich fragen müssen, warum ihm das nicht schon viel früher aufgefallen ist. Warum niemandem aufgefallen ist, dass die beiden verrückt sind.

»Sag«, bringt Stern vor Lachen kaum hervor, »sag mir: … Verstehst du selbst … was du sagst?«

»Ich mach dich fertig, du Mistkerl!«, brüllt Trost, woraufhin ein neuerlicher Heiterkeitsanfall folgt. »Ich mach euch beide fertig, ihr Idioten. Ihr habt ja keine Ahnung, was da draußen los ist. Sie suchen mich längst überall und werden mich finden. Und euch auch. Dann wird euer Spiel aus sein. Ihr werdet in einer derart ungemütlichen Zelle landen, dass ihr mir jeden Tag Briefe schreiben werdet, in denen ihr um Vergebung fleht und euch entschuldigt. Aber ich werde die Briefe ungelesen zerreißen oder verbrennen, oder ich beauftrage die Wärter einfach, sie gar nicht mehr weiterzusenden. Sie werden …«

Die Tür fällt wieder ins Schloss. Während seiner unverständlichen Tirade haben sie ihn nur lachend angesehen. Allein im Keller zurückgelassen, denkt er grimmig, wie schön es für die beiden doch sein muss, dass er sie zum Lachen gebracht hat, und hebt dann seine rechte Hand.

48

6. November 1989, USA
Der US-Amerikaner Robert »Bob« Lazar berichtet in einem Fernsehinterview von seiner geheimen Arbeit auf einer US-Militärgeheimbasis in der Wüste von Nevada, Area 51. Er soll bruchgelandete Ufos testgeflogen und zum Nachbau untersucht haben.

»Wird heute noch eine Entscheidung getroffen? Fahren wir nach Hause? Sollen wir uns eine Jause holen? Haben wir überhaupt einen Plan, Herr Kollege … HAL-LO?«

Johannes Schulmeister schreckt auf. Er muss eingenickt sein, spürt ein Ziehen im Nacken, das Vorspiel einer langwierigen Verspannung, und sieht dem Mann mit der schwarzen Gesichtsmaske betroffen in die Augen.

»Müssen Sie die Maske denn jetzt schon aufsetzen? Dafür wird ja wohl später auch noch Zeit sein.«

»Da sind wir dann auch schon mitten im Thema: Wann geht's denn Ihrer Meinung nach los? Wie viel Zeit sollen wir ihnen noch geben? Eine Woche? Sollen wir derweil vielleicht ein Zelt aufschlagen? Und kochen Sie uns ein Abendessen, oder soll ich beim Pizza-Service anrufen?«

Schulmeister schaut aufs Display seines Handys. Seit Stunden kein Anruf. »Lassen Sie mich raus.«

Der Maskierte tritt zur Seite, und Schulmeister steigt ächzend aus dem Wagen.

»Sagen Sie mal, sind Sie körperlich überhaupt in der Lage, den Einsatz zu leiten?«

Nur eine Sekunde benötigt Schulmeister, der vorübergehende Leiter der Mordermittlungsgruppe des Landes Steiermark, um seine Fassung wiederzuerlangen, dann baut er sich vor seinem Gegenüber auf, drückt ihm seine Brust entgegen, wirft die Schultern zurück und reckt das Kinn wie ein eitler Kunstturner in einem Zirkus nach vorn. »Mein lieber Herr Kollege«, blafft er so laut, dass die Vögel in den benachbarten Bäumen auffliegen, »was glauben Sie eigentlich …« Schulmeister wäre wohl tatsächlich zur Höchstform aufgelaufen, hätte sich tatsächlich hinreißen lassen, hier eine Auseinandersetzung auszufechten, und es hätte ihn auch tatsächlich nichts aufhalten können, außer – außer dieser Anblick.

Über die Schulter des maskierten Polizisten hinweg entdeckt Schulmeister eine Kreatur wie aus einem schlechten Kinofilm, die aus dem Unterholz auf sie zustolpert. Ein paar Polizisten wollen sich ihr in den Weg stellen, überlegen es sich dann aber doch anders und treten zur Seite, lassen sie passieren. Einigen tapferen Kollegen ist das Entsetzen – oder der Ekel – ins Gesicht geschrieben.

Dolores steuert direkt auf die beiden sich streitenden Beamten zu, beginnt zu brüllen und deutet dabei immer wieder auf den Himmel. »BEGONNEN! BEGONNEN!«

Alles an ihr sieht furchterregend aus, ihr krummer Rücken, die behaarten freien Körperstellen, das unförmige Gesicht und die affenartigen Schultern.

Vom Anblick und ihren Schreien erschüttert lassen Schulmeister und der Maskierte voneinander ab. Dolores packt Schulmeister an der Schulter und schüttelt ihn wie ein Stofftier. Fassungslos starrt er sie an, doch das bringt sie noch mehr in Rage.

Wie können die Leute nur so begriffsstutzig sein? Wann immer sie etwas will, wann immer etwas schnell gehen soll, stellen sie sich ihr gegenüber dumm. Wissen die Leute denn nicht, dass es manchmal einfach schnell gehen muss? Weil Gefahr droht? Weil man dann etwas unternehmen muss?

Dolores greift nach Schulmeisters Kinn und drückt sein Gesicht dem Himmel entgegen. »DA!«, brüllt sie wieder. »SEHEN, DEN HIMMEL! ES HAT BEGONNEN!«

Aber Schulmeister fallen nur die schwarzen Wolken auf, die das herannahende Gewitter ankündigen. Hoffentlich wird es vorüberziehen, denkt er sich jetzt. Sie befinden sich in den Bergen, zwar sind es nur kleine Erhebungen, die knapp über der Eintausender-Marke liegen, aber in der Bergwelt kann bekanntlich alles passieren. Er weiß alles über die Berge, denn er ist Grazer, Steirer, da hat man so etwas im Blut. Am Berg kann das Wetter sehr schnell umschlagen, und am Berg schmecken auch der Zirbenschnaps und der Steirerkäse am besten.

Ja, das alles weiß er natürlich – andererseits ist der Masenberg ein eigenartiger Berg. Eintausendzweihunderteinundsechzig Meter ist er hoch, das hat er recherchiert, und sein Gipfel ist bewaldet, was ihn in Schulmeisters Augen zu einem Hügel degradiert. Ergo: keine Angst vor Wetterumschwüngen.

Dolores drückt mit einem Finger genau auf seinen schmerzenden Zahn, also bleibt ihm nichts anderes übrig, als sich unsanft loszureißen. Er schlägt ihr auf die Hand. »Aber hallo, geht's noch?«, schreit er nun seinerseits. »Lass mich los, du verrücktes Ding!«

Doch die Kreatur ist keineswegs beleidigt, scheint stattdessen fieberhaft zu überlegen. Ihr Blick huscht umher, als suche sie nach passenden Worten. Sie rauft sich die Haare, stöhnt, grunzt, und dann reißt sie plötzlich die Augen auf, so weit, dass viel zu viel Weiß zu sehen ist. Mit ihrem bärtigen, wilden, großen, kantigen, zernarbten Gesicht und den Augen wie Frühstückstellern sieht sie aus, als wäre sie besessen. Dann bricht sie von einem Moment auf den anderen zusammen, fällt auf die Knie und droht, das Bewusstsein zu verlieren. Zitternd hockt sie da und haucht: »Hotel.«

»Was?« Der Maskierte beugt sich näher zu ihr herunter. »Was haben Sie gesagt?« Einige Sekunden lauscht er ihren nur noch gewisperten Lauten. Als er sich aufrichtet, fragt er in die Runde: »Hat irgendjemand verstanden, was sie gesagt hat?«

Als alle den Kopf schütteln, beugt er sich abermals zu ihr hinab und brüllt ihr ins Ohr: »WAS HABEN SIE GESAGT?« Wieder horcht er einen Moment lang, dann wendet er sich entnervt ab. »Geh, Scheiße, die Depperte dreht uns ja total durch.«

Schulmeister, der ob des mitleiderregenden Anblicks der Kreatur schnell wieder die Fassung gewinnt, schiebt ihn mit steinerner Miene und einem gequälten »Geh, bitte« zur Seite, hockt sich zu der Fremden auf den Boden und tätschelt ihr gönnerhaft die Schulter. »Wir haben Sie nicht verstanden. Was haben Sie? Ist etwas nicht in Ordnung?« Es sind seit Tagen die freundlichsten Worte, die Schulmeister an jemanden richtet.

Der ist aber lieb, denkt Dolores. Endlich einmal einer, der zuhört. Nur darum geht es. Ums Zuhören und ums Verstehen.

Dann würden die Leute auch einmal verstehen, warum sie auf den Himmel zeigt und Angst hat. Das hat sie nämlich alles gehört und gesehen. Wie Dimitrji in der Nacht immer raus ist. Wie er durch den Gang unter der Erde zum Hotel gegangen ist. Wie er dort die Frauen geholt und sie ausgezogen hat. Er und die anderen Männer vom Hotel. Und warum sie das gemacht haben, weiß sie sogar auch. Weil sie alle Angst haben vor den Leuten vom Himmel. Weil sie ihnen was geben wollten dafür, dass sie sie am Leben lassen. Das würde sie alles erzählen, aber nein, die Welt hört ihr nicht zu. Schon gar nicht ihr. Vor ihr laufen immer nur alle weg, oder sie sperren sie ein. Niemand kann sie ansehen, niemand will sie verstehen. Nur der hier. Der ist ein Lieber. Dem könnte sie schon verraten, was vor sich geht, dann könnte er sich vielleicht noch in Sicherheit bringen. Obwohl, da müsste er sich sehr beeilen, denn wenn es erst einmal richtig dunkel ist, wird es zu spät sein. Sie blickt sich um, schaut auf den Boden, dann Schulmeister ins Gesicht. »Es hat begonnen«, sagt sie. »Die Toten kehrn auf der Erde zruck. Im Hotel. Es hat begonnen.«

Schulmeisters Blick verändert sich. Seine Stirn wird glatt. Schmerz hin oder her, die Kiefer mahlen, sein Herzschlag beschleunigt sich. Entschlossen richtet er sich auf. »Meine Herren, es geht los.«

49

7. November 1989, Esneux, Lüttich, Belgien
Zwei Polizisten sehen ein großes, lautloses Objekt mit extrem starken Lichtern. Damit beginnt die belgische UFO-Welle, die rund ein Jahr dauert.

Das Gute an der Verzweiflung ist, dass sie einen zu Taten befähigt, deren man sonst nie fähig gewesen wäre.

Trost hat seine rechte Hand befreit, indem er das Plastikband so weit gedehnt hat, dass er sie gewaltsam herausziehen konnte. Jetzt nestelt er an der Fessel der linken Hand herum. Sie haben die Deckenbeleuchtung angelassen. Das Licht ist so grell, dass Trost das Gefühl hat, sein Körper sei durchsichtig wie Glas. Immer noch sind seine Bewegungen von dem injizierten Mittel schwammig, als befände er sich unter Wasser. Sein Körper spürt Widerstand, wo keiner ist.

Die zweite Fessel löst sich nicht sofort. Er dreht den Kopf im Nacken und befürchtet, seine Kraft könnte nicht ausreichen, um ihn zwischen den Schultern zu halten. Er stellt sich vor, wie er herunterfällt und nur mehr von seiner gedehnten Haut gehalten wird. Sein Gesicht spannt, auch die Haut an seinen Schultern und die an seiner Brust. Er hebt den Arm, versucht seinen Kopf in die ursprüngliche Position zurückzuschieben, schafft es aber nicht genau. Augen, Mund und Nase sind Zentimeter von der Stelle entfernt, wo sie eigentlich sein sollten. Er schreckt auf, hört die sich öffnende Tür. Schnell legt er sich wieder in Position und wartet atemlos.

Walter Stern betritt den Raum. Er schließt die Tür hinter sich ab und steckt den Schlüssel in die Hosentasche. Mit einem Lied auf den Lippen steigt er die knarrenden Treppenstufen zu ihm herab und nähert sich seinem Bett. Er betrachtet die Monitore, zieht ein paar Laden auf und zu, als würde er etwas suchen.

»So, mein Lieber«, sagt er schließlich, ohne sich nach ihm umzudrehen, »diesmal muss ich die unangenehme Aufgabe übernehmen, aber gut, das ist nur gerecht. Bisher war ich für den vergnüglichen Teil zuständig und meine Frau für den grauslichen.

Jetzt ist es eben umgekehrt. War das Rasieren wenigstens angenehm, hm? Ich nehme zwar nicht an, dass meine Frau mit dir so verfahren ist wie ich mit den weiblichen Opfern, aber aufregend war es sicher trotzdem, oder?«

Er entnimmt einer Lade eine Spritze, füllt sie mit einer Flüssigkeit aus einem der Fläschchen und hält sie fachmännisch gegen das Licht, während er einen Tropfen herauspellen lässt. Die Spritze legt er an Trosts rechte Bettseite und dreht sich wieder um. Trost kann nicht mehr erkennen, was Stern tut.

»Den Damen in unserem Haus wird übrigens tatsächlich eine besondere Behandlung zuteil«, fährt Stern fort. »Natürlich nicht allen, sondern nur jenen, von denen wir sicher sein können, dass sie so schnell niemand vermisst. Helene hat mit ihrer Art immer recht viel aus ihnen herausbekommen. Meine Güte, manche waren ganz allein, so liebesbedürftig und so gesprächig. Manche erzählen einem ihre gesamte Lebensgeschichte, die haben wirklich nichts gelernt. Heute muss man sich ja vor allem in Acht nehmen, vor dem Internet, Telefonkeilern und den Religiösen natürlich sowieso, die an der Tür läuten, weil sie über die Bibel plaudern wollen. Total verrückt, nicht vorsichtiger zu sein. Aber gut, uns ist das natürlich recht. Ich habe die Frauen nach allen Regeln der Kunst verführt, wie man so schön sagt. Okay, okay, in manchen Fällen hab ich ein wenig nachgeholfen, aber es gibt ja Weiber, die auf Gewalt stehen.«

Stern stellt sich jetzt mit Gummihandschuhen an Trosts Seite und geht auf einen Rollwagen zu. »Und für diese«, er rudert mit beiden Händen durch die Luft, »nennen wir sie mal ›Behandlungen‹ haben wir hier in der Gegend ja auch die perfekten Rahmenbedingungen. Uralte Gänge, die wissenschaftlich untersucht wurden, über die Bücher geschrieben und Fernsehdokumentationen gedreht wurden, und trotzdem hat niemand je eine Erklärung für sie gefunden. Und das Beste ist, dass fast alle, die hier wohnen, die Gänge kennen, aber nicht daran glauben, dass es keine Erklärung für sie gibt. Sie glauben nicht einmal, dass Gangsysteme unter der Erde unüblich sind. Sie wollen überhaupt nichts mehr glauben. Total irr sind die. Aber da ein Gang gleich unterhalb dieses Hotels beginnt, habe ich mir gedacht, ich könnte das ausnützen und mein außerirdisches Erotikzentrum daraus machen.«

Er lacht auf. »Außerirdisches Erotikzentrum ist gut, gell? In letzter Zeit habe ich ein bisserl härtere Gangarten walten lassen. Die eine ist so schnell gestorben, dass ich noch dabei war, du weißt schon, als … na ja, vergiss es.«

Er bindet sich den Mundschutz ums Gesicht, hantiert mit den Schläuchen an Trosts Bett.

»Ihr Freund, der Freund von dieser Jennifer, ist total ausgezuckt, als er was bemerkt hat, aber den haben sie ja Gott sei Dank gleich eingeliefert. Deine Kollegen waren sogar hier, aber was hätten die ehrenwerten Beamten schon finden sollen, wenn keiner von denen was von den Gängen wissen will. Ich finde das schon bemerkenswert, wenn man bedenkt, dass man sich nicht erklären kann, durch wen die Gänge wann entstanden sind. Es ist bezeichnend für unsere Gesellschaft, findest du nicht? Wenn man sich etwas nicht erklären kann, fragt man besser nicht mehr nach. Könnte ja eine irre Theorie dahinterstecken. Oder ein böses Geheimnis.

Jedenfalls hatte ich in letzter Zeit richtig Glück. Die eine Dame kennst du ja, die schmale, dürre aus der Bibliothek. Die ist uns auf den Leim gegangen, weil ich sie verhätschelt habe. Ich habe sie von Anfang an mit Wein, Geschenken und schönen Ausflügen regelrecht gefügig gemacht. Die Zeit drängte nicht, weil sie sich ja gleich für einen Monat hier eingemietet und daheim niemandem Bescheid gegeben hatte. Eine reiche Wienerin, die Tochter einer Arztfamilie. In der Höhle hat sie sich mit Händen und Füßen gewehrt, aber das Hascherl hatte ja keine vierzig Kilo mehr, da ging nicht mehr viel. Ich hab sie mir ein paar Tage lang vorbereitet, immer wieder ein bisserl erniedrigt, aber dann bist du gekommen, und der Vollmond rückte immer näher, also musste ich mich beeilen. Schade eigentlich. Dimitrij, den du ja schon kennst, hat mir dabei geholfen, die Damen immer schön festzuhalten.

Aber jetzt hängt er draußen in der Küche an einem Haken. Weißt du, wer ihm das angetan hat? Hm, keine Ahnung? Wenn du das warst, ist das jetzt meine Rache, obwohl ich ja der Meinung bin, es muss diese Missgeburt von Dolores gewesen sein. Meine Frau hat immer gesagt, dass wir uns die mal vornehmen sollten, aber das ist für mich keine Erwägung wert. Nicht die. Nein, diesen Krüppel müssen wir auf andere Weise entsorgen. Jedenfalls hast du mir einen ganz schönen Strich durch die Rechnung gemacht. Wie du immer jedem Fragen gestellt und alles beobachtet hast. Ich wollte dich eigentlich schon im unterirdischen Gang fertigmachen und habe fix damit gerechnet, dass du nach dem Erlebnis freiwillig das Hotel verlässt.« Die Erinnerung an das Erlebnis bringt ihn zum Lachen.

»Klar, du bist von der Polizei, aber es weiß keiner, dass du hier bist, gell? Ich würde drauf wetten, dass du auf eigene Faust hier bist, weil du als Einziger dem Verrückten glaubst, der in diesem Moment wahrscheinlich in der Irrenanstalt herumschreit. Schon lustig. Aber soll ich dir was sagen? Du warst nicht allein. Du hast ein hübsches Mädchen dabeigehabt, das ich mir schon vorgeknöpft hab. Ziemlich fesch. Und einen netten deutschen Akzent hat sie auch, gefällt mir gut, gefällt mir wirklich gut.«

Trost versucht wegzuhören, auf den geeigneten Moment zu warten, aber Stern hat ihn während seines Monologs nicht aus den Augen gelassen. »Welches Mädchen meinen Sie?«, fragt er. Seine Stimme ist jetzt ganz deutlich.

»Ah, da kann ja jemand wieder reden.« Stern tätschelt ihm die Wange.

»Na, so eine Braunhaarige. Schlank, durchtrainiert, jung, Brüste wie eine Göttin, Tätowierung am Arm. Aber weißt du, was sie getan hat? Immerfort hat sie geflüstert: ›Lassen Sie Trost, lassen Sie Trost.‹ Zuerst hab ich gar nicht gewusst, was sie meint, aber dann hab ich eins und eins zusammengezählt und gewusst, dass ich mir deinen Schutzengel geschnappt habe. Und wie ich mir die Kleine geschnappt habe.«

Trosts Gedanken überschlagen sich. Was hat er mit Annette Lemberg gemacht? Wo ist sie? Das darf doch alles nicht wahr sein.

Stern bückt sich, um ein Kabel auf die Seite zu schieben. »Ich werde hier noch die Geräte auf- und dann dich wegräumen. Erst die Arbeit, dann das Spiel. Jedenfalls ist es immer wieder interessant, die Leute zu sehen, wenn sie gesäubert sind. Du weißt schon, ohne Haare. Untenrum kennt man das bei Frauen ja eh, aber mit Glatze, da kann ich mich manchmal kaum noch zurückhalten, obwohl sie dann zumeist schon ein bisschen kalt sind. Aber nicht, dass du jetzt glaubst, du hättest etwas in der Art von mir zu befürchten, ich steh nur auf Frauen. Jetzt ist aber wirklich genug geredet. Wir müssen die Sache leider beenden, mein Lieber.« Er richtet sich auf, greift nach der Spritze, doch dort, wo sie hätte liegen sollen, ist nur noch Leere.

Stirnrunzelnd und mit suchenden Blicken dreht er sich um. Den Augenblick nutzt Trost, um sich so weit aufzurichten, wie es ihm mit der linken, noch immer an den Bettrahmen gebundenen Hand möglich ist. Mit seinem rechten Arm holt er aus und rammt Stern die Spritzennadel in den Hals. Er injiziert ihm etwas von dem Serum, das eigentlich für ihn bestimmt ist, reißt den kleinen Einstich mit kreisrunden Bewegungen zu einer klaffenden Wunde auf und lässt die Spritze stecken.

Stern schreit kehlig auf, fährt herum, starrt Trost an und zieht sich die Spritze aus dem Hals. Aus seiner Miene spricht Unentschlossenheit. Soll er versuchen Trost mit der gleichen Spritze, in der noch etwas Serum ist, zu attackieren oder sich selbst versorgen?

Er presst die linke Hand auf die Wunde, entschließt sich zum Angriff und will Trost die Spritze in den Brustkorb jagen. Als er ausholt, rammt ihm Trost seinerseits seine rechte Faust in die Rippen. Es ist ein schwacher Schlag, doch er reicht aus, um Stern aus der Balance zu bringen.

Rücklings stürzt er auf die Monitore, verliert die Spritze, jault und heult wie ein Hund. Als er sich ein Stück weißes Tuch auf den Hals presst, verfärbt es sich so schnell, als würde es jemand in ein Glas Blauburgunder tunken.

Trost hat schon gedacht, der Kampf sei beendet, als Stern neuerlich auf ihn zustürzt. Mit blinder Wut packt er das Bett, rollt es über den holprigen Lehmboden und donnert es gegen die Wand. Trost kann gerade noch seine Finger zwischen Bettrahmen und Wand herausziehen, dann bröckelt auch schon Ziegelstaub von der Mauer.

Sterns Gesicht ist zur Fratze verzerrt, nicht unähnlich jener

Grimasse, die er noch Minuten zuvor geschnitten hat, als er sich Trost überlegen wähnte. Noch immer hält er das Bett, auf dem Trost liegt, fest und schiebt es quer durch den Raum auf die andere Seite. Die Bettrollen verkeilen sich mit dem Kabelsalat der medizinischen Gerätschaften, die Räder blockieren. Trost spürt, wie das Bett kippt und er zu Boden geht.

Der Aufprall ist unsanft. Ein Ellbogen schmerzt, er schmeckt Blut, aber die Blutlache, in der er halb seitlich, halb auf dem Bauch zu liegen kommt, könnte auch von Walter Stern stammen.

Er hört, wie Stern sich ihm nähert. Er murmelt etwas, aber seine Stimme ist undeutlich. Offenbar hat sich die Nadel in seinen Kehlkopf gebohrt. Seine Füße stolpern in Trosts Gesichtsfeld. Stern ist nicht mehr fähig, gleichmäßig zu gehen, taumelt nur mehr. Bald tauchen seine Knie vor Trost auf, dann folgt sein zu einer schrecklichen Maske verformtes Gesicht. Selbst der Mundschutz, den er noch immer trägt, ist so blutdurchtränkt wie sein restliches Gewand.

Stern hält eine Schere in der Hand und starrt Trost aus wilden Augen an, die nicht mehr zu ihm zu gehören scheinen. Sie sehen aus wie die eines fremden Wesens. Eines, das von ihm Besitz ergriffen hat. Er stürzt mit der Schere vornüber auf Trost zu, der sich zur Seite dreht, sodass sich die Schere in die Matratze bohrt und Sterns Körper auf den Boden neben dem Bett kracht.

Trost schließt die Augen, versucht vergeblich seine Atmung zu kontrollieren. Er weiß, dass er nicht viel Zeit hat, zieht die Schere heraus und will sich mit ihr von der linken Handfessel zu befreien. Doch die Schere entgleitet ihm und fällt auf Stern, dessen Brustkorb sich noch immer hebt und senkt. Einen grauenhaften Moment lang befürchtet er, Stern könnte sich erheben und ihn mit bloßen Händen erwürgen. Trost hätte keine Kraft mehr, sich ihm entgegenzusetzen, so schwach fühlt er sich.

Er tastet wieder nach der Schere und zieht sie mit den Fingerspitzen behutsam zu sich. Es kostet ihn unendlich viel Mühe, die zweite Handfessel zu lösen. Sein Atem geht schwer und rasselnd. Als er schließlich auch die Fußfesseln durchtrennt hat, fällt Trost erschöpft auf Sterns Körper und bleibt dort kraftlos liegen. Er weiß, dass er schnellstmöglich von hier fortmuss, kann aber nicht umhin, sich eine Minute nur auszuruhen. Nur eine Minute. Während er wieder zu Atem kommt, verzieht er kurz die Lippen. Sie müssen aussehen wie ein Liebespaar. Ein perverses Liebespaar, das sich fesselt und aufschlitzt und dann in absoluter Ekstase minutenlang aufeinander verharrt.

50

Anfang der 90er-Jahre, Österreich
Wissenschaftler unternehmen den Versuch, Erdställe mit einfachsten Mitteln nachzubauen. Pro Mann und Arbeitstag können 10 Zentimeter gegraben werden. Es gibt rund 2000 Erdställe zwischen Polen und Spanien mit insgesamt mehreren hundert Kilometern Länge. Wer sie gegraben hat, ist bis heute ungeklärt. Es existieren keine historischen Quellen dazu.

Sie hat gesehen, wie er sie angeschaut hat. Mit diesem Blick. Da läuft doch was, da läuft ganz sicher was zwischen ihnen, und das will sie jetzt zur Sprache bringen. Noch in dieser Nacht, sie hält es nicht mehr länger aus.

So ist das auch kein Leben mehr. Wie lange soll sie denn noch schmachten, an ihn denken und davon träumen, dass er sie endlich einmal berührt? Wie lange noch?

Die Rezeptionistin läuft durch die Gänge des Hotels. Ihr Jutekleid raschelt, die Entspannungsbrunnen in den Ecken plätschern vor sich hin. Sie wird jetzt dafür sorgen, dass sie endlich bekommt, was sie will, und sie weiß auch schon, wie sie es anstellen wird.

Sie öffnet die Tür zu ihrem Zimmer und stürzt, ohne sie zu schließen, zum Kleiderschrank. Sie zerrt ihre Garderobe hervor, verteilt sie auf dem Bett und zieht dann ihr Kleid aus. Im Spiegel an der inneren Kastentür werden Ausschnitte ihres rot gefleckten Körpers sichtbar. Muttermale, die sich über ihren Rücken verteilen wie die Schmutzspritzer eines soeben durch eine Lacke gefahrenen Autos. Einen Büstenhalter trägt sie nicht. Ihr Spiegelbild entfernt sich, verschwindet durch eine weitere Tür ins Badezimmer, wo sogleich das Rauschen des Wasserhahns der Badewanne einsetzt.

Das Wasser rinnt so heiß über ihren Körper, dass im Badezimmer bald Dampf aufsteigt. Während sie mit geschlossenen Augen ein Lied summt, wäscht sie sich sorgfältig, aber schnell, wobei sich der blickdichte Duschvorhang aus Plastik immer wieder hartnäckig und kalt an ihren Körper schmiegt. Sie steht in der

Badewanne, achtet darauf, nicht auszurutschen, und lässt den Duschkopf langsam an ihrem Körper entlanggleiten. Irgendwann verstummt sie, und nur noch das Wasser ist zu hören, das rhythmisch auf die Wanne plätschert.

Als sie aus der Wanne steigt, ist der Fliesenboden rutschig, fast wäre sie hingefallen, kann sich aber gerade noch auf den Beinen halten. Sie trocknet sich ab und wischt am Spiegel ein Sichtfeld frei, um sich mit glänzenden grünen Augen zu betrachten. Das Orange ihrer Lippen ist einem matten Hellrosa gewichen, ihre hölzernen Ohrringe hat sie vergessen abzunehmen, was sie nun nachholt.

Sie putzt sich die Zähne, und mit jedem Mal, das sie ihren Kopf wieder Richtung Spiegel hebt, vergrößert sich das Sichtfeld. Sie wünscht sich, Walter Stern würde jetzt in der Badezimmertür im Dunst auftauchen und seine starken Arme um ihre Schultern legen. Seufzend spuckt sie das Zahnputzwasser aus.

Wieder im Schlafzimmer lässt sie das Handtuch, das sie um ihren Körper gewickelt hat, aufs Bett fallen, zieht eine Unterhose an und zwängt ihren Körper, der zwar insgesamt schlank, aber an Stellen wie der Hüfte und den Oberschenkeln etwas außer Form geraten ist, in ein schwarzes Kleid. Als sie die dünnen Träger über ihre Schultern geschoben hat, wendet sie sich ihrem Spiegelbild zu. Der Blick, mit dem sie sich betrachtet, ist fast gierig, als habe sie vor, über sich selbst herzufallen. Sie wirft den Kopf in den Nacken, dreht ihn so lange, bis ihr nasses, leuchtend rotes Haar einigermaßen gleichmäßig über ihren Rücken fällt, dann stemmt sie die Hände in die Hüften. Sie wechselt das Standbein, schiebt ihre Hände unter ihren Busen und drückt ihn nach oben. Stirnrunzelnd betrachtet sie sich einen weiteren Moment, lässt die Träger des Kleides und somit auch dessen Oberteil wieder nach unten gleiten und zieht sich einen Büstenhalter an. »Ausnahmsweise«, flüstert sie, »für dich, mein Liebling.«

Ihre Finger formen sich zu Kammzähnen, mit denen sie sich durchs Haar fährt, um es noch wilder und verwegener aussehen zu lassen. Mit betörendem Blick streicht sie mit ihrer Rechten über die Rundungen ihres Körpers bis zur Stelle zwischen ihren

Beinen und fährt sich dabei mit ihrer Zunge über die Oberlippe. Sie haucht ihrem Spiegelbild obszöne Worte zu, lacht, wendet sich dann aber um und rennt mit normalem Gesichtsausdruck zurück ins Badezimmer. Aus dem Alibert greift sie sich ein Deodorant und sprüht sich eine Brise unter die Achseln, und, nach einem kurzen lächelnden Blick auf ihr dunstiges Spiegelbild, zwischen ihre Beine.

Als sie sich umwenden will, kann sie sich nicht halten, rutscht sie auf dem feuchten Fliesenboden aus. Ihr Kopf schlägt hart gegen das Waschbecken, Blut spritzt auf den Spiegel des Aliberts, ihre Beine spreizen sich fast bis zum Herrenspagat, dann endlich landet sie mit einem Schrei auf dem Boden. Benommen bleibt sie einige Sekunden liegen.

Als sie sich schließlich zitternd wieder aufrichtet und ihr Spiegelbild neuerlich betrachtet, erscheint es ihr verführerischer als zuvor. Sie hat sich offensichtlich nicht ernsthaft verletzt, nur eine kleine Platzwunde an der Stirn davongetragen, doch diese Wunde macht sie in ihren Augen nur noch attraktiver und entschlossener. Sekunden später humpelt sie aus ihrem Apartment, sie scheint sich beim Sturz eine Oberschenkelzerrung zugezogen zu haben, und hetzt ohne Schuhe durch die Gänge des Hotels. Vergeblich öffnet sie Türen, wirft sie kurz darauf wieder krachend zu. Wenn sie ihn jetzt findet, wird alles gut. Er wird ihr nicht widerstehen können, wird sie ansehen und ihr hoffnungslos verfallen. Träfe sie jetzt auf die Chefin, würde sie sie wahrscheinlich nur schnell und gnadenlos erwürgen. Und träfe sie Eva Schwarz, dann würde sie sich für sie etwas noch Grausameres einfallen lassen.

Sie lacht, und das Lachen rollt durch ihren Körper, bis es unrhythmisch ihrem Mund entströmt – wie ein startender Automotor: Ha-ha-haha-ha-ha.

Außer Atem erreicht sie die Lobby des Hotels und stürmt in der Hoffnung ins Büro, Walter Stern dort zu finden. Wieder nichts. Blut rinnt aus der Platzwunde über ihr Gesicht bis zum Kinn, dann fallen rote Tropfen auf ihr schwarzes Kleid. Ihre Beine schmerzen, langsam sinkt sie auf die Knie.

Still, ruhig und finster präsentiert sich ihr das Haus, als hätte es eine Seele. Sie fühlt sich einsamer als je zuvor. Wieder lacht sie, diesmal jedoch heiserer und weniger selbstsicher. Ihre Hand fährt an ihren Busen. »Ich bin bereit!«, ruft sie. »Walter, ich bin hier. Nur für dich.« Sie zittert und flüstert: »Ganz für dich.«

51

23. März 1990, Sagorsk, UdSSR
Mehrere MiG-29-Abfangjäger der Luftwaffe verfolgen ein UFO. Aus der
Jagd resultiert die offizielle Anerkennung von unbekannten Flugobjekten
in der UdSSR.

Armin Trost sieht ein Gesicht vor sich, zunächst verschwommen, später schärfen sich die Konturen. Charlotte lächelt ihn fast kitschig liebevoll an. Auch seine Kinder sind da und tanzen Ringelreihe, sogar Jonas, der Größte, was Trost fast zum Grinsen bringt. Die Kaffeemaschine mahlt Bohnen und wird dabei immer lauter. Er sollte dieses verfluchte Ding endlich einmal gegen ein neues austauschen, mit seinem Lärm zerstört es doch die schönsten Momente. Ja, diese Kaffeemaschine ist eine regelrechte Zerstörerin von Glücksgefühlen. Und sie hört nicht auf. Mahlt immer weiter. Immer lauter.

Blinzelnd öffnet Trost die Augen. Kommt das Knirschen und Rasseln aus seinem Mund? Er hält den Atem an, doch das Knirschen und Rasseln verstummt nicht.

Er rollt sich von Walter Sterns Körper und kriecht zwischen den Monitoren und Rollwägen Richtung Treppe. Es stinkt nach Kot und Urin.

Er blickt an sich herab, stellt aber zu seiner Erleichterung fest, dass nur ein paar blutige Flecken von dem Kampf zurückgeblieben sind. Er ist nackt, aber darum kann er sich jetzt nicht auch noch Sorgen machen, sein Hauptaugenmerk liegt darauf, Helene Stern, der verrückten Hexe, nicht über den Weg zu laufen. Er muss von hier verschwinden.

Als er die Treppe erreicht hat, richtet er sich auf und kann dabei seine Knie kaum spüren. Seine Atmung pfeift bedrohlich, der Raum ist verwüstet, er blinzelt und hat keine Ahnung, ob sich seine Augenlider nur Sekundenbruchteile oder minutenlang schließen. Als er sie öffnet, steht er noch immer wankend auf der Treppe.

Raus, nur raus! Er tastet nach der Tür und erinnert sich im selben Moment daran, dass Stern abgeschlossen hat. Unsicher blickt er zur Leiche und bildet sich ein, deren Brustkorb würde sich noch immer heben und senken.

Wimmernd stolpert Trost zurück und nähert sich Stern, der die Augen geschlossen hat und dessen Mund offen steht. Die Wunde an seinem Hals ist überraschend groß, noch immer rinnt Blut aus ihr. Der Hotelbesitzer liegt in einem Teich aus seinem eigenen Blut, sein Gesicht ist grau und rot und beinahe so hübsch anzusehen wie eh und je.

Trost berührt ihn vorsichtig mit den Fingerspitzen, dreht ihn dann auf den Rücken und beginnt seine Taschen abzutasten. Als er den Schlüssel spürt und ihn herauszieht, hört er plötzlich ein Geräusch. Dasselbe Knirschen und Rasseln wie von der Kaffeemaschine in seinem Traum, dann ein Seufzen und ein Stöhnen. Sterns Augen öffnen sich zuckend, sein Mund klappt auf und zu, alles zusammen ergibt kein klares Bild. Er ist kein Lebender mehr, aber auch noch kein Toter.

Trost fährt vor Schreck hoch, schreit: »STIRB ENDLICH!«, greift nach der immer noch am Boden liegenden Schere und rammt sie in einem letzten Versuch Stern in den Brustkorb. Immer und immer wieder, bis sein Oberkörper aussieht wie eine einzige offene Fleischwunde. Bis es keine Regung mehr gibt, kein Zucken, kein Zittern, kein Kaffeemaschinen-Geräusch.

Trost wankt die Treppen hinauf und öffnet endlich die Tür. Mit vielem hat er gerechnet. Einer Höhle, einem Hotelgang, dem Heizraum des Hotels, einem Lachyoga-Seminarraum, aber ganz sicher nicht mit einer Bauernstube mit einer weiteren Leiche an einem Haken.

Jetzt erinnert er sich auch wieder an die Worte Sterns, der von einem Dimitrij gesprochen hat, und erkennt den langen Kerl, der als türkischer Cowboy durchgehen könnte. Seit ihrer Begegnung im Wald ist er deutlich blasser geworden und hängt da wie ein alter Anzug im Kleiderschrank. Unter seinem Kehlkopf ragt die Spitze eines Geweihhakens hervor. Trost blickt sich um. Er befindet sich in einer unromantischen Stube einer Bauernfamilie, die sich wahrscheinlich kaum noch ein paar Jahre über Wasser halten wird können. Linoleumboden, ein rauchiger Geruch, der nicht vom Selchfleisch stammt, sondern eher von Zigaretten. Auf dem

Tisch, auf dem ein Plastiktischtuch mit Klemmen befestigt ist, stehen ein paar Bierflaschen und ein voller Aschenbecher. Daneben Schnapskarten, als hätten zwei Menschen mitten im Stechen aufgehört zu spielen. In der Mitte liegt ein Zwanziger-Blatt offen aufgefächert. In einer Ecke steht ein Paar schmutziger Stiefel, ein blauer Arbeitsoverall hängt neben der Leiche an der Wand. Die Küche besteht aus einer Küchenzeile und ist dermaßen mit Schmutzgeschirr überladen, dass Trost auf den ersten Blick noch nicht einmal den Herd entdeckt. Ausgelatschte Hauspantoffeln, Schlapfen, wie man hier sagt, liegen vor ihm, als hätte sie ihm jemand extra für seine Flucht zurechtgelegt.

Er wimmert, kann sekundenlang keinen Entschluss fassen, obwohl er doch weiß, dass er sich beeilen muss. Alles wäre aus, würde Helene Stern jetzt auftauchen. Er hätte keine Kraft mehr, um sich zu wehren. Renn weg, sagt er sich, RENN DOCH ENDLICH WEG!

Aber wohin?

Durch das Fenster dringt das Licht der Scheinwerfer eines sich nähernden Wagens. Der rote Opel Ascona mit der schwarzen Nummerntafel, den er schon einmal hier am Hof gesehen hat, als er Dolores in den unterirdischen Gang gefolgt ist. Hinter dem Steuer erkennt Trost Helene Sterns Silhouette.

Er schwankt, droht vor Schreck umzukippen. Kurz hält er sich am Türrahmen fest, holt Luft und bewegt sich dann, so schnell er kann, in Richtung des hinteren Teils des Hauses. Ein schmaler Korridor führt zur Hintertür, er stolpert über einen Teppich, fällt zu Boden und rappelt sich unter Stöhnen wieder auf. Er betet, dass die Tür, in deren Schloss kein Schlüssel steckt, nicht abgesperrt ist. Er zieht an ihr, aber sie bewegt sich nicht. Er drückt an ihr, und sie geht auf. Trost bricht in hysterisches Lachen aus und schlüpft hinaus.

Als er das Geräusch einer zufallenden Autotür hört, hetzt er schon durch die Dunkelheit am Haus vorbei und auf die Scheune zu, die er als jene erkennt, in die ihn Dolores erst vor Kurzem gezogen hat. Er darf kein Geräusch machen, sich nicht verraten. Kein Husten, kein Stolpern, bloß nicht irgendwo anstoßen.

Helene Sterns Schritte steuern auf dem Kies geräuschvoll in

Richtung Haustür, während Trost in der Dunkelheit der Scheune verschwindet. Als die Haustür ins Schloss fällt, geht Trost an seine Grenzen, holt das Letzte aus sich heraus. An den Kühen vorbei läuft er durch den Stall und sucht in der Finsternis nach dem Eingang in die Unterwelt. Vergeblich. HERRGOTT NOCH MAL! BITTE, HILF MIR! Einen Atemzug später tritt er ins Leere und fällt.

52

16. August 1990, Ossiacher See, Kärnten, Österreich
Ein Urlaubsvideo zeigt den Steigflug eines unbekannten Flugobjekts.
Das Bundesamt für Zivilluftfahrt in Wien stellt jedoch klar: Zu diesem
Zeitpunkt flog an diesem Ort kein einziges ziviles oder militärisches
Flugzeug.

Helene Sterns Stimmung ist nicht die beste. Irgendetwas stimmt heute nicht. Der Bauer liegt im Krankenhaus, Dimitrij hängt tot in der Stube, Dolores ist unauffindbar und verhungert wahrscheinlich irgendwo im Wald. Dazu der Hotelgast, der auch bald tot sein sollte, und die Frauen. Alles ein bisschen viel. Sie muss wieder Ordnung schaffen und hat dafür auch schon den perfekten Plan. Im Dorf hat sie Putzsachen besorgt. Sauberkeit ist schließlich die Mutter der Ordnung. Oder die Großmutter.

Sie öffnet die Tür und tritt in die Stube. Vor nicht allzu langer Zeit ist es hier richtig lustig gewesen. Selten hat sie mit ihrem Mann so viel Spaß gehabt, und so seltsam es auch klingen mag, durch seine Frauengeschichten sind sie einander wieder nähergekommen. Richtig nahe sogar. Vor ein paar Stunden haben sie miteinander geschlafen, nachdem sie Trost verlassen hatten, und es war schön.

»Schatzi!«, ruft sie in die Stube, geht an Dimitrijs Leiche vorbei, ohne sie zu beachten, und lässt den Karton voller Putzlappen und Putzmittel auf den Tisch fallen. Die letzten Meter hat sie im Eilschritt zurückgelegt, weil er ihr zu schwer geworden ist. Mit einem großen Schritt ist sie über die eingetrocknete Blutlache gestiegen, die sich um Dimitrijs Leiche gebildet hat.

Als die die Last in ihren Händen ablegt, beschleicht sie ein unheilvolles Gefühl. Sie blickt zur offenen Tür des Erdkellers und lauscht.

»Schatzi?« Sie macht ein paar Schritte, und ihre Hände ballen sich zu Fäusten. »SCHAAATZI?«, brüllt sie und rennt die Treppe hinunter.

Vor der Leiche ihres Mannes bleibt sie wie angewurzelt stehen. Ihr Blick fällt auf die Schere im Brustkorb, den zerfetzten Hals, die Blutflecken und das umgekippte, leere Bett. Tränen füllen ihre Augen.

»Schatzi, Schatzi, Schatzi«, wiederholt sie klagend, setzt sich in den Teich aus seinem Blut und wiegt sich mit dem Kopf ihres Mannes im Schoß vor und zurück.

Erst streichelt sie Walter Stern, dann massiert sie sein Haar, ihre Finger krallen sich fester in seine Kopfhaut, pressen den toten Schädel, zerren an seinen Haaren, reißen Büschel aus. »SCHAAATZI!« Sie brüllt und schluchzt, und plötzlich hört sie ein Geräusch, das nicht von ihr stammt. Sie horcht. Es ist ganz leise. Weit entfernt. Das Brüllen der Kühe, ganz sicher.

Sie lässt den Kopf ihres Mannes so achtlos auf den Boden fallen wie ein Kind, das seiner Puppe überdrüssig geworden ist. Zwischen ihren Fingern kleben noch Haarbüschel. Sie steht auf. Keine Tränen mehr. Auch keine Trauer. Sie dreht sich um und geht durch die Stube nach draußen. Sie greift sich die Schaufel, die an der Hauswand lehnt, läuft zum Auto, nimmt aus dem Handschuhfach eine Stirnlampe und setzt sie auf. Das Hoflicht wirft ihren Schatten fast bis zu den schlanken Stämmen der Erlen und Buchen des nahen Waldes. Sie wirkt ruhig, als hätte sie alle Zeit der Welt, als sie in der alles durchdringenden Finsternis des Kuhstalls verschwindet.

53

*24. August 1990, Greifswald, Mecklenburg-Vorpommern, Deutschland
Mehrere Lichtpunkte in Formation werden zum bekanntesten UFO-Fall
Deutschlands. Heute gehen die UFO-Forscher davon aus, dass es sich
dabei um an Fallschirmen herabgelassene Signalfackeln für Zielübungen
des Militärs gehandelt hat.*

Trost braucht ein paar Sekunden, um sich zu orientieren. Wo
ist unten, wo oben? Dass er sich nichts gebrochen hat, grenzt an
ein Wunder. Nein, es ist ein Wunder.

Er ist drei, vier Meter in die Tiefe gestürzt, ist nur von
der Enge des Schachtes gebremst worden, den er mit seinem
Rücken, einem Knie und einer Schulter entlanggeschrammt ist.
Auch seine Knöchel sind heil geblieben, nur die Beine fühlen
sich durch die Injektionen noch immer ein bisschen weich an.
Als würde er auf Matratzen gehen. Vielleicht aber ist gerade das
seine Rettung gewesen. Die weichen Knie haben den Aufprall
abgefangen, so muss es gewesen sein. Er richtet sich auf und
tastet nach der Öffnung, durch die er vor Kurzem mit Dolores
gekrochen ist.

Kurz darauf krabbelt er auf allen vieren durch die absolute
Finsternis. Er spürt den kalten Stein an seiner Haut. Anfangs
versucht er noch, die Knie zu heben, um sie sich nicht gleich
blutig zu schürfen, doch schnell fehlt ihm die Kraft für derlei
Muskelspiele, und so überlagert der neue Schmerz rasch das
Gefühl der Weichheit seiner Beine.

Es ist zum Verrücktwerden. Es gibt kaum Dinge, die ihm so
sehr Angst machen wie enge Räume, und dann findet er sich
gleich mehrmals innerhalb kurzer Zeit in solchen wieder. Und
das auch noch bei absoluter Finsternis. Er versucht sein Tempo
beizubehalten, will dann sogar an Geschwindigkeit zulegen,
schlägt sich aber sofort den Kopf an der Felswand an. Er wird
wieder langsamer.

Die Engstelle erscheint ihm dieses Mal unüberwindbar. Sie
kommt ihm viel länger vor als beim ersten Mal, als er sie im Rücken von Dolores gemeistert hat, und ihn beschleicht das absurde

Gefühl, sich in der Dunkelheit verirrt zu haben. Er fürchtet sich davor, in den Armen der verrückten Therapeutin zu landen, und nur mit großer Überwindung kriecht er immer tiefer in die Finsternis hinein.

Wie konnten aus einem Erholungsurlaub nur so plötzlich Horrorferien werden? Er lacht auf, aber sein Lachen klingt verrückt. Er versucht den Gedanken zu verscheuchen, was wäre, würde er plötzlich ein totes Tier ertasten. Wie er den Leib überwinden müsste. Wie sein Körper das harte, kalte, zerfressene Aas streifen würde.

Um das Grauen dieses Gedanken zu entschärfen, denkt er an alte Fälle. An Blut, Schreie, die Angst und das anschließende Erfolgsgefühl. An Schulmeister. An die Lemberg. Hat Walter Stern nicht irgendetwas von ihr erzählt? Aber er kann sich nur mehr daran erinnern, dass er ihm vor ein paar Minuten eine Schere in den Leib gerammt hat. Seine Hände zittern. Seine Beine auch. Er hält inne, verharrt. Warum in Gottes Namen ist er jetzt stehen geblieben?

Es ist derselbe Effekt wie beim Autofahren: Wenn er an etwas denkt, etwas erzählt, sich auf etwas konzentriert, dann geht er ganz automatisch vom Gas und lässt den Wagen ausrollen. Und jetzt droht er über den Gedanken noch seine Flucht zu vergessen. Als hätte jemand seinen Stecker gezogen und ihn im Standby-Modus zurückgelassen.

Er reißt sich zusammen, muss die Gedanken aus seinem Kopf bekommen, sonst wird ihn die Angst noch vollends lähmen.

Er kriecht weiter, sein Rücken schrammt an der Felswand entlang, die Knie sind längst blutig aufgeschunden. Er denkt an seine Familie, lenkt seine Gedanken ganz bewusst zu Charlotte und seinen Kindern. Sie sind jetzt sein Talisman, sein sicherer Hafen, den er ansteuern muss, um nicht den Verstand zu verlieren. Er muss durch diesen unterirdischen Gang, durch den Wald, durch die Oststeiermark nach Hause. Schafft er das, dann ist alles vorbei. Dann braucht er wirklich Erholung.

Er wispert sich aufmunternde Worte zu, kichert, weiß, dass er im Begriff ist, den Verstand zu verlieren, durchzudrehen. Und weil er das weiß, hofft er, dass es trotzdem noch Rettung gibt.

Nur die sind schließlich wirklich verrückt, die glauben, es nicht zu sein.

Weiter, immer weiter, redet er auf sich ein. Eine Hand vor die andere setzen, die Beine nachziehen, nicht so stark zittern. Hör auf zu zittern, verdammt!

Er quetscht sich durch die nicht enden wollende Engstelle, sagt sich, die Verrückte längst abgehängt zu haben, als etwas seinen Knöchel umfasst.

Dann die kreischende Stimme: »JA, BIST DU DENN VERRÜCKT, DASS DU SO EINFACH DAVONLÄUFST? DU, MEIN LIEBLINGSWÄCHTERLEIN! DICH WERDEN SIE AM MEISTEN MÖGEN, NICHT WEGLAUFEN!«

Trost fühlt sich, als hätte er Eiswasser geschluckt. Augenblicklich schreit er, so laut er kann, als würde ihm das hier unten weiterhelfen. In dem undurchdringbaren Gestein klingt seine Stimme schrecklich hilflos. Er tritt mit aller Kraft nach hinten. »DU HEXE«, kreischt er, »DU VERDAMMTE HEXE, LASS MICH LOS!«

Sein Rücken schrammt gegen den Fels, seine Finger suchen krampfhaft Halt an einem Vorsprung, doch das Gestein hier ist glatt und ohne Kanten. Unweigerlich wird er rückwärtsgezogen.

»DU KLEINER SCHEISSKERL HAST MEIN SCHATZI UMGEBRACHT, DAFÜR WIRST DU BEZAHLEN, DAS SAG ICH DIR! KOMM HER!«

Sie zieht ihn näher zu sich. Ihre Fingernägel kratzen schon an seiner Wade, doch er tritt weiter, hat jetzt mehr Platz zum Ausholen, reißt sich los.

Er kann es kaum glauben, er hat sich tatsächlich befreit. Sie schreit entsetzt auf, dann gehen ihre Drohungen und Beschimpfungen in ein nasales Wimmern und Heulen über, das so klingt, als hätte er ihr die Nase gebrochen oder Schlimmeres.

Im rasch schwächer werdenden Schein ihrer Stirnlampe windet er sich durch den Schlupf hindurch. Jeden Moment rechnet er damit, erneut festgehalten zu werden, aber nichts dergleichen geschieht. Auch die matratzenhafte Weichheit in den Beinen ist mit einem Mal verschwunden, als er endlich die Engstelle passiert hat und sich aufrichten kann.

Er überlegt kurz, ob es klug wäre, hier auf seine Verfolgerin zu warten. Er könnte ihr einfach den Schädel eintreten, wenn sie durch die Passage kriecht, aber es bestünde auch die Gefahr, dass ihr Kopf härter ist als seine für so ein brachiales Vorhaben wahrscheinlich zu schwachen Beine. Als er spürt, dass ihm schwindelig wird, beschließt er weiterzurennen. Irgendwo hat er gelesen, man dürfe Schwäche nur nicht zulassen, dann könnte man beispielsweise die Übelkeit von Seekrankheit einfach wegdenken. Ein Fieber verdrängen. Ein Stuhlgang sei bis zu einem gewissen Grad auch nur vorzeitiges Nachgeben niederer Instinkte. Essen, Trinken, Sex, Reden, Hören … Nach ein paar Momenten ist der Schwindel tatsächlich wieder fort.

Nur nicht stehen bleiben, alles ist besser, als hier drinnen zu verrecken. Draußen kann er dann im Wald untertauchen. Der Weg dahin kommt ihm vor wie die Strecke des Graz-Marathons. Ein Marathon mit ausgestreckten Armen durch Finsternis und Enge.

Der Gang ist unendlich. Bald bereut er seine Entscheidung, seiner Verfolgerin nicht doch den Kopf eingetreten zu haben. Er tastet sich durch die lichtlose Hohlwelt, und alles kommt ihm absurder denn je vor. In was ist er da nur hineingeraten? Er wollte undercover ermitteln, herausfinden, ob die Erzählung des Irren im Einkaufszentrum ein Körnchen Wahrheit enthält, einen Täter überführen und dann die Kollegen zum Amtshandeln rufen. Ganz einfach. Eine Routinesache. Und dann das.

Schon bei dem Gedanken daran überzieht eine Gänsehaut seinen Körper, und die Angst wägt wieder ab: Was ist schlimmer – die Vergangenheit oder die Zukunft?

Die Gänge sind verrückt, es soll Jahrtausende her sein, dass sie entstanden sind, in der Zeit vor den großen Hochkulturen. Nimmt man dies als Prämisse, dann waren entweder die Menschen damals schon weiterentwickelt als angenommen, oder aber die Gänge sind nicht von menschlicher Hand gemacht.

Plötzlich überkommt ihn die unerschütterliche Gewissheit, dass er nie wieder Tageslicht sehen wird. Er wird in diesen Gängen, die sich niemand erklären kann, sterben.

Erst ihre Stimme verleiht ihm wieder Kräfte. Sie ist hinter

ihm, muss eben durch die Engstelle gekrochen sein und brüllt wie ein Tier. Wahrscheinlich hat sie gesehen, was er mit ihrem Mann angestellt hat. Wenn sie ihn neuerlich zu fassen kriegt, wird er wohl keine Chance mehr gegen sie haben. Sie wird ihm sämtliche Knochen brechen und ihm dann die Haut abziehen.

Die Finsternis ist unendlich. Wie lange? Wie lange noch?

»UI, UI, UI, JETZT HAB ICH DICH GLEICH WIEDER«, hört er hinter sich die Stimme und beginnt wimmernd schneller zu laufen. Der tanzende Lichtstrahl ihrer Taschenlampe erfasst ihn, als er vor sich Gestalten bemerkt.

Zuerst kann er sein Glück kaum fassen, aber dann wird ihm kalt ums Herz, und er bleibt stehen. Er haucht: »Bitte nicht.« Sein erster Gedanke: Natürlich, wenn du das Schlimmste befürchtest, tritt es auch ein.

Die Gestalten, die jetzt von der tanzenden Stirnlampe erfasst werden, sind so kahlköpfig wie er, aber bewegen sich nicht.

Er stolpert weiter, ungewiss, was auf ihn wartet. Sind es etwa die Grauen, die ihn nun ihrerseits willkommen heißen wollen? Nun, dann soll es eben so sein. Sollen sie ihn mitnehmen auf ihren Planeten und dort ihre Experimente mit ihm machen. Vielleicht wird er nie wieder zur Erde zurückkehren, vielleicht werden sie ihn mit anderen Menschen in einen intergalaktischen Zoo sperren. Ihm ist alles egal, er hat keine Kraft mehr. Doch als er sich ihnen nähert, sieht er, dass die Grauen in Wirklichkeit Leichen sind.

Die erste Tote, die in sitzender Position mit einem schockierten Ausdruck vor sich hin starrt, ist die junge Frau, die er aus dem Hotel kennt. Eva Schwarz. Sie hat seinen Rat also tatsächlich nicht befolgt, ist geblieben und gestorben. Eine Welle der Bestürzung überrollt ihn, als er ihr kaltes Gesicht berührt. »Was haben sie dir angetan?«, flüstert er ungläubig.

Sie ist noch viel dünner und zerbrechlicher, als er sie in Erinnerung hat. Ihr Körper ist malträtiert, überall blaue, violette und schwarze Flecken. Die Haut sieht alt aus, Fältchen in den Ellbogen und am Hals. Ihr Mund ist leicht geöffnet, ein Schneidezahn ist abgebrochen. Sie sieht aus wie eine vergessene Schaufensterpuppe im Lager eines Kaufhauses.

»Es tut mir so leid.« Er kriecht an ihr vorüber und beginnt zu würgen. Sein Bauch berührt ihr Knie, seine Nase ihr Kinn. Er schließt die Augen. Sie riecht nach Tod. Ihr Körper ist kalt wie Plastik.

Die zweite Frau sitzt direkt neben ihr. Um an ihr vorbeizukommen, muss er sich an ihrem eisigen Oberschenkel abstützen.

Die Leiche scheint schon älter zu sein, die Totenstarre hat nachgelassen, ihre Haut gibt unter dem Druck seiner Hände nach. Als er ihr in die offenen Augen blickt, sieht er ins Jenseits. So nah ist er dem Tod noch nie gewesen. Er erkennt die Frau wieder. Es ist die auf dem Foto, das in seinem Büro an der Pinnwand hängt, wo sie die Fahndungsfotos anbringen, die Ermittlungswege aufzeichnen und sich durch konsequentes Daraufstarren Hinweise erhoffen, die sie zu den Tätern führen werden. Es ist Jennifer, die Freundin des verrückten Amokläufers, den er durch den Plabutschtunnel kutschiert hat. Kevin hat also recht gehabt. Von Anfang an recht gehabt. So wie er, Trost, indem er ihm geglaubt hat. Kevin ist wegen Jennifer durchgedreht. Weil sie unter mysteriösen Umständen verschwunden ist und ihm niemand zugehört hat. Auch Trost würde durchdrehen, wenn er Charlotte suchen und niemand ihm glauben würde, dass sie überhaupt verschwunden ist. Charlotte. Die Kinder. Sein Hafen. Das Licht der tanzenden Lampe hinter ihm ist jetzt so nah, dass er fast danach greifen kann.

Er schiebt sich über die Leiche hinweg. »Es tut mir so leid, verzeiht mir«, wiederholt er immer wieder, dann packt er Jennifers Leiche mit beiden Händen, hebt sie wie ein Schutzschild vor sich und wirft sie auf den zweiten Leichnam, auf das, was früher Eva Schwarz war. Die junge Frau, die er retten wollte.

Wie leicht so eine Leiche ist. Er würgt wieder, kauert sich hinter die Barriere. Seine Verfolgerin nähert sich, prallt gegen die Mauer menschlicher Extremitäten. Eine Schaufelspitze schießt zwischen den Leichenteilen hervor und verfehlt Trost nur knapp. Ein Zittern durchläuft seinen Körper, bitterer Magensaft rinnt aus seinem Mundwinkel, als er noch einmal all seine Kraft zusammennimmt und die Leichen Helene Stern entgegenschiebt. Sie zieht die Schaufel mit einem schmatzenden Geräusch aus den

Leichenteilen, dann schreit sie auf. Scheppernd fällt die Schaufel auf den Felsboden, ehe Helene Stern ihr folgt und rücklings stürzt.

Augenblicklich wendet Trost sich um und rennt weiter um sein Leben. Ein Schnaufen, ein krankhaftes Pfeifen seiner Lungen ist zu hören, ein irres Stöhnen und ein Gemurmel, und er weiß, dass er das alles selbst ist. Wird er mit diesem Lärm noch andere Geister der Dunkelheit wecken? Was, wenn die Grauen jetzt doch noch auftauchen? Wenn das hexenhafte Ritual mit den nackten Leichen als Willkommenskomitee doch kein Humbug ist, sondern bittere Realität, die ein gesunder Menschenverstand aber kaum begreifen kann? Was, wenn er wirklich von Außerirdischen entführt wird, den Verstand verliert, weggebeamt oder bei lebendigem Leib obduziert wird?

Als vor ihm ein weiterer Lichtkegel auftaucht, hält er in seinem Lauf so abrupt inne, dass er stürzt. Er will den Grauen zurufen, sie bekämen ihn nie zu fassen, er werde sich ihnen widersetzen, muss aber darum kämpfen, überhaupt bei Bewusstsein zu bleiben. Er macht kehrt, will dem Licht entkommen und hat plötzlich solche Angst, dass er nicht mehr daran denkt, dadurch direkt in die Arme der verrückten Hexe zu laufen. Aber das Licht der Grauen ist schneller als er − und entpuppt sich als simple Stirnlampe. Dass Stirnlampen hier gefährlich sind und den Tod bedeuten können, hat er miterlebt. Hat er in seiner kopflosen Flucht etwa die Orientierung verloren und ist Helene Stern direkt entgegengerannt?

Etwas packt ihn von hinten und reißt ihn nieder. Trost kauert sich in Embryostellung zusammen, um sich vor Hieben und Schlägen zu schützen. Das alles soll nun endlich zu Ende gehen. Am besten schnell und schmerzlos.

Doch das Etwas schlägt ihn nicht, es hilft ihm auf die Beine, redet beruhigend auf ihn ein, stützt ihn und führt ihn ins fahle Licht eines grauenden Morgens hinaus.

Draußen ist es still. Menschen, die ihn anscheinend erwartet haben, schweigen ihn an. Er schaut zurück, will etwas fragen und stürzt dann selbst in fraglose Dunkelheit.

54

28. September 1990, Sowjetunion
Der Kosmonaut Manakov spricht während eines Funkinterviews aus der
russischen Raumstation MIR offen von einem UFO, das er tags zuvor
im Erdorbit gesichtet haben will.

Eine Eigenschaft, die er schon immer sehr an seinen Kollegen geschätzt hat, ist der Umstand, dass sie stets Decken bei der Hand haben. Als er in eine solche eingewickelt aufwacht, übermannt ihn ein Gefühl unendlicher Dankbarkeit.

Eine dunstige Nebelglocke zieht vom Waldrand über sie hinweg wie ein Wattebausch. Es herrscht geschäftiges Kommen und Gehen, Funksprüche knacken, und doch spürt Trost, dass etwas nicht stimmt. Er war eine gute halbe Stunde weggetreten.

Er fordert Schulmeister auf, ihm zu schildern, was aus seiner Perspektive passiert ist. Die Kurzfassung, versteht sich. Und während sich Schulmeister zu ihm setzt und zu reden beginnt, findet Trost, dass der Kollege müde aussieht. Mitgenommen. Wie ein Wrack.

Nachdem Dolores wie wild getobt und immer wieder aufs Hotel hingewiesen hatte, gab Schulmeister das Kommando, den Einsatz zu beginnen. Die Wagen wurden angelassen, ohne Blaulicht verließen sie ihr Versteck, rasten die schmale Straße durch den Wald entlang, bis sie vor dem Gebäude stehen blieben. Die Schiebetüren öffneten sich, und zwei Dutzend vermummte Polizisten schwärmten aus.

Schulmeister ächzte und schwitzte unter der viel zu engen schusssicheren Weste, lief aber mit zwei Beamten direkt in die Lobby. Dort fanden sie die rothaarige Rezeptionistin, die am Boden kauernd ihnen keine große Hilfe war.

Sie kaute an ihren Nägeln und redete wirres Zeug. Sie sei überzeugt davon, die Liebe werde auch an ihr nicht immer vorüberziehen. Sie würde so lange an Ort und Stelle verharren, bis Walter Stern sie eines Tages mit jenem Blick bedenken würde, von dem sie träume.

Schulmeister bedeutete den Kollegen weiterzusuchen und hockte sich zu der Frau, die barfüßig im schwarzen Kleid auf dem Boden saß. Er stellte ihr Fragen: Ob ihr jemand etwas angetan und sie Schmerzen habe? Wo die Besitzer seien? Ob sie wisse, was hier vorgehe?

Doch aus der Frau war nichts herauszubekommen. Als hätte sie den Verstand verloren, redete sie in einem fort von der großen Liebe und von ihrem Hass auf die anderen Frauen. Ja, die geldgierigen Weiber, schluchzte sie, die sollten sich vor ihr in Acht nehmen. Mit ihren schönen Augen, ihren schönen Körpern und ihren schönen Worten werde sie sie eines Tages in ein Loch werfen, es zuschütten und sich den Mann ihres Herzens nehmen, einen Hotelbesitzer.

Schulmeister packte sie unterm Arm, zog sie mit einem kräftigen Ruck auf die Beine und schleppte sie nach draußen in die Vollmondnacht. Die Luft fühlte sich an wie unter einer Glocke, so gepresst, als sei sie zu dick zum Atmen. Selbst im Dunkeln sah man die Gewitterwolken über dem Bergrücken. Kein Donnern. Keine Blitze.

Vor dem Hotel übernahm eine kräftige Beamtin die schreiende und wild gestikulierende Rezeptionistin von ihm und schob sie ins Innere des Fahrzeugs. Der Wagen schaukelte, als die Schiebetür krachend ins Schloss fiel, beruhigte sich dann aber.

Schulmeister ging wieder ins Hotel und traf auf ratlose Kollegen.

Das Haus sei leer, sagte einer.

Wie, leer?

Na, leer eben. Sie seien wie eine zu allem entschlossene feindliche Armee in den Saunabereich eingezogen. Dort sei einer der Beamten ausgerutscht, ein Schuss habe sich gelöst und ein Waschbecken zerbersten lassen.

Die Aktion werde ein Nachspiel haben, fauchte Schulmeister. Es sei klar, dass der Beamte so schnell nicht mehr an die Front beordert werden würde und er sich schon mal mit einer Zukunft als Parkraumüberwachungsorgan anfreunden könne.

Jedenfalls sei im Sauna- und im Badebereich niemand gewesen, genauso wenig wie im Speisesaal. Alles in allem, stellte schließlich einer der Vermummten fest, sei das gesamte Gebäude leer. Weder Trost noch Lemberg seien hier.

Schulmeister blickt auf. »Armin, du siehst grauenhaft aus. Was mache ich jetzt nur mir dir?«

»Nichts, nichts, mir geht es gut.« Doch er fühlt sich so mies wie nie zuvor. »Sag, wie habt ihr mich eigentlich gefunden?«

Schulmeister steht auf und schlägt sich auf die Stirn. »Ah, genau, das wollte ich ja gerade erzählen. Diese irre Kreatur ist plötzlich wieder aufgetaucht und hat geschrien, wir sollen ihr in den Wald folgen, sie wisse, wo du bist, wo alle sind.«

Also liefen die Polizisten Dolores in den Wald hinterher, und obwohl die meisten von ihnen ihr an Ausdauer und Kraft bei Weitem hätten überlegen sein müssen, hatte die Truppe Mühe, mit ihr Schritt zu halten. Schulmeister, der sich längst abgeschlagen auf eigene Faust durchs Dickicht kämpfte, stieß auf seine Männer auf einer Lichtung, in deren Mitte ein Traktor aus dem Boden ragte.

Der Morgennebel, die dunklen Wolken und ein Sonnenlicht, das von irgendwoher schwach hindurchbrach, hüllte das Ganze in eine unwirkliche Szenerie. Als Schulmeister sich näherte, hatte er das Gefühl, das sei gar kein Tag mit einem Wetter, viel eher ein gemaltes Bild, durch das er stapfte.

Die Truppe stand um das Loch und starrte ratlos hinein, während Dolores immer wieder auf eine Öffnung deutete, offenbar ein Tunneleingang. Schulmeister hielt sich nicht lange mit Hinunterschauen auf. Kurz entschlossen setzte er sich auf den Hosenboden und rutschte den Hang hinab. Er schaltete die an seiner Schulter fixierte Taschenlampe ein, streckte die Hand mit der Pistole aus und lief, ohne zu zögern, im Laufschritt in die Höhle.

Schulmeister hörte seine eigenen Schritte und sein Schnaufen, wie ihm die Kollegen folgten, aber auch noch ein anderes Geräusch. Eine unheimliche Stimme, die sich ihm näherte. Er blieb stehen, hielt die Luft an und richtete die Waffe auf die Gestalt, die plötzlich aus der Dunkelheit auf ihn zustolperte. Er hätte abgedrückt, hätte er nicht im letzten Moment die Stimme erkannt. Fassungslos beobachtete er, wie die Gestalt kehrtmachte, fliehen wollte, aber er war schneller, riss sie zu Boden, und als er ihren Kopf zu sich drehte, blickte er ins Antlitz seines Chefs.

»Und da blickte ich ins Antlitz meines Chefs«, sagt Schulmeister tatsächlich wörtlich. Die beiden sehen sich so lange an, bis Schulmeister sich räuspert. »Ich meine, nach allem, was vorgefallen ist, liegt da mein Chef nackt in einem Tunnel unter einem Wald, das musst du dir mal vorstellen, wie das für mich war.«

»Hm.«

»Das hätte ich mir in meinen kühnsten Träumen nie ausgemalt.«

»Habt ihr die Hexe auch schon gefunden?«

»Wen?«

»Na, Helene Stern. Sie hat mich verfolgt.«

»Eine Frau soll dich verfolgt haben? Davon ist bisher keine Rede gewesen.«

»Was?«

»Du bist mit mir raus und dann gleich ohnmächtig geworden. Die Kollegen haben noch zwei Glatzerte wie dich gefunden, aber die waren beide schon ziemlich tot. Ansonsten niemanden.« Schulmeister räuspert sich noch einmal. »Ich meine natürlich Kahlköpfige, 'tschuldige. Jedenfalls sind die beiden Frauenleichen ziemlich übel zugerichtet. Sie wurden wahrscheinlich vergewaltigt und dann am ganzen Körper enthaart. Sehen richtig gruselig aus. So wie du.«

»Danke.«

»Noch einmal: 'tschuldige.«

»Schon gut. Und die Lemberg?«

Schulmeister tritt von einem Bein aufs andere. »Du weißt, dass sie dir gefolgt ist?«

Trost nickt.

»Keine Spur.«

55

5. November 1990, Westeuropa
In Westeuropa kommt es zu Tausenden UFO-Sichtungen. Kann man einige mit dem Wiedereintritt der russischen Trägerrakete Proton-SL12 erklären, berichten andere Zeugen von dreieckigen Ufos, wie sie Monate zuvor schon in Belgien für Aufsehen gesorgt haben. Die UFO-Welle in Europa erreicht ihren Höhepunkt.

Sie stapfen durch den Wald, während die Schar der Beamten gruppenweise das Hotel, die Umgebung und den Bauernhof durchforstet, aus dem Trost zuvor geflohen ist. Trost trägt den Ersatzoverall eines Kollegen und hat sich dem Suchtrupp angeschlossen. Sie haben Verstärkung angefordert, er schätzt, dass mittlerweile mehr als zweihundert Beamte im Einsatz sind. Auch Hundebrigaden sind unterwegs, Hubschrauber kreisen am Himmel, immer neue Fahrzeuge treffen am Tatort ein, doch Trost befürchtet, dass sie Annette Lemberg nicht finden werden. Auch von Helene Stern gibt es bisher keine Spur.

»Ich glaube nicht, dass wir erfolgreich sein werden.«

Schulmeister steigt neben ihm übers Geäst. Er ist ziemlich kleinlaut, seit Trost ihn aufgefordert hat, sich die eine der beiden Leichen noch einmal genauer anzusehen. Als Schulmeister zurückkam, hat auch er bestätigt, dass es sich um »die Ex vom Kevin« handelt. Und hat hinzugefügt, er fände es bemerkenswert, dass Trost sie in dieser, Zitat, »ziemlichen Stresssituation« erkannt habe.

»Wir haben schon den Vorauer Abt und den Höhlenforscher aus Graz informiert, der sämtliche unterirdischen Gänge der Gegend untersucht und katalogisiert hat. Und von so einem komischen Verein sind auch schon Leute da, die angeboten haben, sämtliche Höhlen und Gänge zu durchsuchen. Wirst sehen, sicher finden wir sie.«

»Nein.« Trost bleibt stehen. »Ich habe kein Gefühl, verstehst du? Ich kann nicht mehr fühlen, dass sie da ist.«

Schulmeister macht einen Schritt auf ihn zu, erinnert sich aber im letzten Moment wieder daran, was er an seinem Chef so gar nicht ausstehen kann: eben diese Gefühlsduselei.

»Habt ihr was miteinander gehabt? Was meinst du mit: Ich hab kein Gefühl?«

Trost wischt durch die Luft, als würde er von Insekten attackiert. »Was soll denn das jetzt? Glaubst vielleicht, ich hab im Moment keine anderen Sorgen? Ich sag nur, wie es ist: Normalerweise habe ich ein Gefühl für die Dinge, eine vage Ahnung, verstehst du? Ich hab von Anfang an gewusst, dass ich hierhermuss, und das Gefühl war richtig. Und jetzt weiß ich, dass ich hier wegmuss. Ich spüre nichts mehr, deshalb glaube ich, dass sie nicht mehr da sind. Weit und breit nicht. Weder die Lemberg noch die Stern.«

Schulmeister greift sich abrupt an die Backe und flucht. »Na super«, sagt er dann, »und kann uns dein Gefühl vielleicht auch verraten, wo wir stattdessen suchen müssen? Mir fällt hier nämlich gleich das verdammte Gebiss raus.«

Sie stehen an einer Lichtung und betrachten das Treiben rund um einen gelandeten Hubschrauber. Alles ist voller Beamter. Trost schaut in den Himmel, der aussieht wie eine Malpalette, auf der alle Farben vermischt wurden: schmutzig braun.

»Wann bin ich aus dem Koma aufgewacht?«, fragt Trost.

»Koma?«

»Na, aus der Bewusstlosigkeit.«

»Du warst eine Viertelstunde lang weg, wieso?«

»Wie lang hast du deine Geschichte erzählt?«

»In etwa genauso lang.«

»Und wie lange stapfen wir hier schon durch die Gegend?«

»Eine Stunde, was weiß ich? Warum fragst du das alles?«

»Dann hat sie eineinhalb Stunden Vorsprung.«

»Wer?«

»Helene Stern, die Hexe.«

»Na bravo. In eineinhalb Stunden kannst du überall sein. In Ungarn, in Wien, vielleicht ist sie gerade auf der Sommerrodelbahn in Koglhof unterwegs.«

»Nein, mein Guter. Sie ist in Graz.«

»Wie kommst darauf?«

»Warst du in der Kanalisation, wie ich es dir aufgetragen habe? Wo sie Kevin Oberhauser aufgegabelt haben?«

»Ja.«

»Hast du dir das genauer angeschaut?«

»Na hörst, natürlich bin ich rein, zweihundert Meter vielleicht, und dann wieder zurück. Aber was sollte ich dort überhaupt? Es ist ein Kanal, mehr nicht. Ratten, Dreck, Gestank, das Übliche.«

»Es ist der Ort, an den sie Annette Lemberg bringt.«

»Wieso?«

»Weil sie spinnt. Sie glaubt, die Grauen hätten heute Nacht auf die Erde kommen sollen. Für diesen Besuch brauchte sie ein Begrüßungskomitee. Und weil die Grauen aus irgendeinem unerfindlichen Grund durch unterirdische Gänge marschieren, ist die Kanalisation für sie wie geschaffen. Ihrer Erzählung nach wäre es viel besser, wenn man sie in der Stadt begrüßen könnte, aber da bin ich ihr in die Quere gekommen. Oberhauser hatte dieselbe Vermutung, er war im Grazbach, um dort nach seiner Freundin zu suchen.«

»Was? Geh, bitte, was ist denn das jetzt wieder für eine Geschichte? Wer sollen die Grauen sein, und wer soll sie begrüßen?«

»Wahrscheinlich kahlköpfige Außerirdische. Und damit sie nicht erschrecken, werden sie von ebenso kahlköpfigen Erdlingen empfangen. Vorzugsweise von Toten. Aber das erklär ich dir alles später. Jetzt komm, wir fliegen.«

56

15. September 1991, USA
Das US-Spaceshuttle Discovery STS-48 filmt im Erdorbit ein Objekt,
das den Eindruck erweckt, als würde es Geschützfeuern von der Erde aus
ausweichen. Die Aufnahme geht um die Welt und wird von Ufologen
als neues Beweismaterial verwendet.

Die beiden Motoren des Eurocopters starten, die Rotoren setzen sich in Bewegung, und die Welt hält den Atem an.

Nachdem sie mit dem Einsatzkommando ihr Vorgehen besprochen haben, laufen Trost und Schulmeister in gebückter Haltung auf den EC-135 zu. Der Heli ist das modernste Spielzeug der österreichischen Bundespolizei, er wurde erst vor ein paar Jahren in niedriger Stückzahl angekauft. Mit dem Piloten sind sie zu acht in dem Gerät, das abhebt, sobald Schulmeister sich festgeschnallt hat. Ein Kollege war ihm dabei behilflich, den Gurt etwas weiter zu stellen. Trost hält sich mit beiden Händen an den Haltegriffen fest und fixiert die Spitze des Masenbergs, der wegen seiner breiten, länglichen Lichtung, die wie ein Pflaster im Wald liegt, markant ist und seit jeher als mystischer Berg verehrt wird. In der Gegend werden noch heute Schauermärchen erzählt, die Kinder um den Schlaf bringen.

Er wischt sich mit der Hand über seinen glatten Kopf, zittert. Sein Körper fühlt sich fremd an, er ist übermüdet. Über das Mikro im Helm hört er Schulmeister fluchen.

»Scheiße, ich muss gleich speien.«

»Reiß dich zusammen und konzentrier dich lieber auf die Zahnschmerzen.«

»Schwein.«

»Meine Herren, die Siebenhundertsechs-PS-Motoren werden uns mit rund zweihundertfünfzig Stundenkilometern Richtung Graz bringen«, interveniert der Pilot sachlich. »Geschätzte Ankunft, sofern es keine Hindernisse gibt, in zwanzig Minuten.«

»Welche Hindernisse kann es denn geben?«, murmelt Schulmeister, dennoch ist seine Stimme klar durchs Mikro zu vernehmen. »Doch wohl hoffentlich keine Kirchturmspitzen.«

»Der Wetterbericht sagt schon seit Tagen ein Unwetter voraus«, antwortet der Pilot pikiert.

Trost lehnt sich nach vorn und will wissen, wie der Pilot die Wahrscheinlichkeit einschätzt, es noch vor dem Unwetter zu schaffen.

Über Graz hängt im Morgenlicht ein grauer Schleier, aber es ist nicht auszumachen, ob es schon regnet. »Es könnte knapp werden.« Die Zweifel in der Stimme des Piloten sind nicht zu überhören.

Trost sieht an sich hinab. Er trägt noch immer den Overall eines Polizisten – ohne Unterwäsche. An seinen Füßen Plastikpantoffeln, auf dem Kopf keine Haare mehr, die ihn wärmen. Die Wolkenberge um sie herum schauen aus wie Landschaften, und wäre er mit dem Auto unterwegs gewesen, hätte er am Wegesrand gehalten, um sie zu betrachten. Manchmal tut er das. Einfach innehalten, mittendrin irgendwo, und tief durchatmen. Sogar Charlotte nervt das, aber er liebt das Zeitschinden, wie er es nennt. Die Atempausen geben ihm das Gefühl, das Leben zu überlisten.

Zwischen den Wolkenbergen kommt jetzt immer wieder die Sonne durch und wirft scharfkantige Schatten. Die Strahlen brennen sofort auf seiner Haut.

»Es ist keine Frage von Sekunden«, sagt er nun ruhig, »sondern eine des Prinzips. Wir geben alles. Wir retten eine Kollegin und haben keinen Zweifel daran, dass wir es schaffen. Nicht den geringsten Zweifel. Haben das alle verstanden?«

Schulmeister schaut ihn stumm an, Trost vermeidet den Blickkontakt, sieht weg. Die anderen Beamten überprüfen geschäftig ihre Waffen, und der Pilot schweigt, während der EC-135 durch ein Gewitter hindurchrast, das sich noch immer nicht entladen will.

57

27. August 1995, USA
Das GAO (General Accountig Office) legt einen Abschlussbericht zum
Thema Roswell vor, der viele Fragen offenlässt.

Die Tageszeitungen berichten schon über die Wetterkapriole. Eine stehende Gewitterfront zieht sich über ein Viertel des gesamten Bundeslandes. Es ist so dunkel, dass in einigen Haushalten die Lichter angehen, auf den Straßen kaum noch Wagen ohne Beleuchtung fahren. Da und dort rennen Menschen zu ihren Pkws, um sie mit Decken und Planen gegen eigroße Hagelkörner zu schützen, vor denen gewarnt wird.

Als Trost den Helm vom Kopf zieht, ihn einen halben Meter, bevor der Hubschrauber aufsetzt, auf die Sitzbank wirft, abspringt und dann unter den Rotorblättern über die Wiese vor der Herz-Jesu-Kirche rennt, kündigt ein Windstoß eine plötzliche Bewegung am Himmel an. Und während er feststellt, dass die Wirkung der Spritze nun gänzlich nachgelassen hat und er sich wieder leichtfüßig fortbewegen kann, fallen die ersten Wassertropfen auf den Asphalt. In ihrer Größe erinnern sie ihn an die kleinen Wasserbomben seiner Tochter Elsa, die an heißen Sommertagen für Abkühlung sorgen.

Er spürt, dass er sich am richtigen Ort befindet. Er kann nicht sagen, worauf sich dieses Gefühl stützt, denn äußerlich ist hier alles so wie immer. Vierstöckige graubraune Mehrfamilienhäuser, die Geschichte atmen und mit straßenseitigen Alibigärten ein heimeliges Gefühl vermitteln sollen. Alles ist mit Autos zugeparkt, eine Straßenbahn quietscht, Tauben kämpfen um Essensreste. Nur neben dem Supermarkt, der sich direkt beim Abgang in den Grazbach befindet, ist nicht alles so wie immer. Zwei Einsatzfahrzeuge und mehrere maskierte Polizisten, die aussehen, als würden sie gleich Terroristen bekämpfen wollen, schieben einen Straßenzeitungsverkäufer beiseite. Als Trost sich ihnen nähert, halten sie ihm eine schusssichere Weste hin und drücken ihm eine Waffe in die Hand. Seine eigene Dienstwaffe hat er verloren, als Helene Stern ihn überwältigt hat. Er überprüft die

Pistole: eine Glock 17, neun mal neunzehn Millimeter, deren spezielle Ummantelung sie praktisch unzerstörbar macht. Sie hat ein Polymergriffstück, das ohne Griffschalen auskommt und die Munition doppelreihig aufnehmen kann, sodass der Schütze dreiunddreißig Patronen zur Verfügung hat. Überall um ihn herum knacken Funkgeräte, werden mit gepressten Stimmen Befehle, Anweisungen und Ratschläge gegeben. Trost kommt sich vor wie bei einem Boxenstopp in der Formel 1.

Ein Kanalarbeiter mit intensivem Deogeruch und goldenem Armkettchen steht plötzlich vor ihm und reicht ihm eine merkwürdige Mütze.

»Die Schlürfhaube«, sagt er, als müsse Trost wissen, worum es sich dabei handle.

»Die was?«

»Damit Ihnen der Dreck nicht in den Nacken rinnt.«

»Was? Geh, bitte, schaffts mir den Typen vom Hals.«

Der Mann wird fortgeschoben wie ein Requisit, das nicht mehr benötigt wird, und Trost steckt sich die Glock in den Pistolenhalfter, den er sich um die Brust geschnürt hat. Als er sich schon durch die Uniformierten hindurch auf die Leiter zuschiebt, taucht Schulmeister keuchend hinter ihm auf.

»Warte, Armin. Wir gehen alle rein. Keine Alleingänge mehr, okay?«

Ihre Blicke treffen sich, als Trost schon auf der ersten Sprosse steht. Wassertropfen treffen seine Glatze, das Gefühl der Nacktheit verstärkt sich, als ihn nun alle anstarren und auf eine Reaktion warten. Sein grauer Overall ist an den Schultern bereits dunkel vom Regen, seine kahlen Wangen verraten, dass seine Kiefer mahlen, seine Augen wirken noch kleiner als sonst. Er sieht nicht aus wie Trost, hat keine Ähnlichkeit mehr mit dem bärtigen rothaarigen Leiter der Mordgruppe im Landeskriminalamt. Ganz hinten hört er, wie zwei Streifenbeamte darüber tuscheln, ob ihm die Glatze besser stehe als seine bisherige Frisur. Auch Schulmeister fragt sich plötzlich unpassenderweise, was für ein Foto von Trost Schmalrund wohl in die Zeitung nehmen würde. Das mit dem Vollbart und Haaren oder mit Glatze und abgezehrtem Gesicht?

Schließlich deutet Trost ein Nicken an. »Also gut, wir ziehen das gemeinsam durch, aber beeilt euch, bitte.« Er wischt sich die Regentropfen vom kahlen Kopf.

Vor ihm wartet der finstere Eingang zum unterirdischen Teil des Grazbachs, einem breiten Kanalbereich, der die östliche Hälfte der Stadt von Ost nach West durchquert, um in die Mur zu münden. Ein Fluss, der vor Jahren noch so schmutzig war, dass es zu Protesten der Bevölkerung kam, die die Tageszeitungen geschickt inszeniert hatten.

Der Reihe nach verschwinden die Männer im Dunkel des Kanals, während der Kanalarbeiter ihnen hinterherruft, dass sie aufpassen sollen, bei Regen sei dort unten schnell mal die Hölle los. Angesichts der durch das Gewitter einsetzenden plötzlichen Dunkelheit bildet die Kirche einen geradezu gespenstischen Hintergrund. Es donnert und blitzt. Der Himmel hat offenbar Gefallen an der Dramaturgie der Ereignisse bekommen und steuert auf sein großes Finale zu.

Unter der Erde ist das Gewitterdonnern nur noch ein dumpfes Grollen und der Regen ein Rauschen. Die Männer – mit Trost und Schulmeister ein Dutzend Polizisten mit Sturmhauben – laufen den Leonhardbach entlang, der unterirdisch parallel zu den Kanalleitungen geführt wird. Anfangs sieht man nur das Oberflächenwasser des Baches, erst nach ein paar Metern wird auch der Kanal oberirdisch links in einem Rinnsal entlang der Fließrichtung geführt. Trost beachtet die undefinierbare Schlacke nicht. Er hat veranlasst, dass die Deckenbeleuchtung des Kanals erst per Funkspruch eingeschaltet wird. Im Laufschritt folgen die Männer nun den Lichtkegeln der auf den StG77, den leichten Sturmgewehren, angebrachten Lampen. Ein Polizist rutscht aus und fällt der Länge nach in den Bach. Er flucht, rappelt sich auf und findet schnell wieder Anschluss, doch seine Schuhe machen schmatzende Geräusche. Der Trupp eilt schweigend weiter vorwärts.

Sie passieren die Gabelung, an der sich der Kroisbach mit dem Leonhardbach vereint. Ab hier wird er Grazbach genannt. Trost entschließt sich, ihn entlangzulaufen. Wieder ist es nur ein Gefühl, und er achtet nicht auf das nervöse Murmeln der

Kollegen, die gern eine Erklärung für seine Entscheidung gehört hätten. Aus der Decke läuft jetzt ab und an Wasser. Der Grazbach ist eineinhalb Kilometer lang.

Trost überlegt: Wie weit kann eine Frau mit einer anderen im Schlepptau laufen? Wie viel Vorsprung hat sie? Vielleicht noch zehn Minuten? Fünfzehn? Und durch welchen Eingang ist sie in das Kanalsystem eingestiegen? Was ist, wenn sie Annette Lemberg einfach in der Mur ertränkt hat?

Mit einem Handzeichen bedeutet er den Kollegen innezuhalten und zeigt auf die Kanäle, die von der Seite in den Hauptkanal fließen. Die finsteren Nischen werden jetzt von den Lampen abgetastet. Das Rinnsal des Kanals vermischt sich mit dem künstlichen Bachbett, das beängstigend schnell ansteigt. Schon schießen Fontänen aus den Seitenwänden in den Kanal. Draußen muss es schütten wie aus Kübeln. Trost hat seine Waffe längst gezogen und zielt in die Dunkelheit vor sich. Er hat ein Gefühl. Ein richtiges Gefühl. Es ist stark.

»Armin«, zischt Schulmeister hinter ihm.

Er hat erstaunlich gut Schritt gehalten, wenngleich er so schwer atmet, dass man sich eigentlich Sorgen machen müsste. »Armin, wir haben maximal noch fünf Minuten, dann geht's hier unten rund. Wenn wir bis dahin nicht rauskommen, stecken wir gleich im wahrsten Sinne des Wortes in der Scheiße.« Schulmeister fallen plötzlich wieder die Worte des Kanalarbeiters ein, der von einem Unglück im Jahr 1913 berichtete. Damals stand die halbe Innenstadt unter Wasser. Er schnauft hörbar beim Luftholen.

Ohne auf die Warnung einzugehen, geht Trost weiter, wenngleich deutlich langsamer. Durch das bereits knöcheltiefe Abwasser watend passiert er eine weitere finstere Nische, einen Kanal, der Fäkalien und sonstigen Unrat eines Hauses an der Oberfläche in den Untergrund leitet. Er hält die Taschenlampe in den Kanal linker Hand und entdeckt einen schmalen Stiegenaufgang. Auf einer am Gewölbe angebrachten Tafel kann er »Sparbersbachgasse« lesen. Trost lässt den Lichtkegel so lange über die Treppen schweifen, bis er auf die Gestalt trifft, die hier unten auf ihn lauert.

Sein Finger krümmt sich um den Abzug seiner Waffe. Es hätte nicht viel gefehlt, dann hätte er abgedrückt und Annette Lemberg geradewegs eine Kugel in den Bauch gejagt.

Trosts Herzschlag setzt aus. Sie ist nackt und sieht eher tot als lebendig aus. Plötzlich ist Schulmeister da und drängt sich vor. Erst jetzt sieht Trost, dass er einen seltsamen Gürtel trägt und ein Gerät in der Hand hat.

»Was ist das, Mann?«

»Ja, ich hatte auch ein Scheißgefühl, deshalb hab ich ein Messgerät der Kanalarbeiter mitgenommen. Wenn das Ding ausschlägt, ist der Gasgehalt der Luft zu hoch. Defekte Gasleitung oder so. Und das hier an dem Tragegurt ist ein Selbstretter. Er ist ganz einfach zu bedienen: aufklappen, reinblasen, Stoppel auf die Nase und durch den Schlauch hier atmen. Dann hat man Luft für zwanzig Minuten.«

»Du bist ja völlig irr. Geh doch weg.« Trost kriecht zu Annette Lemberg in den Stiegenaufgang und fühlt ihren Puls. »Puls ist da!«, ruft er erleichtert. Bevor er sein Ohr vor ihren Mund hält, mustert er sie. Sie sieht furchtbar aus. Die Lippen sind blaugrau, ihr Körper ist malträtiert. Überall Blutergüsse und Schrammen. Sie ist so weiß, als habe ihr jemand das Blut aus dem Körper gesogen. »Atmung ist auch okay. Zwei Mann zu mir, ihr bringt sie in Sicherheit, die anderen kommen mit.«

»Aber Armin, das Scheißding schlägt aus.«

»Was? Geh bitte, geh zur Seite.«

Doch Schulmeister rührt sich nicht von der Stelle. Als Trost auf die Nadel blickt, sieht auch er, dass sie im roten Bereich wippt. Er presst die Zähne aufeinander und sieht noch einmal zu Annette Lemberg hinüber, die soeben von zwei Beamten an Schultern und Beinen hochgehoben wird. Er wagt nicht, ihren nackten, geschundenen Körper näher zu betrachten, sieht nur ihre Arme und Beine, die schlaff herunterhängen wie bei einer Stoffpuppe. Ihre Lider flattern mehrmals kurz, und sie flüstert etwas, dann verliert sie das Bewusstsein.

»Okay, Leute!«, ruft Trost. »Wir haben keine Zeit, ihr habt's gehört. Bringt sie in Sicherheit und seid vorsichtig, ja? Wer in zwanzig Minuten noch immer hier unten ist, hat verloren. Vielleicht sind wir ja wirklich in eine Falle geraten, und die Verrückte will uns und die halbe Stadt in die Luft jagen.«

Ein Polizist wirft sich Annette Lembergs Körper über die Schulter wie einen Mehlsack und verschwindet Richtung Kanaleinstieg. Trost und Schulmeister sehen sich so lange an, bis Trost knurrend das Kommando gibt, der Sache ein Ende zu bereiten.

»Mir nach.«

2001, Milk Hill, Wiltshire, England
Der bisher größte festgestellte Kornkreis wird im August 2001 in einem Weizenfeld am Milk Hill aufgefunden. Er hat einen Durchmesser von 240 Metern und besteht aus 409 Teilkreisen.

Indes verlässt über ihnen eine Gestalt den Ort des Geschehens. Wasser rinnt ihr über den kahlen Schädel, der in einer Warze im Genick mündet. Spinnengleich taucht die Gestalt im Regenteppich unter und hält sich geduckt, der Winterpullover klebt ihr am Körper wie ein Neoprenanzug.

Sekunden zuvor ist der Mann aus einer unscheinbaren plakatverklebten Blechtür eines Altbaus gekommen, in dessen Keller er sich rumgetrieben hat. Ungesehen hat er an Kabeln, Schläuchen und Leitungen herumhantiert, sie herausgerissen und an ihnen gesägt. Nur ein Betrunkener ist ihm im Halbstock des Stiegenhauses begegnet, aber der konnte sich kaum am Geländer festhalten und rief nur: »Scheißwetter noch einmal, früherwarallesbesser.«

Der Mann im Pullover hielt kurz inne, dann flog die Haustür neuerlich auf, und ein junges verliebtes Paar stolperte eng umschlungen, nass triefend und sich heiß küssend ins Stiegenhaus.

Unten im Keller zischt es jetzt, als liefe etwas aus.

2003, La Noria, Atacama Wüste, Chile
Bei Ausgrabungen wird ein 14 Zentimeter großes menschenähnliches
Wesen entdeckt. Es ist in einen Leinensack geschnürt. Einer chilenischen
Legende zufolge soll es vor der spanischen Eroberung kleinwüchsige
Menschen gegeben haben.

Trost und die anderen waten durch den knietiefen Kanal, als er den Befehl gibt, die Deckenleuchten einzuschalten. »Warte«, wirft er schnell ein. »Geht das denn überhaupt, wenn sich Gas im Gang befindet? Fliegt dann nicht alles in die Luft?«

Die anderen schauen ihn ratlos an.

»Dann eben nicht«, beschließt Trost. »Weiter im Dunkeln.«

Beim nächsten Zufluss eines kleinen Seitenarms zum Kanal steht das Wort »Reitschulgasse« auf einer rostigen Tafel an dem Ziegelgewölbe. Trost fühlt nichts. Also weiter. Und plötzlich setzt seine Ahnung wieder ein. Er hält den Kopf gesenkt, scheint zu lauschen. Schulmeister will etwas sagen, will auf die Wanderratten hinweisen, die es hier unten zu Tausenden gibt und vor denen ihm plötzlich graust, doch Trost hebt abwehrend die Hand. Er zieht seine Waffe und sagt gerade laut genug, dass alle es hören können. »Sie ist da.«

Der Kanal macht hier eine leichte Kurve, sodass die Taschenlampen die Gestalt vor sich nicht gleich erfassen können, doch wenige Schritte später stehen sie tatsächlich Helene Stern gegenüber. Als sie vom ersten Lichtstrahl erfasst wird, dreht sie sich um und blinzelt.

Atemlos zielen die Männer mit ihren Waffen auf sie. Das Wasser reicht ihnen bereits bis an die Knie, ein infernalischer Gestank breitet sich aus.

Während Schulmeister gebannt auf den Peilsender in seiner Hand starrt, einerseits, um die Nadel im Auge zu behalten, andererseits, um nicht an die Ratten zu denken, ruft Trost: »Es ist vorbei, Frau Stern! ICH HABE SIE!«

Ich habe Sie. Die Worte sind ihm rausgerutscht, aber sie treffen seine Gemütsverfassung haargenau. Auch wenn ihn die

Beamten begleiten, das hier ist zu einer Sache zwischen ihnen beiden geworden. Er war ihr auf den Fersen, als noch niemand daran glaubte, dass man überhaupt jemandem auf den Fersen sein müsste. Und auch, wenn er es sich laut nie eingestehen würde: Hierbei geht es auch um Genugtuung für die Demütigungen, die sie ihm zugefügt hat.

Ihre Blicke treffen sich. Doch ehe noch irgendjemand reagieren kann, ist sie schon wieder verschwunden.

Die Männer rennen durchs Wasser. Wieder rutscht einer aus, wird von den Wassermassen fortgezogen und muss vom nächsten gerettet werden. Jetzt wird auch eine Ratte vom Kanalwasser herangespült. Ihre Beinchen sind in die Höhe gestreckt, ihr glatter Schwanz streift Schulmeisters Handrücken. Er schreit auf, und als er erkennt, dass das Tier tot ist, graust es ihn gleich noch mehr.

Während Schulmeister noch hilft, den gestürzten Kollegen aus dem Wasser zu ziehen, hat Trost schon die Verfolgung aufgenommen und ist verschwunden. Er sieht die Öffnung vor sich und stolpert die Treppe hinauf darauf zu. Auf den abgewetzten glitschigen Steinstufen rutscht er aus und schlägt sich das schon aufgeschrammte Knie an. Fluchend richtet er sich auf, läuft weiter. Durch eine Tür tritt er ins Freie und findet sich in der Maygasse wieder. Früher hat er viel Zeit im »Maykäfer« verbracht, einem Studentenlokal, in dem sich heute noch Brettspiele stapeln und das wegen seiner Wohnzimmeratmosphäre ein wenig subversiv wirkt. Trost dreht sich in alle Richtungen, bis er die Silhouette Helene Sterns entdeckt. Ihr Vorsprung ist bereits beträchtlich. Warum nur sind die Bösen immer so schnell?

Er hetzt ihr durch den Regen nach. Über der Erde scheinen seine Lebensgeister plötzlich wieder einzuschlafen. Die frische Luft, der Regen, das Tageslicht – er hat das Gefühl, mit wattierten Beinen gegen einen Alptraum anzurennen.

An der nächsten Kreuzung treffen fünf Wege aufeinander. Die Bäume eines kleinen Parks vor einer Schule sehen aus wie bedrohliche Riesen. Sie könnte überall sein. Er blickt auf das Straßenschild: »Schießstattgasse«. Hinter sich hört er einen Motor aufheulen, dann kommen Lichter immer näher, und er weiß, dass es keinen Sinn mehr macht, sich noch zu bewegen: Sie wird ihn über den Haufen fahren. Wie in seinen schlechten Träumen schafft er es nicht, fortzulaufen.

In diesem Augenblick wird ihm vieles klar. Sie hat ihn von Anfang an in ihrer Gewalt gehabt. Zuerst auf ihrer Couch, später in ihrem Keller, dann in ihrem unterirdischen Gang, im Kanal, jetzt auf der Straße. Alles war geplant. Vom ersten Augenblick an geplant.

Aber wie? Wie hat sie es geschafft? Und glaubt sie tatsächlich an eine außerirdische Macht?

Die Lichter fliegen auf ihn zu. Bilder von Charlotte und den Kindern tauchen vor ihm auf. Er bereut, dass er den Amokläufer angesprochen hat und auf eigene Faust auf Mörderjagd gegangen ist, statt zu Hause mit seiner Familie ein Brettspiel zu spielen.

Das Motorengeräusch wird lauter. Er schließt die Augen.

2005, Berlin, Deutschland
*Das »Wichtelmännchen« aus der Atacama-Wüste wird erstmals bei der
Ausstellung »Unsolved Mysteries« der Öffentlichkeit vorgeführt.*

Dieser gottverdammte Zahn. Er keucht wie ein beinah zu Tode
gerittenes Pferd, stützt sich mit den Händen auf den Knien ab,
und der Schmerz fällt wie ein Raubtier über ihn her. Brutal wie
nie fährt er ihm in den Kiefer.

Doch ein Polizist muss beweisen, dass er auch mit Zahnweh
einsatzfähig ist.

Er lässt das Peilgerät zu Boden fallen und zieht seine Pistole aus
dem Brusthalfter. Er steht mitten auf der Straße, so breitbeinig
wie Christiano Ronaldo bei einem Freistoß, streckt den rechten
Arm aus und hebt den linken, um ihn zu stützen. Seine Knie sind
leicht gebeugt, er atmet aus, Wasser rinnt ihm über die Stirn in
die Augen.

Er atmet noch einmal ein und aus und hält dann die Luft an.

Er denkt an – nichts.

Der Wagen rast auf Trost zu, und Schulmeister drückt ab.

Ein Mal. Zwei Mal. Drei Mal.

Mai 2007, Mexiko.
Der Großbauer Marao Lopez entdeckt ein rätselhaftes Wesen in seinem
Stall und ertränkt es aus Angst. Einige Monate später verbrennt Lopez
in seinem geparkten Wagen. Ufologen gehen davon aus, dass er von
Aliens aus Rache ermordet wurde.

Als er die Augen öffnet, rollt ihr Wagen gegen ein parkendes
Auto. Er wundert sich, wie schnell es an Geschwindigkeit verloren hat und wie laut der Lärm des Aufpralls trotzdem ist.

Auf unsicheren Beinen nähert sich Trost dem Wagen. Drinnen
liegt Helene Sterns Kopf mit zerzaustem Haar auf dem Lenkrad,
die Hälfte, die ihm fehlt, klebt an der Scheibe. Ihre Arme hängen
schlaff herunter, in ihrer Schulter klafft ein Loch. Die dritte Kugel
hat sie verfehlt und steckt in einer Hausmauer.

Langsam, ganz langsam beginnt ihr Körper zu rutschen, die
Haut an ihrer Wange verzieht sich, ihre Nase wird platt gedrückt,
eine Zahnreihe blitzt auf. Sie kippt auf die Seite wie eine Puppe.
Das, was von ihrem Kopf übrig ist, kommt auf der Mittelkonsole
zum Liegen. Die Finger ihrer rechten Hand zucken, dann ist es
vorbei.

Trost schaut auf das Straßenschild. Ausgerechnet in der Schießstattgasse wurde sie erschossen. Als hätte sie ihren Tod inszeniert.
Er erinnert sich, wie er zum ersten Mal auf ihrer Couch aufgewacht ist, wie sie ihn angesehen hat. Mit dieser überlegenen
Selbstsicherheit. Mit ihrem Großmutterduft. Jetzt ist sie fort. In
einer anderen Welt. Vielleicht ja bei den Grauen, auch wenn er
das für nicht sehr wahrscheinlich hält. Im strömenden Regen
sinkt er vor Erschöpfung auf die Knie.

An seiner Seite taucht jetzt Schulmeister auf. Auch er geht in
die Knie. »SCHEISSZAHN, VERDAMMTER!«, brüllt er und
schüttelt dann stumm den Kopf.

Alles ist aus.

2003 bis 2010, Knittelfeld, Steiermark, Österreich
Laut Waltraud Kaliba und Jürgen Trieb, den Betreibern einer Bildagentur,
kommt es in dieser Gegend immer wieder zu UFO-Sichtungen.

Es riecht nach Desinfektionsmittel und Essen. Im breiten Gang der 1. Med im Grazer Landeskrankenhaus herrscht reger Betrieb.

Zwischen Krankenschwestern im Eilschritt kollidieren auf Klemmbretter starrende geschäftige Ärzte mit den Wischmobs der Putzfrauen. Als zusätzliche Hürden werden Speisewägen von Zimmer zu Zimmer zu geschoben. Dazwischen haben sich ein paar Patienten bei ihren den strengen Besuchszeiten trotzenden Angehörigen untergehakt und schleppen sich von einer Sitzecke zur nächsten.

Als eine hübsche junge Schwester eins der Zimmer betreten will, muss sie einem Mann ausweichen, der gerade herauskommt. Sie lächelt ihn flüchtig an, drückt ihren Rücken gegen den Türstock und presst ihm solcherart ihre Brüste entgegen, die er im Vorübergehen streift. Die junge Frau wird sich später ärgern, ihn keines genaueren Blickes gewürdigt zu haben. Den Mann mit der Hakennase und den Spinnenfingern, der Flachkopf-Glatze, der Warze im Nacken, dem klatschnassen Pullover und der ausgeblichenen Schnürlsamthose.

Er blickt sich nicht mehr um, verlässt die Station, das Gelände, die Stadt. Alles, was die Schwester später über ihn sagen wird können, ist, dass er ein seltsamer Mann gewesen sei. Einer, den man ansieht und an den man sich im nächsten Moment auch schon nicht mehr erinnern kann. Allerdings, so wird sie nachschieben, sei er ausgesprochen groß und hässlich gewesen. Dass sie wegen seiner Berührung mit Übelkeit zu kämpfen hatte, wird sie verschweigen.

»Hässlich sind viele«, wird der Polizeibeamte daraufhin erwidern.

Als die Krankenschwester direkt nach der Begegnung ins Zimmer tritt, schöpft sie anfangs keinen Verdacht. Der Patient, ein Bauer,

den sie vor Kurzem mit zwei gebrochenen Armen eingeliefert
haben, nachdem er tollpatschig in eine Grube gestürzt war, liegt
schlafend im Bett. Das Gesicht hat er Richtung Fensterfront
gewendet, die Gardinen sind zugezogen.

»So, jetzt werden wir mal aufwachen und etwas essen«, singt
die Schwester gut gelaunt und zieht die Vorhänge zurück. Als
sie sich umdreht, schlägt sie die Hände vor den Mund.

Der Bauer starrt sie aus weit aufgerissenen Augen an und
streckt ihr seine Zunge entgegen. An seinem Hals rinnt ein langer
roter Faden hinunter, das Bettlaken ist ebenso blutgetränkt wie
der Boden. Als sie an sich hinunterblickt, sieht sie, dass sie in
einer Blutlache steht, und beginnt hysterisch zu schreien.

2010, England
58 Kornkreise werden gezählt, im Rest der Welt 54. Besonders auf-
sehenerregend ist der Doppelkornkreis vom 29. Juli, der offenbar das
Abbild von Jesus Christus auf dem Turiner Grabtuch zeigt, wenn man
beide Kreise übereinanderlegt.

Sekundenlang ist Fritz Gstrein von der Notrufzentrale Seiersberg wieder in alles involviert, freilich ohne sich dessen bewusst zu sein.

Ein verirrter Anrufer ist zu ihm durchgestellt worden, aber offensichtlich hat sich der Vorfall direkt in Graz ereignete. Gstrein ist nur für die Umgebung der Stadt zuständig, trotzdem lauscht er konzentriert dem atemlosen Gestammel des Anrufers.

»Der Bauer liegt tot im LKH … bald fliegt die Stadt in die Luft … dann werden die Toten zurück auf die Erde kommen … dann wird auch in Graz alles gut … nach Graz werden dann die anderen Städte folgen … am Ende die ganze Welt …« Dann ist die Leitung unterbrochen.

Gstrein wechselt einen Blick mit seinem Kollegen. Der Anruf kam von einer Telefonzelle in der Nähe des Krankenhauses, eine Funkstreife ist bereits informiert, doch beide wissen, dass sie zu spät kommen wird. Wie sollen die Beamten auch nach dem Anrufer suchen? Der Mann hat sich so angehört, als würde er durch ein Taschentuch sprechen, mehr kann Gstrein nicht sagen. Er zuckt mit den Schultern.

Schon ein paar Minuten später ist der Vorfall vergessen, im allgemeinen Trubel des täglichen Einerleis eines Notrufdienstes untergegangen.

7. März 2011, USA
Richard Hoover vom Marshall Space Flight Center behauptet, auf ei-
nem Meteoriten einen fremdartigen Organismus entdeckt zu haben. Er
veröffentlicht seine Forschungsergebnisse im Online-Magazin »Journal
of Cosmology«. Die NASA distanziert sich von dem Artikel.

Trost sitzt auf einem in den Boden geschraubten Plastiksessel im
Wartebereich der zahnärztlichen Notambulanz des Landeskran-
kenhauses, keine fünfhundert Meter Luftlinie von dem Bauern
entfernt, dem vor wenigen Minuten jemand ein gewaltsames
Ende bereitet hat.

»Tut es weh?«, fragt Trost.

»Überhaupt nicht. Ich hab schon kein Gefühl mehr.«

Trost kann Schulmeisters Nervosität fast körperlich spüren.
Ängstliche Blicke tasten die Umgebung ab, obwohl es nicht viel
zu sehen gibt. Der Raum erinnert ihn an das Innenleben eines
alten Schiffs, wahrscheinlich, weil es keine Fenster gibt. Er fühlt
sich wie im Vorzimmer der Endstation.

Ein Bub steht plötzlich vor ihm. »Warum hast du keine Haare
mehr?«, will er wissen.

Trost lächelt nur müde und erwidert so lange nichts, bis die
Mutter des Buben ihn fortzieht.

»Warum hast du es ihm nicht gesagt?« Schulmeister blickt ihn
fragend an.

»Was? Dass mich eine verrückte Mörderin am ganzen Körper
rasiert hat, um mich als Teil eines Begrüßungskomitees für Außerirdische herzurichten? Meinst du, der Kleine hätte sich damit
begnügt?«

Die beiden sagen eine Weile nichts, dann lachen sie los. Schulmeisters Kinn vibriert dabei, als hätte er Trosts Handy verschluckt,
und Trost fährt sich unentwegt über den kahlen Kopf. Sie lachen
so lange, bis eine Zahnarzthelferin kommt und sie zornig ansieht,
was das Aufhören nur noch unmöglicher macht. Trost weint,
Schulmeister schwitzt vor Lachen, bis er plötzlich abbricht, laut
stöhnend fast vom Sessel fällt und sich an die Backe greift. Als

er endlich aufgerufen wird, streckt Trost ihm den erhobenen Daumen nach. »Wird schon wieder.«

»Mhm.«

Unglaublich, denkt Trost, wie Zahnschmerzen einen erwachsenen, gestandenen Mann hilflos machen können. Er lehnt sich zurück, schaut auf sein Handy. Soeben hat er die Meldung erhalten, dass man nach einer Person fahnde, die im Hotel als Page gearbeitet haben soll. Der Mann werde bereits mit internationalem Haftbefehl gesucht, da anzunehmen sei, er habe sich über die Grenze abgesetzt.

Er steckt das Telefon zum wiederholten Mal zurück in die Hosentasche, denn in den letzten Minuten ist er von den Kollegen unentwegt mit Nachrichten gefüttert worden. Inzwischen ist klar, dass der Hotelpage, nach dem immer noch gefahndet wird, etwas mit der Sache zu tun haben muss. Auf den Mann, der in der Nacht ein Bett durch die Gegend geschoben hat, an das er selbst später gebunden wurde, trifft die Beschreibung jenes Mannes zu, der zuletzt beim Bauern im Krankenhaus gesehen wurde. Ein Beamter hat Trost bereits darüber informiert, dass ein Spezialteam die Gasleitung gefunden habe, wegen der das Peilgerät im Kanal verrückt gespielt hat. Tatsächlich dürfte jemand sie manipuliert haben. Nur der Umstand, dass sie trotz des Gewitters so schnell zur Stelle waren, habe die Katastrophe verhindert. Trost ist mittlerweile überzeugt davon, dass der Page auch daran nicht ganz unschuldig ist.

In der Stadt hat es in den letzten Stunden so stark geschüttet, dass das Tatortteam Helene Sterns Leiche vom Blut fast reingespült abtransportieren konnte. Auf dem kurzen Weg vom Auto zum Plastiksack, in den sie die Tote legten, floss das Blut über die Straße hinweg in den nächsten unterirdischen Kanal.

Auch über Annette Lemberg ist Trost mittlerweile informiert worden. Sie sei mit einer starken Unterkühlung, Prellungen, Schnitt- und Schürfwunden ins Krankenhaus gebracht worden, wo sie auch psychologisch betreut werde. Bis auf Weiteres sei sie vom Dienst freigestellt.

Die psychologische Betreuung der Rezeptionistin des Hotels sei hingegen um ein Vielfaches intensiver. Sie müsse mit

Medikamenten ruhiggestellt werden. Dolores, die nicht gerade ansehnliche Magd, so der Stand der Dinge, werde eine eigene Wohnung bekommen, eine Sachwalterin und ein Vollbad. Vielleicht nicht gerade in dieser Reihenfolge, aber es sei gewiss, so die erste Beurteilung der Beteiligten, dass die arme Kreatur unter jahrelangem unvorstellbarem Unrecht gelitten habe. Das werde sich nun ändern.

Die Grauen seien – »was fast zu erwarten war«, wie der Beamte, der Trost berichtete, nicht umhinkam, süffisant zu bemerken – nicht aufgetaucht. Es kursiere aber das Gerücht, ein Arzt aus der Grazer Landesnervenheilanstalt Sigmund Freud habe für die Medien ein Dossier über das Phänomen angekündigt.

Die Medien und dieser ganze Rummel sind auch der Grund, warum Trost sich dazu entschlossen hat, Schulmeister in die Zahnklinik zu begleiten, nachdem sie beide in je einen neuen Overall geschlüpft waren. Sie sehen aus wie zwei Männer, die eine Polizeiuniform gestohlen haben.

Trost fühlt, wie eine unendliche Müdigkeit über ihn hereinbricht, und ist dankbar, hier zu sein. Die Aufregung war kaum zu toppen: bei strömendem Regen eine Schießerei mitten in der Stadt, eine Verfolgungsjagd im Kanal, ein Hubschrauber vor der Herz-Jesu-Kirche, ganz zu schweigen vom Wahnsinn am Masenberg.

Innerhalb kürzester Zeit, so hat er erfahren, habe es dort, wo Helene Stern erschossen wurde, von Journalisten und einem ORF-Kamerateam nur so gewimmelt. Schmalrund traf schon ein, als er und Schulmeister noch an Ort und Stelle waren.

Diese Aufregung der Journalisten verwundert Trost immer wieder aufs Neue. Wozu die Eile? Wozu die Nervosität? Alles ist doch schon passiert, das Abenteuer ist vorüber. Wenn man sich ruhig hinsetzen und zuhören würde, würde man genauso schnell alles erfahren. Die schrecklichen Bilder von Helene Sterns Leiche wird ohnehin keine Zeitung bringen können, sie würden die Leser nur empören und verstören. Vielleicht, denkt Trost, werden sie ja stattdessen Fotos von ihm und Schulmeister morgen in der Zeitung sehen. Zwei Polizisten, die triefnass und mit gesenkten Köpfen auf der Straße knien.

3. November 2012, Trautenfels, Steiermark, Österreich
Zwei Personen werden während der Autofahrt von einem scheibenför-
migen Flugkörper überflogen, der mit grünen und roten Positionslichtern
ausgestattet und in Richtung Liezen unterwegs ist.

Das Unwetter hat sich so plötzlich verzogen, wie es über sie hereingebrochen war. Unmittelbar nachdem es aufhörte, wie aus Sturzbächen zu schütten, lösten sich die Wolkenformationen auf, die Sonne brach durch einen grauen Schleier und glitzerte in den Pfützen.

Trost schleicht mit in den Hosentaschen vergrabenen Händen durch das Krankenhausareal. Er hat beschlossen, nach Hause zu gehen. Heimzukehren. Zur Familie. Zur Ruhe.

Die Gestalt, die ihn beobachtet, bemerkt er nicht. Er hat kein Gefühl mehr für solche Sachen. Nicht an diesem Tag. Vielleicht auch an keinem anderen mehr. Er denkt nur: Was, wenn dieser Page selbst einer von den Grauen ist? Wenn es diese Außerirdischen wirklich gibt?

Eine Polizeistreife fährt im Schritttempo an ihm vorüber. Die Beamten mustern ihn, erkennen ihn aber nicht.

Der Himmel ist wolkenlos und hellblau, und die kommende Nacht wird sternenklar sein. Dann wird man wieder ins All sehen können. Manche Menschen werden das glitzernde Schauspiel ohne große Erwartungen betrachten, manche werden darin nichts weiter sehen als die unendliche Finsternis. Doch es gibt auch andere Menschen, die sehnsuchtsvoll in den Himmel starren werden, auf der Suche nach anderen, fremden Welten.

Laut einer Studie von marketagent.com aus dem Jahre 2013 sind zwei von fünf Österreichern von der Existenz von Außerirdischen überzeugt. Unter Österreichs Männern sogar jeder Zweite.

Dank

Ohne die aufregenden Entdeckungen des Grazer Höhlenforschers Heinrich Kusch wäre meine Geschichte nicht entstanden. Ihm und Linda Albrechtsberger vom Verein Sub Terra Vorau ist es auch zu verdanken, dass ich für die Recherche an dieser Geschichte eine alte Angst überwand und mich durch so manche unterirdische Engstelle zwang. Werner Fauland danke ich für die anschauliche Führung durchs Grazer Kanalsystem. Die ernsthafte Arbeit dieser Leute darf durch meine frei erfundenen Interpretationen keinesfalls in Mitleidenschaft gezogen werden.

Für das Lesen der allerersten Fassung eines Romans bedarf es großer Geduld und Nachsicht. Mein besonderer Dank gilt dafür wie immer meiner Frau Kerstin sowie Georg Lamprecht, Markus Mörth, Walter Großhaupt, Harald Schwarz und meiner Lektorin Susanne Bartel. Ich hoffe, ihr habt Freude am Endergebnis.

Dank auch den beiden Vinzenz Sterns für landwirtschaftlichen Fachbeistand und die vielen inspirierenden Gespräche, Wolfgang Mayr für sein Vertrauen von Anfang an und allen Freunden, Bekannten und Unbekannten, die mich unterstützt haben. Ihr habt keine Ahnung, wie viel mir das bedeutet.

Ganz besonders danken will ich Otto, Emil, Clara und Kerstin für ihre unendliche Geduld. Es war wieder einmal viel Zeit, die uns Armin Trost abverlangt hat … Ich liebe euch dafür!

Die den Kapiteln vorangestellten Zitate entstammen folgenden Quellen: www.freezone.de; www.kaliba-trieb.at; www.siegfriedtrebuch.com; www.ufo-meldestelle.blog.de; www.ufo-datenbank.de; www.ufo-nachrichten.com; www.angelfire.com; www.wissen.de.msn.com; www.grenzwissenschaft-aktuell.blogspot.co.at; www.wikipedia.org; www.kirstein.alien.de; www.bild.de; Heinrich Kusch: Tore zur Unterwelt, Stocker, 2012; Reinhard Habeck: Geheimnisvolles Österreich, Ueberreuter, 2006.